叶弥

著

Never Get Old

不老

江苏凤凰文艺出版社

图书在版编目（CIP）数据

不老/叶弥著．－－南京：江苏凤凰文艺出版社，
2022.7（2022.8 重印）
 ISBN 978-7-5594-6898-7

Ⅰ．①不… Ⅱ．①叶… Ⅲ．①长篇小说－中国－当代
Ⅳ．① I247.5

中国版本图书馆 CIP 数据核字（2022）第 094972 号

不老

叶 弥 著

出 版 人	张在健
责任编辑	胡晓东　李　黎　孙建兵
责任印制	刘　巍
出版发行	江苏凤凰文艺出版社
	南京市中央路 165 号，邮编：210009
网　　址	http://www.jswenyi.com
印　　刷	苏州市越洋印刷有限公司
开　　本	880 毫米 ×1230 毫米 1/32
印　　张	14.25
字　　数	335 千字
版　　次	2022 年 7 月第 1 版
印　　次	2022 年 8 月第 2 次印刷
书　　号	ISBN 978-7-5594-6898-7
定　　价	65.00 元

江苏凤凰文艺版图书凡印刷、装订错误，可向出版社调换，联系电话 025－83280257

目 录

上 卷

第一章 …………………………… 003
第二章 …………………………… 018
第三章 …………………………… 024
第四章 …………………………… 030
第五章 …………………………… 049
第六章 …………………………… 055
第七章 …………………………… 078
第八章 …………………………… 085
第九章 …………………………… 106
第十章 …………………………… 126
第十一章 ………………………… 143
第十二章 ………………………… 155
第十三章 ………………………… 164
第十四章 ………………………… 171
第十五章 ………………………… 188
第十六章 ………………………… 200
第十七章 ………………………… 208
第十八章 ………………………… 216

下　卷

第一章 …………………………………… 235

第二章 …………………………………… 248

第三章 …………………………………… 255

第四章 …………………………………… 270

第五章 …………………………………… 284

第六章 …………………………………… 296

第七章 …………………………………… 308

第八章 …………………………………… 313

第九章 …………………………………… 326

第十章 …………………………………… 341

第十一章 ………………………………… 348

第十二章 ………………………………… 358

第十三章 ………………………………… 378

第十四章 ………………………………… 391

第十五章 ………………………………… 408

第十六章 ………………………………… 417

第十七章 ………………………………… 429

第十八章 ………………………………… 440

上卷

第一章

过了国庆节,孔燕妮每天早上要去张柔和的豆浆摊上吃一碗豆腐花。

张柔和总是给她留一个面朝北的座位,上面放一把豁了口的木汤勺。来此吃早点心的顾客,看到这把豁口木汤勺,会很自觉地坐到长条凳的另一边。

孔燕妮来了就把木汤勺拿掉,她面朝北坐着,眼睛时不时地抬起,溜一眼马路对面的监狱,那里关着张风毅,她的未婚夫。但大家也不知道张风毅现在算不算她的未婚夫了,他们之间的事搞不清楚。但有一点是清楚的,她吃豆腐花的时候食不甘味,看样子她很想念他。

自从她去了张柔和的豆浆摊吃早点,早上光临豆浆摊的男男女女更多了。他们算不上有恶意,只是好奇,加上一点无聊。整个吴郭城都知道张风毅坐三年牢,孔燕妮谈了两位男朋友,最近她与第二位男友小丁又分手了。不幸成了前男友的小丁到处讲,说孔燕妮不要他,是想抓紧时间在张风毅出狱前找第三位男朋友。他发誓要到豆浆摊上给孔燕妮点颜色看,把张柔和的豆浆摊子掀个底朝天,把孔燕妮打到鼻青脸肿,再用热豆腐花泼她一脸。他说,男人吃女人的豆腐是天经地义的,可是孔燕妮总吃男人的豆腐,还吃了这么多,那就该让她尝尝脸上泼热豆腐花的滋味。

小丁这么一闹，大家就来问孔燕妮："听说你很怕张风毅？我们从来不知道你胆子这么小。"

大家最想听到她回答说她胆子不小，不怕张风毅，这样就可以引出下面的话，问她是不是想抓紧时间谈第三位男朋友。

孔燕妮从不回答，但是她会微笑一下。她一笑，就像有一只无形的手，把大家的嘴捂上了。于是大家就目瞪口呆地心甘情愿地被她的笑容引到话语的死胡同里。她笑起来很好看，整个吴郭市，老的小的都算上，也没有比她笑得更好看的人了。

微笑的力量比吼骂厉害多了。孔燕妮诡计多端，从小到大一直使用微笑的武器。好在她年纪大了，笑容还是一如从前。有位诗人的话说得不错，他说，孔燕妮的笑容就如天上的太阳永不陨落。

张柔和是张风毅的姐姐，姐弟俩从小就感情很好，曾经有一段时间两个人四处乞食，要到半只馒头，推来让去谁都不肯吃。她爱张风毅，也爱孔燕妮。她对孔燕妮的爱里掺了许多乱七八糟的内容。为什么呢？因为她深爱过孔燕妮的父亲孔朝山。孔朝山有一位干爹叫柳爷爷，她在柳爷爷家里帮工时，柳爷爷很喜欢她。她要是应允，说不定就当了柳爷爷的填房，成了孔朝山的干妈，孔燕妮的奶奶。张柔和青春亮丽的时候像香饽饽一样令人眼馋，架不住命薄，碰上了一位下三滥的丈夫汪多根，生了一个弱智儿子，两个人在家里三天两头打架。有一回她实在打不过，从家里光着脚跑出去，在巷口她被汪多根追到，按在井栏上，打得居委会的阿姨们统统跑出来救她。原因也没多少，就是互相没有尊重。两个人之间一旦没有了互相尊重，感情就像大堤决了口，只有崩溃一条路。

照理说，张柔和要做家务，买、汰、烧，照顾弱智儿子，还得上班，应该筋疲力尽满脸倦色才对，偏偏她两眼放光，浑身有使不完的劲。没人知道这些迹象意味着什么,每个人看到她这么精神头十足,都恭维她一副吉人天相,接下来的日子会好事连连。只有孔燕妮怀疑她的亢奋是不正常的,建议她去省城找一找孔朝山,调理调理精神。

孔朝山是省里最好的精神科医生。

张柔和一口拒绝,并且说:"我这辈子不会再见孔朝山。还有一件事我得告诉你,张风毅再有二十五天就自由了。二十五天,眼睛眨一眨就过去了,你就是想找第三个男朋友也没时间。"

孔燕妮说:"你不信任我,反倒听别人挑拨离间,你是吃饱了撑的吧!"

"大家都是这么说的,说你二十五天里肯定还会谈一场恋爱。"

"你没有自己的脑子吗?女人没有脑子就是作死。"孔燕妮的话有点难听,幸亏她说了一句就不再说下去。她心里对张柔和的话有几分相信。她想起前天夜里做了一个梦,又梦见那个老和尚了。那个老和尚是她梦中熟人,总是在她生活的关键时刻出现在她的梦中。这一次和前几次梦中见面一样,还是老和尚先说话:"最近过得好吗?"

"一无所有的人,好不到哪里去。"孔燕妮回答。

"你想要什么我都可以给你。权力、金钱、宝物……"

"让我想想。"

"你别想了。你还是求个年轻的身体吧,马上你又要谈恋爱了,没有一个年轻的身体怎么吃得消?"

老和尚说得一本正经,孔燕妮即使在梦里都感觉到脸红。这种体己话,她只听过高大进奶奶和阿菊兰奶奶之间谈过,当时两位单身的奶奶关上了门窗密谈,孔燕妮偷听了片刻,还是让高大进奶奶发现了，指桑骂槐地把她骂了一通。

张柔和在孔燕妮这里受了气，她有出气的渠道。她第二天工作时就会骂骂咧咧，拿着铁勺子在锅边敲敲打打，嫌张三倒的酱油太多，当心生个儿子是个黑皮，李四的蒜叶放得漂满一碗，你是来喝豆腐花的，还是来吃烫蒜叶的？……种种的不高兴。大家听到了只当没有听到。语言是最能计较的一样东西，可有时候也是最不值得计较的。与目睹一场精彩的爱情事故相比，听几句难听的话算不上什么。

接下来的事就无趣了，没有任何事故发生。小丁一直没有来豆腐摊，而孔燕妮还是天天来，眼睛时不时地抬起，看一眼对面的监狱。于是又有一个新闻传到大家的耳朵里，说孔燕妮给了小丁一大笔分手费，这笔钱足以让小丁在黑市里换一只电视机，或者到华侨商店买五条金项链。

"这女人讲义气，是只好鸟。"大家心悦诚服，都这么夸孔燕妮。

孔燕妮是不是好鸟，仁者见仁，智者见智，可有一点大家的看法是一致的：孔燕妮的情感是多变的。孔燕妮情感多变的原因只有她自己知道，任何人是不敢向她打听的，只能各怀鬼胎。只要看她的眼神，就知道她不好惹。她的眼神里并没有放出犀利的光，她只是那么看着，温和而又深沉地盯着大家一个一个地看过来，就让大家感到害怕，害怕她一旦眼里放出光来，那就要看出大伙儿的五脏六腑来。在她的目光下，女人们一般都无趣地低头私语。男人们赶紧喝豆浆，吃豆腐花，嚼油条，啃大饼，装得若无其事。当然，她很少用这种目光一个一个地看过来，上一次她这么干，还是大家商量好了一起问她是不是被小丁揍了。事实上，那次是她把小丁揍了，她要分手，小丁不肯。小丁非但不肯分手，还指着孔燕妮的鼻子说她反党反社会反人类什么的，孔燕妮被他骂得怒火万丈，抡起大手在他脸上掴了一掌。

"政府提倡妇女解放是件好事，可是妇女再怎么解放也不能爬到男人头上，除非有一天女人生下的小猢狲都姓她们的姓。你看她这种眼神，不是一只好鸟。"男人们害怕在孔燕妮这里受到眼神攻击，就这么发牢骚，但也是私下说说，过过嘴瘾。他们已忘了两天前还在夸孔燕妮是只好鸟。

但不管怎样，每天早上，大家都心平气和地聚集在张柔和的摊子上吃早点，等待什么事情发生，成为光荣的见证人。孔燕妮和张风毅，那可是吴郭城里传奇的一对人。说到传奇二字，可以先从孔燕妮的家庭说起。她的父亲孔朝山是一位军医，毕业于美国斯坦福大学医学院精神病学系，是全省有名的精神科医生。年轻时的孔朝山英俊又温文尔雅，和一众男人有着天壤之别。走在路上，往往被成年女性恋恋不舍地回望。见过他的女性就像见了什么宝一样，忍不住要在女伴面前讲了又讲。

孔燕妮的母亲谢小达也是一位风云人物，曾经是吴郭地下党，负责本城西南片的情报收集、传递，掩护入境路过的战友。一九四九年后她历任吴郭市妇联副主任、吴郭革委会副主任。现在她是普通人了，可当年她意气风发的时候，浑身上下都洋溢着不一般的气场。那时候，她圆圆的脸上眼睛炯炯有神，总是抿唇微笑。她的人生里唯一遗憾的是孔燕妮不像她，各方面都和她不同。她热情亢奋浑身是劲，孔燕妮大多数时候是沉默的、懒洋洋的。有时候她们会吵架，她们不像母女，而像不同价值观的对手。

孔燕妮有两位爷爷。一位是亲爷爷，亲爷爷的前妻是位足不出户的大家闺秀，生下孔朝山没两年就去世了。续弦高大进，后来跑到延安成了一位革命者。她没有生下子女，但她尽心尽力地把孔朝山拉扯大了。另一位爷爷是孔朝山认的干爹，姓柳。孔燕妮叫他柳爷爷。柳爷爷是江南名士，教育家、诗人、书法家、园林学家、收藏家。一九四九年以后，他当上了中国人民政治协商会议吴郭市委员会副主席。柳爷爷对风花雪月、吃喝玩乐都有深刻的心得体会。孔燕妮的母亲怕他带坏孔燕妮，曾经严禁孔燕妮到他那个园林一样的家里去玩。张柔和、张风毅两姐弟流落街头时，是柳爷爷收留了他们。他自杀于一九六八年。他的名字后面冠了那么多了不起的"家"，非但没有让他安度余生，反而加速了他的死亡。

孔朝山还有一位奶娘，是花码头镇上的居民。奶娘有位孙女叫秧花。秧花是孔燕妮的好朋友，她会走路时就开始拿绣棚。现在是她那边的头号绣娘了，还是全国劳动模范，在当地政府担任重要职务。

介绍了孔燕妮身边这么多的重要人物，并不说明她也是一个重要人物。她从来不是一个重要人物，也不是学习的榜样。她只是一个有名人物，是那种茶余饭后可以谈论的人物。谈论她，有两个好处，一是不会跌自己身价，因为好歹她身边有那么多的重要人物。二是身心可以得到片刻舒缓。她做的事，凭良心说，都是别人想做而不敢做的。生活那么单调，心灵那么绷紧，她却沉浸在她的世界里，闹出那么多的恋爱故事。她好像一直在拿自己冒险，每次她开始冒险，就是大家的节日，从心里感到痛快，怒气冲冲的人也会缓和下来想一想，原来生活还能这么过。

话题再回到张柔和的豆浆摊上。

豆浆摊设在大饼店前面，只做一个早上。大饼店的店员四点钟不到就来开门。店内的大炉子隔夜用湿煤封掉了，只留一个鸽蛋大的小洞，此时用铁钎子把湿煤捅开，火头一下子就蹿上来了。五点钟开始供应大饼、油条、粢饭团、包子，偶尔有昨天下午做的，没有卖掉的"老虎脚爪"和面衣饼。"老虎脚爪"也是一种面点，它和面衣饼一样，下午两点钟供应，五点结束，店面打烊，不做夜市。边上有一家茶馆，早上五点钟开门，正好赶上大饼店供应早点。大饼店里窄小局促，大炉子里朝外喷着火星，落到浅色衣服上，轻的是一点黑渍，重的是一个焦点。不下雨的日子，外面放一张桌子，豆浆、豆腐花，都在外面吃。一是招揽生意，显得热闹；二来拓展空间，回避火星。

张柔和只做一个上午，四点半去，做到十点钟结束回家。事实上，不管有没有顾客，她九点半钟就开始收摊了。她的家就像是她的魂一样，没到点就要急急忙忙朝家里跑，因为她有个弱智儿子一个人待在家里。

早晨总是大地最新鲜的时候。天空高而蓝，秋天的白云急速飘过头顶。大家聚集在这里吃简单的早点，呼吸着清甜的空气，听着蟋蟀、蝈蝈或秋蝉偶尔鸣叫几声。摊子边上是一条直而长的河，这条河通着运河，河边一溜的驳岸石里藏着蛙们，它们在清晨也会突然鸣叫，鸣叫几声后归于寂静。

今天合该有事，孔燕妮的老朋友黄阿兴骑了一辆半新不旧的"永久"牌自行车路过这里，他是吴郭市革命委员会的秘书长。他看到孔燕妮，停下车说："呀，老孔，你怎么在这里呢？"

孔燕妮回答他："呀，是你。我这几天一直在这里吃早点。"

黄阿兴看了看马路对面说："我明白了。老孔，恭喜你呀，听说张风毅快要刑满释放了。"

张柔和回过头抢着说:"张风毅下个月十八号上午出来。今天是十月二十五号。算上今天,还有二十五天。黄秘书,坐下来吃点什么吧。"

有人说:"人家不是秘书,是秘书长。秘书不带长,放屁也不响。秘书带个长,放屁嘭嘭响。"

黄阿兴坐到孔燕妮边上,问她:"老孔啊,近来你在干什么?我好久没见到你了。"

孔燕妮回头看了一眼黄阿兴,屁股朝边上挪一挪,让出一人坐的空间,放下筷子说:"学生背后叫我老孔,都被我好一顿教训。黄阿兴,你真是不识趣。"

黄阿兴说:"老有什么不好?清静。女人年轻漂亮,男人就像绿头苍蝇,一群一群地朝上叮,赶也赶不走。"

黄阿兴身材矮小,站在孔燕妮身边,还比她矮半个头。此刻坐在她边上,两个人看上去差不多高。他还要时不时地挺直腰,显得比任何人都高一些。大家心里明白,都弯腰低头专心吃喝。

孔燕妮说:"看你说得这么粗糙,不是苍蝇是蝴蝶。我要是能回到年轻时,招惹苍蝇也心甘情愿。"

"管他苍蝇还是蝴蝶,和你都没关系了。"张柔和兴奋地说。提起这个话题,她一下子打开了话匣子,"孔燕妮,你今年七月份已经过完三十五岁生日了。女人一过三十五岁就不年轻了,叫你老孔也没错。……我认识你妈的时候,你妈也过了三十五岁了。可是你爸三十五岁那年,我还没有认识他。那时候老想着和他过到一起去,还上了香炉山,在山里的寺庙里许了天长地久的心愿。"

黄阿兴说:"算了吧,张家姐姐。你要真的和孔朝山过到一起去,孔燕妮和张风毅怎么办?天王老子都搞不懂你们的关系。"

孔燕妮的爸爸孔朝山当年和张柔和之间的爱情,算得上一个乌龙事件。两个人之间的爱就像春天里的一阵风,一刮就没影了。倒是张柔和把这件事当成生活对她的恩赐,牢牢地记在心里。

黄阿兴认真地告诉张柔和:"张家姐姐,好几座寺庙要重新开张了,你到时候还是可以去许愿的。"他看看孔燕妮的脸,并且用胳膊碰碰她,说,"天气总算凉快了。你看,天上的云跑得飞快。今年夏天热得够呛。你怎么样?你看上去一点也没晒黑。"

孔燕妮没理会他,只管对张柔和说:"给黄秘书长来一碗豆腐花。多放虾皮和榨菜,不要放麻油,放一把猪油渣。"

黄阿兴说:"不要叫秘书长嘛,像以前一样叫我阿兴。你还记得我喜欢吃油渣?除了我姐姐记得就是你了。"

一辆自行车从远处而来,车子慢慢悠悠,犹豫不决,骑到这里,停在了黄阿兴身后。骑车的是一位英气的年轻男子,他对黄阿兴轻声咕哝了一句,埋怨黄阿兴骑得有点快。

黄阿兴站起来拍拍年轻人的肩膀说,说:"俞华南,我给你介绍一个人。这是孔燕妮,军医学校的老师。以前还当过111军医院的医生和农村中学的老师。我说得不错吧?老孔。"

孔燕妮扫了一眼,一看这位俞华南就是外地来的客人,穿着耀眼的白衬衫和草绿色军便裤,自行车后座上夹了一只草绿色旅行包,肩上挎一只黄色帆布包。别人的帆布包上总有几个字,为人民服务或者毛主席万岁,他的帆布包上什么字也没有。他架好自行车,朝孔燕妮点个头,字正腔圆地对张柔和说:"我也要这样一碗豆腐花,放一把油渣,多放虾皮和榨菜。麻油滴上几滴。"

张柔和端了一碗香喷喷的豆腐花放在黄阿兴面前,说:"你是我们的秘书长。这一碗免费。"又端一碗放到俞华南面前,问:"你是哪里来的?"

黄阿兴说:"他是北京那边派下来调研的,昨天夜里从上海过来。上海那边接待的领导让他先来找我,我就让他住我家里一夜。今天带他去招待所。他是我们吴郭城的客人。"

俞华南睁着清澈温和的眼睛说:"我的祖上是吴郭人,太爷爷那辈去了北方。我这次来也是寻根。"

孔燕妮抬起头又看了俞华南一眼,这次她的眼神一亮,兴许是俞华南的白衬衫晃了她的眼,乱了她的心。她觉得他身上的气息像她认识的某个人,低下头一想,依稀有几分像她的父亲孔朝山年轻时的模样,也有些像二十几岁时的张风毅。

黄阿兴端起碗,也不用筷子,几口就把豆腐花连汤带水喝下肚子,一说话就喷出虾皮和小蒜的味道。他说:"我是个讲规矩的人。既然张家姐姐给我免费,我就给大家讲一点国家大事。你们要是听得开窍,兴许就会从此改变自己的命运。……话说去年冬天国家恢复高考,有人就担心不长久。不要担心,高考制度一定会坚持下来。老百姓家里的孩子,读了大学就有一条好出路。你们回去和自己家里的还有邻居的小孩说,一定要好好读书。上个月,教育部到各个大学里选拔人才去出国留学,这是开天辟地的大事。我们吴郭大学也选了一个人,这个人的母亲是摘帽右派,父亲还有历史问题没解决。说明什么?说明家庭出身不是那么重要了。一句话,现在是不拘一格降人才。"

有个年轻人问:"黄秘书长,听说去年大学考试,有两个考生约好,不会做的题目就写上毛主席万岁,这样就没人敢打叉。听说老师们也不是吃素的,不打叉也不打钩,晾在一边不理会。是真的吗?"

黄阿兴说:"也许有这回事吧。"

张柔和说:"一句话,不读大学将来只能刷马桶。"

她的话引来一阵笑声。豆腐摊的南边有一条河,刷马桶的阿姨推着平板车,上面层层叠叠摞着小山一样的马桶,慢慢地朝人少的河埠头走去。

黄阿兴说:"话不能这么说。没人刷马桶,你只好睡在屎尿里。去年夏天,吴郭市里不是到处臭烘烘的?那就是因为一位副专员批评了一位副主任,副主任家乡就是专门负责运粪的。家乡人一看副主任吃了亏,马上罢工不运粪了。副专员傻了眼,从此不敢惹这位副主任。"

孔燕妮笑眯眯地说:"阿兴什么都知道,万宝全书缺一只角。"她朝俞华南看了一眼,俞华南正盯着她看。孔燕妮朝他张开嘴,无声地说了几个字。这是她引逗人的一个绝招,其实她什么也没说,说什么也不重要,重要的是对方会回应她。但俞华南对她没有任何反应。

这边黄阿兴说:"我就是什么都知道。这位刷马桶的阿姨我也知道她的事,她是一位地主的女儿,读过大学,一家六口人五个是右派。政府正在给她家平反。平了反以后,她就不用再刷马桶了。"

一位年长的阿姨说:"没有人刷马桶怎么办?"

黄阿兴说:"将来没有马桶了。将来大家全用上抽水马桶了。以后煤炉也没有了,都用煤气,又干净又方便。我们已经成立了液化气油站,正在发展用户,试烧液化石油气。大家要积极报名哦。不要怕,那东西在发达国家是家家用的。内部消息说,我们以后家家要有电视机、冰箱,日子过得就像美国、日本一样。"

年长的阿姨"哎呀"叫了一声，说："阿兴啊，你是吹死人不抵命的呀。……我可不想过得和美国日本差不多，那是复辟资本主义。要打倒……"

张柔和笑着对年长的阿姨说："你乖乖地听，少插嘴。内部消息说，你媳妇留了一手长指甲要划你的脸，你不如打倒你媳妇吧。阿兴，你朝下说，我再给你盛一碗豆腐花。"

"多放点油渣。"黄阿兴兴奋得脸上泛出红光和油光。他从张柔和手里接过第二碗豆腐花，"我们国家马上要发生大变化，农村政策、城市政策都会有大变。今年三月底北京开了个全国科学大会，你们是知道的，科学的春天到了。那些不科学的思想，不科学的行为统统过时了。中央提倡，实践是检验真理的唯一标准。实践才是最科学的，要嘴皮搞脑筋那一套都是不科学的。大家的好日子在后面呢。……张家姐姐，今天的豆腐花有点腥味，不知道是虾皮不好还是豆子不好。"他停顿片刻，看了看孔燕妮说，"与国家的青春相比，个人的青春算得了什么。"

俞华南突然开口："要我看，国家的命运重要，个人的青春也重要。"他突然说话，大家被他吓了一跳。他为孔燕妮说话，孔燕妮心里一喜。这时候，大家又吓了一跳，原来倒马桶的阿姨叫喊起来，只见她沿着河，一路跑着喊着，追赶一只漂走的马桶盖。

马桶没了盖子是件大事。城里有木匠，但是没有木头。要有马桶票才能去商店里买新的。马桶票不是谁都能搞到手的，结婚的小夫妻凭结婚证才能领到。没了马桶盖，要么给工会打申请，申请一只新马桶，要么去黑市花高价买马桶票，这两种情况都是要人命的。所以倒马桶的阿姨急得又喊又叫。

路人甲乙丙丁们迅速围到河边，一边看热闹一边出谋划策。

这时候大家吓了第三跳,只见俞华南几步冲到河边踩倒一棵竹子,几下拉扯就把竹子扯了下来。

他举着竹子追上马桶盖。在众人一片声的鼓励中,他那根颤巍巍的竹子不负众望地把马桶盖拨上了岸。

黄阿兴感慨了一番:"小时候我家的马桶都是我姐姐刷的,马桶盖漂走多次,每次都是我姐姐想办法捞上来。我姐姐真是了不得。可惜她十年前中枪死了,就埋在城西菜场的运河边。中国的女人真是能干,带孩子、做家务、上班,参加政治活动,弄不好还丢了性命。往事不堪回首,我们再也不会过那种日子了……各位回头见,我要先走了。那位捞马桶盖的,他父母都是北京的重要人才,他自己是位自学成才的工程师,现在抽调到了北京一个政策研究部门,到我们江浙沪一带来搞调查研究。你们谁有空就把他领到吴郭市委招待所住下来。"

俞华南捞好马桶盖回到豆腐摊坐了下来,气定神闲地继续吃。

孔燕妮说:"我有空。"她说了以后有点失望,俞华南对她的话没有表示。

张柔和说:"阿兴,下个月十八号晚上,我和孔燕妮准备在青云岛上摆两桌酒席,替张风毅接风,答谢各路朋友。你来不来?"

黄阿兴随口说道:"要来的,要来的。"

张柔和说:"哼,一听你的口气,你就不会来的。"

俞华南吃完,拿出一架135照相机,调了光圈和速度,拍下豆腐摊和河岸边一字排开的马桶,又走进大饼店里,拍了炸油条的大锅和砧板上揉面的师傅。然后他到边上的茶馆里拍了一通,还拍了茶馆后面的石拱桥和桥下面破旧的一片民居。一些居民的院子里开着鲜艳的菊花和香喷喷的桂花,他也跑到人家家里去拍了下来。

等到他回来,摊子上只有孔燕妮和张柔和两个人了。两个人的脸上都有不快之色。俞华南举起相机把两个人拍进了镜头。

张柔和说:"北京人,你这辆'长征'牌自行车是头不吃草的骏马,还是新的,值一百四五十块钱呢。你小心骑,不要一个跟头摔坏了。摔坏了自行车也就罢了,把我家孔燕妮摔坏了,我弟弟要找你算账。"

俞华南不置可否地微笑,骑上车,孔燕妮坐到自行车后架上,替他拿着旅行包。包里除了衣服之外还有书,孔燕妮手一碰到包就知道包里有书。她稍稍靠近俞华南,闻到俞华南身上有一种奇特的味道,好像是什么药水味,又好像是树荫下的阴凉孤冷之味。味道若有若无,仔细一嗅,味道就消弭无踪。孔燕妮想,这位俞华南和张风毅就是不同的两种人。张风毅三尺以外就感受到他身上发出的热力,热力持久,热波不停散发,就像初夏早晨被阳光蒸发的河。那么俞华南和孔朝山比呢?也有很大不同。两个人看着都是矜持和温和的,甚至有点克己。但孔朝山是悠闲自得的,身上像是洒着月光。俞华南说话和做事看着有些慢悠悠的,但仔细一辨,就能感觉到在他身上有一种紧张和不稳定性。孔燕妮已经感觉到了,她知道这种紧张和不稳定是带着悲苦的。她心里没来由地一痛,跳下车说:

"招待所就在前面那条巷子里,你自己能找到。"

俞华南一脚撑住地面停下车说:"我初来乍到,你可要尽地主之谊啊,不能把我扔在半道上。"

孔燕妮说:"你这台词就像电影里说的。"

"那我应该怎么说呢?"

"你应该说，孔燕妮，你家住在什么地方？"

"孔燕妮，你家住在什么地方？"

"不要问三问四。我得空带你去看一看，你就知道了。"

"那我得买些东西上门，你孩子多大了？"

"你不要开玩笑，我还没结婚呢。"

"我没有开玩笑。那你结婚够晚的。"

"你结婚了吗？"

"我也没有结婚。"

两个人说了这些初步试探的话，孔燕妮重新坐到自行车后座上。

到了吴郭市委第一招待所，俞华南拿出介绍信，登记了。服务员小汪拿着一大串房间钥匙带着他俩打开房门，一股燠热的气息扑面而来。小汪赶快去开了窗，他说房里的这股热气是夏天储存到了现在，从夏天到现在，这个房间还没有住过人。

孔燕妮拍拍额头。

俞华南好奇地问她："你的额头上有什么吗？"

孔燕妮说："皱纹。张家姐姐提醒我，心浮气躁的时候，拍拍额头上的皱纹，心里就干净了。这样我的灵魂就不会跑掉。"

俞华南微笑一声，说："当你老了，头白了，睡意昏沉，炉火旁打盹。请取下这部诗歌，慢慢读。回想你过去眼神的柔和，回想它们昔日浓重的阴影。多少人爱你青春欢畅的时辰，爱慕你的美丽，假意或真心，只有一个人爱你那朝圣者的灵魂，爱你衰老的脸上痛苦的皱纹。……这是叶芝的诗，写的是消逝的激情。"

他看了一眼孔燕妮，脸上现出莫名的紧张。他说：

"你为什么站在门口，不进来，也不出去？"

第二章

孔燕妮闻言走进屋里。"我是想走的，不过我挺想看看你包里的书。你的书里肯定也有内部消息。"她说。

俞华南把旅行包里的书拿出来放在木地板上，书有四本：汤因比的《历史研究》、黑格尔的《逻辑学》、斯宾格勒的《西方的没落》、孟德斯鸠的《一个波斯人的信札》。除了这四本书以外，还有一本笔记本。

他说："除了笔记本不借，其他的书你都可以借去看。我带着这么多的书出来，就是让朋友们借去看的。前几天在上海，已经被朋友借去了三本。"

"我对你的笔记本感兴趣。"

俞华南想了又想，最后下了决心，说："你看吧。"

孔燕妮打开笔记本，掉出一张照片，是俞华南和一位漂亮女青年的合影，两个人站在一棵白杨树下。

俞华南说："这是在圆明园的白杨树底下照的。"

笔记本第一页抄着诗人食指的诗《相信未来》：

当蜘蛛网无情地查封了我的炉台，
当灰烬的余烟叹息着贫困的悲哀，
我依然固执地铺平失望的灰烬，

用美丽的雪花写下：相信未来

……

孔燕妮说："钢笔字真秀气，一看就是姑娘家的笔迹。"

"就是照片上这位写的，她是我女朋友。"

"你女朋友也是北京人吗？"

"是的。她去缅甸了，参加了缅共人民军。有一天，她把笔记本寄给了我，告诉我，她在萨尔温江东边一带活动，后来就一直没有了消息。"

"太不好意思了，我勾起了你的伤心事。"

"……这么多年，我心里一直把她当作我的唯一，希望她有一天突然从缅甸丛林里回到北京。和她一起去的人，死了不少，也有不少人活着回国了。我们不要打仗，我们要建设祖国，你看国家现在正是需要建设人才的时候。她回来可以继续写诗，讴歌又一个新的时代来临。她写诗写得好，当年是我们中学诗社的社长。"

孔燕妮叹了一口气，问："俞华南，你在吴郭住几天？"

"可多可少。我从北京到上海，再到你们吴郭市，然后我还得去南京、杭州……"

"我带着你到处走走吧。我们吴郭市刚成立一所工读学校，我原先在军医学校教书。学校让我们志愿报名去工读学校教书。我想，工读学校的孩子更需要老师。我就报了名。手续正在办理。我现在两头不靠，陪你看几个地方不是难事。"

"你长得……太引人注目了。我不会挨揍吧？然后把我送到医院去吃药打针。"

"有这个可能吧。"孔燕妮进一步试探，"既然你现在没有女朋友，你在吴郭调研的日子里，就把我当成你的女朋友吧。"

俞华南波澜不惊地说："我的女朋友比我大三岁呢。我读初二时，她是高二了。你看来要比我大七八岁。"他说话的腔调就像在搞科研，就事论事，一点也没有受到感动的样子。

孔燕妮失望极了，勉强接着他的话说下去："你谈恋爱谈得够早的，但你还是没有我早。"

她想起了杜克。

她十五岁就爱上了杜克。他俩住在同一座城市里，却也有四五年没见了。她从杜克的妹妹杜鹃那里知道许多消息，杜克结婚后没孩子，夫妻两人经常吵架，一吵架就开打。杜克有一支电警棍和一把猎枪，他老婆也有一把猎枪和一支电警棍。他老婆还有红缨枪，比杜克藏的东西还多一样。两个人吵到后来一点也不讲情面，一翻脸就各自找武器，在家里上演全武行。杜克上个月调到了市教育局生产办公室，同时他也离开老婆，住回了父母家里，放下武器，摇身一变，变成了文化人，把父母家的小红楼变成了文化沙龙。老杜已经去世，杜克的妈妈回到她南京的老家。杜克他们一帮人没了父母的管束，没日没夜地窝在小红楼里，天南海北地胡聊。他们中的大多数人都消息灵通，聊的都是国内外政治、经济和艺术最前沿的消息。

杜鹃还和孔燕妮说了一些杜克他们聊的内容，她说她听了几次就不去了，他们很无聊，说的都是和自己生活不相干的事情。

孔燕妮说："既然你让我知道了你的初恋，那么我也要带你去见见我的初恋。他叫杜克，刚调到文化局。你能从他那里听到本地人的一些想法。"

"好呀，我从北京过来就是要了解社会各个阶层的想法。"

孔燕妮好奇地问他:"你是北京什么部门派来调研的?国务院?社科院?还是哪个部委办局?"

"内部消息,暂不公开。你要借书吗?"

"不用。这几本书我都看过。"孔燕妮又问,"刚才你在豆浆摊上已经看到了一些人和事,你怎么评价?"

俞华南问:"所有人吗?"

"是的,包括所有人。"

"他们都很有激情。"

"我经历过几个全民激情的年代……我现在最怀疑激情了。"

"你也怀疑爱情吗?"

孔燕妮被俞华南这句话问住了,她思考了片刻回答道:"爱情是由激情支撑的,我有时候会怀疑爱情。"

俞华南看着孔燕妮的眼睛,孔燕妮的眼睛清澈无尘,深不见底。他心里打了一个寒战,他不太信任她。他说:"你有没有想过,可能你的怀疑才是正确的。"

"我现在心里又有了爱情,每当我有了新的爱情,我就不会怀疑。"

俞华南说:"不瞒你说,我对爱情心如死灰。"

孔燕妮想,她对俞华南的感觉是对的,俞华南内心有着不为人知的悲苦。她坚定地说:"我会焐热你的。"

每逢一段新的爱情,她总是这么不管不顾的,有点小姑娘式的冲动,但她终究是三十五岁的女人了,她很明确想在俞华南身上寻找什么。俞华南身上有她熟悉的那种痛苦,她不知道这种痛苦的来源,也不想知道,她只想用爱去抚平这种痛苦。她要证明自己一直都有超常的爱的能力。

俞华南安顿好以后，孔燕妮带着他去了市中心的花神庙，俞华南说他的太爷爷以前就住在花神庙后面。神庙周围的木栅栏都朽了，一些石头的景观乱七八糟倒在疯长的野草丛里。花神庙的须弥座上面，是一撮一撮下象棋的人，走过的人，如果有兴趣，不管认不认识，都会上前找个棋摊子看上一会儿。

孔燕妮领着俞华南走了一大圈，找到了俞华南所说的那条小巷子。一到巷子口，俞华南就"咕咚"一声跪下来了，面朝巷子的路磕了几个头，吓得巷子口的几户人家关上了门。

"这里和我爷爷说的一样。"他站起来兴奋地对孔燕妮说。

但他的祖居具体坐落在巷子的什么地方，他也说不清楚。他们问了几位居民，有一位八十多岁的老太太说，她小时候听人说过以前巷子里住过一家姓俞的人家，好像住在巷子中间靠菜场那里。后来这家人家搬到北京做官去了，再也没回来。菜场原先是没有的，就是一堵高墙边上的空地，时不时地有一些菜农过来摆个菜摊子。后来就形成了固定的菜摊，生意兴隆，于是拆掉边上好几户人家建了一个菜场。俞华南走在孔燕妮前面，大步朝菜场走去。菜场不大，里面东西不多，到处是污渍和水迹。水泥砌成的柜子上，放着不新鲜的菜和挑剩的肥猪肉。菜场最热闹的时候是清晨五点开门的时候，这个点来买菜的人不多。他转了一圈，就出来了。

但他显然还是很愉快的，他的身上开始散发出热烘烘的气息。再次走过花神庙的棋摊，他选了一个摊子走进去，放下两块钱的赌注，下了一盘象棋。不过四五分钟，他就速战速决地赢了，然后别的摊子来了一个人向他挑战。他花了十来分钟搞定。后来又来了一位号称棋王的，他把那位棋王杀得脸无人色，最后棋王一把推了棋子，扔下一块钱走了。他看看手表，对孔燕妮说："二十分钟。"

他指的是和棋王下棋的时间。

"我赢了三块钱,请你吃点什么吧。"他说。

孔燕妮巴不得吃点什么,带着他去了"真味酒楼",点了虾仁豆腐、咸菜烧黄鱼、紫菜蛋汤。一人一碗热腾腾的饭。俞华南先吃好,吃完后他就朝窗外看着路过的人。

他吃过热腾腾的饭菜后,情绪并没有变得更饱满。相反,他彻底安静下来,安静得像不存在一样。孔燕妮感到他身上的热力消退了,就像桌上放凉的紫菜蛋汤。他一凉,面色更白了,凝脂一样。

这真是一个奇特的人。她想。这一次她感受到的不是那种苦痛,而是残酷的冰冷。她被他复杂的个性吸引了。这样的人,会被她焐热吗?

第三章

第二天早晨四点半,张柔和准时到了饮食店。别人早就来了,炉火拨开了,烧得旺旺的,走过它的人们一瞬间热了起来。她一个人把一张桌子搬到店门口,再摆开四条长木凳,面朝北的长木凳上放一把坏掉的缺口木汤勺。

摊子上来的第一个人是她的老邻居,五十几岁的男人。他告诉她,昨天下午看到孔燕妮和一位男青年在"轧马路",那位男青年就是昨天早上跟着黄阿兴来的北京人。

"你要替你弟弟看着她,不然的话,你弟弟出来一看傻眼了,自己的女人跑了。"

第二个人听见了这句话,还没坐下就问:"谁跑了?说来听听?"

张柔和压抑住心虚说:"你们想吃就吃,那么多废话干什么?"

于是她的老邻居就换了一个话题说:"上海那边有种地下舞会,又叫黑灯舞会。灯一关,大家就跳起舞来。男男女女搂着摸着,一个舞跳完,大家回到自己的座位上,就像什么都没干似的。下一个舞换一个人再来。这样跳一夜也不累。"

第二个人说:"胡说,这样跳舞那不累死?又不是逛马路。听说孔燕妮和北京小伙子逛马路逛了十几个小时,可见逛马路是不累的。"

张柔和直起腰,望着远处,一脸愁容。

她等啊等啊，没等到孔燕妮。

第三天她去得更早，干了更多的活。她拨开封住的炉火，把大盆里发好的面拿出来使劲地揉。然后在店门口摆开桌子和条凳，面朝北的条凳上放一把木汤勺。一直到早餐快结束，还是没有等到孔燕妮，倒是看到了宋阿进。

宋阿进是张风毅的好朋友。他、张风毅、井水亮、温德好、小皮、罗汉芳、蓝雪花、孔燕妮，八个人自称是"吴郭八骏"。他们经常在一起玩闹、开诗会，后来就各走各的路，分道扬镳。宋阿进和张风毅进了不同的阵营，成了敌人，不同的枪，拿在他们的手里，制造着一模一样的地狱。所幸张风毅明白得早，他扔掉了枪，成了最早的醒悟者。十年前，他打过宋阿进一枪，把宋阿进一条腿打瘸了。他逃到了浙江海宁写诗的朋友那里住下，等待宋阿进的原谅。但是时间并没有让宋阿进消除仇恨，张风毅没有等来原谅，等来的是宋阿进的起诉。张风毅被判了三年牢。

吴郭市流传一句话，张风毅坐监狱，孔燕妮上天堂。他们不知道，张风毅对孔燕妮郑重地说过：你是自由的。孔燕妮也对张风毅说过同样的话。他俩的爱情是互相成全的。至于有没有互相成全好，那就是他俩的事了。

世上最堵不住的就是众人的嘴。若是众人有情有义，那嘴也宽厚。若是众人无情无义，那嘴就是刻薄的。

宋阿进披着黄大衣，里面穿着短裤和汗背心，一瘸一瘸地过来，直奔面朝北的条凳，指指汤勺，嘶哑着嗓音说："把勺子拿开，我要坐这个地方。"

张柔和拿掉汤勺，看到宋阿进一副失魂落魄的样子，也不问他，给他盛了一碗豆腐花，上面搁一根油条。宋阿进叫起来："我不吃豆腐花，滑不溜秋的。"

张柔和说："那给你盛碗豆浆吧。"

"我也不喝豆浆，喝在嘴里一股豆腥气。还有这根油条，一丝热气也没有，又僵又软，隔夜的吧？"

"啥都不吃，那你来干啥？宋阿进，我有三年没有见到你了。你披着大衣热不热？今年夏天你还没热够？"

"我家凉快。我家的床冬暖夏凉，是一张高级床。床板上刷的是湖北毛坎的生漆，不信你来瞧瞧。"

"你家再凉快，也比不上太平间凉快。"

"我和你是有三年没见了，张风毅用枪把我的腿打残废，我本以为法庭要把他判个五年八年。那样的话，你起码五年八年看不见我。我告诉你，我披着大衣一点不热。自从残废了，身上的热乎气越来越少。今天才十月二十七号，我就像在大冬天了。"

"我看见你大衣里面就穿着短裤和汗背心，你不要装腔作势。过去的事不要再提了，我弟弟打你一枪也是不得已。十年前吴郭闹腾得最厉害的时候，是你带了一帮人去追他，把他朝死路上逼。他不过是反对你们朝水厂里放毒。不说这个了，你小孩多大了？"

"当时说放毒，也是说说玩的。谁真能朝水厂里放毒？你问我小孩多大，我还没结婚呢。我这样子谁要我？而且，我现在信奉无政府主义的学说，更没人要我了。女人都不喜欢无政府，她们恨不得自己就是政府。"

"小心公安局把你抓起来。"

"抓起来也得放了我，现在提倡信仰自由。你知道什么叫无政府主义吗？我给你说说。"

"什么有政府无政府的，趁早撂开这个话题。你看我怎样？你看得上我的话，我回去和汪多根离婚。不过我得把我儿子小葫芦带过去给你当拖油瓶，我儿子什么都好，就是有点先天智障。"

"我不要结婚，更不要拖油瓶。你要是有良心，改天到我家里来，送碗豆浆给我喝，我有油条给你吃。"宋阿进说完哈哈大笑，张柔和笑的声音更响，她仰着头笑，声音清脆透亮，一声声都落到空气里蹦跳："看你那张鬼脸，占了老娘的便宜就高兴起来，一口黄牙，丑死了。"

宋阿进也快快活活地叫道："阿姐，你现在变得很粗俗嘛。我五八年认识你那会儿，跟现在就像两个人。二十年，把你变得影子都找不到。别说二十年，你跟三年前都不一样。"

张柔和说："兄弟，我能不变吗？我这些年过得哪像个女人？爹活着的时候要去侍候，婆婆活着的时候要去侍候，还好两位老人家去年都死翘翘了，不然我还得苦下去。汪多根在家里什么事都不干，他一个月的工资还不够他在外面玩的。张风毅下个月十八号出来，算上今天，也只有二十三天。出了那牢门，到哪里找工作呀？那么多回城知青都找不到工作。还有平反的那么多右派，就像还了魂似的，到处抢工作岗位。"

宋阿进说："阿姐，谁不知道你们丝织厂女工工资高，我听说你在丝织厂力织车间做挡车工，工资不少，还有带班费。一个月起码有一百块吧？你现在干这个，一个月只有三四十块吧？"

张柔和低下头笑说："你就是想套我的话。不瞒你说，我落到今天这个地步，还不是我跟着大家一起拿车间的布？说起来拿布也是个传统了，是公开的秘密。我是技术能手，我一分钟能打五十个线头，我们厂里没人比得过我。我有一年去福建一个地方做技术援助，他们那里也有这个……公开的秘密。"

"拿？是偷吧？公开的秘密就能合法了？你们都是国家的蛀虫。"宋阿进鄙视地看了张柔和一眼，声音低下来，"也不怪你们，其实大家都拿。我在自行车修理店工作时就拿过好些零件。"

张柔和低下头笑了一声，宋阿进的话让她心里很受用，可是她又实在不想看他的脸，低下头笑了一声，再也没抬起头。

宋阿进看到张柔和在笑，于是继续说："工人拿布拿零件，就像农民割草时没当心割到了菜，只好拿回家去。……我后来拿得多了一些，他们就不要我了。对一个残疾人这样，他们真是狠心！阿姐，你是被丝织厂开除的。我们俩是同病相怜。我还是住在老地方，老早以前的传教士房子，现在破得不成样子了。你好多年前常来的。你抽个空来看看我吧，人生需要有不同的风景，你尝试过就知道了。我请求你尝试我。"

张柔和说："好了，废话少说。我要收摊了。下个月十八号晚上，我和孔燕妮在青云岛上摆两桌酒席，你想来就来吧。"

"你真心让我去？"

"真心的。当年你也没有去告他。也是张风毅从浙江藏身的地方回来，主动去找你，要求坐牢赎罪的。"

"那是当然，我根本没想到要去告他，多年的老朋友，不能恩断义绝。"

"你快滚吧。"

"你让我再坐片刻。我这样面朝北边坐着，就是想念张风毅的意思。"宋阿进叹了一口气，"唉，渡尽劫波兄弟在，相逢一笑泯恩仇。这是鲁迅说的。"他回过头看了张柔和一眼，见她愁眉苦脸地望着远处。

远处是孔燕妮每天早晨走过来的地方。张柔和心里有点怕孔燕妮，可说是又爱又怕。她对着远方的路埋怨说："我省吃俭用，就是想给张风毅和她攒结婚钱，我要给他们在真味酒楼办十桌结婚宴，四只冷菜，四只炒菜，四只大菜，一桌也得三十块钱。让张家祖宗看了，在地底下也笑出声来。可她倒好，这个时候她又看上北京来的小白脸了。张风毅坐三年牢，她真的要找满三个男朋友。"

宋阿进附和着她的话："以孔燕妮为代表的知识分子很反动，他们和我们劳苦大众不一样。他们整天想着男男女女的事情。"

第四章

张柔和埋怨孔燕妮的时候，孔燕妮正带着俞华南站在一处中西结合风格的楼房外面。白色的院墙上开着花墙洞。墙皮到处剥落，露出墙砖。

朝南两扇黑漆洋松大门，水磨石外框。门上有青铜拉手，拉手的下半部分油光锃亮，把洋松大门衬得有头有脸。

黑漆大门外面，连接着大路辟出一个方方正正的小广场，铺的是金山石。石库门两旁造出两池小街景，种着梅兰竹菊和青松、黄杨、红枫之类的花草树木。花草树木边上，林立一群俊俏挺拔的石笋。孔燕妮小时候听柳爷爷说，这是吴郭城里最好的一群天然石笋，据说是当年户主花重金从云南运过来的。

俞华南说："一路看过来，你们吴郭的民国建筑到底不像上海、天津、青岛那么西化，说明你们这里的人对于接受外来文化还是谨慎的。保守而谨慎。"

孔燕妮说："我们吴郭人个性有保守和谨慎的一面。我们同时也勇猛，敢冒险。"

俞华南说："我已经看出你勇猛，敢冒险了。"

大门开着，俞华南走了进去，孔燕妮跟在他后面。孔燕妮说："我发现你对物质的东西感兴趣。"

俞华南反问："你不感兴趣吗？"

"我对物质的东西都持怀疑的态度。"

"为什么呢?"

"因为我们吴郭人太喜欢物质了,对物质有一种执念,离开了物质简直不知道怎么过。"孔燕妮这么说,俞华南摇了摇头,他不同意孔燕妮的话。

门里面是一幢西式洋房,五楼五底,青瓦覆盖屋顶。房外设置四根水泥方柱。一楼和二楼,皆由这四根水泥方柱连缀走廊。

院子里栽着白皮松、罗汉松、五针松。林荫小道边放置众多嶙峋小山石。还有一座假山,一座小小的方亭。假山上晾着被子,亭子的栏杆上晾满尿布,树下面种了青菜和葱。进了洋房看内部情况,陈设自是杂乱和狼狈。

两个人里里外外走了一圈,俞华南对孔燕妮说:"楼房里的木地板,有十几公分厚,是从美国进口的细皮洋松。这幢楼砌的是芦席墙,全是特制的三十公分长,十五公分宽,五公分厚的青砖。这种老式的青砖不厚,但是方便做芦席墙。芦席墙结实好看,但是费料费工。一般人家是做不起的,只做空斗墙。你再看房子的勒脚,一色的八十公分长、三十公分宽的金山石。青砖隐隐,白石昭昭,在江南的水汽氤氲里何等美观,这种房子以后都得保护起来。"

孔燕妮说:"你好像什么都要调研一下。你怎么知道木地板和青砖的长、宽、厚?"

俞华南说:"这个用眼睛一打量就知道了。"

孔燕妮退后一步,朝他仔细打量,想看出他的神奇。她看到的是一张淡然的脸,没有什么表情。"他到底是怎样一个人呢?我是在冒险了。"她想。

俞华南说：" 我还有一个本事，白天不管什么时候，朝天上看一看，就能把时间猜出来，相差不会超过十分钟。"

"你让人太害怕了。那你猜猜现在是几点几分？"

俞华南朝天上看看说："现在是十一点四十分。"

孔燕妮看看手表，十一点四十五分。就说："到底北京人厉害。"

俞华南说："去你的。"

有一个八九岁的女孩过来叫他们，说家里的午饭烧好了，今天多烧了一个煎带鱼，爸爸妈妈请两位客人去吃。孔燕妮和俞华南就跟着女孩去了。

这家人是双职工，男的在制药厂工作，女的是丝织厂工人。丝织厂上的是"两两班"，早班、中班、晚班，中间各休息两天，今天轮休在家。家里一男一女两个小孩，都在附近上小学。今天是星期天，午餐是白米饭、煎带鱼、骨头汤、炒青菜。桌上还放着一瓶牛奶。俞华南用他那字正腔圆的京腔问了牛奶怎么订，送奶人什么时候送到家里，一个月几块钱等等。热情的女主人一一回答，揭开牛奶瓶口的纸盖子，让小儿子舔掉盖子上的奶油，然后给俞华南倒了小半杯牛奶。

俞华南尝了一口，说好吃。就把杯子放在桌上，推给孔燕妮。

女主人是个有趣的人，对俞华南打趣说："你怎么不端起来喂给你女朋友吃？"

女孩子插嘴："爸爸经常喂妈妈喝茶。"

俞华南问女主人："你从哪一点看出我们是男女朋友？"

女主人笑着说："你不要问我，就说是不是吧。"

女主人本来就是开个玩笑而已，但俞华南的脸发白了，看得出来他不喜欢别人开玩笑。为了论证这一点，孔燕妮笑着告诉女主人，她和俞华南还不是男女朋友，他俩刚认识两天。她见到他的时候，他正举着一根竹竿给人打捞冲走的马桶盖，好不容易才把那只马桶盖捞起来。大家听得哈哈大笑。俞华南一言不发走了出去。女主人对孔燕妮说："他开不起玩笑。"

"是的。"孔燕妮承认。

"你每天和他开一个玩笑，以后他就会变成一个会开玩笑的人。男人一定要学会开玩笑，不然的话，女人和他在一起没有幸福。"女主人说，风情万种地瞟了她丈夫一眼。她丈夫回报一个微笑。

孔燕妮对女主人说："我同意你说的。你是个好人。下个月十八号晚上，我在青云岛上摆两桌酒席招待朋友们，大家在一起吃吃玩玩。你们一家要是有空的话，请过来聚会。"

女主人笑着点头。她并不问孔燕妮姓甚叫甚，只要她想去，到了青云岛上自然找得到孔燕妮的酒席。

孔燕妮走出来，俞华南在大门外站着等她。他说："你们吴郭牛奶公司的牛奶很好喝。就是四块钱一个月有点贵。不过这么好喝也值了。"

孔燕妮说："你白吃了一顿午饭，还白喝人家这么好喝的牛奶。你会不会吃白食吃得上瘾，留在这里不走了？"

她一点也不提俞华南开不起玩笑的事。

俞华南认真地问她："如果我吃饭的时间随便到一家人家去，我都会受到接待吗？"

孔燕妮说："有百分之六七十的可能受到接待。你要是挂着一根棍子，手里托着一只碗上门要饭，任你到谁家，一定会要到东西吃。"

俞华南说："没想到你们还有这种好客之道，还有这样宽厚仁义的民风。只要解放思想,实事求是,等这块地方会重新富裕发达起来,以后家家都喝得到牛奶。"他和黄阿兴一样,一说到民生大事就容光焕发。

孔燕妮反驳道:"听你这么一说,好像解放思想就为了吃更好的东西?"

俞华南瞪了她一眼说:"民以食为天。你不会否认物质的意义吧?"

"我不否认物质的意义,但我反对把解放思想简单化。我们已经吃了不少苦头了,就是把许多东西简单化。"

俞华南不再说话。两个人走过红军路,到了旧巡抚衙门就拐弯朝左走。走到碧玉河,上了镜面桥,对面就是111医院的宿舍区,杜克家的红瓦坡顶小洋房突兀地矗立在小区东边。

碧玉河甚是精致,岸两边整整齐齐的云头雕花石柱围着。水边石砌的河埠头滋润光洁,沿河的柳条垂到河里,铺出一河绿莹莹的河水。镜面桥也是老明代的老桥。孔燕妮小时候,妈妈谢小达带着她特意过来参观过。一九四九年,国民党撤退时,谢小达和她的同志们炸掉了城里城外好几座石桥,这座桥当时是谢小达同志亲手炸的,没想到只炸得几块石板拱了起来。过后匠人们来修复,敲敲打打又把它弄平了,还给桥上裂开的几块大石打上了一个个精致的蝴蝶形石补丁。桥身上刻着桥联,是祈求神灵保佑的意思。再到后来,桥又倒霉了。桥联被人用硬家什砸烂,现在只能模糊地看到几个字:神、佑、天、地。到夏天,这河里有桃花水母游出来,年年都有,引得许多人驻足而看。

走着走着天黑了。

孔燕妮说:"我们刚才经过工人文化宫,你注意到文化宫外墙上的报刊阅读栏吗？"

俞华南说："我看见了。阅读的报刊都用玻璃罩着防风雨。可是有一面玻璃罩坏了，不放报纸，里面都贴的是留言，一层叠一层的留言，好多都被风雨打烂了。还有的被人撕下来扔到地上了。"

孔燕妮说："这就是我们吴郭城的留言墙。工人文化宫离你我都不远，你要到我家必定走过。以后我们每天都在里面给对方留个纸条，说一句话。"

"说什么话。"

"也不用特意地说什么，开一句玩笑就行。"

"开什么玩笑？"

"什么玩笑都行。譬如说做梦梦到我啦，我脸上一脸的麻子，或者说你夜里想拉屎拉不出来。"

"这种话太无聊啦，不符合我们的年纪和身份。"

"谈恋爱就得忘我，这样才能谈得好。"

"我还没准备和你谈恋爱。"

"那我们在一起有什么意思？"

两个人沉默地走了一阵，俞华南提了一个折中的方案："好吧，我们可以在文化宫墙上留言。我们用暗号，画一只燕子就是代表你，一条鱼就是我。但是约定好了，不许在留言里说无聊的话。"

孔燕妮对俞华南说："再见。"

俞华南看着她的背影说："你这个人性子真急，突然就说再见。不是说要带我去拜访你的初恋吗？"

孔燕妮一下子走了。他有点失落，他朝她背影轻轻说道："再见，再见……"他叹了一口气，无由地感到紧绷的一颗心有点松弛了。都说爱能让人轻松快乐，这是爱了吗？

孔燕妮回到家，看见前男友丁何嘉趴在屋后的窗户朝里看，还朝屋里轻唤："孔燕妮开门啊。我们好好谈谈。"她这才发现早上起得早，出门忘了关灯了，让丁何嘉以为她在屋子里。

丁何嘉还对着屋里说："我还不知道你？你没有那么强大，也没有那么聪明。你和张风毅过不到一起去。你们之间问题太多了。听说你看上了一个北京来的小畜生，那更不靠谱了。"

她悄悄地折转身，朝温德好家里去。

温德好最近在写一篇文章：《论柏油马路对中国人天人合一气质的损伤》。他是坚决不爱西方传来的柏油路，他觉得中国人的精神是朝下通着土地的，适合石板路和泥土路，石缝和泥土里时不时地长几根杂草。柏油马路，那是不通气的，把中国人的魂与土地隔开了。

他用毛笔写作。他写作时，边上要泡着茉莉花茶，茶杯边上放两个无锡泥娃娃，后面的墙上挂着一把二胡。写一阵，就喝口茶，看看一对泥娃娃。时间写长了，累了，就拿下二胡自拉自唱。

孔燕妮抢过他手上的毛笔搁到笔架上，说："不要写了，陪我到老地方坐一坐。"

两个人就一起走到了吴郭监狱外面。和以前一样，他们围着黑洞洞的监狱走了一大圈后，在监狱外的大运河边坐了下来。

看孔燕妮不说话，温德好开始说大运河里钓鱼的事。他说大运河里的鱼很多，有花鲢、白鲢、大青鱼、鲤鱼。大鱼有二十几斤重。他的朋友钓到过一百多斤的青鱼，渔政部门的人来看了，说是他们放下去的种鱼。专业的钓鱼人，不贪心，钓到特别大的鱼会放生，长得很大不容易。不能让它在自己手里断了活路。钓到品种珍贵的鱼也放生，让它不要断种。钓到幼鱼也要放生，幼鱼都是饿伤了才咬钩的，让它在水里再长长大……

孔燕妮打断他："你经常在运河里钓鱼吗？我以前不知道。"

温德好说："我和你一样想张风毅，也想到张柔和的摊子上坐着，面朝北，一边喝豆浆一边想他。可我不好意思到张柔和的摊子上坐着，以前是我抛弃了她，毁了婚约，弄得她伤心。于是我就想了个主意，夜里坐在运河边钓鱼，一边夜钓一边看着监狱，想张风毅这家伙此刻在干啥。这样我心里就好过了。"

说着话，温德好感到一点寒气从屁股底下直透后背，就把他带的大衣披在孔燕妮身上，说："地上有点冷，你披着我的大衣吧。张风毅坐了三年牢，我都记不清陪你在这个地方坐了多少次了。这次又是为了什么事呢？让我猜猜，是不是你又爱上了别的男人？"

孔燕妮说："你真想知道的话，我就告诉你。"

温德好说："算了，你不要说了。我就是你的奴隶，招之即来，挥之即去。今晚你想在这里待多久，我就陪你待多久。可是我要告诉你一点，不管你找了谁，我只接受张风毅，他在我心目中就是一个神。"

温德好是一九五八年初从美国回到吴郭城的。在这之前，他只在书上看到吴郭的样貌。他的梦想是回家乡炼吴王剑。这些年他炼了无数的剑，但是专家们都说没有一把是吴王剑。

他们坐的地方看得到张柔和的饮食店。十年前，温德好和张柔和订了婚，结婚前，他突然害怕婚姻的麻烦，悔了婚。张柔和当时二话不说就放手了，然后给自己找了汪多根。

温德好说："其实我不喜欢夜里到这里来，我胆小。拿着鱼竿子还好一些。"

孔燕妮说:"快了,以后你就再也不用这么陪着我坐在这里。"

坐了没多久,孔燕妮把头靠在温德好的肩膀上,昏沉沉地睡了过去。路上没了行人,只有联防队走过。一位联防队员打着手电筒过来,把孔燕妮和温德好照来照去,却没说什么。照见温德好黄色的额发,他感兴趣地问:"朋友,头发的颜色是自己弄的吗?"

温德好说:"去上海染的。上海那个有名的南京理发店。"

那联防队员又问:"现在染头发要不要单位介绍信?"

"现在不要了。"

"哦。"

"理发店变了模样了。以前的镜子不通底,只照一米二以上。现在全部换成通底大镜子,你一走进去就看得见全身。你就知道你的样子好看不好看。"

"哦。知道安徽正在发生大灾荒吗?有钱不要都花自己身上,救济救济安徽的阶级兄弟。"

"我已经到邮局把钱汇过去了。"

联防队员很年轻,一脸稚气。他走的时候手电筒朝下一晃,看见温德好穿着大裤脚的牛仔裤,说:"你这大裤脚六寸也不止,不好看。赶紧回家脱掉,被居委会的阿姨看见,准要给你剪掉。"

温德好说:"我被她们剪掉了三条大裤管。她们剪我的裤管剪得不好意思,说再也不剪我的裤管了,以后看见了也只当没看见。"

他们说完这一番家常话,孔燕妮在温德好肩膀上醒了过来。她睡了一觉,开始关心别人了。她问温德好:"你爸妈兄弟姐妹都在美国,你是可以回美国的。这么多年为什么留在中国不走?你对家乡的激情这么多年还没有消退吗?"

温德好说:"一股激情永远不退。你对你家乡的情感变了吗?"

孔燕妮说："我不清楚。我没有你那么爱家乡。我刚认识了一位北京朋友，他的祖籍在吴郭。我陪他去花神庙后面去找祖屋，刚到巷子口，他就跪下了。"

"这人是男的还是女的？"温德好不怀好意地问道。

孔燕妮说起了别的话题："下个月十八号晚上，我在青云岛上摆两桌酒席，替张风毅请客接风。"

温德好想一想说："我去不了，市政协委员会恢复活动了，他们让我参加了一些活动。过半个月要去美国访问，他们把我带上一起去。"

他幽幽地说："我想念我的妈妈爸爸和兄弟姐妹，但是我并不赞同他们的生活方式，他们过得像一潭死水，很空虚。我这次回美国，要带一些吴郭的好东西给他们看，剪纸、折扇、核雕、毛笔、砚台什么的。要是好拿的话，我还想带一只竹制鸟笼子给他们。这些物件不贵重，就是代表着家乡。是呀，我对物质也充满激情。有一年你妈说要送我几只大像章，还有别人送给她的延安时期的狗头牌棉袜，她说话不算数，一样东西也没给我呀。"

"你对物品不是有激情，可说是相当有激情了。"

"我这种激情是正当的。"

孔燕妮摸摸身上披着的大衣问："你这件大衣是什么地方买的？"

"上海，南京西路东方服装皮货店。"

"你吃穿都讲究。林纳德也讲究，但是你们两个人不一样。……这件大衣是男女通用型的，你送给我，我就承认你对物质的激情是正当的。"

"你想要什么都可以。我认识你的第一天，我就认定你是我一生的好朋友。二十年前那个夜里,我跟着你们上香炉山,睡在香客房里,夜里很冷,我和你搂在一起睡着了。那是我今生最好的回忆。"温德好拿起孔燕妮的手,低下头,在她手背上轻轻一吻,体贴地问,"我看你不定心了,想走了是不是?你走吧。我去美国会给你带一只双卡录音机,还有世界名曲磁带、有氧运动的磁带。"他叹着气说了最后一句话,"你要是又爱上了别人,那也不用愧疚。张风毅是个强者,他不需要你的同情。"

孔燕妮说:"我们过了那么多折磨人的日子,你是我见过的最正常的人。"

温德好说:"我正常不正常和你没多大关系,只要你找的男人正常就行。"

"我承认,我刚喜欢上了一位男士,他好像有点和别人不一样。"孔燕妮说。

"你每次爱上的人,总是与众不同的。说说吧,他怎么不一样了?"

"我认识的所有男同胞,都会开玩笑。只有他不会开玩笑,也不喜欢开玩笑。"

"他是七老八十了吗?"

"不是,他比我小七八岁呢。"

"他是中央领导?"

孔燕妮不高兴地推了温德好一把。

"或者他是国安局的?"

孔燕妮一跺脚,拿起大衣跑了。温德好哈哈大笑,大声说:"这样的人你放手吧,你年纪不轻了,玩不起的。"

刚才听温德好提起他的爸妈，孔燕妮也想起她的爸妈来了。爸爸孔朝山在省军区医院，离吴郭市三四百公里，不是想见就能立马见到的。妈妈如今退休了，住在城西的老虎山下，掰掰手指头，居然也有一年多没见面了。

夜里，马路边的草丛里有狐狸出没，快要冬眠的刺猬也时而出现。它们行走时发出的轻微之声，与微风、与天上丝絮般的云有着某种神秘的联系。深夜，一切是通透的。不眠的人走在路上，孤单的身影，让人无由地伤感。

走着走着天亮了，路灯一瞬间全都熄灭，东边的云染上了红橙黄绿青蓝紫，太阳在丰富多彩中大模大样地探出头。它的升起是如此壮观，如此讲究排场。只是它在人类几百万年的目光注视下，早就司空见惯，不再那么让人感叹。

谢小达在门口洗衣池边打太极拳，每天早上六点钟是她的运动时间。风吹着她一头白头发。她看见孔燕妮，慢悠悠地说："生命在于运动。我就相信运动。你仲叔叔不相信运动，相信睡觉，睡完觉去诊所排队打鸡血。我不怪他，他是个愚蠢的人，他听信谎言去打鸡血，在鸡身上抽出一小管血，打在胳膊上。他迟早会变成一只瘟鸡。"

仲叔叔蓬头垢面地从屋里走出来说："你妈在家里搞独裁，我早就是一只瘟鸡了。我比你妈还小两岁，看上去倒比你妈还要老。"

孔燕妮说："仲……"

她以前只叫仲代表，叫仲什么一时忘掉了。当然现在不能再叫他仲代表，他早就不能代表别人了。看他的模样，他代表自己都有点困难。

孔燕妮说："仲叔叔，下个月十八号晚上，我在青云岛替张凤毅接风，要摆两桌酒席。你和我妈一起来吧。"

仲叔叔说："你妈肯定不会去，她要搭臭架子，她还以为她是以前的革委会副主任。我要去的，只要有好吃的，我都会去。恭喜你啊，张风毅出狱了，这下你们好团圆了。"

孔燕妮说："仲叔叔，我现在的男朋友不是张风毅。"

仲叔叔说："管他是谁，反正你的酒席我一定要去的。"

谢小达说："我们说话，你滚远点。你看你蓬头散发的样子，我闻到你身上的酸味了。……燕妮，你早饭没吃过吧？你想吃什么？我们有多长时间没见了，半年？"

"一年多了。"

孔燕妮知道，谢小达并不想听到她的回答，有多长时间没见了？谢小达只是随便问问。谢小达如今住在一幢红砖平房里，后面是山，前面是马路。这里有许多红砖小平房，只有谢小达住的房子东边搭出一个好大的棚子，棚子外面晾着破衣服、尿布。里面有一群小孩子吵吵嚷嚷。

谢小达对孔燕妮说："你把你的钱拿出来。我没钱用了。"

孔燕妮说："安徽受灾，我把钱捐了。军医院不给我发工资了，我要去工读学校上班以后才有工资拿。"

"哼，你不会都捐光的。我听说丁何嘉向你要青春损失费，你把钱都给了他了。"

"这种话你也信？"

"你什么事干不出来？你是我养出来的，我还不了解你？"

谢小达吹一声口哨，里面马上跑出一个十来岁的男孩，拿着一本笔记本、一支钢笔、一根鸡毛来到谢小达的身边，翻着白眼看了看孔燕妮。洗衣池边上有一块空地，空地上用红砖搭了个空心架子，架子上放着一块桌面那么大的青色大方砖。四周散放着石凳。谢小达坐到石凳上，撕下一页纸，写了几行字，对折，把那根鸡毛夹在里面。小男孩就拿了她这封鸡毛信撒开腿没命地跑远了，孔燕妮看见他的裤子后面打着补丁。

孔燕妮问："你这是干什么？"

"送鸡毛信。"谢小达说，"赊账，给面店送一封鸡毛信。要一碗鳝丝面、一碗阳春面。面店外面有个刚平反的老右派煮的喜蛋很好吃，让他带十一只回来。"

"为什么要赊账？你退休工资是不少的。你从革委会副主任的位置上降级调去教师进修学院当政治老师，工资待遇还是不差的。"

"老娘没办法。你去看看那个大棚子里，住了九个人。是你仲叔叔的前老婆，前老婆的婆婆，前老婆的亲妈，前老婆的儿子、儿媳，还有前老婆的四个孙儿孙女。"

"恭喜你，一下子冒出这么多的亲戚。那也算是你的儿子、儿媳妇、孙子、孙女吧？"

仲叔叔走出来，靠在门上懒洋洋地说："我和你妈结婚前就离婚了。我和我前妻怎么合得来呢？就说一件事，一九五八年那会儿，我们两个人都饿出了毛病。但是，她饿出的是浮肿病，我和她相反，饿出的是消瘦病。光看这一桩事，就知道我和她没有共同语言，不是一类人，过不到一起去。我和你妈有共同的理想和目标。"

谢小达说："要是换了我，也许你就饿死了，也不来祸害人了。"

过了十几分钟，那男孩就端着一只小锅子回来，朝青砖上一放，念经一样地说："面条在里面。面条浇头在里面。喜蛋剥了壳，也在里面。"

谢小达对他说："你去拿一只碗。"

男孩就去拿了一只碗。谢小达给他装了九只喜蛋，说："和以前一样，你们一人一只。"

仲叔叔说："我肚子不饿，不想吃。你们小孩子把我那份吃掉吧。"

孔燕妮说："我也不吃喜蛋。孩子，你再去拿一只碗来，我把我的面条和你分一分。"

孩子高高兴兴地端着碗去了大棚。忽然大棚里钻出来一位老太太，扬手朝孔燕妮扔过来一只蛋，喊道："这只蛋不新鲜了，我才不吃坏的蛋。我们老家，从来不吃坏蛋。"说到最后一句话，她笑了起来。

谢小达对孔燕妮说："吃面吃面，不要管她。你第一次上门，她就做个样子给你看。"

孔燕妮问："做什么样子？"

谢小达说："你这个都不懂？算了，你不要去懂了，反正你以后也不会和她打交道。"

大棚里出来几个孩子，探头探脑地朝他们张望。谢小达不耐烦地朝他们挥手："把地上的蛋给我捡起来，再给我滚远一点，丢人现眼的。"骂完她对孔燕妮说，"你看这些小孩子，虽然穷，可是他们兄弟姐妹多，大家在一起又玩又闹，哪像你，孤零零的一个人。"

孔燕妮说："我听不懂你的意思。你是想让我结婚后也生个四五个？还是想让我认下这些小孩一起玩耍？"

谢小达笑了一声，掏出香烟，递给孔燕妮一支，说："你对劳动人民没感情。"

孔燕妮说:"看问题不能这么片面,劳动人民的人品也有高低之分的。"

"……你还记得你从前有过一个妹妹吗?是我从孤儿院里领回来的。"

孔燕妮说:"我又不是白痴。……谢燕兵,她和她丈夫不是失踪了吗?公安局早就把他俩的户口注销了。"

谢小达从口袋里掏出一张照片扔到石桌上说:"你装腔作势。当年是你帮着她搞了路条,她才带着她丈夫高亿红去深圳那里偷渡香港。我现在都知道了,我收到她的信了。她根本就没去香港,就在深圳一个小渔村里过了这么多年。生了两个女儿。你看,这是他们一家四口的照片。她说都是你把他们坑害的,我也这么认为。"

孔燕妮接过照片看了看,说:"当年她不肯去云南插队,硬逼着我给她搞什么边境通行证,要和高亿红游泳偷渡香港。我是用了美人计才给她搞到了边境通行证。幸亏那位公安阿哥为人正派,不吃我那一套。不然的话,他们还没下水,这边的一位老公安就被我拖下水了。"

"她说他们那里好多小道消息,说什么农村就要分田到户了。小渔村里又没有什么农田,她想先回吴郭城里,再慢慢找她乡下的亲生父母,找到了再看看能不能在她父母那里弄到田。"谢小达说,"好了,说到田地,我们就换一个话题吧。孔燕妮,你对分田到户怎么看?"

"我今天来就是想看看你,不是来和你谈国家大事的。每个人都在谈国家大事,谈得我很累。"

"你是谈恋爱谈得累吧?我听说你把小丁扔了,看上了一个北京小伙子。这小伙子你看上他什么了?"

"他有许多优点,但有一个缺点我是不能忍受的。他好像不太懂幽默,不喜欢开玩笑。和他在一起有点累。"

"那他还不如老仲呢。那就没啥好谈的了。我们接着谈国家大事。……农村一分田地,老仲这一大家子肯定就会屁颠屁颠地滚回去种地了。最多留一个两个在这里,那么我的负担就轻了,所以我是赞成的。我要写篇文章登到报纸上,坚决要求分田到户。"

"让老百姓过上富裕生活,我也举双手赞成。就怕把人性的贪欲引出来,那要怎么收场?"

"你没资格谈贪欲这两个字吧?"

"那你就有资格了?"

"我也没资格。"

"不吵了。我们像小孩子一样,一见面就吵,不见就想。燕兵的信呢?给我看看。"

谢小达朝仲叔叔喊:"老仲,你把我小女儿的信拿过来给大女儿看看。在我的小书桌上。"

老仲说:"信被我撕了扔掉了。叫他们不要来了,又不是你亲生的,不过是个领养的女儿。她带着一家子过来,那我家这些人怎么办?"

谢小达抓起地上一块砖头朝仲叔叔扔过去,仲叔叔捂住头一晃,躲进屋里。谢小达拍着手喊:"住什么地方?一起住大棚。"

孔燕妮要走了,她临走时喊谢小达一声娘,这是她一向的习惯。她说:

"娘,我带来的这件大衣还不错,上海货,留下给你。天慢慢就要冷了,你要注意保暖。"她停顿片刻,接着说,"你讲了大半辈子妇女解放，你要是真解放，就扔下这一大家子住我那里去。还有，我告诉你，这块当桌子用的大方砖是老物件，搁琴的砖，叫琴砖，值不少钱。如果是你的，你就悄悄地去卖给林纳德。他正在四处搜罗这些老物件。有了钱，你去上海买双皮鞋，买一身好衣服。你看你穿的这双解放鞋，脚趾头这里都破了一个洞。虽说你犯过政治错误，到底不能自暴自弃，还得把自己过得像个样子。"

谢小达说："这块桌面一样的大砖头，是你外婆送给我洗衣服用的。她从什么地方弄来的，我就不知道了。就搁在这里吧，费那么多力气干什么，饿不死就行。"

"拿几只大像章给我吧。"

"全被你仲叔叔藏起来了。我根本找不到。"

"你那双延安时期的狗头牌棉袜呢？我记得是北京一位大姐送给你的珍贵纪念品。"

"穿在老仲他妈脚上呢。老仲老婆穿破不要了，就给老仲的妈妈穿了。"

"你过的好日子。"

"还行。我以前不会吹口哨，只会打响指。你记得不记得，你小的时候，我一打响指你就过来了。现在这些小孩打响指不管用，我就学会了吹口哨。就像这样……"

谢小达把拇指和食指放进嘴里，轻轻吹一声，那个男孩马上跑了过来，镇定地问：

"领导，你还要买什么东西？你有钱吗？"

谢小达说："孩子，我没钱。你扶我起来，我要去床上睡觉。我要在梦里捡到一大笔钱。"她转过头伤感地对孔燕妮说，"我从来看不上中国的知识分子，没想到我现在也成了一个知识分子。我从来不把钱当回事，没想到现在整天惦念钱。我日落西山了……这个国家将来变怎么样，想想和我没有多大关系的。"

孔燕妮叹一口气说："娘，你这么想挺不错的。这么想心里是多自由啊。希望你不是一时赌气才这么想。"

谢小达回过头说了最后一句话："燕妮啊，妈七八年前就禁欲了。你也禁欲吧。女人禁欲了，才能斗得过男人。"

孔燕妮本来想和妈妈说说俞华南不会开玩笑的事，七搞八搞，也没有谈开来。她心里袭上一阵空虚，就像肚子饿得快要虚脱的状态。她想，她才不会禁欲呢。她禁欲了，拿什么焐热俞华南？只有女性的温度才能焐热一位男性的灵魂。

第五章

孔燕妮回到家，刚一开门，头上的电灯泡突然爆裂开来，声音清脆，落了一地。她说："灯啊灯啊，你对我有什么意见呢？是不是我总不在家的原因？"

她拿起扫帚，一边扫一边对地上的玻璃屑说："碎玻璃啊碎玻璃，你到底不是花。花绽怒放，你一绽开来就是粉身碎骨。"

扫了一半，睡意上来，和衣躺在沙发上睡了一大觉，醒来是下午了。她拿起扫帚想把地上的碎玻璃扫干净，突然想起中午也没吃饭，肚子里就咕噜咕噜地叫唤起来。肚子一饿，她就想起了林纳德，扔下扫帚，两只脚不由自主地就走到了林纳德家里。

推开他家的门，林纳德和黄拉林在院子里并肩欣赏一盆淡绿色的正在绽放的菊花。

林纳德和黄拉林结婚后，从省城调到了吴郭市，辗转了几个工作单位，最后还是选择去了吴郭大学历史系教书。他的住处，就是柳爷爷生前住的地方"廿八斋"，孔燕妮就是在这里初次见到了张柔和、张风毅姐弟俩。林纳德的妻子黄拉林本来在吴郭市归国华侨联合会筹备委员会工作，现在调到了刚成立的广播电视大学当党委书记。她的名字，孔燕妮知道，纪念二战中第一个攻进柏林的苏联红军巴维尔·拉林。黄拉林看见孔燕妮就退进屋里去，林纳德走上来问："怎么没和小丁一起来？"

孔燕妮说:"张风毅还有二十二天出狱。我还是想和张风毅在一起,所以跟小丁分手了。"

林纳德一脸惊讶,但他没说什么。

孔燕妮想了一想又说:"我真心诚意地等着张风毅出狱,但是和小丁分手以后,我好像又爱上了别的人。林纳德,爱情来的时候挡也挡不住。"

黄拉林在屋里说:"你爱谁是你的自由,我们管不着,但是不许爱我的爱人。"她说完一个箭步从屋里跨出来,拉着孔燕妮的手说,"我要在廿八斋办个舞会,把以前认识的华侨和外国朋友请到这里来。到时候我们请你来,带着你爱的那个人来亮个相。……你的手真大,又大又有劲。哪位男同志被你抓住不放,那就只好乖乖听命了。我是一只小手。"她放开孔燕妮,举起两只小手在林纳德面前一晃,夫妇俩一起笑起来。

黄拉林笑完,对孔燕妮说:"知识分子还是要好好改造思想,你说是不是?"

孔燕妮想了一想说:"其实你很可爱的,不说什么改造思想就更可爱了。"

林纳德慌乱地打断她们的话:"燕妮呀,你找个时间好好看看廿八斋吧,我在想办法恢复你爷爷那时候的样子。进门那座太湖石,断了头,我找人补好了。你肯定没注意到。西北角的半亭,这几天油漆匠正在上漆水。你闻到漆水的味道吗?你肯定闻不到。你一爱上人,世界就没了。你每回都这样。我这个漆不是一般的漆,里面放桐油和猪油调和,漆出来效果是旧旧的,不是那种亮得刺眼的新。"

孔燕妮不耐烦地说:"我现在根本分不清新旧。"

"后花园的河,我叫了阿圆明天来清淤。我听说你柳爷爷在的那时候,河里种满荷花。我也要给河里种满荷花。再像你爷爷那样,把河水引到前面。这样的话,站在小桥上和廊檐里,就能看见河水。假山上的'四不楼',专家来看了,说是还能修复。我们以后要在小楼里面听昆曲。我还要在这里办一些展览,像明清家具、砖雕、木雕、花窗啊。我们要恢复传统文化和传统审美。这是时代的召唤。"

孔燕妮说:"我心里的召唤乱七八糟的。"

"就是有一件事难办,这里住的人家一时搬不走。搬走两家了,还有三家。其实你和你父亲可以商量商量,去房管部门申请私房退还。当然有难度,现在好多人家都想拿回自家的私房,国家还没有这方面的政策,相信以后会有的,现在要做的事情一下子太多了。等你拿到这里的房产权,你搬进来,我们一起把你爷爷的园子整修好。我还想重新整修香炉山上的温柔桥、多情桥……那是以前你姑姑和如一和尚他们修建的,我前些日子去看了,桥身都倒在草丛里,但是石头还好好的。孔燕妮,你在听吗?除了爱情,你就不能对别的东西感兴趣吗?"

孔燕妮把手插在口袋里,漫不经心地问:"你们跳什么舞?你们跳摇摆舞吗?"

黄拉林说:"我们不跳这种舞。我们跳规规矩矩的慢三、慢四、十六步。穿高跟鞋、喇叭裤、烫飞机头的客人,我们一律不请。我看到你穿的鞋了,是低跟鞋。"她一边说,一边凑近孔燕妮,仔细看了看,说,"你瘦多了,脸上一点笑容也没有。看得出来你心里很苦。既然新的恋爱没有快乐,为什么要一次一次地陷进去呢?把自己弄得这么不痛快。"

孔燕妮"呔"了她一声,说:"我跟你解释,你懂吗?还不是对牛弹琴。"

孔燕妮说完就走了，走出门来，肚子立刻咕噜咕噜地叫唤起来。她本来是打算到林纳德家里去蹭饭的，这个习惯从十年前林纳德结婚就开始了，每当没有饭吃，她就跑到林纳德家里去。

她捂着胃，皱着眉头，口袋里空空如也。她的钱一半给了小丁，另外一半分成两份寄走了，一份寄给了白鹭农业中学，一份寄给了安徽大旱的受灾地区。自从她要调去工读学校教书，她的工资暂时没有单位给她。白鹭农业中学是她曾经任过教的学校，原先的校长给她写信，说学校的黑板坏了都没钱买了。这位校长信了佛教，她在信里说：阿弥陀佛，要是没有新黑板的话，学生会退学走掉一半。孔燕妮知道她说的是真话，乡村学校永远是缺钱的。

忽然林纳德在后面叫着她的名字追上来了。林纳德右手端着一碗饭，左手拿着筷子，笑眯眯地招呼她说："来吧，快吃了吧。我知道你还饿着肚子。"

路边有几位搞绿化的工人正在锯树，锯断的泡桐树横七竖八地躺在地上。孔燕妮接过饭碗，坐到一棵泡桐树干上。林纳德坐到她边上，把筷子递给她，说："饭里埋着一只茶叶蛋，我剥好壳了。你慢点吃，小心别被蛋黄噎着了。"孔燕妮才吃第一口饭，眼泪就掉下来了。

林纳德哄着她说："别哭啊。你看，张凤毅还有二十二天就出狱了，你好好地与他过日子，不要再给自己找不痛快了。"

孔燕妮掉着泪问："在你家黄拉林的眼里，我是不是一个特别没有道德的女人？"

林纳德说："她不会这么想，你也不要这样怀疑自己。黄拉林是个没什么城府的人，你千万别把她的话当真。还有，这句话你可以问我，千万不要去问别人啊。当然，张风毅除外。在他出狱前，你应该去见见他，把许多事理一理清楚。你们什么都可以讲的，他是你的爱人，也是你世上最好的朋友。"

孔燕妮说："林纳德，张风毅是我的亲人，不是我的爱人。他坐了三年牢，时间淡化了我对他的男女之情。我不能骗自己。书上讲的那些浪漫的忠贞不渝的爱情，我做不到。"

林纳德不说话，叹了一口气。

孔燕妮放心了，说："你不回答，我就轻松了。你还是以前的你，不说伤人的话，让我心里踏实。"

林纳德还是不说话，又叹了一口气。

孔燕妮说："我这次看到你，觉得你心里沉甸甸地有东西化不开。你放轻松点，别把自己的憋坏了。我看社会上好多人都憋坏了。"

林纳德说："不说我的事，今天就说说你的事吧。我认识你有二十年了，我很了解你。你没有你自己想的那么洒脱。我觉得张风毅出来以后，你们应该马上结婚，生两个孩子。这样你就安定了。"

林纳德到底是个男人，他的想法是男人对女人的认识和安排。孔燕妮若是按照他的想法生活，能不能安定不说，首先安定的是他自己的心。他尊重女性，可是他也希望女性回归家庭，做一个幸福的家庭妇女。黄拉林突然被提拔任用，他觉得家里的平衡被破坏了。他一向以公平、开明著称，他不好说什么，但心里是不愉快的。

孔燕妮笑着说："可我现在爱上了别的人了，我不能欺骗自己。我就是想问问你，一个男人不喜欢开玩笑，没有幽默精神，但他做的事，有时候很有趣。他自己不知道这一点。这是一个什么样的男人呢？"

"我不想和你讨论这个问题。"

"我只是在请教你。你实事求是地说。"

林纳德犹豫了一下说："这是一个焐不热的男人。"

孔燕妮吃了晚饭，告别了林纳德，脑子迟缓滞涩，想什么都提不起精神。她捡起地上的一片已经变黄的泡桐叶子，对叶子说："我老了吗？以前我一吃完饭就像汽车加满了油，现在一吃完饭就像在澡堂子里泡了两个时辰出来，头晕脚飘。"

过了片刻，她还是对泡桐叶子说话："你老了，我不老。你看，我还在谈恋爱，就像个小姑娘一样多愁善感。"

和泡桐叶子说完话，她轻松愉快地站起身。她要去看工人文化宫的留言墙。今天墙上有些新内容，五位妇女一起想找一位跳交际舞的老师。一位年轻小伙子询问哪里有英语补习班。还有想房间交换，找烫发师傅学手艺的。最醒目的是一个人贴了一张宣纸，上面写了一行疏阔漂亮的小楷：

打鸡血是伪科学，不如喝红茶菌。

宣纸下面有一张小纸条反驳：

喝红茶菌也是伪科学。

她在这一堆留言中找到了俞华南留给她的纸条，上面画了一只燕子，一条鱼。燕子和鱼中间画了一张笑脸。这与其说是一张留言，还不如说是一个接头仪式。她揭下来带回去，夹在笔记本里。对于俞华南的一切她都珍惜。

第六章

又是新的一天来临,离张风毅出狱还有二十一天。

孔燕妮一打开门,只见俞华南坐在她家门外的台阶上,手里拿了一根筷子,筷子上串了两根油条和两只大饼,笑嘻嘻地看着她。孔燕妮想,这个人神出鬼没的,他能找到这里,一点也不奇怪。她把门开大一点,让俞华南进来,泡了两杯茶,接过一副油条大饼,两个人坐在桌子对面,一边吃,一边互相看着对方。俞华南吃完油条都不知道,一口咬住了自己的手指。

孔燕妮说:"你吃完了给我把地上的玻璃屑扫掉。"

俞华南依言扫了玻璃屑,问:"家里有备用的灯泡吗?我给你换上去。"

"没有。"

"那你晚上回家没有灯了。"

"我有蜡烛。我的蜡台是柳爷爷送给我的外国银烛台,可惜我找不到了。柳爷爷送给我不少好东西,都找不到了。"

"不珍惜东西是一种病。"

"我没有时间去珍惜它们。我要做的事太多了。"孔燕妮说,"我倒想问问你那辆自行车呢?"

俞华南说:"没了。放在路边,被人偷了。不能怪小偷,是我没有上锁。"

"你看。你还说我？"

俞华南站起来去洗手，洗完手去书橱上看书，拿了一本巴巴耶夫斯基的《金星英雄》看了起来。他嘀咕了一句，说这本书他看过不止三遍。有时候没书看，他就看早就读过的书，总比没有书看好。

吃完这顿早餐，孔燕妮关门落锁，推了自家的自行车带着俞华南出门。111医院副院长王来恩走过来说："哎呀，新的男朋友，叫什么名字？"看到孔燕妮没理他，又说，"你住的这套房子，我们医院要收回了。你赶快让教育局给你安排住宿。"

孔燕妮住的这套房子在111军医院的家属大院里面，当年是军医院分给她父亲的。她父母离婚后，父亲去了省城，母亲搬出去和仲叔叔结婚，房子就让军医院收回了。一直到孔燕妮从白鹭中学调回吴郭城，分配到军医学校教书，这套房子又给她住了。军医学校隶属于111军医院。

俞华南拦到孔燕妮面前，义正辞严地对王来恩说："你是谁？姓什么叫什么？干什么的？"

孔燕妮一听俞华南这么问话，顾不上和王来恩拌嘴，骑上车子就走。俞华南就跟在车子后面，一个骑，一个跟，很快来到教育局大院。

孔燕妮停下车子，说："我骑得慢，要不然你怎么跟得上？"

俞华南说："我不知道你为什么突然生气了，我正想替你教训那个人呢。"

孔燕妮说："你要想教训这个人，可以和他讲理，可以和他吵架，还可以和他打架。但是千万不要倚仗着自己有权，以权力压倒人。这是不文明的。你一个北京来的干部，这么做了要被吴郭人在背后笑话的。"

俞华南问:"吴郭人了不起吗?你是喜欢在生活中受折磨吗?碰到乱七八糟的人和事,要尽快地想办法解决。女人真是不可理喻。"

孔燕妮说:"你不要啰里啰唆地说胡话,我要进去办事了。你就在外面等着我,我怕你进去了又要问人家姓什么叫什么。以前张风毅和我在一起,碰到人家无理,从来不说什么,直接就拳头打上去了,倒也公平爽脆。"

"你看,你怎么也喜欢暴力?"

孔燕妮自知理亏,吐了吐舌头。

过了足足一个多小时,俞华南才看见孔燕妮一脸无奈地从里面出来。她说:"我是来问我调动的情况,里面的人互相推来推去,都说不知道,让我去公安局那头问问。可是我的档案和工作关系明明已经从军医院转到教育局了。这下我两边都不能去了。真想让你去问问他们姓什么,叫什么,干什么的。"

俞华南说:"我不会去的。因为我已经接受了你的意见,从今往后我都不会再用这种方法了。你不要着急,过些时候再来问。现在兴许是有什么人在给你制造一个小障碍。你肯定得罪了什么人了。……那些人该死,都应该送他们进医院。"他最后那句话说得莫名其妙的,他拍拍后座,让孔燕妮坐上来。

孔燕妮问他:"你要把我带到哪里去?"

俞华南说:"张姐家里。早上我去她店里买大饼油条,她把她家里的地址告诉我了,让我带你过去。她说她有重要的事情告诉你。"

孔燕妮说:"她家里我闭着眼睛都能找到,还用得着她告诉你。……那我的那些乱七八糟的事情你都知道了?"

俞华南真诚地说："你会有什么事呢？你那么纯真，那么真实。你是我梦想中的女性。"

孔燕妮暗地里一阵脸红，她现在更明白了男人会开玩笑多好。他不需要这么真诚，他如果开个玩笑，孔燕妮会自在得多。譬如说，是啊，你的乱七八糟的事我都知道了，你还有瞒着我的吗？一并坦白。……这样多好。张风毅就会这么说。林纳德、温德好、杜克他们都会用这种口气和她开玩笑。开玩笑是智慧、有趣、温情的综合体，它是给你一份体面但不要你还情的意思。

他俩到了张柔和家里，两口子正在指着对方的鼻子吵架。看见有客人来，汪多根越发来了劲，踮起脚，伸长了脖子，拍着手说张柔和背着他与别的男人瞎搞，他手上有一大把的证据，他要张柔和带着她生出来的那个智障儿子滚出家门，两手空空地出去要饭，夜里住在破庙里，被坏人强奸了也只能忍气吞声。不仅强奸，还会受到一群坏人轮奸。名誉扫地不说，保不准一命呜呼。

孔燕妮说："你配当男人吗？你就是一条疯狗。"

张柔和一把推开汪多根，对俞华南说："小俞，你带着小葫芦去拜拜他的干爹干妈。小葫芦昨天夜里梦见他干爹干妈对他说话了。"

俞华南看看孔燕妮，说："好吧。他干爹干妈住在什么地方？"

"小葫芦知道。你跟着他就好了。不要骑车，小葫芦坐在车上会掉下来。"

小葫芦是汪多根和张柔和的儿子，两个人就这么一个后代，还是不太健康的。三天两头生病，说话也是期期艾艾的。该上一年级了，但学校的老师说，让他在家里再养个一年，把身体养养好再说。

小葫芦拉着俞华南的手，高兴得蹦蹦跳跳。两个人一边走一边说话。

"你叫汪葫芦吗?"

"我叫汪小山。"

"你爸爸妈妈怎么老吵架呢?"

"因为吵架是锻炼脑子和身体的。"

"你干爹干妈喜欢你吗?"

"我不知道。"

"你梦见你干爹干妈说什么话了?"

"我干爹干妈说,城外有个庙,我和妈妈可以搬去住。"

他们来到一个旧宅院门口,门口两边蹲着两座大石狮,左边是公狮,右边是母狮。母狮抱着一头小狮,公狮抱着一只绣球。门上钉着一块牌子,写着巡抚衙门旧址几个字。俞华南正在疑惑,小葫芦已经给公狮母狮跪下来磕了几个头,这下他明白了,原来小葫芦的干爹干妈是这对石狮子。小葫芦磕完头,跑到俞华南身边,仰头看着他。他摸摸孩子的脑袋说:"小葫芦啊,你干爹干妈保佑你。"

回去的时候,小葫芦走了另外一条路。眼看着他走错了路,走到了城西运河边,这里有一座废弃的码头和一所坍塌的菜场。运河里,一位老渔民赶着一群鸬鹚在水里捕鱼。运河边上,有一大片凌乱的坟头,正午的阳光下,杂草丛生。俞华南看见一个木牌子插在地上,走过去一看,上面写了一行红漆字:

这里是乌托邦。

字迹滴里答拉,像血流下来。俞华南摸摸木牌子,木牌子被

太阳晒得暖暖的,走不多远又看到一块倒在地上的残破木牌,上面写着:

学会反思,生命才有价值。不然白死。

他走了一圈,看到坟前列的一些石碑,姓什么,叫什么,生卒时间,他们都死于十年前的同一天。他知道是怎么回事了。那老渔民看他在坟地里走来走去,就在小船上朝他喊:"快点走开,这里白天都会闹鬼。十年了,鬼魂还在斗,夜里老有枪声在坟地里响。我听到过的。"

小葫芦蹲在乱坟场边上,只顾看一只屎壳螂切割一块狗屎,把狗屎切成一个便于它滚动的屎团。他对人类的动静不太敏感,也不关心,对于屎壳螂又另当别论了。

他正看得入神,突然听到地上一声闷响,抬起头一看,只见俞华南倒在地上,蜷着身体,双手抱头,一副痛苦的样子。小葫芦站起来,周围没人,只有那位老渔民。老渔民用烟杆子指着小葫芦,问他:"那个人怎么啦?"

"他倒在地上。"

"他还能说话吗?"

俞华南脸上淌着汗,弄得一脸的汗泥。他睁开眼睛对小葫芦说:"我能说话。"

小葫芦喊:"他能说话。"

老渔民又说:"你问问他能不能走路。"

小葫芦闭上嘴巴不吭声了。那老渔民犹犹豫豫了一阵,一篙子撑出老远,也走了。看来他不想多惹事。

小葫芦站在俞华南身边，愁眉苦脸地看着他。在他的眼里，这位叔叔安静得像一片掉在地上的叶子，没有危险，没有异常，只有时间令人心悸地流逝。俞华南的鼻息重了起来，一片野草叶子贴在了他的脸上，又有一只淡褐色的蚂蚁从他的脖子上爬到脸上，在脸上停了下来，两只小爪子沾了一点俞华南的汗水，送到嘴边尝了一尝。它可能觉得味道不错，慢慢转了一圈，发出人类听不到的呼唤，然后就有另外两只蚂蚁从俞华南的脖子后面爬了过来。

这一切在小葫芦的眼里都是正常的。因为泥土不是脏物，大地很亲切，叶子最干净，蚂蚁挺可爱。俞华南后来哭了起来，他的泪水把蚂蚁冲下去了……哭泣太正常了，小葫芦做过一个了不起的梦，梦里有一群龙在哭。

俞华南哭了片刻，他的神色轻松多了。果然如此，他站了起来，整理衣服，掏出手绢，擦干净脸面。这么一捯饬，他又是那个一本正经的俞华南了。他告诉小葫芦："不要和他们说我倒在地上，还哭了。"

小葫芦郑重地点头。他知道"他们"是谁。妈妈也经常和他说"他们"这个词，"他们"代表着和"我们"不同的阵营，"我们"常常是弱的，而"他们"常常是强的。最好的相处方法，就是和"他们"保持一定的距离，隐瞒掉不该说的事，让秘密越聚越多，藏身在如大山一般的秘密后面，这样的"我们"才会得到安全。

"你想不想知道我为什么会这样？"

小葫芦郑重地摇头。

俞华南说："你不要摇头，我知道你心里是个明白孩子，他们都看错了你。我告诉你。我就是心里有个地方，比冰还要凉，就像珠穆朗玛峰的山尖尖上的冰，千年不化，特别凉，一直凉到喉

061

咙口。有时候太凉了,我就要哭个几声。哭过了,那个地方又暖一些,说话也顺畅一些。"

小葫芦说:"你就是累了睡了一觉。男人都是这样的。"这句话透着一股幽默,而且是成人式的。俞华南一愣,不知道怎样应和这句话。想了片刻,没有下文。他拉起小葫芦,带着他重新问了路,一脸沉重地回到了张柔和的家。

张柔和烧了几个菜放在桌子上,等着他们,菜都等凉了。小葫芦指着菜一个一个地报菜名:"油煎臭豆腐,豆渣饼,长豇豆烧肉末,豆浆,虾皮炖马苋菜。——真好吃。"

汪多根没走,看来也是被这几个菜吸引住了。他吃着不丰盛但可口的菜,想起张柔和也有不少的好处,便决定替张柔和打抱不平,孔燕妮再厉害也是个女人,他带来的这位小白脸看来也不擅长打架。于是他说:"孔燕妮,你说你是怎么搞的?你和这位俞什么的,到底是什么关系?"

张柔和眼神一闪,盯住孔燕妮的脸,看她怎么回答。孔燕妮不回答,不慌不忙地吃完饭,哐啷一声扔下饭碗,抬起眼睛对张柔和说:"你不是准备十一月一号去探监吗?上次是八月一号去的。我跟你一起去看看张风毅吧。林纳德也叫我去看张风毅,和他谈谈。但我现在没有工作单位,不知道去什么地方打探监介绍信。要不我和你一起去居委会打一个介绍信?"

张柔和吸了一口冷气,半晌才说:"我还不知道你?你想把你和姓俞的事告诉张风毅。"她指指俞华南,对俞华南说,"我要你知道,孔燕妮跟着我去探监,介绍信上写的身份是未婚妻。"

俞华南吓得站了起来。孔燕妮把他一拉又坐了下来。孔燕妮说:"我和张风毅约好的,什么事也不要互相隐瞒。我们中国人含蓄,什么话也不说透，互相是不透光的。久而久之，就成了互相欺瞒。只要坦率，生活里就会有阳光照进来。"

张柔和拿起筷子，一边敲小葫芦的头一边骂："我和你约好的，叫你吃菜不要光挑好的吃，都怪你老子这个王八蛋，跟我吵，跟我吵，吵得我什么都忘掉……变成不坦率……不透光，黑漆漆地没天光。"

小葫芦缩着头呜呜咽咽地哭起来，嘴里不停地朝下掉饭菜。孔燕妮夺过张柔和的筷子扔到地上说："你不是有话和我讲吗？你好好和我说，不要打孩子。"

张柔和歪着脑袋说："我是怕你的。你说什么，我都要听的。其实我对你不敢有什么要求，就是想让你和我一起去看张风毅。"说完她哈哈大笑。

孔燕妮被她惹笑了。她们之间有默契，再大的事，说着说着笑起来，就没事了。

笑完了张柔和又说："我还有一件事要告诉你，十月一号那天，你来和我说，你又碰到那个骂你的女人了？那个女人你不认识，可是她一见你就骂。二十年前说菩萨叫你下地狱，现在说耶稣叫你下地狱。我一想，市里面有一家教堂开放了，可以做礼拜的，兴许在那里能找到这个女人。我就请了人去打听，打听到了这个女人。原来骂你的人不是原先的女人，骂你的女人死了，这个女人是她的女儿，长得老，看上去和她妈一个模样。她妈死了，她接着过来骂你。母女俩串通好的。"

孔燕妮说："骂我的人不少呢。像母女俩接龙骂，还是新颖特别的。"

"你认倒霉吧。"张柔和笑着说，幸灾乐祸，"你没法计较这女儿，她精神有点不正常,哪个单位都不要她,平时就在家里当暗门子,侍候一个男人收一块钱,和男人上床就像握个手一样容易。派出所里进进出出,谁拿她也没办法。没有男人上门的时候,她就给邻居挑水,混口饭吃。你说这样的女人倒来骂你,你是不是也得反省反省?"

孔燕妮不去理会张柔和,反而说:"可怜的女人。她真是精神病吗?也许她觉得同样是女人,我过得太好了,所以来骂我。"

张柔和说:"她挑水的铅桶底下有个小洞,一边挑一边漏。男人们就说她的人像这只漏水的铅桶,说得要多难听有多难听。她也不理会别人怎么说,长年累月就用漏水的铅桶挑水。你说她不是精神病是什么?"

孔燕妮说:"孔朝山在这里就好了,他听说了肯定会上门给她诊治的。"

张柔和说:"你爸不光给她治精神病,还会带钱给她。时间长了,说不定就给她找一份工作。"

俞华南插了一句话:"我特别不喜欢精神病院的医生。"

他说得突兀,大家都看了他一眼。

他们正说着话,林纳德忽然从外面走进来,引起大家一阵骚乱。他坐下后说:"好热闹啊。我在外面只听到孔燕妮叽里呱啦地说话。正是巧了,我本来就想找你。"

他和黄拉林今晚在"廿八斋"举办家庭舞会,邀请孔燕妮过去。既然大家都在,晚上一起过去吧,晚餐安排在庭院里。他看了俞华南一眼,什么也没说就伸出手和俞华南握了一把。俞华南被他狠狠地握了一把手,痛得甩起手来。

入夜，孔燕妮和俞华南坐着一辆三轮车来到"廿八斋"。三轮车是小麻皮的，他现在不叫小麻皮了，他叫老麻皮了。这辆三轮车以前常坐着柳爷爷，曾经和柳爷爷一样威风八面。后来它就一直蹲在屋子外面的角落里，直到倒下。穷人家的东西不会随便扔掉，哪怕是不好用了也得留着放着，让人家看看家里是有东西的，不是一个空房子。这样三轮车就得以重见天日。老麻皮把它拖出来修修补补，重新跑在了大马路。它成了一九七八年以后首批接客的三轮车，有点破旧，不妨碍大家向它行注目礼，尤其上面坐着孔燕妮和俞华南，一路走来，行人纷纷驻步。还有小孩子跟着跑，嘴里胡喊着："新娘子，新娘子……"

"廿八斋"门口挂着一只红色大灯笼，一些外国人和华侨陆续到来。"廿八斋"的邻居们为了看外国人，把家里的凳子桌子搬到边上，像看露天电影一样。大家一边看一边喝粥、吃瓜子、喝茶，抽空评头论足一番。人越来越多，道越来越窄。人群中给客人留下的一条道窄得通不过三轮车。黄拉林今天很正式，脱下了西装，穿着旗袍在院子里走来走去，到处指挥。她穿的不是妖艳的海派旗袍，而是一件纯朴矜持的黑色京式旗袍，这种旗袍的一大特色是针脚如鱼子大小，又叫鱼子针脚。她拉着刚进来的孔燕妮，和她说完了旗袍的针脚，说："这里的老邻居你都认识的，你去和他们说一说，让一条走人的宽道。"

孔燕妮穿的是一身"劳动布"做的衣裤。这是吴郭女性目前最时尚的衣服。她们把深蓝色的"劳动布"放开水里烫，烫到掉色，变成浅蓝色。再把没有烫过的深蓝"劳动布"剪成补丁，贴在膝盖和屁股上。孔燕妮的补丁一个贴在左屁股上，一个贴在右膝盖上。她的上衣做成短夹克，刚好露出她屁股上那块补丁。她的补丁也与众不同，剪成了梅花形。

孔燕妮刚走到人群里，许多人就认出了她。老麻皮的老婆热情地拉着孔燕妮坐下，一群人就围上来打听，他们七嘴八舌地问，孔燕妮不厌其烦地答。

"今天林家摆了几桌？"

"两桌。"

"摆在屋里还是屋外？"

"摆在庭院里。小溪边上。"

"给我们说说，都有什么菜式？"

"我看了一眼，没看全。桌上放着几瓶酒……"

"什么酒？"

"八块钱一瓶的茅台酒。"

"菜呢？"

"菜是中西结合。"

"大厨是谁家的？"

"大厨师是真味酒店的。他炒菜不用糖精，用的是冰糖。调鲜也不用味精，他自己用金华火腿、鸡、野山笋、蘑菇、干贝烧制鲜汤，做调味剂。有清蒸西瓜鸡……"

第一道菜名刚说完，老麻皮的老婆就大声地咂咂嘴。

"烤牛排……"

大家一起和她一起咂咂嘴。

"法式煎鹅肝……"

咂嘴声更多，整齐干脆。

"红烧猪肘……"

一片咂嘴声，啧啧啧，啧啧啧。

"罐闷乌鸡汤……"

咂嘴声音更响。

"龙井虾仁……"

啧啧啧……啧啧啧……

"拌色拉、清蒸鳝筒、生炒甲鱼、蜜汗火方、酥烤野鲫鱼、水晶肴肉……"

……

菜名没报完,大家笑成一团。老麻皮的老婆笑得把粥碗滚到了地上,滚了几圈碗口才朝下停住,吃剩下放在碗里的半块萝卜干也掉到离碗一丈远,被小孩子们踢来踢去,这下大家笑得更响了。

老麻皮说:"孔燕妮,我是看着你长大的,如今人家也叫你老孔了。你虽说是个女人,可是你为人做事就像个男子汉,拳头上立得人,胳膊上能跑马。你给我们说点打气的话。"

孔燕妮说:"你这句话有毛病,我就是一个女人,还挺不爱听人叫我老孔。"

老麻皮笑得合不拢嘴。

孔燕妮定了定神站起来,发表了她那个著名的"空心汤团"演说。

"各位乡邻,我从小就在这条巷里走动,对这里很熟。我们身边这条河叫落兰河,通着运河,也通着蓝湖。红军路,以前叫仁爱路,两边全是民国时的梧桐。梧桐树上什么鸟儿都有。我爷爷柳家骥,你们都是认得的。他自杀那一年,也是大家日子最难过的一年。他死掉的第二天,有人就在我家墙上涂上红漆字,写着"生的有趣,死的夸张"八个字。是老麻皮叔叔,拿了刀子把这八个字剜掉了。"

老麻皮指着墙说:"柳爷爷死了二十年了,墙上被我剜掉的地方,还是坑坑洼洼的。不信，你们去摸，说不定还能摸出几个字形。"

"多谢老麻皮叔叔。"孔燕妮说，"我柳爷爷活着的时候，最看重的是人的思考能力，思考让人明辨是非，探索文明。以我的经验来看，思考的人是善良的人，因为只要敢于思考，就能得到真善美的启示。但是，思考是要付出代价的，人在思考的时候是最脆弱的，最容易受到同类攻击。你们看，自然界的动物是不思考的，因为一思考，行动就迟缓，就缺少防备心，保不准就会被别的动物吃掉，但是人之所以伟大，就在于能思考。"

老麻皮说："精神上的一套我们都不爱听，你还是说说物质享受吧。"

"好的，我就说到物质享受了。……柳爷爷看重思考，也看重物质享受，这一点你们都知道。"

大家轻轻地笑了一声，就像风吹过香樟树圆而软的树顶。

"我也爱吃，可是我反对把吃放在第一位。古人说，民以食为天。我不同意这么说。"

老麻皮老婆急吼吼地叫："你不同意没关系。我们同意。你还是快点说下去吧。"

孔燕妮说："那好吧，我就说我爷爷春天里吃的东西。他要吃刀鱼，四指宽的半斤大刀鱼清蒸，小毛刀包成刀鱼馄饨。吃肉汤煮螺蛳肉，肉汤不是一般的肉汤，是菜花甲鱼文火熬的汤。吃荠菜春卷、玉兰花饼、红烧河豚、菜花塘鳢鱼烧豆瓣……他去上海的锦江饭店吃和菜，那里的菜很贵，两分钱一斤的青菜，到它那里就是一小盘四块钱。但他说，那里的菜不好吃，他自己家里的菜最好吃。他出去开会，基本上不吃饭店的菜，让保姆定彩给他做了酱菜，带出去吃。因为爱吃，他恋家……"

有人喊道："我家里要是有这么多的好东西吃，我也恋家。"

"因为爱吃，他不喜欢争斗，凡事宽容，息事宁人，是个善良的人。"

又有人喊："我也喜欢吃，不喜欢争斗。我是个善良的人。"

大家一阵笑，表示同意。

孔燕妮说："做个善良的人还不够，还要做个有脑子的人。我刚才突然想到一个事，柳爷爷善于思考，是不是在于他能吃、会吃。你想，吃得好，才有健康的身体，才能一个小时连着一个小时地思考。一个人，营养不良，病病歪歪，他思考个屁啊？"

大家纷纷同意："对，他思考个屁呀！"

孔燕妮说："说来说去，我把自己说成物质至上了。"

老麻皮说："就物质一下怕啥嘛。咱们穷坏了，就眼皮子浅。有得好吃的，啥都不高兴想。"

孔燕妮说："那好吧，我今天一不做二不休，就物质主义了。马克思还说经济基础决定上层建筑呢。我们要成为健康的人，首先要吃好。吃好，那得有钱。我们没有钱怎么办，不要着急，以后就会有了。"

"以后？以后是什么时候？"大家问她。

"我不知道什么时候，不过看中央的情形，快了。我听来一个故事，去年冬天，安徽省委书记去看望老红军与红军烈属。到了他们家里，大家都不肯站起来，原来大家没裤子穿，平时就坐在锅灶口取暖。省委书记伤心得吃不下饭。你想，老红军与红军烈属都没有裤子穿，那别的老百姓肯定也是没裤子穿了。"

有人说："这是真的还是假的？真的话太惨了。还是我们这里的风水好，土地养人。三年困难时期，也没饿死多少人。"

还有人说:"安徽今年又是大旱灾。居委会让我捐点东西。我哪有什么东西可捐?我家以前是有钱人,一九三七年上海四行仓库保卫战,我爷爷买了粮食、药品、酒,装上马车送到上海……现在我家,哼。"

孔燕妮继续朝下说道:"这个故事不管真假,都说明一个问题。我们国家到了改变贫穷的时候了。我刚才说的菜名,是我小时候看到的,听到的。等我们有了钱,每个人都能吃到我讲的那些菜。我们吃好了,吃得心满意足,天天考虑国家大事。"

老麻皮说:"我们有了钱,不再是城市的负担,不用再上山下乡接受贫下中农再教育。大家戴了钻石牌手表,天天吃喝玩乐。红烧肉烧得像八五砖一样厚,清蒸鲥鱼三两一块,油面筋塞肉塞得要裂开。吃好饭,泡一大碗上海麦乳精,开了红灯牌收音机听评弹。"

孔燕妮说:"照你这么打算,你什么时间才能思考国家大事呢?"

人群一阵笑。

有一位阿爹,张着没牙的嘴,一脸温和,说出的话却一点不含糊:"你们说的这些话,就是空心汤团。我儿子在厂里当工人,每天只吃三分钱一份的白菜和青菜,要想天天吃到你们说的那些菜,再等一百年吧。——不过我想想,空心汤团总比没有汤团好,万一哪天真的有馅了呢?"

一位老太太说:"老不死的,你只要有本事好好地活着,保你看见一面盆猪肉馅放在你的床头。一面盆——猪肉要七角二分钱一斤呢,吃不死你。"

孔燕妮演讲完,一转脸,看见"廿八斋"门口站了一群客人。

俞华南也在门口，他抱着双手，倚靠在墙上，对她一脸的担忧。他看上去很疲惫。她走近他身边说："你一脸紧张，好像不太赞成我说的这些话。"

"我怕你乱说，被人打耳光。"

"啊，你这么幽默？……"孔燕妮把手从衣服口袋里抽出来，准备伸到俞华南腋下去抓痒。一般的情况下，有人这么开她玩笑，她就来这么一手。

"这是幽默？打耳光是幽默？"俞华南瞪着纯真无辜的眼睛。

孔燕妮叹了一口气，把手放回上衣口袋里："不会的，别担心有人打我耳光。我想我为什么突然站起来发表长篇大论呢，是不是当老师的臭习惯？"

"我看你还是很有激情的。"

"我尽量控制激情。要不是身临其境，你大约会认为今天这个场景是不可能出现的，这么多人为了几个菜名大呼小叫。"

"你今天说的话还是挺好，实事求是。我最怕你脱离实际，陷入虚无的什么思想中去。"

"我一走进这些老街坊中间，自然而然说出的话就实际了。我这么实际，老阿爹还批评我给的是空心汤团。我刚才想，要是张风毅在这里，他说的就不会是空心汤团。"

"张风毅会怎样呢？他会马上带着大家发家致富？"

"你把表情放松下来好吗？"孔燕妮说，"我为什么给大家念了那么多的菜谱，就是要为了逗大家一乐。这么多年老百姓过得很辛苦，脸上都没了笑容。你看，我把大家逗得多开心。所以你的物质观也许是对的。"

俞华南抿嘴一乐。

"廿八斋"的院子里，几位外国人围着黄拉林，听她用英语介绍桌上的一小坛米酒和一只穿珠算盘。

"米酒，以前吴郭人家家都酿，酿米酒中最重要的东西是酒曲。酒曲，是酿酒的灵魂。酒曲与糯米拌上，是中国人了不起的发明。穿珠算盘，也是中国古人了不起的一项发明，经常打算盘，对大脑有好处。……哦，这只算盘三块钱，它的材质是黄花梨。"黄拉林的小手比比画画，得意洋洋。

过来一位外国男士，拿了一块滴着水的东西给她看。她说："这是白檀香，放在水缸里净化水质。其实这是多此一举，因为我家今天水缸里的水，是我先生林纳德请人特地去蓝湖运来的，取的是湖水中间的水。湖中间的水，碧清，纯净，有一丝丝的甜。"

她看到孔燕妮和俞华南，招招手："你们过来，介绍一位外国朋友给你们认识。"

她一一介绍，介绍结束，俞华南找到了老隐，老隐培育的十几盆菖蒲都拿来放在院子各处，就像到处撒了绿油油的小毯子。俞华南从来没有见过长得这么茂盛的菖蒲，有几盆就像女人的长发一样。他就跟着老隐到处去看，听他聊菖蒲的各种知识。还没聊完，他就问老隐什么时候认识了孔燕妮。老隐说，认识十年了。这十年中她一点变化也没有，还是那么漂亮，那么年轻，是吴郭第一美人。而且她还那么有趣，说话那么风趣。俞华南说："吴郭人很看重做人有趣，说话风趣吗？"

老隐说："那当然。那是很大的修养。我说的不是那种肤浅的油腔滑调的。"

这边黄拉林拉着孔燕妮，重新给她介绍了那位拿着白檀香的外国人："这是肖恩。美国共产党人。今天他是我最尊贵的客人，今年四月份，美国总统卡特宣布美国只承认一个中国。所以，大势所趋，不出意外的话，中美两国快要建交了。"

　　肖恩粉白的脸，一双羞涩的蓝眼睛，睫毛是金黄色的。他穿一身中式服装，白色软缎被面做的上衣，草绿色涤纶府绸裁的宽裆裤子，整个人看上去色彩丰富，油光水滑。他的中国话说得不错。桌子上放着几种香烟，牡丹、中华和凤凰，他拿了一支凤凰牌香烟吸起来，并且对孔燕妮笑了一笑，说："我在你们的电影里看到，只有坏女人和女特务才抽烟。男人们从不给好女人敬烟。"

　　孔燕妮不喜欢六角二分一包的凤凰牌香烟，里面香精太多。她还是喜欢中华牌。如果有三角六分一包的大前门也行，但是这里没有四角以下的香烟。她取了一支中华牌香烟，说："想抽烟的女人从来就是自己拿烟和火柴。"

　　肖恩说："中国妇女抽烟的不多。"

　　孔燕妮说："您可能没看到中国的劳动妇女，她们很多人都抽烟。乡下干活的女人，十个人中有六到七人是抽烟的。当然她们大多数抽的烟并不好，抽八分钱一包的向阳牌和大跃进牌香烟。条件好一点的抽二角左右的劳动牌和飞马香烟。许多妇女抽的是烟叶子。"

　　肖恩说："哦，太抱歉了。我们去端一杯酒，为中国抽烟的劳动妇女们干一杯。"

　　两个人去桌上取了酒，孔燕妮取了茅台酒，肖恩取了红酒。肖恩取红酒前，到黄拉林身边和她说了几句话，并且回头看了孔燕妮一眼。

　　肖恩走过来对孔燕妮说："干杯。"然后他问孔燕妮："我们要为中美两国建交干一杯吗？"

孔燕妮说:"好吧,我们就再干一杯吧。"

肖恩又去倒了一杯红酒,他还给孔燕妮倒了白酒。他说:"再干一杯。欢迎中国加入以美国为首的西方自由经济体系。"

孔燕妮说:"管他东方还是西方,管他苏联还是美国。中国人只想过好自己的生活。"

两个人一饮而尽。

肖恩说:"今夜我不关心中美两国是否建交,我最关心的是我们两个人能不能建交。"

孔燕妮说:"当然能。"

肖恩说:"您不思考一下就回答吗?"

孔燕妮说:"这不用思考。难道我能拒绝一份正常的友情吗?"

肖恩说:"您对人不设防,中国的女士很少有您这样有力量的处世风格。您身上有领袖的气质,您应当考虑从政,朝着领袖人物这条路走去。"

孔燕妮说:"肖恩,我对您这句话感到意外。作为中国妇女,我正在享受着男女同工同酬的政策。毛主席说过,妇女能顶半边天。可是中国妇女是不喜欢表达对权力的诉求。做一个好女人就是清心寡欲,不能对权力有所渴望。她的权力是在家里实现的。我不具有领袖气质,更不具备当领袖的力量。目前我还挣扎在我的情感世界里,等我挣扎出来了,我也老了。我还面临着工作问题、名誉问题……"孔燕妮不停地示弱。示弱总是最简单的一件事,能顷刻化解无数的矛盾。

肖恩说:"我觉得您是一位高尚的女性。您不仅优雅,还很有个性。……您的补丁很好看。"

孔燕妮说:"谢谢您。我能邀请您十八号和我一同去青云岛吗?

我在那里招待客人,迎接我一位最亲的朋友从监狱里刑满释放。"

肖恩马上就答应了:"我不胜荣幸。我马上向外事部门申请到青云岛游览。……您真是一位有趣的女性,我在您身上看到了中国妇女的解放精神。我们去跳舞吧——总算不再禁止民间跳舞了。"

跳舞的地方放在后花园的一块空地上,边上是华丽的假山群和假山上面的"四不楼"。林纳德把这里重新整修了一下,假山上装了一些小灯,灯光从假山洞孔和花木中打出来,朦胧含蓄。播放乐曲的是一架针式唱片机,放在"四不楼"里。

高高的墙头上爬满孩子,看得张开了嘴,鸦雀无声。

孔燕妮和肖恩一边跳着"慢三",一边给他介绍"四不楼"。木结构的"四不楼",以前叫"鬼楼",因为这里面吊死过一位当地的名士,他也是这座园子的主人。他的国家当时换了新皇帝,为了忠于他的旧王朝,他就带着他的一妻一妾吊死在这里。后来这里就一直闹鬼,说是他的鬼魂带着一妻一妾常常在这里赏花赏月,吹拉弹唱。

"很美的传说。"肖恩说。

孔燕妮还是忍不住问肖恩,刚才黄拉林说了她什么话,她只是好奇。肖恩说,黄拉林刚才过来和他说,吴郭最美的女性就是孔燕妮。孔燕妮一听惊呼起来,说:"天哪。"她转眼去找林纳德。林纳德没有跳舞,他神采飞扬地和一位欧洲来的客人说着话。他娶了黄拉林这样的女人,一生都会幸福。孔燕妮所有的朋友中,他是最安宁幸福的一位。

夜晚巡逻的"红袖箍"进来过一次,但黄拉林过去与他们耳语了几句,他们就安静地退出了。

最后是老隐用口琴为大家吹了一曲《梁祝》。他吹得上气不接下气，断断续续，好在他的身体语言很丰富，忽而俯身，忽而仰头，再加上扭腰、上下开合胳膊，大家倒也听得认真，最后给了他热烈的掌声。老隐刚平了反，补发了一大笔工资。他的癔症也难得发作了。除了迷恋菖蒲，他还参加了一个口琴社，每天都去社里练曲。

孔燕妮向肖恩解说了梁祝的故事。肖恩一如既往地赞叹："梁祝，很美的传说。"

孔燕妮从头到尾梳理一遍和肖恩的谈话，差点笑出声来。这是她有史以来最一本正经的谈话了，无可挑剔，两人就像戴了面具一样。

"你笑了。你笑得真美。"肖恩说。

"是的。我一向知道我内心很美，外表也美。笑容更美。"孔燕妮回答。她总算说了一句像她说的话。

肖恩的脸上做出吃惊和赞赏的表情。

曲尽人散，各自回家。林纳德过来告诉孔燕妮：

"下月十八号晚上我去不了青云岛，要去淮安高庄看挖掘出土的战国墓。我不去，黄拉林也不去了。"

从"廿八斋"出来，俞华南问孔燕妮："你今天有什么收获吗？"

孔燕妮说："我给肖恩介绍'四不楼'的历史，告诉他以前吊死过三个人，闹鬼，又叫鬼楼。他说好美的传说啊。"

"这就是你的收获？"

"是啊。这是一种新的情感。把恐怖的看成是美的，那会产生多大的心理安慰？"

"这种情感中国早就有了。梁山伯与祝英台的故事也是很恐怖的，但是大家认为这是美好的，于是就让他们死后变成了蝴蝶飞出来。没有这一对蝴蝶,就没有陈钢的小提琴协奏曲《梁祝》。这曲子给了中国人很大的心理安慰。"

"被你这么一说,我今晚上没有收获了。那你有收获吗?"

"我也没有。大家都很拘谨,不谈政治、经济,也不谈人民的生活,只谈听来的风花雪月。"俞华南说,"我看你和肖恩谈得热火朝天。"

"我们谈了一些女性解放的问题。他的观念太超前了,我还没法全部接受他的观点,但我是同意的。"

"黄拉林请我明天晚上去广播电视大学讲一课,我请你一起去。你会去听吗?"

"我去听。"

他们没有坐老麻皮的三轮车,只管沿着大马路走。走到一座高塔边上,再朝回走。走了不知多少时间,孔燕妮看一眼手表,脱口而出:"过十二点了。还有二十天张风毅就出来了。"她的脸上洋溢着快乐,表明她深爱过,现在还爱着。只是爱的意味似乎不同了。

第七章

一九七八年十月三十日，刚恢复出版的《吴郭日报》上登出一条新闻，说是一群工人在整修香炉山的寮房时，从铺地的青砖下取出一封二十年前放进去的情书。得益于山上的干燥，信封还好好的，信封上没有写字。打开里面的信纸，没有抬头称呼，也没有落款。看着挺神秘的样子。放在桌子上展平，信纸上的每一个字都看得清清楚楚。

这封信的内容打动了每一个阅读它的人，所以《吴郭日报》把它全文刊出，并且寻找写它的人。《吴郭日报》写道：这是一位知识分子对爱情的真实理解，这种理解多么真实，就像我们劳动人民一样。

今天，俞华南一大早就来找孔燕妮，两个人结伴去了张柔和的豆浆摊。朝北的凳子上与往常一样放着勺子，俞华南替孔燕妮拿掉了勺子。

离张风毅出狱还有二十天了，孔燕妮的眼里，监狱不再那么可怕。一大早上，监狱的围墙上就站了一排麻雀，喜气洋洋地在围墙上跳闹玩耍。人行道上，银杏树叶已经黄了，金灿灿的叶子落了一地，比东边刚升起的太阳还耀眼。

俞华南拿着刚买的报纸读给孔燕妮和张柔和听，边上一帮老吃客也听得津津有味：

早就想给你写一封信了，就算不是情书的情书罢。这封信不是家书，我的未来没有你。所以现在的你，对于我来说，尤为珍贵。我知道，你必定会有你现实中的爱人，你们白头偕老。你将走过我，走进你自己的生活。

在你的心中，肯定以为我是个多么高尚纯洁的人，其实不是，自从认识你后，我的思想就下流起来。今年二月份去北京，除了工作以外，还想实现一个秘密心愿，要去找德胜门外的老张头。说起来，我们的军医院也有败类。有一位男医生，猥亵病人，我参与了对他的精神鉴定，他说，他的精神健康受到不良杂志的侵害。北京德胜门外的老张头是个疯子，他敢卖各种色情旧杂志，什么《狂蜂戏蝶》《风流佳人》《性典》……张竞生的《性史》，他也自己刻印了卖。……请你不要笑话我，我四十多岁了，除了医学著作和有益的哲、史、文艺作品，从来没有看过这类书刊。但自从认识了你，那位败类男医生的话引起了我的遐想，我迫切地想看到这些书，通过它们进入到另一个世界。这另一个世界是疯狂的、有罪的，但我怎么也控制不了自己。

我在火车上看到一位长得很像你的女孩，我一直偷偷打量她。与你一样，她有着长长的发辫，发缝处透出淡淡的粉红肌肤，带有霜质感的莹光从中闪现。多么可爱！但是，当列车女播音员用尖锐高亢的声音宣布："我们就要到达伟大领袖毛主席居住的北京啦！"她突然站起来尖叫一声，然后狂呼："毛主席万岁！毛主席万岁！"你不是这样的，你安静，有头脑。我喜欢你这一点。这女孩子喊过以后，朝我走过来，指着我说："同志，你没喊口号，是什么用心？"全车厢的人都看着我，列车员带着乘警过来了。我把我的工作证和出差介绍信给乘警看了，但那女孩还是不依不饶，讽刺我说："狼还披着羊皮吃人哩，你虽说有部队的工作证，但也不能解释你为什么对毛主席不忠。"她与我面对面的时候，我才看出你们长得根本不像，她眉毛粗黑凌乱带着煞气，而你的眉毛虽然也是粗黑的，但非常柔顺，闪着动人的光泽。她的眼睛大而无神，空洞无物，里面透着狂乱。你的眼睛，是你美好心灵的窗子，温情脉脉，宽厚仁爱，就像一洼滋养了无数鱼无数草的清流之水。

我在德胜门没有找到那个大名鼎鼎的书摊。我问一个卖茶水的老太太，老张头到哪里去了？她没好气地告诉我："老张头？那个张瑞生啊，五四年十月份就被公安局枪毙了。过去三年多啦，你怎么还找他？这老东西不正经，活该。"

我在回来的路上，一直心神不安，好像我就要大难临头了。

你看，我本来做着春梦，想去老张头那里买一本低级趣味的书，满足心中的有罪欲念，这下打消了念头。

托一位领导的福，他给我去弄了一张北京人艺的演出票，是老舍的《茶馆》。这部戏刚上演，是老舍的新作。我一边看一边想起我九岁那年的生日，跟着父母去上海玩，去一所大学的剧场看了周信芳演的京剧《潘金莲》，当时不懂，只是对里面的一些场景念念不忘。到大了才知这是写男女之间复杂的矛盾关系，矛盾到极点，便是血光刀影。我知道欧阳予倩也在人艺工作，但他这本戏应该不会在这里演出的。我梦想有一天会演出，我带着你来看，在你感到迷惑、震惊或感动时，偷偷地拉着你的手。

我的一切都是党给的，我热爱新中国，热爱党。但我也希望内心深处保有那么一丁点的私心，是你让我知道了这点"私心"

有多么甜蜜诱人。但现在不提倡也没有"个人"这个词，所有的都是国家的，连思想都要充公。唯如此，我越发珍爱我们之间的这份有罪的情感，我希望这份情感伴我终身。

一九五八年六月六日

孔燕妮一听内容就知道这封信是谁写的。这封信不仅让人心慌意乱，还让人感到大祸临头。俞华南还没念完，吃客们全都跑光了，只留下他和孔燕妮两个人。俞华南还问孔燕妮："他们为什么全跑了？"

张柔和说："这封信里有反革命内容。"

"哪里有啊？"

"到处都有。你仔细琢磨。"

"我没看出来有反革命内容。"

"那是你眼睛不亮。"

"……不就是说有一位女孩不可爱吗？？那样的女孩确实不可爱。"

"这个写信的人还对国家不满，埋怨一切都是国家的，提倡个人主义。"

"不要这么上纲上线嘛。现在提倡实事求是，解放思想。"

"这封信太黄色了。你应该去人民公园看看大字报，全都是反对引进日本妓女电影《望乡》。我们老百姓反对黄色文化。"

"你看过《望乡》吗？"

"没看过。好多人半夜里就去排队买票了。我想看的话，也得半夜去排队。再说我根本不想看这种妓女电影。我对国家很失望，居然引进这种电影，将来还不知道会怎样。"

"你想要什么样的将来?"

"我想要的将来是小葫芦身体健康,能上学读书。我回到原先的丝织厂,干原先的工作,拿原先的工资。"

孔燕妮这时候说:"再和原先一样,三天两头朝外面拿布。"

"是的,我拿布。拿布也是为了生活。"张柔和低下头,手背掩住嘴,笑起来。

俞华南打圆场说:"燕妮,你不要为难她。以后我们国家就是以经济建设为中心了。生活富裕以后,大家就不会拿布了。"

张柔和怜悯地看了俞华南一眼,说:"你们北京人高高在上,什么都不懂。生活富裕了,就不会拿布了?那你是太不了解我们了。"

俞华南看看孔燕妮。孔燕妮说:"她说的是真话。"

俞华南说:"好吧,就算你说的是真话,那么我们也得先富起来,才能检验你到了那个时候是不是还会拿布。实践是检验真理的唯一标准。"

张柔和笑着说:"拜托,你的标准和我不一样。你一大早到我的摊子上读报纸上登的黄色反动情书,你们爱听,我们不爱听。什么东西呀?"她拿着一大把筷子在桌子上一敲。

孔燕妮指着张柔和说:"张柔和,你给我听好了。俞华南念的这封信,不是别人写的,是孔朝山写的。他二十年前在香炉山的寮房里写给你的,后来就藏在地砖下面,前几天被工人整修房子时找到。那年你和孔朝山在香炉山上干了些什么,你心里有数。"

张柔和手上的筷子呼啦啦全都撒到地上,她也顾不得捡,张大了嘴,脸上红一阵白一阵,眼睛里先是惊恐,再是发光,然后模糊。不一会儿她的眼里就往下掉成串成串的泪珠子。后来她擦掉眼泪,在水桶里湿一湿双手,捋顺头发,再整整脖子里的小丝巾,拉拉衣服，掸掸裤子，坐到桌子边。她从来只是忙碌，很少在营业的时间内坐下来。

孔燕妮说："我知道你是为了那封信哭，哭完把自己弄得干净一点，不然就对不起孔朝山给你写的这封信了。"

张柔和趴到桌子上，哇哇大哭起来：

"我和孔朝山什么也没干呀。我真傻呀，为什么不干呀？干了也没人知道呀。我的命真苦呀，二十年都是怎么过来的呀……"

她呀呀呀地又说又哭，边上围的人越来越多。熟悉她的人劝她说："为一封二十年的信哭成这样，小心你男人揍死你。"有人接着说："她的力气也不小，真要打起来，她也不是好惹的。我见过她与她男人在巷子里对打。她男人说她心里从来没有过他，现在看来她男人的话是对的。她心里早就有了别人。"后来有个年轻女人说："哭有什么用，中国的妇女早就是半边天了。要是我，现在就去问问写信的那个人，心里有没有我？有的话，离婚，和他再婚。婚姻自主嘛。"

张柔和听到这里，抬起头想了一想，推开人群跑了出去。大家都看见了，她是朝着电报局方向去的。

人群也就慢慢地散尽，只剩下孔燕妮和俞华南两个人。

孔燕妮说："我们就在这里等着张柔和吧，她是去电报局打长途电话了。"

"她给谁打电话？"

"孔朝山。"

"我想问问孔朝山和你的关系是？"

"他是我爸爸。你不要吃惊。"

"贵地的人际关系真够乱的。"

"每条战线上都要拨乱反正嘛。"

两个人说着话,张柔和静悄悄地回来了,一声不响,收拾桌子、碗筷。额头是白的,眼皮是白的,嘴唇也是白的。整个人就像脱了水的一株植物。说她脱了水还不够准确,水还有的,但是被冰住了。她的眼睛尤其被冰冻得厉害。一个小时前,这一对眼睛还像山涧的泉眼一样朝外冒着泉水,像天边朝霞一样带着雾气、露水,像花园中的粉红玫瑰一样诱人,像厨娘刚出笼的馒头一样热气腾腾,眼睛里面有着深邃夜空中星星一样的光辉在闪耀。现在它们成了两座熄灭的火山,一座也够了,偏偏还是两座。两座死火山同样尴尬,同病相怜,灰烬飘荡,此起彼伏。

孔燕妮看到这种情形,上去搂住了她。说:"你怎么听了人家的话就去打电话呢?你太不理智了。你和孔朝山多少年没见过了,凭一个电话就能起死回生?你是不是孩子气了。"

张柔和想把孔燕妮推开,但是她软软的,没有力气推她。"我也没和他说什么,让你爸十八号晚上到青云岛。"她说。

"他怎么说?"

"他说他没时间来,他快结婚了,在准备婚房。"

孔燕妮愣了好一会,说:"好一个孔朝山,快结婚了也不告诉我。不过我理解他,他有不告诉我的自由。"

第八章

孔燕妮和俞华南在路上大吵。吵架的缘由是孔朝山对张柔和说的一番话，张柔和后来对他们全说出来了。

孔朝山在电话里对张柔和说："往后的日子会越来越轻松了。你也要把自己过得轻松一点，快乐一点。"

张柔和说："我们这么一路走过来，要我怎么才能轻松得起来？"

孔朝山沉默片刻："你就当我没有写过这封信。你要向前看，不要老是朝后看。"

张柔和说："我不能朝前看，朝前看的话，路就断了。"

孔朝山还是说："那封信不是我写的。"然后就挂了电话。

孔朝山否认写信的行为很恶劣，他果断挂电话的行为更恶劣。但是这封信确实是孔朝山写的。

孔燕妮听了张柔和的复述后，大骂孔朝山翻脸不认人，是小人得志，是忘恩负义。俞华南也开始大骂孔朝山翻脸不认人，无情无义。他还说精神病科的医生都是这样。

刚开始，孔燕妮骂得比俞华南凶。从初中到高中，她的班里总是有几个特别会骂人的女孩，她也就跟着她们学会了一口脏话，骂一个孔朝山不在话下。她的声音比平时尖锐，但还算悦耳。骂着骂着，她的声音轻了，一脸诧异地看着俞华南。俞华南渐入佳境，举一反三，一边学着孔燕妮的骂人话，一边进行现场语言改革和兑换，把南北两边的谩骂互相交融。交融后的谩骂语言是那么的鲜活生动，韵味十足。因为用词生疏，也因为现学现用，他的声音比正常情况下要低一些，语调也比平时缓慢。但渐渐地，他骂得熟络起来，开始顺口，骂得比孔燕妮还要凶。他发现孔燕妮对他产生了某种情绪，于是他不骂了，一本正经地看着孔燕妮。孔燕妮在他的注视下，不由得放低了声音，把一些市井里也难得使用的词汇收了起来，换上一些文气的骂辞。但是来不及了，俞华南对她首先发起进攻：

"你究竟是个什么样的人？你们父女俩为什么都这么让人害怕？我不喜欢你爸。我最不喜欢精神病院的医生了。"

孔燕妮倒吸一口气，冷冰冰地说：

"你是猪八戒倒打一耙呀。和你才认识几天，你就表现出恶劣的本性了。"

两个人放下孔朝山，开始吵架。先是说出相互的怀疑，怀疑对方的世界观。然后是否定，否定对方的世界观。否定完了就是没头没脑的攻击，攻击的面就很广泛了。从对方的修养、个性开始，一直攻击到对方的亲朋好友。俞华南攻击张风毅是个违法分子，孔燕妮攻击俞华南那位在缅甸丛林里打游击的女友是个好战嗜血分子。非但如此，她还怀疑俞华南的祖宗们没干好事，要不然为什么好好的吴郭不待着，跑到北方去了。

"我的祖先是从这里到北方履职做官的，不是干了坏事跑掉的。"俞华南对于吵架是个新手，他根本不懂孔燕妮吵架的招数。孔燕妮吵架虚虚实实，指东打西，讨论俞华南的祖宗北迁，就是她抛出的一个圈套。俞华南果然上当，他张口结舌，苦于无法拿出祖宗没干坏事的证据。

孔燕妮这时候想,俞华南这么老实,要不停下来不要再吵吧?可是她的直觉告诉她,应该吵下去,吵下去才是正常的。她突然收兵,偃旗息鼓,会引起俞华南的怀疑或不适。他很敏感,他不像张风毅那么会对付她。总之他不是她的对手。

两人吵完一看,张柔和早就不见了,路边的桌子、凳子、盆盆罐罐都在。两个人在空落落的人行道上发愣,脚下踩着金黄的银杏树叶子,脚一动,树叶就发出微弱的响声。

俞华南上前一步,挽住孔燕妮的手说:"我们找个地方坐下来,心平气和地谈一下吧。"

孔燕妮用力甩开他的手,头也不回地走了。

俞华南跟跟跄跄跟在她身后叫喊:"你骂了我的祖宗十八代,难道你还没消气?……"

现在,孔燕妮面临另一个问题。她骂了俞华南,骂了俞华南的女友,骂了俞华南的祖宗们,但她心里一点也不轻松,反而更觉沉重。

孔朝山,那是一个多么高尚的人,现在都不敢承认这封情书是他写的。他是老糊涂了吗?

想来想去,她还是去找张柔和,她怕张柔和想不开。店里的人说,张柔和回家了。

她在巷口遇到汪多根。汪多根嘴角边堆着些白沫,歇斯底里地说:"你去看看吧,那女人大白天的躺在床上挺尸,只有出气,没有进气。她要是现在死了,小葫芦怎么办,送给人家也不要。"

孔燕妮走近汪多根狠狠地抽了他一个嘴巴。她的手大,这一掌力气很大。汪多根吃了一巴掌却不声不响地溜了,好像就等着一个大巴掌让自己平静下来。

孔燕妮推开张柔和的房门，张柔和在床上抬起头对她哑着嗓子说：

"天塌下来了。"

孔燕妮说："瞎说，天怎么会塌下来? 人是为自己活的，不是为别人活的。"

"孔朝山，他多了不起的啊! 全吴郭的男人加起来都不如他。现在连写过的一封情书都不想承认。我去打长途电话的时候想，我这半辈子什么好处都没有，但是有了这封情书，我的人生就值了，够本了。没想到一下子就从云端里跌回到地上。比地上还不如，我一个跟头跌到了地狱里。我的命好苦啊。"

"不过是一封情书而已。"

"你说得轻巧。对你来说，情书要多少有多少。对我来说，这辈子就这么一封情书，人家还不承认。我没法出去见人了。我这辈子要被人笑死了。"

"你没看见大家现在整天盯着报纸看头条新闻，揣摩中央有什么富民政策，谁还有心思管你的这些小事?"

"这你就不懂了，富民政策是物质生活，风流韵事是精神生活。……我的命好苦啊。"

"我的命运也好不到哪里。你弟弟张风毅，本来可以不去坐牢，可他非得主动跑去找宋阿进，说打了他一枪，欠下他一笔血债，只有受法律的制裁才能心安，不然夜里睡不着觉。三年，总算要结束了。他心安了，还成了英雄。我呢，又成了大家的笑柄，因为三年里我找了两位男朋友。我知道大伙的意思，盼着我成为一位圣洁的女人，就像电影里的那些女主人公，为一份爱情坚贞不渝，永不背叛。但我小的时候，我柳爷爷就教导我，女人要为自己而活。我要感谢柳爷爷，是他让我诚实地对待自己。"

"你哪里是两位男朋友？你有第三个了。"

"……你是不是准备把我的事告诉张风毅？"

"我不说。你自己和他去说吧。"

"我也不说。他一出来就会听到我的事，是不是？最近有人把我的事编了一首童谣，你晓得吗？"

"听小孩子们唱过。她们一边跳皮筋一边唱，孔燕妮，三年找两个，一个换两个。来的都是客，走了各归各……"

"你唱得比小孩子好听。……看来没有单位要我了。两个地方推来推去，一个说你的关系已经不在我们这边了，一个说你的关系我们没有收到。"

"这是他们合伙设的圈套。他们不能这么欺负你，我去和他们吵。这些官老爷，他们就怕工人阶级和他们吵。"

"我不要你去吵。我不想看见你和人吵闹打架，也不想看见你揪住孔朝山不放。过了的事就让它过了吧，得饶人处且饶人。我们的神经要放松下来。"

张柔和嘴里啧啧几声说："不得了，你现在也学会说这些奉劝人的软话了。你是真的老了吗？"

孔燕妮说："没错，我年纪是大了，一天一天老了。可是我的心不老，我的能力也越来越强了。你会看见这一点的。"

张柔和说："你不要吓我。你自己不想一想，小孩子都唱那种歌骂你，你怎么可能越来越强？"

"我就是被人一路骂着长大的，那又怎样？我吃苦受难，可我比大多数人都活得轻松。活到现在，要我说说活着的感想，我只有一个字：值！"

两个人说到最后，张柔和说：

"刚才你提起了柳爷爷，我心里又有了活下去的力气。唉，幸亏他死得早，要是活到现在，说不定也变坏了呢。"

"不会的，有些人会改变，有些人一辈子不会改变，就像张风毅，他也不会变的。什么都不会让他改变自己。"

"你好长时间没见到张风毅了，其实他也变了。不知道为什么，越是离出狱的时间近，他越是紧张，说不上两句话就发怒。我心里好害怕。"张柔和擦掉眼角边的泪水，"我要想办法让你这次去见他。见了面，你就知道他变成什么样子了。他出狱以后你要管他，你不能不管他。"

"我一定管他。"

"你和他结婚。"

"只要你高兴，我和他马上结婚。"

"胡吹吧。那你和俞华南怎么办？"

"他会回北京的。"

"他不回北京怎么办？张风毅坐牢后，你第一位男朋友，不是差点把上海户口迁过来？"

"他会回北京的。他心里有一件事放不下。"

"他不回北京呢？"

"他一定会回北京的。他要到北京去等一个人。"孔燕妮的眼睛红了。

"你会跟着他去北京吗？"

"不会。他回北京等人，我在这里等人。"

张柔和爬起来给孔燕妮和小葫芦下了两碗面条,她自己不吃,说心里还是堵得慌,没有一点胃口。她拿出粗毛线,坐在边上,一边打毛衣一边看着孔燕妮和小葫芦吃东西,眼睛里满是慈爱。毛线衣是给张风毅打的冬衣,才打了前后襟,花式是粗重的麻花棒。她说张风毅从监狱出来身上阴气重,肯定怕冷,所以给他打了这种粗重的花式。毛衣的颜色选了姜黄的,看着温暖舒服。

孔燕妮说:"你少替人操心。你还是多操心自己吧。"

"不行。"张柔和说,"我天生就是一个替别人操心的命。我特别担心你找不到工作怎么办。我看你不如去考大学吧。你自己的亲爷爷、柳爷爷、你爸,都是大学生。你那么聪明,肯定考得上的。就是岁数大了一点。我听人说去年还有四十岁的考生去参加高考呢。不知道考上没有,要是考上了家里怎么办?有些人这么大岁数都抱孙子了。"

孔燕妮听她说话,不回答。她吃完离开张柔和,站在街上四下观望,心里没有着落。她站在街上彷徨时,天空开始下毛毛雨。刮着一阵一阵的风,满天空都是细如牛毛的密密雨丝,一条一条的,被风刮得扭来扭去。孔燕妮双手插在上衣口袋里,慢慢走在雨丝里,脸上和长发都打湿了。她打量这个城市,心潮难平。她感到这个城市会发生很大的变化,人也会发生很大的变化。未来的不确定性,使她心里充满着矛盾。

她决定去招待所里找俞华南。她后悔和俞华南吵架了,她一边想把俞华南焐热,一边又和他吵架,到底是怎么想的呢?

俞华南不在。她只得悻悻而回,走过工人文化宫的留言墙,抱着某种希望寻找俞华南的留言。果然希望实现,在一个不起眼的边上贴着他给孔燕妮的留言,抬头画了一只小燕子,小燕子后面写道：

我错了。不该和你对骂。我晚上去找你。一起去学校。

落款是一条鱼。

孔燕妮把俞华南给她的留言条剥下来放到口袋里，她心情大好，就像那首歌里唱的一样：小船儿轻轻漂荡在水中，迎面吹来了凉爽的风……出于好奇，她开始看别的留言。

留言栏里有一张纸，上面用钢笔写着：听说要包产到户。包产到户，是万恶之源。

边上也有一张用钢笔写的反驳的话：放屁！你才是万恶之源。

两张留言下面有一张毛笔写的挤在一起的正楷：同意反驳意见。他饿死了就不会放屁了。

更远的边上贴着另一张蓝色圆珠笔写的潦草纸条：我认为，饿死事小，失节事大。

雨越来越大了，孔燕妮三步并作两步小跑到家，把俞华南的字条放在抽屉里，和他的第一张留言放在一起。一边开了收音机听歌，一边烧了热水准备洗澡。洗完澡天色就暗了，她找出蜡烛点起来。一位邻居奶奶敲门过来看她，问她："缺不缺菜，缺的话我稍候给你拿过来。"孔燕妮说："油盐酱醋菜米，我什么都缺。"邻居奶奶笑着看了她一眼说："把自己过得苦巴巴的没什么好光荣的。我是看着你长大的，你就是会瞎折腾。张风毅就要回来了，他是个好人，你们赶紧结婚吧。"

邻居奶奶不由分说，回家给孔燕妮盛了一大碗青菜馄饨，还带来一只灯泡，说："我可没法给你装灯泡，你自己装上吧。蜡烛光跳啊跳，闪啊闪的，看书要把眼睛看坏了。"

孔燕妮说："奶奶，我不是懒，我就是想过得轻松一点。我们这些年太紧张了,难得现在不缺吃不缺穿,也不搞整人的运动,日子一天一天好过起来,就得让自己轻松一点。"

邻居奶奶说:"反正你总是有理。不过你想想,只要有王来恩这一对夫妻,像特务一样老是鬼头鬼脑的,我们就轻松不起来。"

孔燕妮装上灯泡,拿起俞华南看过的《金星英雄》边吃边看。她看过这本书,可是忘记了讲的是什么。正看得入神,有人敲门。开门一看,正是俞华南。他的身上全湿了。孔燕妮放下书和碗,从箱底里拿出父亲孔朝山的旧衣服让他换上。一会儿,他从里屋换上衣服走出来,走到孔燕妮的身边,一眼不眨地看了她片刻,把手上的毛巾递给她,说:"给我擦擦头发吧。"

孔燕妮说:"你不是说要和我保持距离?"

俞华南说:"你不是说要把我焐热?"

两个人相视一笑。

孔燕妮接过俞华南的毛巾,把他的头发擦得蓬蓬松松的。

俞华南说:"雨停了,我们一路走过去。我今天去了蓝湖公社调研,黄秘书长派车送我去的。收获真不小,一直到现在心里还在激动。"他端起碗把孔燕妮吃剩的青菜馄饨全吃了。

"你激动个啥?"

"我听到了老百姓真实的声音,这种声音就是时代的脉搏。"

"老百姓对你说了些什么?"

"老百姓说,刚解放那会儿,他们还有金戒指银项圈什么的,后来什么都没有了。他们说,将来有多好的生活不知道,但最起码大家要有金戒指、银项圈——要有金项链就更好了。"

孔燕妮说:"你不会笑话我们吴郭的老百姓觉悟不高吧?"

"说真话,说老实话,才能打碎精神枷锁。"

"慢说打碎精神枷锁吧。我先问你,这些真话和老实话会受到啥样待遇?"

"我都会如实汇报。"

"你向谁汇报呀?中央领导吗?"

孔燕妮不过是随口开个玩笑,但俞华南突然就不说话了。孔燕妮看到他脸上掠过一种惶恐,她看在眼里,怀疑自己的视觉出了差错。

两个人走出门,孔燕妮说:"晚风今日寒,不暖也江南。"她吟完这句诗,发现俞华南放松下来。他到底紧张什么呢?孔燕妮不知道。但是有一点她明白,到她能和俞华南开玩笑的那一天,俞华南就被她焐热了。——可是时间有限,他们没有多少时间了。

地上有一层牛奶一样的雾气在流淌,下过雨的夜空中清洁无尘,透着些深蓝,看久了,觉得人的眼睛也变成了清澈的深蓝。魂魄飘荡在深蓝之中,无边无际的舒适。

俞华南到了课堂上,看见那么多人,脸上出现吃惊的表情。他是真的吃惊。孔燕妮跟在他后面,脸上也出现吃惊的表情,她确实被人数惊到了。但她刹那间就调整好了情绪,并且做了一个鬼脸,睁大眼睛、伸舌头。她的鬼脸经常做给她的学生们看,一成不变的,学生们每次看到都会高兴起来。

这次也不例外。大家笑起来。俞华南敏感地回头,看到这一幕,朝孔燕妮摇摇头,露出责备的神情。

一个教室挤得满满的,没有座位的学生都见缝插针地站在教室后面,有的座位上坐了两个人,更多的是站在教室外面,趴在窗户上听。

俞华南说:"这么多人,放弃了晚上在家里休息,跑到这里来听我的课。我都不知道讲什么好了。"

第一排的一位男生说:"你想讲什么就讲什么。我们想听就听,不听就走。"

"真的吗? 吴郭人也这么快意恩仇?"

"真的。"

俞华南开始讲:"我是二十四号夜里到你们吴郭市的。确切地说,是过了十二点了,二十五号了。我住在市委招待所,今天早上从招待所出来时,看见服务员小汪,就和他打了一个招呼。小汪刚好买了几根野茭白在煮着吃,我以为这是蒲笋。小汪是扬州人,他告诉我一个知识,蒲笋又叫蒲菜,不是野茭白。我以前一直以为蒲菜就是野茭白。小汪这么说了以后,我就在脑子里自动更正了这个知识。这个知识是我间接地从小汪那里得到的,我并没有去求证这一点,因为我相信小汪,他生活知识丰富。对他来说,蒲笋是蒲笋,野茭白是野茭白,这是常识。他从小就在河边采蒲笋,挖野茭白。如果我什么事情都要自己求证一番,那么我一辈子也求证不了多少。我们读书也一样,我们在课本上学到的东西,大部分都是人类社会积累下来的常识,我们不会质疑这些常识,我们学习并且传承。

"恰恰常识是最难寻找,最难被人理解的。人类的文明史,可以说就是一部寻找常识、回归常识的历史。所以到了今天,我们提出实践是检验真理的唯一标准,是必要的,是对常识的回归。

"一个国家的前途,取决于大多数人对本国的期待。这种期待就是常识所在。一个脱离常识的政府,就是脱离人民。我们读书,也就是要认识常识的面孔,记住常识的面孔,一生捍卫常识。这是读书人的责任，是读书人该有的担当。

"常识还基于对人性的理解和宽容。人性是丰富的，有多种侧面。我们经历的一些岁月，都浮于简单和表层，我们不知不觉地成了幻想的、幼稚的人，我们犯的错误大多数是无心之失，冲动之失。这种情况不改变的话，碰上不好的时代，必然会心灵粗糙、思想极端、行为乖张，直至情感退化。我们要善、要美，更重要的是，要有爱心、理性。要成为宽广、丰富的人。我们不管学什么，将来都要为常识服务。和各种美好的坚守相比，常识是最难坚守的。常识之光若隐若现而且微弱难辨，一点点邪恶的激情就能淹没它。常识，就是读书人的底线。为社会守住常识，就是我们读书人存在的理由。"

一位女学生坐着说："你说了半天常识，到底什么是常识？"

俞华南说："常识就在我们的身边，也在我们的心中。当你有了爱的心，有了悲悯心，有了追求幸福的心……这就有了人道了。人道就是常识。"

一位剃着光头的男生站起来说："俞老师，照我看来，老百姓中间倒是常识多一些。"

俞华南说："你说的有些道理。大多数老百姓是守着常识过日子的。"

光头男生激动地说："我爸爸是市文联筹备处的，他是个平反右派，他动不动就说，小声说话，小声放屁，像接头暗号似的，烦死了，天天要说几遍，我恨不得揍他一顿，可他是我的爹。"

俞华南被这学生说得丈二和尚摸不着头脑，愣在那里。底下好几个学生看着他笑起来。

俞华南的课讲得人热血沸腾。孔燕妮站在最后一排听着，仿佛觉得他讲的东西有哪里不对。回想了一下他的讲课内容,常识、真、善、美……无懈可击。也许不是讲课内容有问题,而是他这个人有问题。孔燕妮想了一遍他这个人,也没有问题。那么只剩下最后一个选项:这个人没问题,这个讲课内容没问题。就是这个人讲这个内容有问题。

会有什么问题?他不配讲这些吗?

孔燕妮告诫自己不要无事生非。

散了课,一群学生跑到讲台上围住俞华南说话。那位光头男生挤挤擦擦地朝教室外面走,经过黑板边,俞华南正在一位女学生的书上写着什么。光头学生突然伸出手,五指并拢,用侧掌在俞华南头顶上狠狠地削了一下,俞华南扔下笔,双手抱住头,女学生们尖叫起来。光头学生还想削第二下时,孔燕妮正好赶到俞华南身边,用双手把这位挑衅的男生推了出去。

校党委书记黄拉林闻讯从办公室里赶来,一面叫人去追光头学生,一面对俞华南说:"我们上次请了一位老师,他讲到一半,教室窗户玻璃被人打了一枪,玻璃打碎了。子弹从这边窗户打到对面教室的窗户,还好没有伤到人。恐怕你讲得太超前了,惹恼了有些人。我们吴郭城现在是山雨欲来风满楼啊。有些人想得明白就好,想不明白就自己苦恼。自己苦恼也罢了,要伤害别人就不好了。"

俞华南听了不吭声。他与孔燕妮走到外面,突然拉住她的手说:"你是个泼妇,你知道吗?"

"我知道。"

"要不是你,我的脑袋还得白白挨一下子。"

孔燕妮说:"那个打你的人,精神是狂躁的,病态的。要我说,他不想和他父亲一样懦弱胆怯,临时决定,选择你作为他攻击的人。

这样他就觉得他是勇敢的人。"

"精神状态不好的人，是值得同情的。他们有的人非常聪明，比一般人还聪明。……我不会计较他。"

"他打了你，肯定会高兴好一阵子。"

"他会高兴一辈子的，打了一位北京来的夸夸其谈的老师。我怎么这么倒霉啊？不说这个了，你说说我讲得怎样吧。"

"口若悬河。"

两个人信步而走，走到了城南边的汽车站，又走到了城北的火车站。一辆火车从他们身边驰过，带着无数扇热腾腾的窗口朝远方而去。

孔燕妮说："你刚才上课的内容，我认认真真地听了。你说得挺深刻，也在理。常识也是事物的真相和本质，但是你说得还不够，细想里面还有一些逻辑矛盾的地方，我得好好想一想。到了工读学校，我的第一课的内容有了，给孩子们讲讲什么叫作常识。我从此以后要研究常识这门学问，专门开设常识课。"

俞华南说："其实今天我唠叨的东西，我自己根本没做到。就说常识吧，世上是没有鬼的，可是我从小就喜欢听鬼故事。"

路边有一家敞开大门的小学校，里面黑洞洞的。孔燕妮说："这里面肯定有鬼，我们进去看一看吧。"

俞华南停下脚步，看着孔燕妮笑了起来。孔燕妮唤起他某个遥远的记忆了，这个记忆让他感到莫名的愉悦。有很大可能是，这是一个复活的记忆，要不是孔燕妮，他就失去它了。孔燕妮趁着他高兴，上前挽住他的手，娇柔地问他："难道我已经把你焐热了吗？"

"焐热了。"他顺从地回答。

孔燕妮当然不会相信片刻之间就把他焐热了,但看见他这么笑着,她也很高兴。两个人就摸黑走进去找鬼。里面一团漆黑,他们紧拉着手,磕磕绊绊地走了一阵,又摸着墙一步一步挪出来。走出门,俞华南张开手,手里藏着两颗玻璃弹子,还湿漉漉的滴着水。俞华南说是在教室前的鱼缸里摸到的,送给她做礼物,一只代表他,一只代表孔燕妮。孔燕妮接过玻璃弹子说:

"俞华南,你听好了,我一定会把你焐热的,就像我焐热这颗玻璃弹子。等你回到北京,你就是一个快乐的热乎乎的人了。我这么执着,也是相当紧张的,让你紧张,也让我自己紧张。不过不要紧,我们过了这一关,以后就再也不会紧张了。——原谅我这么自信。你讨厌我吗?"

俞华南不说话,他手足无措地看着孔燕妮。

这时候火车站的大钟叮叮当当敲响了十二响,在空旷的夜里传出很远。俞华南缓了一口气,终于找到话题:"十月三十一号了。"孔燕妮说:"十月三十一号了。……还有十九天,张风毅就要出狱。你不想谈别的,我就和你谈谈张风毅吧。"

孔燕妮从二十年前认识张风毅那天说起,他写的诗,他对自身命运和世界的思考,他的勇气和担当,他的宽厚仁义,他的领导者的气质和自律。当然,他还有着令人悦目的外表,他肤色略黑,看上去瓷实紧绷。双眸明亮,唇线清晰如浮雕。他的手臂和腿都是长长的,弹性而有力。他的手和脚都充满着力量。他冬泳、跑步,他不抽烟,不喝酒,讲究卫生,整个人很清洁,身上散发出年轻男性特有的健康气息,气息有点像棉花,有点像干草,有点像松香……不管什么样的气息,都是热乎乎的。

孔燕妮越说越伤感,她不断地说着张风毅的好,心里却离他越来越远,而俞华南又是那么虚无缥缈,若远若近。她的心没有着落。

俞华南低下头说:"你还有十九天就要和他团聚。我的那个人还是遥遥无期啊。"他说到"那个人"时,声音低得快要听不见。

孔燕妮听他这么一说,决定乘虚而入。于是微笑着建议:"俞华南,你考虑一下,和我谈一场十九天的恋爱吧,我会让你真正地热起来。"

俞华南一下子又紧张起来了,半晌才说:"你说什么?做朋友多好,姐弟也好,什么负担都没有。"

他婉拒了一下,到底抗拒不了孔燕妮的诱惑。于是改口说:"让我考虑考虑吧。"

"过了这个村就没那个店子,不用多考虑。我们俩都没有婚姻,是自由的。我只问你敢不敢?"

"我胆子很大,你可能还不了解这一点。……可是这样总是不好吧?我是来调研的干部,跑到这里来谈恋爱。况且你还等着一个人,那个人也等着你。……我也等着一个人。"

"我知道这样不好,但是我控制不住地想和你在一起。就十九天,十九天过后,我们一拍两散。"

"你到底看上我什么?"

孔燕妮咬着嘴唇说:"十九天后我告诉你。"她其实就是搪塞一下,每次她看上人都没有特定的理由,她也从来不问自己为什么爱。但她每次和人分手的理由是充足的。

俞华南不说话。孔燕妮绞尽脑汁地想说服他,想来想去,她想到了一个最能打动俞华南的说法。她说:"你回到你祖先的地方,这块土地上曾经生活着你的祖先,流淌着你祖先的血液,埋着你祖先的骨骸。风吹雨打，百花盛开，沃土绵延，生生不息。你的根在这里，你就是属于这里的。难道你不想和祖先土地上的女子谈一场风花雪月吗？"

话刚说完，看到俞华南的笑容，她就知道她的话奏效了。她高兴得差点跳起来。——哎呀孔燕妮，你又成功了。你在爱情这个领域，是百战百胜哪。你真是个有能力的人。

俞华南还在啰唆："你不怕十九天的恋爱毁了你心里的美好想象？"

"不怕。毁灭了再建。我还不老，失去了还可以重新建起来。"孔燕妮说。

"你真是一个教唆犯。不过我喜欢你这样说话。你和她很像。"俞华南说的"她"，当然指的是他了无踪影又心心念念等候的女朋友。

"少废话，你说一声愿意吧。"

俞华南想了片刻，终于没有把"愿意"二字说出口。他情绪低沉地说："我还没有好好地爱过呢。"

孔燕妮情绪高涨："那我们就开始吧。"

"……好吧。开始吧。"俞华南有点害羞。

"这是我们的第一天。第一天，我们要商量一下该干些啥。"

"我们先要互相了解。"俞华南肯定地说。

"怎么了解呢？"

"我们每天都定一个议题。我明天上午——不，现在是今天上午了。我今天上午十点钟要去煤球厂，下午要去自行车厂。从现在到十点钟，时间都属于你。我都会陪着你，我们要说些让对方愉快的话……"

"我还是陪着你回招待所吧,路上大概要走半个小时。你一点前回到招待所,可以睡八个小时。说到两个人之间的议题,我完全同意你说的,要说些让对方愉快的话,我们还要一起游山玩水。我想带你去看并蒂莲。"

"我从小很想跟着父母出去玩,但他们太忙,从来不带我出去玩。我的女朋友忙着在缅甸打仗,我们只出去过一次。就是去圆明园的那次,两个人拍了一张照片。"

"今年的并蒂莲花期过了。并蒂莲花期也短,就四五天的时间。"

"圆明园里也有莲花。"

"并蒂莲花期太短。我们以后就到并蒂莲开花的池塘边造一间茅屋,天天在那里守着,开花的那几天,我们夜里都去看。你看好不好?"

"圆明园里的莲花……我不懂品种。"

"我们就在池塘边守一辈子……现在轮到你带我出去玩了。"

"好吧。轮到我带你看东西了。让我好好想一想,我以前从来没有想过,我经常想的就是我那女朋友突然回北京时,我千万不要高兴得晕倒在地。我想好了,我带你去圆明园玩。"

"好的。圆明园。还有呢?"

"还有……我前几天在上海,碰到一位法国朋友,他到上海电影制片厂谈引进法国电影《佐罗》,如果中国上映《佐罗》,我陪你一起看。"

"我知道佐罗这个人。这部电影里讲的是什么事?反抗暴政、劫富济贫吧。"

"对。他给我看了英语版的。里面有一个细节,佐罗冲到教堂,拿着剑,指着所有的贵族和地主,命令他们把身上的钱和珠宝交出来给穷人。中国今后要是放开一些经济政策，譬如包产到户、私人企业，甚至私人银行，那么就会产生一个富裕阶层。佐罗的剑是不是一直会悬在这些富人头上呢？我们用什么方法保护这些富裕起来的人，让他们享受智慧和劳动带来的果实，让佐罗的剑不要砍下来。"

孔燕妮说："与其被动地保护，不如对穷人多加保障。这样的话，佐罗的剑就成了一个象征，象征着爱和怜悯。"

俞华南说："对，象征着爱与怜悯，也是永远的警示。中国几千年来，富裕的那个阶层好像都没有解决好自身的问题。"

"俞华南，你思考问题时就像一台绞肉机，我不想和一架绞肉机一起看电影。"

"……我还想起来一件事。十年前，我上高一那年，跟着一群大人到处跑……就是大串联。跑到了青海茶卡盐湖。我带你去看茶卡盐湖吧。"

"那里有什么风景？"

"夜里，满天星斗，密密麻麻。人就像躺在水里，头上的星斗像是水面上铺的一层闪光浮萍。湖是朝下延伸的第三个空间，上面盖着一层厚厚的卤盖。卤盖下面全是湖盐。盐花真是太美了，我要找到茶卡盐湖里最古老的那个盐根，雕成你的样子送给你。看完茶卡盐湖，我们再向西边走，去看察尔罕盐湖……"

孔燕妮深深地吸了一口气说："我现在幸福得透不过气，只好拼命地吸气，我周围的氧气要被我吸完了。"

"不用怕，你周围的氧气吸完了，还有我周围的氧气供你吸。"

"那你要为我缺氧窒息了。"

两个人说了一番情话，彼此有些害羞，也有些不适应。沉默了片刻,俞华南又说:"我还要带你去兰州看敦煌舞。我知道甘肃舞院正在排敦煌飞天舞……"说了这句话,他就再也说不下去了。正想着是不是把佐罗的剑重新提起,议论一番国内阶层的话题,突然就看见招待所在前面了。看见招待所,他暗暗地松了一口气。

到了招待所门口,孔燕妮在俞华南脸颊上亲了一口,俞华南愣住了,不停地喘气。这是他人生的第一个吻。他那个女朋友,也只是写情书,拉拉手搂搂肩而已,从来没有吻过。那时候他千万遍地想,一定要吻一下她,但一看见她,他就打消了念头。

孔燕妮说:"你好像很害羞。我柳爷爷说过,害羞的人适合养花。"

俞华南说:"怪不得我小时候妈妈总是让我浇花呢。我家院子里长着好多花。我妹妹特别喜欢月季花,所以我父母经常寻找各种月季花种在院子里。有几棵月季花比我父亲还高。月季花种在白墙边很好看。"说完这句话,他的气才喘匀了,腿也能动了,于是走进招待所去了。孔燕妮看着他的背影自言自语:"缺爱的人才会这么紧张。"过了一会儿,孔燕妮叹了一口气又说:"其实刚才我也很紧张。……我还会紧张,说明我还不是一个情场老手。唉,不谈这场恋爱,我怎么会知道这一点?"

天上飞过一群连夜迁徙的大雁,呱呱地叫,前面的叫着后面的,后面的叫着前面的,彼此提醒不要掉队。孔燕妮看见它们这样友爱,不知不觉就很感动,眼泪就要掉出来,她说:"经常掉眼泪,就是老了。经常自言自语,也是老了。眼下我正逢人生的十字路口,何去何从没个数。所以就这么退步了。"她估量了一下自己,觉得自己退步不大,能火速爱上复杂神秘的俞华南,并且勾引到手,说明自己还不老。目前的问题是,短短的十九天时间,她能给俞华南什么?

如果她还没有老,那么就要给俞华南带去爱的新鲜活力,让他得到,让他热起来,让他滋润。她能做到这一点吗?

她给自己打气,说:"孔燕妮,加油!"

第九章

张柔和今天去居委会给孔燕妮开探监证明。她写好了申请，到居委会敲个图章就行。居委会一位阿姨拿去看了一眼说："你可以去，我们给你证明。孔燕妮不行。给她证明什么呢？证明她是你弟弟的未婚妻？不要丢人现眼了。谁不知道她又在谈朋友了，天下竟有这么不要脸的女人？"

张柔和气势汹汹地站起来喊："你要是再敢骂她一句，我打得你门牙找不到家。"

那位居委会的阿姨说："你打，看我们谁找不到门牙？你这个×想找茬儿吗？没看见我这里这么多男同志吗？他们一人一个指头都能把你戳成马蜂窝。"

张柔和说："你以为你是谁？你是×王吗？天下的男人都听你这只×王调遣吗？你心里邪火大，今年夏天热死那么多人，怎么没把你热死？"

一位过来看热闹的老者发出感叹："斯文扫地。斯文扫地。"

张柔和把她写的探监证明撕碎了扔到地上，怒冲冲地对老者说：

"一地碎纸，快拿出你的斯文来扫地吧。"

张柔和在居委会大闹着，孔燕妮一觉睡到中午刚醒。她的日历有半个月没撕了。于是她开始撕过期的日子，撕啊撕，一直撕到十月三十一日，星期二，这是今天的日子。

家里还是缺少过日子的必需品，油盐酱醋，要啥没啥。正在思量，外面响起叫卖声，卖今年新收的白果和栗子。她就出门买了一些。煮了白果和栗子，兜了一手帕，拿在手上吃着，来到家属大院的东墙。杜克家的小红楼就在东墙外边。

她把栗子朝杜克家的院子里扔，一扔，杜克养的狗就叫了。然后杜克打开门出来，好奇地问道："谁扔的栗子啊？"

孔燕妮在墙这边说："杜克，你他妈的还活着？栗子是我扔的。你今天怎么没上班？"

杜克早就听不出孔燕妮的声音了，问："你是谁呀？我上不上班和你有什么关系？"杜克在吴郭教育局生产办公室上班，三天打鱼两天晒网，最怕人问他上班的事。他没听到回答，就拿了梯子爬到墙头，朝下一看，嘿嘿地笑了："孔燕妮，你拿栗子扔我干什么，想勾引我吗？……我开玩笑的，我有了女朋友了，大名毛丹丹，绰号叫鸡毛掸子。"

孔燕妮说："你放心，我不想勾引你。我是想问问你，你家什么时候晚上有聚会？听说你家现在是个文化沙龙。"

杜克眯着眼睛看她，不吭声。

"我想来听听。"

"今晚就有聚会。你来可以的。"

"我还想带一个朋友来。"

"朋友不行。"

"是我男朋友。"

"是张风毅吗？他出来啦？"

"不是他,是别人。"

杜克狐疑地审视着孔燕妮,后来说:"好吧,你带着你的新男友一起来吧。我相信你的话,是你新的男朋友。背叛爱情的事,只有你才干得出来,别的女人是不敢的,怕人言可畏,怕影响前途。你把暗地里做的事公开了,你把心里想做的事光明正大地做了,有种!你像个男人。"

孔燕妮说:"我不像男人,我是个女人。我没有你讲得那么了不起,可我也不是一个无耻的女人。我到底是什么样的女人,我想我不久就会明白的。"

杜克向下斜着眼睛,一副居高临下的模样,说:"看来你正在努力证明自己是个女人。这件事难的,大凡女人证明了自己有力量,就不会再证明自己是个不折不扣的女人。我们机关里那些有权的女人,一个个都把头发剪得像个男人,唯恐别人不知道她们像男人。她们那么有权,首先就要把自己和一般的女人区别开来。"

孔燕妮说:"杜克,幸亏你没爱上我,不然的话我这辈子够受的。"

杜克说:"你变化挺大。首先,你变得废话很多,以前你在我面前不大敢说话。这样很好,把话说出来,心里就平静了。你平静吗?"

"我要是说早就平静了,你是不是心里很失望?"

两个人你来我往地较量了一番话,孔燕妮就回家看书了。虽然军医学校和工读学校两边扯皮,她还是得备课,时刻准备工读学校召唤她上班。如果实在没有地方上班,她想一不做二不休,索性去考大学了。她在纸上写下了一些人的名字和要借的高考复习书,这几天就去找人借高考复习资料。

傍晚,孔燕妮估计俞华南该回来了,就去招待所找他,正好在招待所门口碰到了他。问他到哪里去,他云里雾里地说:"嗯,我还没想好。"孔燕妮说:"我带你到杜克家里去。……我和你说过的,你是不是忘了?"

"我现在想起来了。"

"杜克说我变多了,好多废话。"

"由他说去吧,我就爱听你的废话,你要是不讲废话,我心里就七上八下,不知道怎样讨好你。"

孔燕妮想,俞华南会开玩笑了,真是立竿见影啊。说明他轻松起来了。她低下头暗笑了一下。

杜克家虽说与军医院家属大院一墙之隔,可是要想去他家,必须从家属大院出去,拐一个大弯,绕过两条街走进去。孔燕妮带着俞华南绕了十多分钟,来到杜克家门口。杜克家隔壁弄堂里出来一位推着车的年轻小伙子,神色凶蛮,一脸的横肉,专注地看了他们一眼,骑上车走了。俞华南问孔燕妮:"你和刚才那位小伙子认识吗?"

孔燕妮说:"我不认识。你凭什么判断我认识那位小伙子?"

"我看你俩打了一个眼色。"

"你怎么这么敏感?我爸爸说,太敏感的人容易紧张,对精神有伤害。你是我见过的最敏感的人。"

"我与众不同嘛。"俞华南说着闪到一边,"马上有个人要冲出来了,我们靠边站吧。"

他话音刚落,里面真的冲出来一个人,是个女人,差点把孔燕妮撞下台阶。孔燕妮一看,像是杜克的前妻。杜克的前妻也认出孔燕妮了，站下来很潇洒地套上一副白手套，大大咧咧地说："我和杜克离婚了。我是来要钱的，杜克欠我的钱一直没还我。我劝你不要和杜克往来，他会开口向你借钱，今天借五十，明天借一百。这个也罢，他搞不好要拖你下水。我不能和你多说，你进去听了也就明白了。"

孔燕妮说："好的。和你多少年没见了。下个月十八号，我在青云岛上请客，你有空来吧。"

杜克的前妻眼睛转了一转没吭气。

狗在里面吠起来。

杜克说："谁在外面？是孔燕妮吗？'鸡毛掸子'，去把大门锁起来吧，人都到齐了。啊呀呀，孔燕妮啊，这是你的小白脸吗？以前女人喜欢的男人都像强奸犯，现在女人喜欢的男人都像被女人强奸过的。"

俞华南小声地对孔燕妮说："这就是你的初恋？"

孔燕妮说："如假包换。"

俞华南说："你的审美有问题。"

一走进客厅，只见正中的长条乒乓桌上醒目地摆放着一把汉阳造步枪。客厅里除了杜克的女友，别的都是男性。俞华南若无其事地走到桌前，他对步枪边上放的一堆食品发生了兴趣。这些食品看着很洋气：十几杯泡好的麦乳精、开了盖子的上海梅林厂生产的午餐肉、一大块奶酪、一大盘切好的蛋糕、一大盘熟火腿和红肠。桌子上还散放着大白兔奶糖、花生、煮鸡蛋。啤酒把桌子堆得像一座小森林。以上这些食物都比不上桌上另外两样东西显眼：它们是两包"三五"牌香烟和八瓶雪碧。雪碧还没有进入中国市场，它是杜克通过一些秘密渠道来的。它在杜克家里出现，显得杜克凭空高级了不少。

杜克问俞华南:"听你的口音是北京人。你在北京干什么?"

俞华南说:"我是一位普通公民。"

杜克说:"那你证明一下你的普通。"

俞华南没吭声。

杜克说:"不说拉倒。你是个小白脸,你证明了孔燕妮还没有老。孔燕妮是老牛吃嫩草。"

孔燕妮眯起眼睛看着杜克,好像在说,杜克,你是什么东西,我最清楚了。杜克张大眼睛和她对视了片刻,败下阵来。不过他一点也不在乎,摇头晃脑地哼了几句歌词,歪着头指指步枪:"要用打仗来繁荣经济,唤醒民众使其不致沉沦,而不是分田到户。看着吧,人的贪欲永不满足。今天要分田,明天就要分钱,后天就要分女人。"

他的女友毛丹丹过来推他一把,把他推得一个趔趄,两个人一起笑起来。他们像两只鸟一样恩爱,时不时地互相喂些东西,还把吃了一半的糖用嘴送到对方的嘴里。俞华南看了他们这样子,十分紧张。孔燕妮不紧张,略微有点不自在。当年她追求杜克,杜克虽说也与她谈了一阵,总是居高临下,浑身透着严肃。她在杜克的面前,连话都不敢多说。没想到杜克现在变成了这个样子。

对了,杜克那时候是位军人,穿着军装,整洁方正,走路目不斜视。现在他双手插在裤袋里,说起话来扭来扭去。

通向二楼的楼梯拐角平台上铺了一张很大的狼皮,狼皮上方的墙上挂着一头巨大的足有一百斤的玳瑁标本。不断有人走到此处脱下鞋子,或站或坐,发表言论。大家都忙着吃,忙着说话,不太注意发言的人。杜克的小女友"鸡毛掸子"以前是一位跳高

111

运动员，不知道她为什么会有那个可笑的绰号。她给大家表演用大腿内侧开啤酒瓶盖子。只见她把啤酒瓶的盖子在下牙上一磕，然后夹在大腿之间一拉，盖子就掉下来了。她的表演引来阵阵喝彩，大家都抢着喝掉她用她那瘦而有力的大腿打开的啤酒。杜克笑得前仰后合，指着"鸡毛掸子"说："停住停住，你这么搞，啤酒马上就喝光了。你这个表演是在苍蝇面前拉屎，蚊子面前吐血啊。"

杜克喝了五瓶啤酒，觉得必须讲话了，就上前一把推下那个正在发言的人，踏上狼皮，扭了扭身子。还没说话，先笑起来。笑完了喊道："在这个面临改变的时代，嗅觉是最重要的。我嗅到了，山雨欲来风满楼。你们嗅到了吗？没有，你们全是笨蛋。"

喊完，他指着下面的一个人，一跺脚，问："王老师，我让你去问的事，问了没？"

这位王老师是吴郭大学的语文老师，有人小声地在议论他，说他的父亲在三十年代是国际纵队的成员。

王老师仰头望着杜克大声说："问了。挂出大标语的就是路边那家，老工人，天天挂出一幅大标语，今天写着'反对中美建交'，明天写着'反对中日建交'。居委会和派出所每天都要上门做他思想工作，让他不要再挂标语了，他坚决不听。"

"唉，挂大标语的人还是太少了。大家心思都僵死了，只盘算着怎么挣钱，不愿意为了革命的理想而奋斗。整个吴郭城，最忠于革命的人是我。不过我给自己算过命了，我快进监狱了。"杜克说完这句话，伤感地摇摇脑袋，说，"毛丹丹，我要是坐牢，你会等我吗？你要是不等我，我把你身上有几根毛都告诉别人。"

毛丹丹"咯咯"一乐。

杜克闭着眼睛想了一想，换了一个话题，指着俞华南说，"你是孔燕妮的新男友,你是北京来的。我这里也有一个北京人。他以前是缅甸共产党八一五军区林司令的手下,现在不干了,和福建人在缅甸合作开矿和伐木。……是吧,我没说错吧?"

下面有个中年男人朝杜克挥挥手,说:"是的,你讲的就是我。我现在不干了,开矿、伐木,总比种鸦片强。"

他的话引来一阵笑声。

孔燕妮悄悄问俞华南:"你要不要打听一下……"

俞华南冷着脸摇摇头。

杜克说:"这位孔燕妮,你们很多人都知道她。她的事我就不用说了。我想告诉你们,她前面的男朋友张风毅是一位好汉,好汉快出狱了。他以前写了一本书,叫《曼娜回忆录》,这本书是催情药,是对禁欲主义的批判。那么有个问题来了,问题是什么呢?大家都看得明白,我们这个古老的国家就像一头沉睡的巨兽一样渐渐醒来,蠢蠢欲动,不出意外的话,以后就不再讲究思想斗争和路线斗争,大家通过对真理标准问题的讨论,统一思想,一股劲地解放思想,解放生产力。下一步就是倒退到个体经济。从农村到城市,你们看着吧,将来就是见利忘义,人欲横流,和资本主义国家一样。"

他被自己的口水呛了一下,缓过来气愤地说:"《曼娜回忆录》算什么?以后,我们反对过的东西会全部回来。中国会出现一大批富豪,他们必定败坏风气,与官员们勾结,结党营私,瓜分普通人的利益,中国几千年不都是这样吗?共产党好不容易均贫富了,又把人的欲望放出来。放出来以后,就是洪水猛兽一样,就收不回了。孔燕妮,你在听吗?"

杜克说话时,大家都安静下来。他的话带着轻微的回声,这种回声使人不安。

"孔燕妮,你在听我说话吗?"杜克又问,声音大了一些。

孔燕妮不买他的账,呸了他一声。毛丹丹瞅着孔燕妮笑。她年轻单纯,看什么都有趣。

俞华南替孔燕妮接着杜克的话说下去:"说来说去,就是财富的分配和使用问题。这个问题现在说还嫌太早。现在很多人都吃不饱肚子,不要空谈什么理论和概念。"

孔燕妮同意俞华南的话,说:"历史进步还是倒退,不是你杜克说了算的。是人民说了算的。"

杜克说:"哟,关于人民,我告诉你是怎么回事吧。很多年前,我做过一个社会试验,和几位部队里的战友在公路上设置路障检查车辆和行人。孔燕妮,你记得那件事吗?你当时和你爸还有你的高大进奶奶坐在长途车里,也被我拦了下来。我还被你爸和你奶奶教训了几句,说我不该拿老百姓开玩笑。我那时候不是开玩笑,我是想了解人民是怎么一回事。我和战友把车辆全部拦下来,告诉所有经过的人,要配合我检查。结果没有一个表示反对的,全都乖乖地照着我说的话做了。这件事告诉了我,什么是人民。什么是人民?没有什么人民。"

孔燕妮说:"哟,老百姓给你面子,配合你检查。就这么一件小事,犯得着上纲上线吗?"她拿起小刀,把奶酪切下一小片,放在嘴里有滋有味地咀嚼,发出吧嗒吧嗒的声音。"鸡毛掸子"微笑着过去给她倒了一杯水,轻轻说了一句:"别跟他较劲,他就是一个神经病,你越反对他越来劲。"

杜克再换一个话题:"孔燕妮,张风毅怎么样了?我很惦念他。他出狱以后让他来我家见见我。"

孔燕妮说:"我是三个月前见到张风毅的。他在写一个剧本,关于吴郭人从古至今追求幸福的事。他告诉过我,第一幕就写了吴郭老百姓种稻时的祈福场景。妇女们上蚕神娘娘庙,烧香许愿。"

杜克说:"他就该写吴郭人历史上的毁家纾难,这种幸福没必要津津乐道,不值一提。吴郭人对日常的生活看得比真理还要重。他们的幸福就是不断积累物质。物质、物质、物质……本事大的人积累得多,本事小的人积累得少。没本事的人要饭。"

那位王老师说:"我同意杜克的话。还有一个问题,中国的富人大多数缺少榜样精神。他富了以后,他怎么说话、做事,大家都会看在心里模仿。但他只是关上门过自己的小日子,两耳不闻窗外事。好多富人还为富不仁。你看中国的电影里,十部电影里有九部,坏人一方的主角都是地主、富农、资本家,官僚反而很少。这是电影的偏激吗?请大家发表意见。"

王老师说完,一位戏校的戴眼镜编剧点头说:"电影里有这种现象不是偶然的。"

另一位年轻的骨科医生表示不同的意见:"骂富人没啥危险,骂当官有权的就不好说了。这是一个浅显的道理。"

这时俞华南说:"各位,每个阶层,或许都有这个那个的问题,有的毛病多一点,有的毛病少一点,就像人一样。但是当一个人吃不饱、穿不暖、屋子漏水、鞋子露着脚跟,裤带是烂布条搓的,根本不知道什么叫火腿、奶酪、雪碧……他穷得连尊严都没有,还谈什么榜样、精神?"

杜克说:"如果这个人吃饱了,穿暖了,屋子不漏水,有火腿、奶酪、雪碧吃,他就会成为好榜样了吗?"

俞华南说:"他就会像你这样,站在楼梯上,为中国的将来操心。"

大家笑起来。

杜克笑着骂:"是,你这个坏东西。"他说,"我是为中国操心。如果有一天,中国变成一个我不想看到的中国,我就革命,带着人上缥缈峰打游击去。孔燕妮,你去不去?你是有领导能力的人,我俩联手,肯定能打出新天地。"

孔燕妮说:"中国不需要你这么操心,你还是操心自个儿的命运吧。你快下来吧。"

大家又笑起来。这个笑声让杜克感到不自在,他扭歪了脸,好像全世界都背叛了他。

那把"汉阳造"静静地趴在桌子中间,呆头呆脑,周围堆满食物,富得流油。它一点也没有想革命的样子。杜克摸摸这把枪说:"我还有一把威尔洛德微声手枪,这把枪从英国到美国再到朝鲜,然后到中国,经历复杂。只有我配得上这种枪,你们是配不上这种枪的。"

"鸡毛掸子"朝俞华南和孔燕妮走过来,说:"吃蛋糕吗?你们别看杜克张牙舞爪的,其实他心里早空了,谈恋爱不行,上床更不行,只有谈政治他才会这么兴奋。——也就是嘴上兴奋一下,打游击?那是放屁。他是精神病,千万不要相信他。"

杜克走过来了,挤眉弄眼地说:"你们在说我坏话吗?"

"鸡毛掸子"说:"说你是精神病。谁让你成天胡说八道,像个小屁孩一样。"

俞华南说:"你不要这么说嘛,不要歧视精神病人。"

杜克听了俞华南的话一愣,搞不清俞华南是认真的还是开玩笑的。孔燕妮看在眼里,对杜克说:"他是开玩笑的。"

杜克说:"你这位男朋友,不像会开玩笑的人。"他说得阴森森的。

孔燕妮不理会,回头对"鸡毛掸子"说:"毛丹丹,本月十八号晚上,我在青云岛上摆两桌酒席招待朋友们,你和杜克一起来吧。"

"鸡毛掸子"说话:"好呀好呀,正想到青云岛上玩玩,现在橘子正是熟透了,青云岛上漫山遍野都是红红的橘子。白果也刚采摘。鱼虾鲜肥,湖蟹可以吃了。一定去,不死就一定到场。"

杜克打了毛丹丹一下。毛丹丹翻了个白眼说:"你就叶公好龙,还说要打游击呢。"

杜克说:"我是真的会做出来的,你们不要当我在开玩笑。我就是一个传奇,将来的人们会记住我。'鸡毛掸子',你过来,我要让你生不如死。"

他伸出手,在"鸡毛掸子"的腋窝里连续抓了几把,"鸡毛掸子"浑身颤抖,笑得弯下腰,指着杜克说不出话。突然她蹿到杜克身上,两手搂住杜克的脖子,双腿夹住杜克的后臀,两个人嘻嘻哈哈地玩闹起来。他们这么闹,大家也没有轻松起来,只有他们俩轻松愉快,无比欢乐。今天的话题太让人紧张了。

俞华南和孔燕妮离开杜克家的小红楼走出来,俞华南说:"你那位初恋,不谈政治的时候还是挺可爱的。"

孔燕妮说:"他年轻的时候就是这样了,是个喜欢乱谈政治的人。"

俞华南说:"他们在一起没有公正客观地讨论到某个问题,他们比较任性,不接地气,至少杜克是这样的。"

孔燕妮叹了一口气："他年轻时就这样了。"

"他们说的有些话还是有道理的。譬如将来社会的价值观、富人和穷人问题、富人和官场的关系……"

孔燕妮加快语速："他年轻时就这样了。"

"杜克的名字，我在吴郭市志上见到过的。他十年前是吴郭教育系统的造反派司令。今天见到，真是开了眼界了。他手上应该没有人命吧？他可不是一盏省油的灯。"

"他年轻时就这样了……"孔燕妮冲着俞华南叫喊起来，看得出她心烦意乱，根本不想谈杜克。她不想谈杜克是正常的，杜克打击了她的信心，不管是以前还是现在。她喜欢杜克的时候才十五岁，她忘了和杜克交往是两个月还是三个月了，她以为杜克喜欢泼辣大胆的作风，就学着中学里那些风流女生的样儿，给杜克画了一幅淫秽的画。但杜克看了她的画以后，就再也不理她了。杜鹃告诉她，杜克不喜欢她的画，也不喜欢画这幅淫画的手。这双手又大又有劲，具有侵略性，敢欺负男人。杜克喜欢女人长得软乎乎的小手小脚，这种女人温顺听话。孔燕妮注意到了，"鸡毛掸子"的手确实是肉乎乎，软绵绵的，开酒瓶也开不了，可是她的大腿笔直有力，双腿并在一起把酒瓶盖一夹就打开了。

孔燕妮的手从来没有热过，这件事只有她自己和张风毅两个人知道。她的手，从杜克嫌弃它们开始就冷了，就是张风毅也没让她的手热起来。张风毅也曾发誓让她的手热起来，为此他找了几个著名的中医，开了无数的药方。他还亲手给她打了春、秋、冬天三副绒线手套。两个人只要在一起，他就把她的手放在自己的手心里，焐在怀里，揉搓它，爱抚它，亲它……可是这双手从不领情，执拗地一直冷。

此刻孔燕妮心生一计，回头冲着俞华南嚷嚷："还有三个小时就是明天了，一想到明天，我的心就慌得不行，一个劲地出冷汗。"

俞华南说："你为什么害怕明天？还心慌？还在出冷汗？"

孔燕妮说："傻子，到了明天我们又少一天了。"

"可是你和张风毅见面又近了一天。"

"不如我跟着你回招待所吧，我们搂在一起睡觉，我就不会心慌出冷汗了。小汪看见了不会怪罪我们的，他也是个守口如瓶的人。"

俞华南想了一会儿说："不行，我做不到。我告诉你，男女之间，即使情到深处，也要保持距离。"

孔燕妮说："拉倒吧。爱到深处，不会保持距离的。"

俞华南说："好吧，算你说对了。不过我要回招待所了。"

孔燕妮想留他一会儿，就说："你不要慌着走，我讲个故事给你听。"

俞华南一听孔燕妮要讲故事，来了劲。他们正好来到了一座道观边，他就拉着孔燕妮坐到道观的木门槛上，坐等听故事。孔燕妮想来想去想不出什么故事，也许她自己就是一个故事，所以讲不出别的故事了吧。她气得要走。俞华南拉住她说："讲不出来难为情了吧？你别走，让我给你讲个故事，是一个爱和距离的故事。"

俞华南不由分说地讲开了："十年前，我还是一位中学生，跟着一帮大哥哥大姐姐出远门串连。火车到了一个北方的小站停下来加水加煤补充给养。这时候从火车上下去一群年轻人，都穿着一样的军便装，一看就是和我们一样出去串连的。他们簇拥着一男一女两位年轻人，消失在路边的丛林里。我心里很好奇，就下车寻了过去。我看见这一群人手拉着手，脸朝外围成一个人墙，把那一男一女两位年轻人围在中间。见我走近，一位大姐过来拦住我，轻声叫我走开。她还回答了我的问话，她的话让我至今想起来还感到震惊。原来，那一男一女两位年轻人相爱了，但是他们面临着分别，并且不会再见。临分别前，他们愿意把自己献给对方。于是他们车厢里的那些人就志愿当了他们的围墙，手拉着手，肩并着肩，挡住别人的目光，让这一对年轻的恋人走完爱的路程。"

孔燕妮说："什么围墙？就是电灯泡啊。世上每一场恋爱都是不同的，有的是别人给他当围墙，有的是自己给自己当围墙。"

俞华南听了孔燕妮的议论，心里不快，但在脸上又不便表示出来。他如此沉浸于这个受难的故事，孔燕妮居然轻飘飘地开玩笑，这是他无法理解的。他不知道的是，孔燕妮从来就把人性和本能区别对待。她对自己不满意，也是觉得自己本能多而人性少。在俞华南身上，她要实现本能在人性之上的升华。俞华南讲的故事，没有引起她的惊奇，青春烧坏脑子的事，她干过不少。

静静的路灯下，俞华南瞅着孔燕妮一笑，很遥远的神情。

孔燕妮说："你不高兴了？我开的玩笑你不喜欢？不喜欢就说出来好了，还可以骂我。你试试看。上次你不是学着我骂得挺好的？"

俞华南顺从地骂道："孔燕妮，你就是个小人，粗人，野人……你不是个东西。"他哈哈大笑。

孔燕妮说："骂人也是一门学问。我以后再慢慢教你。你现在心里舒服一点了吗？"

"我舒服多了。我以后会不会迷恋上骂人？"俞华南说，"回北京我去骂谁呢？"

"你打电话给我，骂我。"孔燕妮伸手拍了拍俞华南的脸。她难得这么孩子气，只有在张风毅面前她才会这样。

"你对我太好了。你为什么对我这么好？"俞华南一边这么说着，心里又是另一番话:她不是在拿我当情感的试验品吧? 他想了又想,终于把这句心里话说了出来。

孔燕妮说:"体验不同的情感,总是让我很动心,我一点都抗拒不了。我就是多情。世上要是有多情女子,我算一个,而且我是多情里的多情种。"

俞华南感动地说:"燕妮啊!……恐怕我要辜负你了。我得过一种病,吃了抑制的药,对感情就淡漠了。"

孔燕妮问他:"你得过什么病呢?"

俞华南欲言又止:"也没什么大不了的,现在全好了。"

孔燕妮说:"怪不得我总是闻到你身上有股药味,很淡的那种,仔细一闻又没了。差不多可以说,不是闻到,是感觉到。"

俞华南说:"原来味道还可以感觉到?"

孔燕妮说:"碰到你,我的心也是乱的,我不知道能给你什么。爱情这个话题实在太沉重,我讲个好笑的故事给你听,这样你在回招待所的路上就会很轻松。"

俞华南重新摆开听故事的架势。孔燕妮讲了一个听来的故事:有一位国民党士兵,被共产党一直打到印度边境,枪炮都打丢了,但是一副麻将没舍得丢,因为这副麻将是他太爷爷传下来的。后来他去了台湾。今年九月份,他费了很大的周折,回到大陆的故乡。回来后,他就在祖坟面前摆上一个小桌子,凑齐四人,拿出这副麻将打了起来。麻将结束,他挑出麻将里的"梅花"扔掉,说,梅花是国民党蒋介石的"国花",我恨梅花,蒋介石害人害己。我希望两岸统一,当然是大的统一小的。然后他又挑出四张"发财"供在祖坟面前,说,看大家都喜欢发财,把发财这件事挂在嘴上,天天都讲,那么就请祖宗保佑大家发财吧。这就叫死发财。

孔燕妮讲完这个故事，俞华南没笑，沉静着，不知道在想些什么。明显地，他现在不着急回招待所了，道观的侧门掩着，他走过去一推就开了。没想到里面却是一座小小的园林，没有灯。即使在黑暗里也能感觉到这座园林的各种气息。气息十分复杂，但每种气息独立存在，让人很容易辨别出房屋里的木头和院子里的树木气味，茂盛的书带草气味和正在枯萎的荷叶气味就像擦身而过的两个人。地上掉落的柿子和松塔之味纠缠在一起，却总也貌合神离。气味们就在这里生老病死，却至死保持着不同。

俞华南拉住了孔燕妮的手，他俩昨天夜里在一个小学校里也这样拉过手。这次和上次一样，他没发现孔燕妮的手有什么异常。

他们从道观的侧门远路近回。侧门很窄，看着就像吐了两个东西出来。孔燕妮暗地里叹了一口气，她爱过不少男人，只有张风毅一摸她的手就知道异常。

孔燕妮说："我再讲一个故事给你听，你听了肯定会笑。有一个男的，和你差不多的岁数，长得也和你差不多。他住在二楼，后面也是一幢两层楼房。他躺在床上，就能从后窗看到对面二楼，二楼有一家人家的大门常开着，他看到里面有一间屋子，门也是对着大门的，左边墙上镶了一面大镜子。每天早晨天蒙蒙亮，他都会从镜子里看到一个年轻女人从里屋的门里走出来，一只手挽着头发，裸着身体朝右边一闪而过，仿佛是去右边的屋里洗浴的样子。他只管每天早上贪看，也不多想。忽然有一天，他从镜子里看到，那位裸女站在里屋门口，抬起头，停下来，正对着他，脸上露出笑容。他吓了一跳，以为裸女发现了他的偷看秘密。仔细一想，他吓得差点死过去，连夜把家搬了。这是为什么？"

俞华南笑着说："镜子只能面对面地照人，哪有照出边上出来的人？女人明显是鬼了。男的从欲望的迷局里逃出来，还算命大。这个故事不出意外是男人编出来的，男人都怕自己逃不出来。我今天夜里肯定做梦做到裸体女鬼。啊，我怕鬼，她们说起话来是那么难听，嗓音细细的。"

"你看你笑得多好。"孔燕妮的眼神里充满迷恋。

俞华南摸摸自己的脸，又一次笑了。

接下来发生了戏剧性的转变。俞华南突然上前，一把抱住孔燕妮。孔燕妮一惊，然后一喜，后来又一想，会不会他怕鬼？她就用个激将法，说："你快回招待所去吧。你梦里的女鬼就在你的房间里等着你了。"

"不，我还想和你多待一会儿。一离开你，我心里就慌。"

"你是不是怕鬼？"

"不是。你给我们规定了时间。我怕的是十八天后我们就一生一世不会相见了。"

孔燕妮听到他这么说，心跳一下子就加快了。她小时候心跳就比别人缓慢，这时候"怦怦"地跳得像一只逃命的青蛙。

俞华南说："你的心跳得很响。"

孔燕妮说："北京人真厉害，连我的心跳都听得到。"

"只要周围环境安静下来，我就能感觉到你的心跳。我一说还有十八天我们分手，你就心跳了。你是高兴还是不高兴？"

"我也搞不懂。"

"你不说真话。你是个女骗子。"

"对，我是个女骗子。我是阎罗王撒谎——骗鬼。"

"你确实有那么一点儿像阎王爷，我就是小鬼，我的命就掌握在你手上。"

"和你在一起,我心里不怎么踏实。"

"为什么呢?"

"不知道。"

两个人扯了一会儿皮,说了一大箩筐废话,彼此想再进一步,嘴对嘴吻几下,或者把上衣解开一点贴身抱住。想是这么想,到底没做成。好像时机不对,心情不对,环境不对……反正,就是不对。

"你该回招待所了。"孔燕妮说。

"我马上就回。"

"我陪着你一起去,省得有女鬼纠缠你。"

"不要。我想独处。"

孔燕妮回到家,照例记日记。把一天林林总总的事情简单记下来,最后再发表自己的想法,这是她二十多年的惯例。记完日记,一时不想睡,她就拿起一本《波德莱尔诗选》看到十二点,长叹了一口气:"十一月一日。……还有十八天。"

她也不知道是感叹一天一天的时光走得太快,还是着急时间一天一天太慢。等待张风毅,她嫌时间太慢。和俞华南在一起,她希望时间不要走得太快。叹完气,她开始给张风毅写信。张柔和没有来找她,说明给她打证明探监的事没办成,她得写一封信让张柔和带去。窗外的夜空里透出蓝光,令人热爱生活,也令人忧伤。她写道:

张风毅,我最亲爱的朋友,我敬爱的人。还有十八天,你就自由了。十八天后,你自由地看书,喝茶,散步,见朋友。你自由地写诗、写剧本。你想到什么地方去就到什么地方去。自由就像你身上的衣服一样,又像你的影子一样,与你不可分开。我是多么想早点看到你这样,看到你重新拥有这份无价的自由。这自由是无比珍贵的,不仅是身体的自由,还有精神的自由。这是你用你高贵的行为换来的。从此,你无债一身轻,没有内疚,没有烦恼,就像重生一样。

在你获得自由前,我要向你坦白一件事。我又爱上了别人,他叫俞华南。他和你一样,是一位有意思的人物,他身上有着我们一直追求的人性之光。

……当然,我最爱的人还是你……

她看着自己写下的这些话,两眼发愣。最后,她撕掉了信,决定什么也不写了。她打开窗,看着窗外美丽宁静的深蓝之夜。

第十章

张柔和今天没有在路边出摊。来吃早点的人都互相打听她干什么去了。饮食店的同事对大家说,她今天去监狱里探望她弟弟张风毅。她弟弟都快出狱了,她还带了一大堆吃的东西。那些吃的东西,有一半都是她大模大样从店里拿走的。

张柔和走进接待室,隔着栅栏,一眼就看见了张风毅脸朝墙蹲着。她没心没肺地喊道:"我的老弟,你的背影越来越苗条了。看我给你带了好多吃的。"

管事的民警对张风毅说:"张风毅,站起来吧,探望你的人来了。"

张风毅站起来,慢慢转过身,笑着走过来坐在张柔和对面,说:"老姐啊,不能再拿公家的东西了。在这里我又饿不死。你看你还带来一大罐子猪油。"

张柔和悄悄地说:"老弟啊,你就是瞎操心。大家都拿,我要是不拿,显得我与众不同似的。我要是不拿,大家都要提防我,怕我去上级领导那里打小报告。我拿得越多,大家就越觉得我是自己人。"

张风毅一听,又笑了起来,他知道这些底层的把戏,他对此持宽容理解的态度。他放下这个话题不再说下去。

"人没来,有信吗?"他问。他说的"人"指的是孔燕妮,张柔和听得懂。

"没有信。探监证明打不出来,人也就没法来了。"

"怎么会没有信?"

"她心情不太好,正在为调动工作的事发愁。这边已经把她调出去,那边还没说要接受她。两头不着落。"

"不就是一个工作吗?她那种天塌下来也无所谓的脾气,也变得这么斤斤计较了。"

"其实她一切都还好。就是有一样不好,她每天都要想你好几遍,头发都想白了。探监证明打不出来,她急得快哭了。你不要怪她。反正你快出去了。"

张风毅沉默片刻说:"她不会急得哭的。我不想看到她哭,她是自由的。"

张柔和说:"你心里想得开,我就放心了。我才不管你们自由不自由。"

"我心里其实也想不开。我有多在乎她,别人不知道,你是知道的。"

"你说出来,心里就想开了。"

姐弟俩脸对着脸,呆乎乎地傻笑,互相看来看去。张风毅这次心情还算平静,没有表现出太多的烦躁,张柔和满足地叹了一口气。张风毅有信带给孔燕妮,张柔和拿了信出来了,走到外面,她就把信掏出来,自己先看了一遍:

燕妮,明天就是你们来探监的日子。我感觉到这次你又不会来。所以提前写了这封信,让柔和姐姐带给你。

我想你做的猪油菜饭。一想，口水就朝下掉。我一直很奇怪，你是不太会做饭烧菜的一个人，只会做一样东西，那就是猪油菜饭，偏偏做得那么好吃。最奇怪的是，别人都说你的菜饭不好吃，可我觉得你做的菜饭是天下最好吃的东西。这就是我的命运吧。

我隐隐地感到，没有我陪伴你的日子，你已经寻找到了你要的新的爱情。我想，你找到的一定是对你非常重要的情感。我并不喜欢人们歌颂梁山伯和祝英台，不喜欢歌颂罗密欧与朱丽叶，极端忠贞的爱情背后都有着对自由灵魂的操控，是不正常的。

你是自由的。同样，我也是。如果我们不再是恋人，我们之间还有替代爱情的深厚友情。这份友情比爱情更重要，足以让我们俩互相激励着不断进步。

我说这些话，是真心的。

柔和姐说，我出狱的第一天，是去青云岛，在岛上和大家相聚。我的剧本写好了，我要在岛上读给你听，然后我就去北京看话剧《于无声处》，听说它公演的那天，中央宣布全国的右派统统平反。我听了真激动。中国迎来了青春激荡的时代了。

你去青云岛，不要找别人，就找阿胡子，让他在他家靠湖的院子里准备两大桌酒菜。菜钱由我付给他。我们在岛上把酒言欢，谈天说地。大家在一起，我会忘记我俩之间的感情变化。万事开头难，度过了第一天，往下的日子就不会那么难过了。

当然，也许你没有爱上别人，是我多虑了。

近来我常常回想往事。我家贫，父母早死，姐弟俩受族人欺负。我没有读过高中，由姐姐资助学费，也只够读到初二。

我的功课，每次考试的总分都是年级第一。我的理想是读北京大学，为国家贡献智慧，奈何家贫，连高中都没法上。

后来在你柳爷爷家里做事，承蒙老人家教了我许多知识，人文方面和科学方面。他教得用心，我进步很大。

我很敬重柳爷爷，我心里一直向他看齐，也把自己当成了知识分子。就是全中国的知识分子遭遇厄运的时候，我心里仍旧保持着对知识分子的尊重和期望。

前些日子，我们在监狱里学习了中央领导在全国科学大会上的讲话内容，中央对知识分子的政策确实改变了。现在大家都明白知识分子是为社会服务的脑力劳动者，也是劳动人民的一部分。知识不能贬值，但知识分子也不要有知识的优越性，不要居高临下地看人。知识是全人类共同享有的，不专属于某个阶层。

到了劳动改变命运的时代了。人民从来不是旁观者，你看着吧。中国人会用劳动致富，让自己富得流油，成天打着肉嗝。

我这种想法一说出来，就遭到了一些狱友的反对，其中有一位还与我狠狠打了一架，前些时候他出狱了，他扬言说，等我出狱后，要在我的心脏上捅上三刀，肚子上捅上四刀，后背上捅七刀。我问过他为什么，他说我想复辟资本主义。但是也有人告诉我，那家伙恐怕等不到捅我，他自己先被人捅了，心脏上三刀，肚子上四刀，后背七刀。为什么呢？因为大家都穷疯了，只等着中央出台富民政策，谁反对就和谁干。

临近出狱，我心里反倒害怕起来，脾气也坏了。我怕的是和你产生不可调和的矛盾。譬如说，我现在就很不喜欢黑夜，讨厌黑夜。只有年轻人才喜欢夜里，我觉得我老了。

你还喜欢黑夜吗?你肯定是喜欢的,你的心一直像二十岁才出头。你阐述了一个真理:要当生活的主人,不当思想的奴隶。任何思想都束缚不了你,这一点你特别像柳爷爷。

时代也在召唤着我。我要做我应该做的事。你去青云岛以后,辛苦你再去浙江海宁跑一趟,找那个写诗的老麻。十年前的农历七月十七日,我们去了他家,他带着我们去盐官古镇的老盐仓看钱江大潮。他还住在老地方。你要是忘了怎么走,可以让老隐陪你一起去。他脑子不清,但认路、记路的本事是一流的。至于你去见老麻干什么,你见到老麻就知道了。我和他一直有联系,上个月托人给他带过话。他会和你商量一些事。

纸后面还写了一段:

燕妮,这封信是我上午拖完地写的。写完以后,交给看管我们的值班民警小刘,一会儿小刘把信给我拿回来,表扬我说,这次我写的信上,需要开洞的不多。看在我就要出去的份上,有些字,就不给我开洞了。以前我信中凡是开洞的地方,都是被小刀切除的字,都是"我想你"或者"我爱你"此类的话。

张柔和噘噘嘴说:"写得这么长。我读得嘴里直冒泡,嘴唇都肿了。"

孔燕妮从张柔和手里接过信。张风毅写给她的信,从来都是张柔和先看,她也从不责怪。她问张柔和:"这次信里有什么意思?"
张柔和说:"第一是爱你;第二,让你去青云岛找阿胡子;第三是让你去海宁找姓麻的诗人。……不管你找谁，我都要请假陪着你。"

孔燕妮没让张柔和陪着自己去青云岛，也没让老隐陪她去，却和俞华南说了这件事。俞华南要陪着她去，并且说，青云岛上的宴会，由他来拟菜单。

俞华南并不是嘴上说着玩玩的，为了拟菜单，他带着黄阿兴给他出具的介绍信，去了吴郭城里最好的酒店"真味酒楼"。在酒楼里花了一天的时间，了解吴郭的地产肉、禽类和鱼虾、蔬菜，还有可食用的野菜。"真味酒楼"里一位烧菜师傅说，既然是十一月十八号的宴会，到那时蜡梅花开了一点了，没开的也有大花苞，可以搞个"蜡梅花宴"。但这个蜡梅花宴弄些什么菜，这位烧菜师傅也不清楚。他只知道新鲜的蜡梅花泡茶喝，还有蜡梅花和野葱炒一炒，放在红烧野鲫鱼上面，很好吃的。

一天下来，他临时买的一本小学生练习本上记得密密麻麻，给张风毅接风的菜单心里也有了数。他站在大街上，手上摇着练习本，看见一位面善的胖乎乎的中年妇女走过来，一伸手就把人家拦下来，问："大姐，有一件事情问你一下。"

那位中年妇女有点见过世面的样子，客气地说："你问吧。"

俞华南说："有一位男士，他爱着一位女士。但是女士还爱着另一位男士。这位男士为了讨好这位女士，就给另一位男士准备吃饭的菜单。这份菜单还得开后门找了大厨师问东问西才能写出来呢。你说这位男士是个什么样的人？"

中年妇女居然听懂了，瞪大眼睛说："是个傻子。是个神经病。"

"是不是爱情呢？"

"谁知道是什么东西？"

中年妇女走了，俞华南被她骂了傻子和神经病，心里好受了一些。他对自己说："你是个傻子。"稍后他又说："你还是个精神病，浪漫幻想型的、忽喜忽怒的精神病。"

他承认了自己是个傻子、精神病，也为自己的行为找到了依据，放下了心。然后他去了孔燕妮的住所。一进门，看见她的样子，她的脸，闻到她的气息，忽然明白了，对她说：

"我确实是个傻子。我好像真的爱上你了。我觉得心里暖暖的。你呢？"

孔燕妮说："我看你的第一眼，就爱上你了。但是我要和你说老实话，我这个人很容易爱上人。有才华有见地的男人尤其吸引我。"

"你这么说让我心里又不踏实了。"

"我经常瞎说，越是和爱的人在一起，越是放松任性。我喜欢这种感觉，所以我要不停地寻找爱人。我很自私是不是？"

"我不太明白你的状况。"

两个人互相看了一眼，彼此没有看出对方心里想什么。孔燕妮说："今天是我们谈恋爱的第二天……"话还没说完，她就笑得弯下了腰，笑完她问，"我们今天有什么议题呢？"

俞华南想了一想说："我刚才一路走来，看见西边的晚霞很美，不如我们去看晚霞吧。"

走到外面，俞华南说："哎哟，晚霞落下去不少了。围墙和房子挡着，你还看得见吗？"

孔燕妮说："这不是有几棵大树吗？我爬到大树上看一眼晚霞。"

俞华南蹲下来，孔燕妮脱下鞋子站到俞华南的背上，再爬到一棵广玉兰树杈上。坐在树杈上,她先看了一眼杜克家的院子,门关着,里面静悄悄的。晚霞现在是暗紫色的,里面夹杂着一条一条明亮的粉红,虽说也好看,但看上去总是太单调了一些,像俞华南和孔燕妮此时的关系。

俞华南用一只手抓着孔燕妮垂下来的脚,仰脸望着她,像望着女神一样。

王来恩趿拉着拖鞋出来倒垃圾,看见这一幕,满心不快,喊道:"当心乐极生悲啊。"没听到回答,他怨毒地说,"天要变了,你们要得势了。不要笑得太早,你们哭的日子在后面呢。"

孔燕妮朝下一跳,俞华南反应很快,一把抱住了她,两个人笑成一团。王来恩气得手一甩把垃圾扔在地上,铁青着脸进屋去了。王来恩年轻时替111医院看门,那时候的他油滑,贫嘴,耍小聪明,爱贪便宜,虽也时不时地会做事狠毒一下,但身上还有一种滑稽可笑的东西。他踩着别人的肩膀爬到领导岗位,没多久就变得面目可憎,人见人厌。

孔燕妮对俞华南说:"看见你笑,我心里很高兴,比我知道你爱我还高兴。"

俞华南说:"我听不懂。"

看了晚霞,孔燕妮准备烧晚饭,可是家里什么都没有。没有菜,没有米,没有油。俞华南说:"我们今天的议题除了看晚霞,还要讨论你为什么这么懒。"

孔燕妮说:"你去米店里买十斤米回来。籼米一角四分一斤,粳米一角六分一斤。各买五斤。我没钱,你先垫着。"

"米店打烊了。"

"那你骑车去第一百货商店买一卷挂面回来,第一百货商店七点钟才关门。你出了门朝左手拐,沿河一直骑到大马路,朝右手拐,一直骑,过两条河,两座大桥,就到了。那里有一个公交车站。……来回也就四十分钟吧。"

"给我购粮券。"

"购粮券也没有。……可能有,不知放哪里了。你自己找去。"

俞华南说:"不找了。我去买议价挂面。你在家等着我,我回来以后要讨论你为什么这么懒。"

俞华南欲走又回头,说:"刚才那位王……"

"王来恩。"

"王来恩,他的精神正常吗?"

"他不正常,可他自己认为是正常的。"

"可怜。我知道这样的人很多。新的时代会很不容易,要拖着这么多病人朝前走。……你是精神病人吗?"

"我不是。我看你是。"

"你说我是,我就是。"

孔燕妮笑出了声。

俞华南走了一个多小时了还没回来,孔燕妮并不着急。后来她听到窗户上有声音响起来,出门一看,下小雨了。她进门找了一把伞,再出来时,那雨就下大了。没有风,雨笔直地朝下泻,看着有点怪异。她掩上门,撑了伞朝大马路上走去。走到马路上,站着,朝雨地里看,看见俞华南骑着自行车从北边过来,浑身的衣服湿淋淋地贴着身体,头发上朝下滴着水。孔燕妮刚想笑,俞华南就骑到了她面前,一下子摔倒在地,把孔燕妮吓了一跳。她急忙扔掉伞去扶俞华南。说来也怪,突然起了风,那伞被风刮得沿着马路滴溜溜地转着圈朝南跑。孔燕妮没有多想,赶紧去追伞。伞追到了,她回到原地,却见空空荡荡，俞华南不见了。她疑惑地四处张望，心里涌出不吉利的想法。俞华南突然消失，是不是一种暗示？

她回到家，俞华南也不在家。她只能安下心来等他。

桌子上放着俞华南的记着菜单的练习本，她翻开一看，字迹龙飞凤舞，一本练习本上全记满了。最后一页写着：

十一月十八号菜谱

面拖蟹
炒虾仁
（腌）桂花糖藕
栗子炒土鸡
野鲫鱼塞肉
油炒姜丝梅鲚鱼干
银鱼干煮豆腐
红烧花鲢
野蒜炒土鸡蛋
菊花脑鸡蛋汤
白果炒菱角
青菜糯米团
爆鳝汤面（黄鳝骨头、青鱼鳞片、虾壳熬汤做面底）
蜡梅花宴：一、蜡梅花和野葱炒一炒放在红烧野鲫鱼上。
二、蜡梅花茶。其余待查。

这些秋冬季的农家土菜看得孔燕妮吧嗒着嘴，口水快流了下来，感叹道："物质确实能吸引人。我现在被物质吸引得灵魂出窍了。"

猛听得军医院家属区的东围墙那里传来一个女人尖锐的哭喊，惊得她站了起来。仔细听，好像是杜克家里传来的哭声。她赶快去开门，刚打开门，俞华南裹着风一头撞了进来，外面大雨如注，夜风怒吼，树影在灯下摇曳。他一身的雨水，身上还隐隐有血腥味。他抓住孔燕妮的胳膊说："杜克死了。他被人捅死在第一百货商店的门口。"

孔燕妮不说话。

俞华南说："救护车来了又走了。"

孔燕妮还是不说话。

俞华南说："你要是想哭，到我怀里来哭吧。"

孔燕妮终于说话了，问他："雨地里，你跑来跑去的干什么？淋了这一身的雨。"

"我本来是想回来告诉你这个消息，没想到你去追伞了。我就回去看看公安局的人有没有来。"

"杜克现在在哪里？"

"他们把他抬到公安局，做完取证工作，他女朋友就哭着闹着把他抬回了家。反正死因一清二楚，又有目击证人。"

"他回家了？"

"回了。"

"那就好。"

"我求你不要去看，你受不了的。"

"你真的不让我去，我就不去了。"

"我是尊重你的。你想去就去吧。我换身衣服陪你一起去。你去找一身你爸的衣服给我。"

俞华南换了孔朝山的一身旧军便服，走出来说："我刚才没告诉你，杜克的口袋里有一张纸，是打印机打的，上面写——这个堕落的知识分子，妄想搞政变，阻挡历史滚滚向前的车轮，死亡就是他的下场。凶手是有预谋的，因为那张纸条是事先包在一张防潮蜡纸里的。"

"我们吴郭城真是山雨欲来风满楼啊。"

"国家命运改变的时候，其实到处都一样复杂。"

"吴郭城是一个外表温文尔雅的地方，外地人初来乍到是看不透它的，以为它就是一个喜欢风雅喜欢享乐的城市，其实它就是地底下奔腾的一股岩浆。"

"到处都有岩浆在奔腾。"

杜克死于十一月一日傍晚。目击者是一位醉汉，喝多了酒的醉汉在路上唱歌。他唱的是悲戚的《知青之歌》。天上的雨越下越大，也许是这场雨给了他疯魔的劲头，他挥着双手，越唱越亢奋。正在这时，他看见一个人光脚在雨地里跑着，这个人跑到离他十几步远的地方，站在那里不动了，那里有一棵梧桐树。醉汉抹了一把脸上的雨水，才看清楚不是一个人，而是两个人抱在一起。另外一个人穿着鞋，这个人什么时候出现的，醉汉没注意。醉汉正要笑出来，忽然光脚的人软绵绵地倒下。另一个穿着鞋的人一晃，消失在树后。

街上几乎没人，大家都在家里。街灯亮了，醉汉看着倒在地上的赤足人，费力地想了一阵，好奇心攫住了他。他走上前去，把没鞋子的人翻了一个身，这人大睁着呆滞的眼睛，一身一脸的血。醉汉站起来喊："大家快来看啊，杀人啦。"他狂喊的声音在空气里激起涟漪，灯光都颤动不已。

光着脚倒在地上的人就是杜克。

醉汉是在公安局清醒过来的。公安局里，有窃贼、打架的、通奸的、翻录邓丽君歌曲的、用短波收听台湾广播的、夜里戴着墨镜跳贴面舞的、穿着自己改制的包屁股细腿裤的……总之，夜里的公安局很热闹。

杜克心脏处中了三刀，腹部中了四刀，后背上中了七刀。

醉汉也说不出更多的东西。

孔燕妮和俞华南到了杜克家，他的女朋友"鸡毛掸子"红肿着眼，带着人在布置灵堂，看到孔燕妮进来，对她说："你去看他一眼再走吧。以后再也看不见了。"

她抽抽噎噎地哭起来。

孔燕妮说："我不走，我是来守灵的。"

"鸡毛掸子"说："那你去他身边坐着吧。这下好了，他不用上山去打游击了。其实他根本不想去打游击，他就是胡说八道。他的命，就是被他那张臭嘴害掉的。我们国家走什么样的路与他有什么关系？……人财两空。放着好日子不过。我现在明白了，他就想死，想与众不同。……这下真的人财两空了。"

孔燕妮见到杜克的尸体，才接受他已死亡这个事。她脱口而出："我的娘，怎么会这样？"

杜克放置在客厅里，搁在那张乒乓桌上。他躺在那里，头发吹干了，朝后梳，发量没有活着的时候多，穿着一双新皮鞋，不声不响不浮躁，显得有点涵养和风度了。他的头顶上方挂着一盏枝形吊灯，大大小小复杂的弧度展示在他的面前，好似一道诡异的谜题。

孔燕妮过去坐在他身边，看了又看，轻柔地对他说："我和你到底是不同的。我要的是平凡的爱，你要的是耀眼的辉煌。"

杜克朝后梳的头发吸引着她，她伸出手去，在空气里悬空了一会儿，又把手缩回来。她想起年轻时爱恋杜克，总是想把手伸到杜克的手上，和他的手握紧，但是杜克从来没有握紧过她的手，他不喜欢她的手，说她的手太大，有侵略性。

杜克家的大红木座钟响了十二下，又是新的一天，有人降生，有人赴死，太阳照常升起。孔燕妮抬起头，碰到俞华南的视线。这是他俩恋爱的第三天，十一月二日。

张风毅离出狱还有十七天。

十一月二日上午十点钟，公安局派人到杜克家里报信，说杀死杜克的人找到了，是杜克学校里的，刚出狱的单身汉。以前是一个造反派，在学校里管后勤，出狱后在学校当门卫。这人平时就神经兮兮的，是个无可救药的政治狂热分子，监狱生活没有消磨掉他这份激情，反而让他更具备了激情的勇气。对于杀人，他供认不讳，杀人的理由也就是纸条上说的意思。他说他这些年在牢里，终于明白了中国人应该走怎样的路。他不怕死，情愿用生命捍卫真理。他说杜克死有余辜，杜克这个人，就像上帝一样高高在上，指手画脚，指点江山，可是又没有上帝的宽容和怜悯。他不是上帝，那是什么？是神经病。神经病就得死。

杀人的人没想到，他自己与杜克犯的是同样的错误。乌鸦落在黑猪身上，看得见猪黑，看不见自己的黑。

杜克的妹妹杜鹃去了一趟公安局，下午就把杜克火化了。杜鹃倒也平静，她说杜克生来就是不太平的人，这个结局并不令人奇怪。

她不停地和孔燕妮聊这个聊那个，孔燕妮几次想邀请她与她的丈夫十八号去青云岛赴宴，都没说出口。后来想了一个办法，掏出包里的钢笔写了一个邀请的纸条，趁杜鹃不注意，塞到她的口袋里。做完这件事，她很高兴。

悲伤的日子总是不期而来，幸亏她还有幸福的事。

这一天一晃眼就要过去了。孔燕妮和俞华南累得话都不想讲，死亡就是今天的议题，它强势霸道，由不得他们不接受。

现在是下午四五点钟。秋末的傍晚平静、整齐、熨帖，世界就像一只洗净吹干的精致瓷碟子，又如一间打扫完毕的屋子。

两个人临分别时，俞华南有点不甘心，对孔燕妮说："你从昨晚上一直到现在，一滴眼泪也没淌。我知道你想哭，来吧，到我怀里来哭一哭。我邀请你两次了。"

孔燕妮明白他的心思，慢慢地靠到俞华南的身上，滑到他怀里。她一点也不想被俞华南搂着，她只想自己一个人，安安静静地躺下来，闭上眼睛，进入梦乡，随便做个什么梦，哪怕是噩梦，也比留在现实世界强。

俞华南说："谢谢你。"

孔燕妮说："应该的。"

"我们为什么这么客气？"

"因为我们在尝试谈一场理性的恋爱。"

"为什么要理性地恋爱？"

"因为我一谈恋爱就没有理性，就变成了神经病。"

"爱情中的神经病，我喜欢。"

他们心不在焉地说着这些话，不知道自己为什么要这么说。看见了死亡，他们又是沮丧又是害怕。即使说些言不由衷的话，也能感觉到活着的滋味。活着，时不时地就会碰到让人下坠的陷阱，让人可以轻易地推翻灵魂上升的努力。每逢这种时刻，孔燕妮就得打点起精神为自己重新集聚力量。

告别了孔燕妮，俞华南口干舌燥地回到招待所，一头倒在床上睡着了，身体一个劲地向下沉，梦见了他的年迈多病的父母亲，他们正在和他说什么重要的话，可他一句也听不懂。然后他妹妹来了，妹妹手上抱着她喜欢的洋娃娃，身上背着枪。她把洋娃娃挂到枪筒上，"啪"地朝前面打一枪，洋娃娃就从枪筒上掉下来。他想笑，可是笑不出来。然后他妹妹把洋娃娃捡起，还是挂到枪筒上，再朝前"啪"地打一枪，洋娃娃又掉下来。他明白妹妹的意思，要他笑。他困难地咧开嘴，算是笑了。然后他妹妹的脸变成了孔燕妮的脸，他吓了一跳。

醒来后，屋里屋外一片漆黑，他浑身滚烫，知道自己又生病了。他的病总是和情绪有关，情绪低落时，他体温升高，如果温度不退，他就会口吐白沫，说着令人费解的话。每回生病，他死去的妹妹总会着急地跑进他的梦里来看他。这是他和这个世界的秘密。这个秘密维持了十多年，让他感到人世间有另外一个平行世界。这个时候，他独自躺在床上，生无可喜，死亦不惧。

晚上，孔燕妮来了。她一来，他的心情马上阴转晴。这是他从来没有体验过的情感。她推门进来的一刹那，他感到无比地依恋她，但他羞于告诉她这种依恋，他永远不想让她知道这一点。

"你怎么来了？"他问。

"服务员小汪下班，顺道走过我家里，告诉我说，你走进招待所的时候一脸煞白，后来进屋就再也没出来。他在门外喊了你几声，没听见你回答。他不放心，就来告诉我了。"

"你睡了吗？"

"我睡了一会儿，就被小汪叫起来了。你想喝水吗？你想吃饭吗？你想去医院看病吗？"

"什么医院？"

"你不想进医院就不去。"

"我什么都不想，只想继续睡。等我再睡一觉醒来后喝水、吃饭。"

"那你睡吧。我也想睡。我就睡在你旁边。"

孔燕妮倒在俞华南边上，马上就发出鼾声。俞华南笑了一声，也睡着了。他醒来时，电灯亮着，屋子里一股香喷喷的面条和小蒜味道。孔燕妮笑着坐在他旁边，端着一只大碗在他面前。她睡醒后下了一碗面条，面条和小蒜的味道就从这只碗里源源不断地散发出来，向俞华南招手。

俞华南坐起来，接过碗，头也不抬，一口气把面条吃完了。他吃出了一身的汗，感到浑身轻松舒服，头脑也清爽起来，他知道自己的病已好了。

"几点了？"他问。

"十二点。"

不知不觉又是新的一天，两个人谁都没有吭声。

第十一章

豆浆摊上。

张柔和看一眼木条凳上的破汤勺，嘴巴动了一下想说什么，又不说了。

前天晚上下了小雨，昨天晚上下了大雨，今天从清晨开始就朝霞满天。霞光映着人的脸，一张张人脸都紧致瓷实，容光焕发。好像昨夜塞满了喜事，到清晨还在流淌着喜悦。这也难怪，几家欢乐几家愁，世事总是如此。

空气清而甜，在霞光里飞翔的鸟儿格外轻盈。心情轻松的人们并不知道有一位叫杜克的男子前天夜里死于刀下，那把刀呼喊着主人的真理戳进他的肉里，挑断他的动脉，阻止心脏跳动。他昨天下午在火葬场化为了一缕青烟。只有少数人知道，那青烟就是杜克的孤魂。青烟无法自主，随风飘散，它也会很快被人忘掉。

一位老顾客对张柔和说："我看你还是把汤勺拿掉吧，人家又不来。倒像供什么似的，不吉利。"

张柔和说："你怎么知道人家不来？说不定今天就来了。"

有个人走过来，把汤勺拿掉，放在桌子上，坐下。对张柔和说："今天来的是我。你欢迎不欢迎？不欢迎我就走。"

张柔和浑身一抖，愣住。这个声音她太熟悉了，梦魂牵绕，刻骨铭心，她不用抬头就知道是谁。此时不撒娇更待何时？她的眼泪掉下面颊，她抬手擦掉泪珠说："我们有七八年没见面了吧？我一点准备也没有，让你笑话我了。"

她慢慢地抬起头，没有想象中的那么惊喜，更没有四目相对泪花闪闪的场面。孔朝山优哉游哉地打量边上的人，漫不经心地自言自语："哎哟，我一个人也不认识了。"

她轻声问："你吃什么？这么多年了，你的口味也有变化了吧？"

"我还是家乡的胃。来一碗豆浆，一根油条。"

张柔和递给他一碗豆浆，里面什么也没放。她知道孔朝山的习惯。孔朝山慢慢地把豆浆和油条吃完，抬头一看，张柔和不见了，换了另外一个女服务员。

"张柔和哪里去了？"他问。

"张家姐姐回家去了。"女服务员说。

"她就这么走了？"

"你还想怎样？拥个抱，亲个嘴告别吗？"

"她有没有说什么？"

"她说你以前从来不吃油条，因为只有像王……来恩那种人喜欢吃油条。"

"她突然走，是不是身体不舒服。"

"她是不舒服。"

"她哪里不舒服？"

"她心里不舒服。"

"心里为什么不舒服？"

"她看见你心里就不舒服。"

"我做了什么坏事了？"

"听听，你装得像个好人一样。我们都知道那封信是你写给张家姐姐的。你不承认。你们知识分子就是胆小如鼠，难怪要打倒你们。"

"你说话的方式像梁山泊里来的。那么你说说，你的张家姐姐吃着碗里的，看着锅里的，这样好么？"

孔朝山怒冲冲地说完，掏出手绢按一按嘴唇，穿上风衣，扣上扣子，迈着方正的步子走了。他的人生十年前就和这座城市没有关系了，他是来出差的，顺便看看张柔和。她要是心里不舒服，他也毫无办法，人到底是要朝前走的。他刚走，边上一位大爷说："他说他一个人也不认识，其实我倒是认识他。他以前是个美男子，当然现在也不赖。你看他这份派头，年轻人也不及他，唇红齿白，白头发也没有，一看就是采阴补阳的行家，哪里轮得到张家姐姐扑到他怀里？张家姐姐真是打错了主意。"

女服务员说："打错主意也比没有主意好。"

孔朝山喝了一碗令他不愉快的豆浆，自去办他的公事。张柔和回到家不久，一位下班的女同事走过她家门口，看到她在井台上洗衣服，脚不停地对她说：

"你的老情人说你吃着碗里的看着锅里的。"

张柔和说："我不相信他会这么讲。"

"他就是这么讲了，我们都听见了。你的感情就是肉包子打狗，有去无回。"

"无回也比你们没感情的好。"

"你是狗咬吕洞宾不识好人心哪。"

汪多根突然从家门口蹿出来，一把揪住张柔和的头发，把她按到湿淋淋的地上，再朝自己身边使劲一拖，说："妇女能顶半边天，你和我打呀。"他捏起拳头，下死劲地朝她的脑袋揳过去，没几下，张柔和就被她打蒙了，倒在地上起不来，浑身上下，连头发上都沾了水。她一点都不反抗，连痛苦的表情都没有。汪多根打了胜仗，决定速战速决，朝张柔和的身上踢了一脚，啐了一口，扬长而去。

张柔和的女同事上前扶起她，笑着说："你看，汪多根多坏，突然跑出来，打完就跑。我力气小，不敢上来劝架。"

汪多根回过头说："我打的就是出其不意。打完不走，难道等着人家反过来揍我？张柔和是只母老虎，你又不是不知道。"

女同事说："汪多根，你不是人，你把我们的母老虎都打趴下了。"

张柔和推开女同事，回家洗了澡，洗了头发，换上干净衣服，对小葫芦说："娘出去找一个人，碗橱里有两只汤团，你中午拿出来吃掉就不饿了。"

一九七八年的吴郭城，好的宾馆只有四五家，都在城中心，靠得也近。张柔和破天荒地叫了一辆三轮车带着她，很快就找到了孔朝山住的宾馆，孔朝山不在，她就坐在大厅里等着。

她想都不想就来找孔朝山，她的脑子刚才被汪多根打糊涂了。

中午，她看见孔朝山从宾馆外面走来，他的身边还跟着一位四十岁上下的女军官，两个人有说有笑，眉来眼去。张柔和看着他们上了楼梯，她死死地盯着女军官的背影，那背影修长苗条，挺得笔直。张柔和的眼睛直勾勾地一直盯到她的衣服里面去，她发现修长苗条还不是最主要的，最主要的是，这位女军官的背从没有受过生活的重量，就像深山里的一株娇嫩之花，这才是最受男人们疼爱的地方。而她张柔和，从丝织厂挡车工到饮食店卖早餐的，加上她父亲的谩骂、婆婆的作践、汪多根的拳脚、小葫芦的痴呆，她的背早就不堪重负。

她试着舒展一下后背，那里像铁块一样紧，又像绑着成堆的绳索。她的肉在绳索的捆绑下渐渐萎缩。那些绳子越战越勇，它们知道胜利在望，有一天会代替肌肉成为宿主的背。

她尾随着孔朝山和女军官上了二楼，他们在餐厅里吃面条，吃那些像绳索一样的面条。他们不怕任何绳索，他们一看就是相亲相爱的两个人，齐心合力地把法力无边的绳索吃下去。

张柔和佝偻着后背走下楼梯，她十分明白，她是孤孤单单的一个人。

出了宾馆门，她醒悟过来自己的唐突，脸上红了一大片。她喘着气，手扶一棵大树，站了片刻后，挺起了身板，迈着大步朝家里走。那个家冷冰冰的，可也是她的家。她走得太急太快，不禁咳了起来。

前面一个女人在路边慢慢扫地，看见她招呼："张柔和，你急急忙忙去干什么？抢银行去吗？"

她停下脚一看，是一位以前的老邻居，她露出羞赧的微笑。女邻居说："你样子怪怪的，是不是昨夜里撞到鬼了？我现在就在这个园林里上班，你来得巧，领导正好不在，我放你进去玩玩吧。"

路边就是一个收一块钱门票的小园林，张柔和也不说话，就进去了。走了片刻，看到一个牌子，上面写着：张大千养虎之处。她掉头就出来了。女邻居说："又不花钱，怎么几分钟就出来了？"

她说："你们这里就是张大千养老虎的地方？我不要看。我本人就是一只母老虎，谁想打我，没那么容易。"

女邻居说："快滚吧。神经病。"

张柔和一路微笑着回到家，走进家门，她一拍脑袋，想起一件事来了，她从孔朝山吃的面条上想到了几个关联词：

面条、酱油、虾籽酱油、虾籽酱油拌面。

她的家是老式简陋的平房，一个客厅，一个厨房，两间卧室，前面一个小院子，后面一个小院子。后院子西边，靠着别人家的东墙，搭出一小间储藏室，储藏室边上种了一棵大枇杷树，把储藏室的屋顶全遮盖了。再热的天，它里面也是阴凉的。储藏室的西北角上，张柔和在地上挖了一个坑，埋着一口小缸，缸里经常放着珍贵之物。枇杷做了酱，她藏在缸里。乡下的朋友送了她苹果，她放在缸里。做了鳘鱼，她封在缸里。还有芝麻、酒、粟子什么的，她统统都要安置在缸里，这口小缸就是她的百宝箱。今年春天，张柔和买了两斤籽虾，用牙刷轻轻地把虾籽刷出来，一斤刷出一两虾籽，两斤刷出二两虾籽，起油锅，放进酱油和葱姜，再放虾籽，最后用白酒一滚。凉透了以后装瓶子，封口。放进这口小缸，边上垫了稻草。今年夏天奇热，还有几个人中暑热死。

日子急慌慌地到了秋末了，过了霜降，快要立冬。她把这瓶虾籽酱油忘得一干二净。刚才在宾馆里看到孔朝山吃面，才想起来。赶忙打开储藏屋，刚掀开缸上的木盖子，一股鲜香味就散了出来，比她闻过的任何酱油都香。今夏酷热，也许它藏在地缸里发生了某种异常的改变，使得基因突变，分子链重组，加上张柔和对孔朝山的甜蜜思念，种种因素让它成了一瓶前无古人后无来者的极品鲜香酱油。

她刚站起来，汪多根就从外面进来，一把夺过她手中的酱油瓶，三下两下扯掉封口，不敢尝，先闻了一闻，说："好香，你偷偷摸摸什么时候做的？这时候拿出来干什么？"

张柔和温柔地说："我要请孔朝山来我家吃面，用虾籽酱油拌面。"

汪多根尝了一点，咧开嘴说："真鲜真鲜，眉毛都鲜掉了。……

我看你这回是铁了心地要偷汉子,不是说说而已了。"他说完抱着酱油瓶拔腿就跑。

张柔和看着汪多根远去的背影,捶了捶胸,打出一连串的饱嗝。她不停地打嗝,打嗝打得眼泪汪汪,路也走不动,说也说不出话。她一边打嗝一边威胁着谁:

"我是母老虎。谁也不敢惹我……"

小葫芦过来问:"母老虎是天底下最厉害的吗?"

傍晚,饮食店有人来告诉孔燕妮,说了今天白天发生的事,孔燕妮这才知道父亲孔朝山来吴郭出差了。她来不及去找张柔和,决定先找到孔朝山。

找到孔朝山住在什么旅馆是很容易的,她打了几个电话,很快就找到了孔朝山。

父女两人在电话里约定一起去看张柔和。一路上,孔朝山低着头,心事重重。孔燕妮停下脚步对他说:

"你要是不想去,就不用去。"她想了一想又说,"你是自由的。"

孔朝山抬起头苦笑一声:"我在想,人是不可能轻易地与过去割断的,所以我一定要去的。当我不再回避过去的时候,才有可能开始新的生活。"

孔燕妮说:"哼,你现在有了女朋友了,连我都不要了。"

孔朝山说:"你还好意思说?你从十五岁初恋开始,就把我扔在了脑后。你不停地谈恋爱,心里从来没有过我的位置。"

孔燕妮说:"那是你活该。你连我妈都拉不住,两个人闹得离婚。我从小你们都不管我,我只好找别人代替你们。杜克那时候……"

孔燕妮没说下去,叹了一口气。孔朝山也叹了一口气。孔燕妮叹气是杜克死了,她不愿意在这个时候向父亲提起杜克。孔朝山叹气,是终于找到了开启新生活的爱人。

父女俩到了张柔和的家,张柔和一时竟没认出孔朝山,还在兴奋地嚷:

"我是母老虎,谁也不敢惹我……"

她忽然认出孔朝山了,沉默了片刻,说:"我怕谁?从今以后我谁都不怕,管他姓汪还是姓孔。"她喊起来,"我也不想当母老虎,我想当男人,轻轻松松、干干净净过日子。"她拉紧孔燕妮的手,"燕妮,你是个好人。好人怎么去追求性自由?那你不跟美帝国主义一样了?"

孔燕妮说:"谁嚼舌根说我追求性自由?你可说不出这个词。"

张柔和说:"你太小看我了,我就是知道这个词。"

孔燕妮气得一巴掌拍到桌子上,"混账"。她骂。张柔和照样拍了桌子,拍得比她还响。孔朝山上前拦住孔燕妮说:"她有病,你不要计较。"

"你妈怎么突然成了这样?"孔燕妮问小葫芦。

小葫芦抱着妈妈的腰一言不发,听到孔燕妮问他,放开手,把身子转到后面,额头靠着墙。

孔朝山说:"你安静点,不要问孩子了,她这个病是精神引起的急性发作。以前肯定也经常狂躁失控,就是症状轻,你们谁都不在意。燕妮,你是医生,怎么平时对她一点都没有警觉呢?"

张柔和把下巴扭歪了。她觉得扭下巴挺舒服,就不停地把下巴扭来扭去。在某种程度上,她获得了彻底的自由,她的这种自由因为妨碍别人而呈现病态。

孔燕妮看着张柔和的样子,想起张风毅还在狱中,眼泪一个劲地朝下掉。

大家静默地坐着。里屋忽然传来汪多根的打鼾声，张柔和忽然理理头发，用正常的语调对孔朝山说："他白天出去喝多了，让你见笑了。"

"我没有见笑。"孔朝山说，"你愿不愿意去省城？住在我家里。我想让你到我工作的医院里看看病。"

张柔和说："我不愿意，我不想离开我的家。再说我也没病。"

"我知道你没病，我就是想带着你去检查一下身体。去几天就回来。"孔朝山说。他哄着张柔和的时候，心里一下子难过起来。

张柔和不说话。倒是汪多根在里屋停止了打鼾，喊道："真当我喝多了啊？想拐我女人啊？"他断断续续地又打了几声鼾，接着上面的话继续说，"张柔和，你快点跟着他去，你身上的毛病都是他害的。以后加重了，我没钱给你治病。你要不去，我就天天打你，打得你自己去省城找他看病。"过了片刻，他又说，"你把小葫芦带着去，索性一起把毛病治好再回来。——不回来也没关系。钱、粮票、布票、购粮券统统不要带走，家里的钥匙也交出来。"

"汪多根，我告你去，告死你。"孔燕妮无可奈何地说了一句，谁都听出来她语气中的无力。

"谁都治不了我的罪。男人打女人天经地义。再说她也打我。告我？你还不如实惠点，给我两耳光，解解你的气。"汪多根哈哈地假笑，挺得意的。

就这样，孔朝山连夜带着张柔和母子俩离开了汪多根，住到宾馆里。他背着睡得沉沉的小葫芦，孔燕妮搀着张柔和。

孔朝山对孔燕妮说："这次出差，我是带着我未婚妻一起来的，不方便。所以来之前没告诉你们。"

"哦。"

"她叫果林。和我一个医院的。离婚好几年了。我是真心喜欢她。大家都说她外表装得大度,其实是个醋罐子,可我就爱她吃我的醋。她一吃醋,天大的事我也不管了,何况二十年前写的一封信。"

"哦。"

"我本来想临走时见见你,再见见你妈,告诉你们这件事。我们明天就回省城。十八号青云岛上的聚会,看这情形我们是不可能回来的。替我向张风毅问个好吧。"

"哦。"

"你为什么总是哦哦哦的。"

"因为和你无话可说。"

"那你也不能老是哦哦哦的。"

"我心烦。"

孔朝山说:"哦。"

刚走进宾馆,一个身影急忙从远处走过来,对孔朝山说:"我等你老半天了。"——是那位女军官。她打量一下张柔和母子,什么也没问,从孔燕妮手上接过张柔和,转脸对孔燕妮说,"你是燕妮吧?你的手和你爸的手真像,力度、厚度、柔软度,一个样。放心吧,我会好好照顾他们的。"

孔燕妮的手和孔朝山的手长得很像,但两人还是有差别的。孔朝山的手有温度,孔燕妮的手从十五岁开始就没有热过。这是她和张风毅的秘密,任何人都不知道这一点。

张柔和还在喃喃自语:"我是母老虎,我是母老虎。母老虎享福去了……孔朝山,我原谅你了。"

孔燕妮说:"孔朝山,张柔和原谅你,我也原谅你了。"

大马路上一个行人也没有，地上掉了一地的梧桐叶，一架架昏暗的路灯疲惫地照着灯柱下一小块地方，像夜半无人的剧场。孔燕妮走到一棵梧桐树后面，倚在树上，伤心地哭了。她很久没有这么伤心地哭了，为自己，为别人，为所有的一切。一切都是那么晦暗不明，血和泪要在晦暗中撕破口子，为灵魂争出一条永生之路。她抽抽噎噎地哭了一阵，心里顺畅了不少。

她想了想，还是去招待所了。俞华南坐在传达室里，与服务员小汪六岁的儿子玩得正欢，他跟着小孩子学说吴郭童谣。

贪心赤佬吃不饱，
小气赤佬不发财。
……
枇杷树上一条蛇，
吓得麻子颠倒爬。

他抱着小男孩在空中转圈，小男孩又是高兴又是害怕，不住嘴地"咯咯"笑。

看到孔燕妮，他放下孩子，和孔燕妮一起走到宿舍门口。孔燕妮不想进房间，就坐到台阶上。从昨天到晚上到今天晚上，发生了那么多的事，她什么也不想说，只想坐下来把头靠着俞华南肩膀。她说："什么也不要问我，就这样休息一会儿，看着天上的星星。"

俞华南说："我不问你。你休息一会儿吧，看看天上的星星。你看，那边有一颗星星在眨眼睛。"

两三分钟后，孔燕妮就靠着俞华南睡着了。睡得正香时，俞华南摇醒了她。

"我今天做了一件坏事，要请你原谅我。"他说。

"你今天做了什么坏事了？先坦白，再原谅。"

"我……到监狱去调研，见到了张风毅。"

"你为什么这么干？"

"我是想了解他。"

"那么，你了解到了吗？"

"了解到了。"

孔燕妮跳起来，尖声指责：

"俞华南，你太残忍了。你不仅残忍，你还是一个精神病——残忍的精神病。你有没有向张风毅坦白你的来意？"

"我没有向他坦白。我临走时还让接待我的监狱长做一件事，在他出狱那天把他多关半天，晚上再放出来。"

孔燕妮眼神定定地看着俞华南，伸出手打了他一记耳光。

"你不能打我，我已经坦白了。坦白从宽。"他说。孔燕妮以为他在开玩笑，可是再看着他的神色，不像开玩笑。她倒一时无话可讲了。

俞华南低下头，看看手表说："十二点过了。现在是十一月四日，张风毅还有半个月出来。半个月后你们就能团聚了。我看到张风毅就明白你俩很般配。"

他声音越说越轻，到后来听不见了，但是他的眼睛还看着孔燕妮，寻求谅解。孔燕妮想，本来是想焐热这个男人的，让他轻松，让他愉悦。无奈大家面临的局势太复杂。这样下去，非但焐不热他，反而让他更紧张了。

她伸开两只手，她的手有力，但是冰冷苍白。俞华南也在看她的手，一脸懵懂。

第十二章

早晨六点整,孔燕妮背了一只布包从家里走出来。她要去青云岛找阿胡子。这是她目前能做的事。她背的这只布包是张柔和给她缝制的。当然她猜得到这块布也是张柔和从国营工厂的车间里"拿"的。

想起张柔和,她心里有点愁绪。于是多绕了一点路,走过饮食店,站在远处看着。吃食摊子上还是坐满了人,只是换了一个服务员,长凳上也不会再有一把等她的缺口木汤勺。

她走过工人文化宫的留言墙,把事先写好的条子沾了糨糊,准备贴上去,却看见俞华南也留了一张条子:

我去浙江了,说好的陪你出去,只能食言。

我对张家哥哥做的那件坏事,心里只是想与你多些时间在一起,哪怕多半天也好。我那么做确实是太自私,我已经给监狱长打过了电话,纠正了我的错误。十八号,张家哥哥按照原定的时间出来,不会延迟到晚上才出来。我的预感一向很好,我预感到你会原谅我。等我回来,给你讲我和张家哥哥谈话的内容。我俩谈得很好。

落款是一条垂着眼睛的一脸沮丧的鱼,鱼眼里流出一行泪。

她把她写的条子贴上去：

　　我去浙江海宁了。然后我从海宁去青云岛。这一趟外出大约要四天时间。门钥匙被我放在门口一个地方了，你要是先回来又不想住招待所的话，你就找到钥匙，住我家里。

我们是亲密的朋友，永远是。
落款是一只燕子，瞪大了无助的眼睛。

　　孔燕妮坐上长途公交车，坐到杭州车站，搭上一辆去海盐的公交车。车子经过盐官镇停靠，她下车时看到西边天空上一弯蛾眉月，明亮而清冷。她就站着看了一会儿新月，直到一辆载客的自行车过来，她才说了麻诗人的名字，那辆自行车就带着她去了麻诗人家里。路不远，她给了骑自行车的人五角钱。
　　麻诗人家里的院子用红砖砌成了围墙，和以前的竹篱笆比，显得气派十足。门里走出一位胖乎乎的少女，孔燕妮认出这是小胖妞。但是小胖妞不认识她，她报了名字，小胖妞还是想不起来。麻诗人的妈妈出来了，她也忘了孔燕妮十年前曾经来过。然后是麻诗人的老婆出来，说记得十年前农历七月初七有几个人来过她家，可她也记不得孔燕妮了。看来这十年中他们经历的事太多，把孔燕妮这个无关紧要的人忘得一干二净。麻诗人到最后才一边剔牙一边踱着不紧不慢的步子走出来，一看是孔燕妮，忙把牙签扔掉，不好意思地笑着说："晚饭没吃上，今天一天都在外面办事。到家时看见屋后有几根晚熟的小玉米，掰下来烧熟。啃了一根玉米，啃得牙缝里都是玉米皮。老了，牙缝越来越大。请坐。"

院子里放着一张大石桌,石桌上放着几根又小又僵的熟玉米。傍晚风挺大,带着江水的味道。

麻诗人对孔燕妮说:"外面风大,你就进屋吧。我们在屋里谈。"

孔燕妮说:"那我们现在就进去吧。"

麻诗人却说:"等一等再进去,我领着你看看我的小院子。我这小院子方圆二三十里没有人家赶得上我,多少人眼红。我们走一圈欣赏欣赏。"

孔燕妮跟着麻诗人沿着院墙里外走了一遍。院子确实不小,可是空落落的没东西,院里只有一只石桌和四只石凳子,院外一圈都是庄稼地和野树林。屋后不远的地方有一方池塘,晚上没有洗衣刷碗的,芦苇丛边上游着几对野鸳鸯,被风吹得贴在芦苇丛边。

参观完院子,到了屋里,也是空空荡荡的。墙上贴着麻诗人写的十几首诗。看了诗,才知道他原来叫麻春雷。

麻春雷说:"请坐。"

孔燕妮坐下。麻春雷说:"我请你参观我的家,不是炫耀——当然,你说我炫耀也可以。只有一个人面前我不敢炫耀,就是张风毅。我得到的这些,都是靠的张风毅。"

说完,他看着孔燕妮。孔燕妮说:"你放心地讲。我和你是自己人。张风毅让我来找你,一定有重要的事。"

麻春雷说:"胖妞,你给我把黄酒坛子拿过来。叫你妈给我们煮一碗花生,煮一碗茨菰,烧几只咸鸭蛋。把乳腐也拿过来,我喝几口乳腐汤下酒。我和孔阿姨一边喝酒吃菜一边说话,要不然我就想睡了。今天一天实在太累。"

今天一大早,麻春雷就从家里走到厂里。这个厂挂着公社集体厂的牌子,其实私下里是麻春雷和村里三十几户人家集资一万元办起来的，做酒瓶盖。年底大家分红，上交公社一部分。酒瓶盖销往吴郭的几家酒厂，搭本地的长途汽车，每个月给酒厂送几次。也是搭的顺风车，过一年半载的交些费用给长途汽车站，虽说数目不大，长途汽车站拿了，也是一件开心的事。办这个厂的思路是张风毅提供的，几家酒厂的关系也是张风毅介绍的，他甚至还替麻春雷找来了模具工。他在狱中指挥了这件事，通过写信隐晦曲折地表达，还通过即将出狱的刑满释放人员传话。所有的事都是秘密进行着，所有的人都会守口如瓶——就像封了盖的酒瓶一样。

"以后我就不怕了，听说中央马上就有富民政策出来，我们这种地下厂就能成地上厂，光明正大地私人集资办厂，私人发大财。中国人要大变样了。"麻春雷看孔燕妮很吃惊的样子，就说，"我们办地下工厂，是不得已的事，国家会原谅我们的。"

"春雷大哥。"孔燕妮说，"我是有点吃惊。看中国这情形，以后大家最主要的事就是发展经济了。你说，全民追求物质生活，这是中国人民的出路吗？"

麻春雷说："在象牙塔里瞎琢磨没好处。你们这些知识分子啊……目前，发家致富就是中国最大的出路。"他一个劲地摇头。

"难道你不是知识分子？"

"我不是，我只是一个诗人。"

"诗人难道不是知识分子？"

"诗人从来不是知识分子。"

"好吧。我是客人，和你争论不是为客之道。我记住你的意思了，以后有机会我要与你好好理论一番。"

"孔燕妮，除了漂亮，你其实没那么好。张风毅找了你，是你的福气。你现在坐的凳子，是他坐过的。待会儿领你去你的房间，那张床也是他睡过的,——睡过好两年呢。"麻春雷灌了几碗黄酒,脸上和眼里都有了光,建议道,"我的厂离这里不远,我带你去看看。我那个厂,张风毅没去过,他说,他出来后第一件事就会来看我,看我这个厂。"

"天晚了,明天再去吧。"

"一定要现在去。地下厂,多么传奇,笼罩着多少神秘,就得黑咕隆咚地夜里看,白天看就没有味道了。"

孔燕妮说:"对了,张风毅让我来找你,到底是什么事?"

"就是让你来考察我的小地下厂。"

"他是什么意思?"

"张风毅说,你是个老师,平时只管闷头教课本。课本上的东西都是死的,过时的。你一定不知道,像我这种地下厂不是一个两个,全中国不知道有多少个。这是我们中国人的勇气、能力和追求,也是今后中国的方向。历史就是人民写的。他在信里给我说,让你看看未来的样子。你是个与众不同的女性,你看了以后会为自己、为社会做些有益的事。新的时代就要来临,他要你走在时代最前面。"

孔燕妮说:"暂时不要和我说什么新时代的女性,还要走在时代前面。你带我去,让我去看看未来是什么样子的。"

两个人打着手电筒出门,外面的风一阵紧似一阵,江水在远处传来呼噜呼噜的滚动声,农历初四的半个月亮,这个时候跑到西边了。

路两边都是住宅,都有院子,砌着砖墙,屋里亮着电灯,倒也齐整。路边一扇门打开,一位老太太迎头走出来喊:

"我的春雷,我听见你的声音急急忙忙地跑出来,把鞋子也跑丢了一只。"

麻春雷说:"王阿婆。我现在有事,你不要来啰唆我。"

王阿婆说:"就片刻工夫,不耽搁你。我媳妇已经在灶上烧水潽蛋了。鸡窝里刚摸出来的蛋,多放点醪糟,滚烫服帖,保证你吃得满口香甜。……哎呀呀,我的春雷,你怎么跑了呢?"

麻春雷拉着孔燕妮的手,一口气跑到一个地方,两个人笑得喘不过气。

麻春雷指着面前的四间瓦房说:"这里原先是小学校,后来我出钱给小学校造了新的校舍,二层大楼房。有操场、小食堂、医疗室。瓶盖厂就从村里的仓库搬到这里来了。"

孔燕妮的双手插在口袋里,刚才麻春雷拉着她的手跑,也没发觉她的手是凉的吧。她说:"你了不起呀。"

麻春雷说:"我就知道一件事,人往高处走,水往低处流。但是不能一个人往高处走,要大家一起往高处走,一起过得舒服。所以你看,我们这个厂办了快三年了,没有人去检举揭发的。我家里比别人家过得好一点,也没有人眼红。因为大家都尝到了好处。那位王阿婆,她是我们这里最穷的一家,她的男人三年困难时期饿死。她就落下一个病根,只要听见一个死字,她就浑身发抖,一分钟之内就会闭气。我们这里的医生说,她身上没大毛病,就是吓的,精神上有点问题。我办厂的时候,让大家一起出一份钱记在她名下,年中和年底给她分红。张凤毅听说了这件事,也托人捎钱过来给她入股。她拿着分红的钱,给她儿子看好了肺病,造了新房子。像她这样的人,谁想搞垮我们厂,她第一个就得拼命。"

孔燕妮笑着说:"怪不得她追你把鞋子也跑丢了一只。"

进了一间屋子,麻春雷拉开电灯,只见屋子里两台简陋的机器,是冲床和剪板机,算是金工车间了。另一间屋子里有两张大桌子,上面堆满了瓶盖。还有就是仓库和办公室。

孔燕妮问:"这就是未来的样子?"

"对。别看它现在又破又小,将来它就不是这个样子了。咱古老的中国焕发了青春,这个地下小厂也会焕发青春。我、我们这个村,都会焕发青春。你问我未来的样子?未来的样子就藏在这里面,有眼光的人才看得出来。"麻春雷说。

对麻春雷的致富激情,孔燕妮并不认可,但她还是说:"我看到了人性。"

麻春雷说:"人性比天还大。"

"我还看到了危险。"

"危险总是有的,不足为奇。我想问问你,社会大变化之前,除了危险,你没看到你自己的责任吗?"

"我年轻时治病救人,后来当老师,教给孩子们懂得欣赏美,懂得仁者爱人,也教他们学会独立思考。社会大变革之前,更要有这种精神上的准备。"

麻春雷说:"来不及准备了。一代人有一代人的责任,我们这代人只管发家致富,积累财富。财富带来什么社会问题,那就不是我们这一代人的事了,该是后人去解决。"

孔燕妮说:"我总算知道张风毅叫我来的意思了。他是怕我反对他。"

"有这个意思。最主要的是,他想让你赶上时代潮流。"

两个人回去的路上,又被王老太太堵住了。她站在路中间,一直在等他们。这次麻春雷吃下了她准备的四只醪糟水潽蛋,还替孔燕妮吃掉了两只。

麻春雷对王老太太说:"我吃了六只蛋,吃得快撑死。这下你心里舒服了吧?"

王老太太说:"我舒服了。我睡觉睡得沉了。阿弥陀佛。"

麻春雷说:"我快撑死了。我得去江边走走。"

孔燕妮说:"那我和你一起去吧。"

走到江边,麻春雷说:"我们这里是钱塘江北岸。你看,江水在涨潮了。今天江水退潮是夜里九点半,退得好远。退完了涨,涨到早上三点钟,水就涨满了。一天涨两次,每天涨潮退潮的时间都不一样。"

孔燕妮说:"我记得十年前和张风毅一起来看潮,那时候的心情和现在完全不一样。那时候我多么迷信激情。"

"其实你现在还是很迷恋激情。你是一位不现实的女性,是位精神至上主义者。我虽说是一位诗人,可我最喜欢的词就是现实两个字。中国人会越来越现实,你小心走到人民的对立面去,从此看不惯一切,被历史的车轮碾过。"

"你不用吓唬我,我明白我要的是什么。"

"你要的是什么?"

"我要的和你们肯定是不一样的。"

"那真是……张风毅巴巴地叫你来一趟,一点用处也没有。你注定就是一个小女人了。"

"小女人真实又温情,有什么不好?"

麻春雷叹了一口气,转了话题说:"我记得是十年前的八月份,你和张风毅还有老隐、姓林的、姓温的朋友到我家,一起去老盐仓看潮。'……八月涛声吼地来,头高数丈触山回。须臾却入海门去,卷起沙堆似雪堆.'这是刘禹锡的,我还是喜欢李白的。'海神东过恶风回,浪打天门石壁开。浙江八月何如此?涛如连山喷雪来。'"

他看孔燕妮不说话,又说:"外地人到江边,不说话是很正常的。江水和月亮一样都最是惹人愁思的东西。不说话的时候,就在想人。你肯定在想张风毅了。"

孔燕妮说:"春雷大哥,在大江面前,人是多么渺小,想说谎都不可能。我现在不在想人。……我不想张风毅。我只想静静地体会大江的力量。"

麻春雷拍着胸口懊恼地说:"你和张风毅就是绝配。张风毅三年前在我这里好好的,非要去找那个宋阿进。宋阿进当时根本没想告他,结果他一去,人家就顺水推舟了,就送他去坐牢了。张风毅这么做是不对的,好好地生活就是赎罪。我拦他都拦不住,他对不住你。我没拦住他,也对不住你。"

孔燕妮说:"他是诚实的。他是我敬爱的人。"

麻春雷看看手表,说:"现在是十二点十分。张风毅还有十四天刑满释放。三年的时间真长,我天天想他。"

孔燕妮的眼泪一下子流了出来。

第十三章

孔燕妮第二天一早就走了,去了青云岛。和以前一样,先去蓝湖边的花码头镇上找老曾。她在老曾家里吃过简单的晚饭。晚饭就是一碗泡饭,一碟盐腌的野生胡秃子果。晚饭后由老曾摇着船把她送上岛。摇到岛上的码头,快七点半了。两个人下了船,刚把船系好,岛上的灯一下子都灭了。原来岛上的自发电到断电的时辰了。

满天星光,看得见大路。

老曾自去找他熟悉的人家过夜。

孔燕妮打开麻春雷送给她的手电筒,凭着记忆一路找过去。她十年没上岛,岛上什么变化都没有。唯一的变化是房子更旧,更老。岛中央的祠堂坍塌了半边墙,露出里面黑洞洞的备弄。这个祠堂早就没人去了,也从不维修,里面住着蛇、黄鼠狼、刺猬、蝙蝠和麻雀。孔燕妮和张风毅第一次上岛时,夜里打了火把进去过,那时候屋子还没塌。

孔燕妮不知不觉地走到了"坠露滩"。回想当年,她和张风毅第一次来到这里,按着屈原《离骚》里的一句话,给它取名"坠露滩"。

朝饮木兰之坠露兮,夕餐秋菊之落英。

坠露滩,别来无恙。

湖水悄悄地涨,涨得人的喉咙也满满的。当孔燕妮看到山边有一群人鬼鬼祟祟地聚拢在一起时,能量充足地喊了一嗓子:"谁?

在哪里干什么?"

她的声音响到不可思议。那群人慌了手脚,四下乱窜,找地方躲起来。一会儿,他们中间跑出一个人,虚张声势地问孔燕妮:"你是谁?我怎么不认识你?"

孔燕妮不说话,那人就跑过来。

孔燕妮打开手电筒照过去。麻春雷送给她的手电筒太亮了,亮得像一把武器。照在那个人的脸上,那个人一脸大胡子。

孔燕妮大笑,喊一声:"阿胡子啊。"

阿胡子也带笑喊一声:"孔燕妮啊。"

喊完这一声,阿胡子说:"张风毅要回来了。还有十四天。"他回头朝那群人挥手,"没关系的,是自己人。"

孔燕妮问道:"你们在干什么呢?"

阿胡子说:"走,我和你回家。回家了再说。"两个人走了几步,阿胡子忍不住跺着脚喊:"我的卵泡要回家了。我想得他啊……"

到了家门口,迎出一位拿着空碗的年轻人,对阿胡子说:"你回来了?我走了。我明天不来了,明天去民兵营长家里,他家不烧饭,我就去会计家里。"

阿胡子没吭声。阿胡子的老婆出来说:"那是村里的一位知青。孔老师,你坐。好久不来我们岛上了。你简直一点也没有变。"

孔燕妮问:"知青不是都回城了吗?"

阿胡子说:"这帮知青早走早好。走了,他们也好,我们也好。刚才那位知青,在我们村里插队八年,从来不出工,各处混日子。每年分粮食,我们也都同样分给他,指望他拿工分还上粮食的钱。可他八年在我们这里,一共才做了一百个工分,还是去开群众大会换来的。这么欠着队里的钱,我们干部也不能马上让他走人,至少得绊住他十天半个月地再让他走。——最后还是要在他的回城证明上写同意二字。他倒好，拿着一副碗筷，每天上午十点钟准时坐到我家里，看我们烧饭烧菜。我们开饭，他也抢着给自己盛。吃完饭，还要把我老婆藏起来的茶叶找出来，泡一杯茶，四处走走，消消食。晚饭一烧好他就来了，狗鼻子灵得很。吃完晚饭还不走，要与我们东拉西扯地说话，说完话他才回去睡觉。我们不敢得罪知青，今天得罪他们一个，明天一大帮子上门找你的麻烦。今天中午我家没烧饭，他就用绳把我家的烟囱一套，扯倒了。"

孔燕妮说："你家烟囱太不结实了吧？"

阿胡子说："穷的。别说烟囱，就是我家的西墙，几个人一推就推倒。我们的祖宗祠堂倒了也没钱修。所以我们也在找出路，刚才你看到的一群人，就是我们趁天黑没人看见，到山上开几块石头卖给人家。卖得的钱，大家分一点，村里的账上留一点。碰到年景不好，手上有钱，大家也能撑过来。要不是太穷，谁也不想开山取石，好好的一座山，弄得像生了癫疥疮，一点也不好看。"

孔燕妮说："我们这里可是鱼米之乡。"

"鱼米之乡也不行。打鱼也要有船，再说我们岛上，没多少地。"阿胡子说，"五十年代末，蓝湖里几座岛上的村子，村干部们私下把地分给了村民。我们岛上也偷偷地把地分给了每家每户。好景不长，毛主席说不能分田到户，还得走集体路线。我们只好又把田地收归集体了。现在就盼着再把田地分给大家，家里有地，每天早上醒过来，心里都是满足的。你能理解我们吗？看来你是不能理解我们的。我们就是落后的农民阶级，工人阶级才是最先进的阶级，是老大哥。你是老师，是有学问的人，也看不上我们这些人。"

孔燕妮的脑子"轰"地鸣了一声，阿胡子的话把她逼上了绝路。

她不能不回应阿胡子的话，不吭声的话，阿胡子从今后都不会把她当成朋友，那她真如麻春雷所说的，走到了人民的对立面。

她说："只要是符合人性的事，我都能理解，也都赞成。"

"你说的人性是什么意思？"

"就是正常人都会做的事。"

许多年以后，孔燕妮还记得阿胡子在油灯下看着她的眼神。那年阿胡子也老了，他的胡子不像以前那么茂盛，胡子尖还带着一点黄。可他的眼神却像少年人那样清澈和果决。孔燕妮一直在想，致富的欲望能让人返老还童？也许不能这么简单地理解，也许阿胡子的心里还藏着比金钱更远大的目标，但这个目标一定要用金钱才能解决。

孔燕妮把俞华南写的菜单放在桌上，阿胡子随便看了两眼说："你把菜单收起来吧，这些都是酒店里吃的菜品，不禁吃。还有什么蜡梅花宴，我听都没听说过。蜡梅花苦的，不好吃。我到时候去一趟镇里，买点大鱼大肉，拿回来酱烧，开十坛子桂花酒。我们和卵泡喝酒吃肉，谈国家，谈发财，喝醉了地上一躺，听蓝湖水唱歌。"

"阿胡子，你真浪漫。"孔燕妮说，"到时候我来做一大锅猪油菜饭，张风毅最爱吃了。"

阿胡子拿出张风毅在狱中写给他的信，给孔燕妮看。这封信里也有让阿胡子派人去看麻春雷的内容。

"你派人去了吗？"

"没去。"

"我去过了，刚从他那边来。看了他的厂，搞明白了一些事。"

"怎么样？"

"反正就是日子挺有盼头的，但是不能坐等。"

"我有一个亲戚就在长途车站当驾驶员，麻春雷的那个厂，他们都知道。我就等着张风毅出来，帮着我们也搞个什么厂。办公用品厂，塑料玩具厂什么的，都行。我认识上海一家大厂的领导，他们要淘汰几台车床、刨床、钳床、塑料压机，我什么时候要去看看。我们养不起技术人员和模具工，就请上海大厂帮我们一把，请他们厂替我们画图纸、做模具。厂地我都选好了，就用那个祠堂。我想用手上的钱把它先修一部分。整理出两三个车间、办公区，还有张风毅的住房。张风毅说了，他十八号出狱后就到岛上住，不走了。麻春雷那个厂，结算工资还是老一套，干多干少一个样。我准备计件制，多干多分钱。一九四九年以前，花码头镇上也有两家工厂，火柴厂和湖笔厂，就是计件制。做多少活，拿多少工资。上不封顶，下不保底，做坏一样赔一样钱。请假不发钱。但是旧社会的资本家冷酷黑心，工人生了病就赶走。我们到时候也采取计件制，计件制，就是你说的，符合正常的人性。但我们和资本家不一样，我们是社会主义大家庭，大家都是阶级兄弟，生老病死都要管着。我们要给工人预留一大笔钱，谁家受灾受难，谁有个头疼脑热，全给补贴。"

孔燕妮说："阿胡子哥哥，你的想法是美好的，但不一定全部都能实现。大家一边做一边摸索吧。"

阿胡子说："我现在成天想这些事，想得脑壳子疼。你有什么想法？你是老师，你要指点指点我们。"

"我有我的事，我不想参与你们这些事。等张风毅出来，他会和你们一起干的。"

"是啊。大卵泡坐了三年牢,户口也没了。干脆把他的户口落到我们岛上。"

孔燕妮说:"阿胡子哥哥,我实在听不懂你说话了。我要休息了。"

阿胡子说:"好的,你年纪小,不能缺觉。你去睡吧。我还睡不着。明天早上我带你去看看张风毅干娘陶云珠的衣冠冢,给她坟上拔一拔草。"

这一晚,阿胡子忙到很晚,他在院子里挂上防风马灯,又锯又刨,做几只高脚凳子,说是以后开厂要用。孔燕妮睡在床上,听着湖水在屋旁边嬉戏的声音,十年前,吴郭城里两派人马发生冲突,张风毅和一帮拿枪的乌合之众落败,跑到湖边。就在逃跑的过程中,张风毅和所有的人发生了观念上的矛盾。对于张风毅,这是必然的结局。他打伤了宋阿进的腿,一头跳进蓝湖里,游到青云岛上。从此认识了阿胡子还有他的干娘。他在这里回顾了自己的以往,虽说他不知国际大势,但他从中国人热爱的某种生活方式中,看到了人民的内心。

后来,孔燕妮来到青云岛,和张风毅在湖边抛下一只漂流瓶,里面装着张风毅在岛上写的《曼娜回忆录》。漂流瓶还在吗?它沉进了湖底,听凭淤泥一层层把它覆盖?还是在水里漂荡成一个永恒的灵魂,等待发现它的那个人。或者像一片叶子一样搁浅在哪座岛边了,被水冲到了芦苇滩上、林立的水石群里、水鸟的窝边……

孔燕妮想,它不在也没关系了,它已完成了它的历史使命。或者说,它在蓝湖里永生了。

她还想思考点什么,无奈力不能够,意识轻轻一滑,她就滑到了梦乡里。在梦中她又看到那位似曾相识的老和尚。二十年前,她和张风毅他们住在穹窿山上的寺庙里,当夜就梦到这位精瘦的和尚对他们说：

"阿弥陀佛！你们都是无根之花啊！"

以后的岁月里，每到她人生的关键时候，她都会做梦梦见这个和尚，对她说着或尖刻或玄奥的话。其实并不是她梦见，而是这位老和尚自动走进她的梦里。她知道今夜会见到这位和尚，因为她的心里又有过不去的东西了。上个月的一天，她梦见过这个老和尚，他说她又要谈恋爱了，要有一个好身体。这次他又会说些什么呢？此刻他一如既往地目射精光，向她走过来。她以为这老和尚要对她说出什么莫测高深的话，却听他说："十二点过啦。"

老和尚的语气中有关心，也有丝丝调侃。

他也变得不同了。他不再让孔燕妮感到紧张不安。孔燕妮问他："如果我想问你要不老的药，你有吗？"

老和尚好像没听到她的话，还是说："十二点过啦。"说这第二句话的时候，他的语气轻到听不见，就像喃喃自语，又像感慨自身的命运。

孔燕妮不再说话。她心中有数，十二点过了，又是一个新的一天。张风毅还有十三天出狱。

在梦里她忘了告诉老和尚一件事：如他所说，她确实又恋爱了。她一边等着张风毅，一边爱上了别人。她和俞华南谈了一个星期的恋爱了——如果那算作恋爱的话。

第十四章

第二天早上,老曾来阿胡子家里找孔燕妮。

阿胡子的老婆对老曾说了一通话,大意就是,天刚亮,阿胡子就和孔燕妮两个人去了陶云珠的坟上,拔了草,培了土。陶云珠你知道的,就是张风毅的干娘。那年被北方来的一帮造反派扔在湖里淹死了,说她伤风败俗,尽给青年们传授男女之事。……这肯定是当地人告发的,到今天也不知道是谁去告发的。可怜一条人命,一眨眼就没了,就跟死一只鸡一样。这个陶云珠,整天就知道打扮,水边住了一辈子,像只旱鸭子,就是不会游水。

阿胡子老婆还说,孔燕妮在屋后的蓝湖水边洗脸刷牙。洗了有一阵子了,不知道在干什么。老曾自告奋勇地去叫孔燕妮吃早饭。

孔燕妮早就在蓝湖水里洗过脸,刷过牙了。做完脸和牙的清洁工作,她坐下来欣赏湖水和刚出的太阳。湖水轻拍着岸,就像妈妈的手拍着孩子一样。太阳金色的光慷慨地遍洒山河。眼前的美景让她忘了一切。她想,所谓的忘我,就是这种状态了。

她对湖水发生了进一步的兴趣。她低头看着浅水里模糊的自己,自恋地看着,看着发了呆。老曾过来说:"二十年前,你第一次坐我的船,也是这么看着水。不要看啦,你和以前一样,就是头发黄了一点。快来吃饭吧。吃完了就走。"

两个人一起在阿胡子家里吃了粥和加了鸡蛋的面衣饼,就告别阿胡子一家离开了。老曾摇着船,湖上微风飘荡,流水汩汩,沁人心肺。

快到花码头镇,老远就看到码头上站着一个人,站得笔直。稍近了看出这是一位女性,和孔燕妮差不多年纪,不同的是她身上有一副女干部的气场,剪着干练的短得不能再短的头发,背后看像男子一样。她穿一身做工精良的藏青色卡其布改良列宁装。

孔燕妮很远就能感到她凝视的目光。

原来是秧花。除了她还有谁会在码头上久久地等待孔燕妮呢?

孔燕妮上了岸,就跟着秧花走了。秧花和以前不大一样了,以前她总是跟在孔燕妮后面走,现在的她,不由分说,总是健步如飞,走在孔燕妮前面。孔燕妮看着她的背影,想笑,想上前拉住她,像小时候那样,头靠着头,一起唱一首插秧的儿歌。但是她现在对秧花产生了畏惧,不是怕她现今的权势,而是生怕她不高兴,她从小就是一个柔弱的女孩,孔燕妮很了解她。

秧花气场十足,所到之处,大家全都驻足招呼,她一本正经的,爱理不理。她不会愿意和孔燕妮拉着手唱儿歌的,那样的话会削弱她的权威。

两个人先是顺道去了蚕神庙。蚕神是一位彩塑娘娘,凤冠霞帔,坐在帷幔里,一脸和气。秧花给蚕神点起高高的红烛,说:"我们这里还有一个蚕花娘娘庙,去的人就不多。这座蚕神庙香火旺得不得了,所以我们这里的绣娘心灵手巧,别的地方都比不上。"

孔燕妮知道近两年别的地方刺绣业都做上来了,可是今天她不愿意和秧花说这些话,秧花现在说话时,脸上没笑容,她不喜欢看她板着脸说话的样子。

秧花临走时对看庙的那对老夫妇说:"魂放在身上,把庙看好了。"

　　走出庙，孔燕妮笑嘻嘻地问秧花："他们犯过什么错误吗？"

　　秧花一愣："这倒没有。你为啥要这么问。我知道了，你是觉得我态度不好。"

　　"你态度好吗？人家又没犯错误。"

　　"我这么敲打他们，也是为了防止他们犯错误，要是火烛不小心，把庙烧了怎么办？"

　　"如果庙烧了，你会怎样？"

　　"我咒死他们。"

　　老夫妇站在庙门口目送秧花和孔燕妮，孔燕妮回头看了一眼，心里很疼，向着他们挥手，挥了又挥。

　　秧花心细缜密，看得出孔燕妮对她爱理不理的，想起共同的朋友张风毅，心里一软，就想打个圆场，说："孔燕妮老师，好久没听你教导我了。机会难得，你还不开口说话呀？"

　　孔燕妮说："盛情难却，我就教导教导你。你看座上的蚕神娘娘，是不是很厉害？"

　　秧花竖起大拇指："那是这个。"

　　"那你看她的脸上是什么表情？"

　　"和气。"

　　"那就对了。她一和气，我们进来的人看了就舒服。我们大家以前老是紧张，现在好不容易松动了一些，要轻松才是。"

　　"你说的我懂了。"

　　离开蚕神庙，孔燕妮跟着秧花来到她娘家。她娘家在花码头镇中心，一所道观边上。走进去一看，里面放满了绣绷，客厅里、卧室里、廊檐下，除了厨房，别的地方都放着绣绷。绣娘们静悄悄地穿针引线。

两个人坐在厨房里说话，一边喝茶一边吃桂花糖藕、炒栗子、水煮白果。她俩坐得很近，听得见对方鼻子里呼出来的气。秧花小时候的鼻息轻浅而温暖，带着花草一样的气息。现在不同了，她的鼻息粗重而浑浊，也不温暖，透着丝丝凉气。

孔燕妮说："你身体还好吗？"

秧花说："太忙了，累得慌，怎么也要撑住。吴郭蚕桑学会要成立了，他们要我当副会长。手上还有几件大事，办好了，我就不着急了。人要是不着急，心情就会好。心情一好，身体就好。身体好才骂得动人。我要是哪一天骂不动人，就老得没用了，谁还来听我的？"

孔燕妮说："你看，你又来这一套了。我不说你是价值观的问题，我就说你是个女权主义。"

秧花说："我不懂什么叫女权主义，反正我周围的人都得听我的。"

她伸出左手摸一摸孔燕妮编在脑后的辫子，嘴里"哼"了一声说："今年夏天热死人，你还留着这一头长毛？我女儿今年夏天让我剪成个小秃孩。"

孔燕妮穿的是米色灯芯绒小西装领上装，草绿色长裤，浓密的长发归拢在脑后编成一根辫子，显得随意而年轻。她说，"你就别说我了，你这一头短毛也是厚厚实实的。你看你话一多，额上就渗汗。"

秧花朝外面喊了一声："金花，拿面镜子来。"

那个叫金花的女孩子悄没声地拿了一面镜子，放在桌上。秧花对她说:"你出去吧。到库房里去拿两瓶枇杷膏,放在布袋子里,我们走的时候你拿过来。"金花脚步静悄悄,脸上笑吟吟地出去了。

秧花拿起镜子坐到孔燕妮身边,说:"你看看镜子里的两个人,岁数只相差一岁,看上去就像两代人。我就想不明白,张风毅坐了三年牢,你还是那么年轻,一点也不像操心难过的样子。你是不是经常采阳补阴了?"秧花说完哈哈大笑。

孔燕妮说:"你才采阳补阴呢。你家程连长部队里复员没几年就当上了公社干部,你又是有权有势,走到哪里都有人捧着哄着,回家还有固定的人让你采阳补阴——你要的不就是这样的生活?"孔燕妮说完忍俊不禁,前仰后合地也笑起来。

秧花说:"有人捧着哄着是不假,那是我自己的面子。你姐夫老程,他可是一点用处也没有。他最大的本事就是念文件,思想越来越落后。我不去管他的事,我操心的事多了。我要把周围几个刺绣合作社合并成一个总社。以前就是绣枕套、靠垫、床罩,今后要考虑出口加工,增加和服腰带和高档的双面绣。我家里的这些绣娘,是我新招进来的,放在这里考察一下她们手艺如何。手艺好的就带到总社去。对我来说,最重要的事,就是想让茧宝宝'秋繁'成功,这项技术好几个省都在做,还没有成功的。"

孔燕妮问:"你的总社在哪里?"

"在香炉山下。以前是山上寺庙接待流浪人的地方。好大的院子,一直空关着。"秧花垂下眼睛,好像说得累了。她给孔燕妮续了一杯茶,装作不经意地说,"那块地方是张风毅介绍的。我给他写信说了这件事,他就让我拿着他的信找吴郭地区行政专署的一位副专员。香炉山这里,吴郭市革委会管不着,归吴郭地区行政公署管。那位副专员批了字,让我找镇长。这事就这么成了。现在动工了,房上的坏瓦都要换掉,风火墙重新要砌好。院子里一口古井要清淤。倒下的古松不知道能不能扶直了,恐怕不能了……唉,没钱,有钱的话,把房子推倒造新的。"

"我这才知道,张风毅在牢里真够忙的。"

"我听说你也没闲着。你不能老是这么花心血在男人身上,我们这个年纪要开始禁欲了。"

"你是不是觉得禁欲挺美?"

"对女人来说,禁欲是挺美好的。我们这时候禁欲是最好的,外表没年轻时好看了,就得树立女人的尊严和身价。"

"女人禁欲有这么多好处?"

"那当然。像你这样的,还跟年轻时一样浪漫,没别的,就是采阳补阴。"

"那和你有什么关系?你是不是从来没有浪漫过,心情不好?"

"我该浪漫时也浪漫过的。和张风毅谈过一天恋爱,他没告诉你吗?"秧花嗑着瓜子,眼睛看着桌上的瓜子壳。

孔燕妮说:"没有告诉过我。他还和我约定互不隐瞒呢。"

"我好像写信告诉过你。我和他……"

"我没收到你的信。现在我要走了。"

"燕妮,我们有一年没见了。你今晚住到我家去,我们像小时候那样好好说说话。"

"你们都忙着赚钱,忙着迎接发财机会。"

"你来,和我们一起干,一起发财吧。"

"我对你们发财的事没多大兴趣。我有我的事。"

"那你对什么事感兴趣?我就知道你只对你自己感兴趣。"

孔燕妮为了尽早结束这个话题,开始说大话:"我对塑造民族的美好心灵感兴趣。我们的民族要获得沉静高贵的力量，光靠财富是不够的。"

"那靠什么？靠喝西北风啊？你真是想一出是一出的，你就在天上飘着吧。……你不去你奶奶的坟上拔一拔草吗？"

"不去了。她爱长什么草就长什么草。她心大，从来不会计较这些小事。"孔燕妮说走就走，回头对着追来的秧花说，"十八号晚上，我在青云岛上给张风毅接风。你想去就去。"

秧花追上来，把装着枇杷膏的小布袋塞到孔燕妮手里，说："这是今年年初我自己做的。野生胡秃子果加枇杷花，——全是花，一张枇杷叶也没放。你留着自己吃。"

孔燕妮手一甩，"我不喜欢枇杷膏的味道。"

"你什么时候不喜欢的？"

"就现在。"

秧花对着孔燕妮的背影喊："你这个样子，我才不会去青云岛吃你的饭呢。"

孔燕妮和秧花一年没见，谈了那么多复杂有趣的私房话，赚钱、权力、禁欲……却并不愉快，谈得不欢而散。孔燕妮坐在公交车上，想，秧花定然对她是不满意，她对自己也是不满意的。她朝那里一站，看到她的人都会明白这是一个心事重重的女人。她在感情和前途上都进退两难，甚至她无法融入将要到来的社会变革，她与这个暗流涌动的时代毫无共同之处。或者说，她也暗流涌动，但她的暗流只在她的内心，她一个人的暗流。

她已经看到了未来，但这个未来里，没有她。爱情对她来说，现在也是虚幻的东西。她是虚空里的一个人，既不和张风毅站在一起，也不与俞华南站在一起。

她不无自嘲地想，现在唯一能做的事，就是拉客。为十八号晚上青云岛上的宴会邀请客人。当然，她还得把俞华南焐热，这成了她的执念。

到了吴郭城里的汽车站，太阳已落山。西边的天空上，火烧一样的晚霞。

她看见井水亮和罗汉芳夫妇俩从另一辆车子上下来，两个人背着大包小包，一身疲惫，眼睛却闪着贼亮贼亮的光。夫妇俩挥着手向孔燕妮打招呼，慢慢走过来。

罗汉芳打开帆布袋的口，让孔燕妮看，"范思哲的牌子，知道吗？国际大牌。刚进北京。"她说。

孔燕妮摇摇头说："不知道。"

"这是我们到北京去进的货，全是女式花衬衫。你要吗？便宜点给你。五十块钱一件。"

"不要。"

罗汉芳嘁嘁嘴，拉着井水亮走开。

孔燕妮说："十八号张风毅出来，晚上，我在青云岛请客。你们来吧。"

罗汉芳朝她喊："抱歉，我们没空。"她还嘀咕了一声，"真是吃饱了撑的。"她轻轻一句话，把孔燕妮做的努力全部否定了。孔燕妮想了一想，觉得自己是有点吃饱了撑的。她又想，如果她跟着麻春雷干，跟着阿胡子、秧花干，活成罗汉芳佩服的人，罗汉芳就不会说她吃饱了撑的吧？

下车的人很快消失在街道上。

一辆开道的警车从前方缓缓驶来，后面跟着两辆贵宾车。开道的警车上，一位民警手上拿着扩音喇叭，不耐烦地朝路边的行人一迭声地喊："让开，让开。快点让开。听见了没有？"

孔燕妮想到自己要做什么了，她一步跨到路中间，面朝开来的警车。

警车晃了一下，打个趔趄，离她远远地刹住了车。门一开，车上的公安干警举着枪向她跑过来，迅速地给她戴上手铐。

她在公安局预审科做询问笔录，对民警们说：

"往常警车开道，也是拿着喇叭喊的，叫人让开让开。声调不高，心平气和，有时候还加一个请字。今天这位掌喇叭的民警，心浮气躁。那样子就像老百姓都是他敌人似的。他是谁？叫他出来让我看一看。"

那些民警们也没说什么，只对她说，她今晚上不能回家了，要在这里过夜。放还是行政拘留，要明天上午八九点钟才知道。

看着手铐，她终于心情平静下来。闹了一阵，她等的就是现在的平静。人一平静，什么难题都放在了脑后。

她看着对面墙上的钟，一夜没有合眼。看看十二点过了，她想：还有十二天了。会不会以后换成他在外面数着日子等我？

这个"他"指的是张风毅。

然后她想到了俞华南，不知道他现在在浙江的什么地方。

没有想到的是，俞华南第二天一早就出现在孔燕妮面前。他说他出门在外，却总是想着孔燕妮，隐隐地觉得孔燕妮会出危险的事。这种预感越来越强烈。他是相信自己预感的。

于是他昨晚上急忙回了吴郭城。刚到招待所，小汪就让他接电话，一位陌生人给他打的电话，意思是说，孔燕妮拦警车，拘押在市公安局审讯。她违法情节比较轻微，就是影响很不好。考虑到她是吴郭有名望的人物，明天可以把她领出来。但是像她这样的老师，为人师表，不应该这么心浮气躁。难道政府刚给知识分子一点脸面和地位，知识分子就给脸不要脸了吗？神经病。

这位陌生的报信人愤愤说完，"啪"地挂了电话。

俞华南有点明白这位报信人的身份，应该就是公安局的。

俞华南决定去找黄阿兴。他放在门口的"长征"牌自行车没有了，要去找黄阿兴，只能一大早走到他家里。黄阿兴最近两天很高兴，他私下里听说他要调到吴郭行政公署当副专员。听到俞华南说孔燕妮拦车，他吓了一跳，说："哎呀，这太危险了，被车撞了怎么办？我再给公安局打个电话，你去把她领出来吧，让她爸给她做个心理检查。"

和俞华南一起进来的还有孔燕妮的妈妈谢小达。谢小达早上都要打一套二十六式程式太极拳，打到十九式时，一位从公安局退休的拳友告诉她，她的女儿因为拦警车关在市公安局内。

她以前分管过公安系统，说："她是治安违法，属于人民内部矛盾。她手上拿了家伙吗？"

"家伙倒是没有，就一只包。里面衣服什么的。有把手电筒。"

"她是不是出门才回家？"

"你不知道么？"这位拳友这么问她。

谢小达说："没必要知道。我们母女俩互不干扰。"

她心里对女儿有点敬佩，大声说："我这个女儿，只知道谈恋爱，现在总算有了点家国情怀。她拦得好——她不拦，我就要拦了。那些小警察，思想上有旧社会流下来的余毒，有了点小权，吆五喝六，恨不得骑在老百姓头上。"

她哼着《国际歌》回家，翻箱倒柜地找以前穿的西装，穿得整整齐齐地像去接见外宾。老仲说："这是你当吴郭革委会副主任时候穿的衣服。你犯了政治错误，把这个位置丢了。要是我，就不好意思穿了。"

　　她说："是，是我当革委会副主任时候穿的衣服，你记性很好。你看我的身材一点也没变，还瘦了些，穿着衣服有点飘，这样正好。我就是想让衣服有点飘的样子。……满腔的热血已经沸腾，要为真理而斗争。"最后这句歌词她没唱，是晃着头声情并茂朗诵的。

　　"你飘吧。"老仲轻声说，"我当年瞎了眼，被你一搞就搞到床上。害得我也丢了大好前程。"

　　她只当没听到，扬长而去。她先去了局长办公室，站在门口叫："小倪，小倪。"

　　局长秘书跑出来问："你找谁？"

　　"找小倪。他不是你们的局长吗？他是在我手上提拔的。"

　　秘书从上到下把她看了长长的一眼说："倪局长早就调走了。现在是何局长。"

　　她说："什么何（河）局长胡（湖）局长，我当地下党出生入死的时候，他们还在地上玩尿哩。要时刻牢记为人民服务，听到没？你们都要老老实实地为人民服务。"

　　她发了一个脾气，估计对方开始发蒙了，于是就熟门熟路地去找孔燕妮。她在审讯室门口碰到俞华南，马上就从俞华南的身上嗅出一种让她不安的气息，这种气息一般人是嗅不到的，只有她才能嗅出来。有时候并不是真正地嗅到，而是某种发现，或者感知——第六感的感知和发现。

　　她就退后一步，跟在俞华南身后。

俞华南一见孔燕妮就说:"你的行为很奇怪。非常奇怪。这是一个大问题,你昨天夜里有没有想过这个问题?"

孔燕妮说:"我想过了。我是有点奇怪。"

"不仅仅是奇怪,还暴露了你个性上的弱点。"

"什么弱点?"

"你想要的是世界一片净土,这是一种荒唐的理想主义。我们吃了理想主义很多亏了。只要有人,这个世界永远不可能有你幻想中的净土。"

"我知错了。"

"我没觉得你已经知错。"

"那你要我怎样?"

谢小达在旁边听着,结合外面的风传,她已经知道俞华南是谁了。她的手指头一直戳到俞华南的鼻子尖上:"我们家的人,个性上都是这样的。这个不是弱点就是特色。不就是拦个警车吗?有什么了不得?天塌下来啦?"

俞华南被她骂得一哆嗦。

谢小达转头对孔燕妮说,"这个人是你的新男友吗?我看不上他。他和张风毅一样,不是省油的灯。你趁早撂开手,请他滚蛋。"

孔燕妮说:"娘,我这会儿看出你是我的亲娘了。"

俞华南把孔燕妮送回她的家。到了门口,两个人吃了一惊,她家的门没有了,门洞大开,所有的东西都被人搬在门口,想顺手牵羊的人围着东西转来转去,看来看去。还有人闻来闻去。锅碗瓢盆少了起码一半。

走过来王来恩的老婆。她还是那么瘦,一张刻薄的脸上净是僵硬的线条，大嘴一张就吐出一串有毒的话："我家王来恩叫我告诉你，让你搬走是院领导决定的。你不是军医院的人，也不是军医学校的人。你是什么地方的人，就找什么地方给你解决住房问题。你现在找不到什么地方的人给你解决问题，你就等着吧。"

孔燕妮看看俞华南，俞华南也看看孔燕妮，两个人看来看去，突然一齐笑起来。他们笑得这么默契，这么快乐，王来恩的老婆一下子泄了气，愤愤地离开。别的人也溜之大吉。

俞华南对孔燕妮说："你无家可归了。只有我收留你。我从北京过来，为的就是收留你。我来对了。我为了从北京出来，起码做了两年的准备。"

孔燕妮没听懂俞华南最后那句话，眼下她也没心思搞懂他的话。她去大街上叫三轮车，想让三轮车把这些物件搬走。巧的是，她看到了老麻皮。她和老麻皮一说，老麻皮就请车上的客人下来，分文不取，跟着她来了。孔燕妮把屋外的家具物品都交代给老麻皮，告诉他找几个人把东西运到花码头镇，找摇船的老曾，再让老曾找人运到青云岛上的祠堂里。具体放在祠堂里什么位置，听阿胡子调派。

她找出一些衣服，两只包，三双鞋子，装满一只衣箱。又找出好些书、笔记本、各种钢笔，装满另一只衣箱。她让老麻皮把这两箱东西送到市委招待所俞华南住的房间。

然后她就甩着两手，跟着俞华南走了。

俞华南问："刚才你笑什么？"

"我笑的是我无家可归了。你又笑什么？"

"我笑的也是你无家可归了。"

"我拦过警车了。拦过警车以后，我的执念就少了一点，所以我高兴得笑了。"

"那你以后再拦的时候叫上我,我的执念也不少呢,让我和你一起高兴高兴。"

两个人无言地走了一程。

孔燕妮打破了沉默:"我刚才笑的是碰到王来恩这种人,根本就没有斗争的意义。因为他的生活无意义,所以他也得让你一直无意义。如果你去斗了,那就是拳头打在水里,力气用光了也没有用。"

俞华南说:"我笑的也是这种无奈。我早就学会了不与他们缠斗,最多吓唬吓唬他们——喂,你姓什么叫什么干什么的?"

"我明天再去教育局。"

"我明天还有事,不陪你了。"

两个人笑眯眯地又走了一程。俞华南说:"其实是我看你先笑了,我也跟着你笑了。"

"胡说,是你先笑的。"

"好吧,就算我先笑的。"

两个人沉默地走了一段路。俞华南偷偷拉了一拉孔燕妮的手说:"我真想对你说一句话……"

"那你说吧。"

"我对你充满感激……"

"为什么呀?"

"就是刚才,王来恩妻子过来对你耀武扬威。我那时候心里紧张、恐惧、沮丧,不知道怎么应对才好。是骂她?讽刺她?还是上去给她两巴掌?都不合适。这时候你朝我嘴角一挑,眼睛一眯,调皮又可爱。我马上就明白你的意思了。所以我配合着你,一齐笑起来。笑得那个女人下不来台。"

"这有啥。这种把戏我小时候经常干。就是和张风毅这个木脑瓜也干过不少,两个人眼神一碰,哈哈哈哈笑起来,一准把对手笑傻了。"

"我从来没干过,从来没有和别人有过这种默契。这种默契实在是太美好了。你没和我讲过你的事,但我感到你碰到过许多难以解决的困境。你能走到今天,心里还有这么多的快乐流出来,作为你的临时男友,我是最大的受益人。不夸张地讲,和你在一起的这十来天,我的心轻松了不少。"

"你把你的事告诉我吧。"

俞华南没说话。

到了招待所,小汪告诉俞华南,他的自行车还没找到,要不报警吧。现在小偷特别多,不是单干,都是团伙,让公安捉几个杀杀他们的气焰。

俞华南让小汪给孔燕妮开了一个房间,两个人就把她的行李来来回回地搬到她的房间去。这个招待所占地一百多亩。花木掩隐处藏着一座座小楼。从俞华南住的地方到孔燕妮住的地方,要走五分钟的路程,路上落满了银杏果也没人收。

俞华南说:"你看这地上这么多的银杏,不收起来多可惜。可你知道为什么不收吗?"

"不知道。"

"这里的服务员,每个人都有分内的工作,如果去收银杏果,要占用额外的时间和力气。最主要的是,收起来的银杏果,是不能自己留下吃的。如果留下,被人举报了,就是盗窃国家物资。收起来的白果,要归集体所有,最合适的解决方法就是当作职工福利分掉。但是领导们也不想经常这么干,保不准哪天就被人扣上一顶私分国有资产的帽子,连职位也没了。"

"对,就是这个原因。你到处调研,不想解决这个矛盾吗?"

"只要认可人类身上正常的人性,这个矛盾不难解决。但是人类身上正常的人性也有忽高忽低的时候,当集体的人性水平掉到一个低处时,社会怎么宽容理解这一点?你也看到了,目前我们的文明程度落在什么地方?"

"我看到了。所以我昨天夜里总在反思我早上遭遇的问题,我拦警车是不对的。在一个整体文明落后的大环境里,针对一个人、一件事,采取一种激情行为,是毫无用处的。"

"所以说,要改变,就得改变整个社会。下个月,中央要开十一届三中全会,有一些重大的决策,中央工作的重点会从政治工作转移到经济工作,我们的社会从此就会改变了。"

"你说是以后人人有钱了?"

"人人有钱。"

"有些不太在乎钱的人怎么办呢?"

"谁不喜欢钱?"

"譬如我。"

"那你喜欢什么呢?"

"我喜欢谈恋爱。拯救自己的灵魂,再顺便拯救一下别人的灵魂。譬如你。"

"你是个女骗子,专门骗像我这样纯洁的人。"

孔燕妮一步一步走到俞华南眼前,直视他,两个人的鼻子快顶到一块了。俞华南朝后一退,说:"别以为我怕你啊。看在你一夜没睡的份上,我饶了你。不然的话,我就把你扔到床上,让你一天一夜睡不着。"

俞华南说完就跑了。孔燕妮喊道："哼，一个专说大话的小男孩。"

俞华南转过身体，一边倒退着，一边说："我为什么说大话？我告诉你真话，那是我害怕啊。"

"你害怕什么呢？"

"我害怕不知道的东西。"

换了一个陌生的地方睡觉，孔燕妮无法入眠。好不容易挨到十二点才有点睡意，突然一个激灵。"十一天"。她的脑子里自动弹出这个天数。她想，如此地强迫自己，是为了什么呢？想要放弃还是想要寻回？

第十五章

俞华南今天去的地方是航天工业部的一个下属厂，原先在贵州的山沟沟里，现在迁到了吴郭市郊区。工人们都有大厂的骄傲，对现状表示满意，外部世界的改变似乎对他们没有任何影响。厂外的一条街上，有半条街是农民的自由市场，天上飞的、地里长的应有尽有。俞华南在这里看到了一些珍稀的飞禽走兽，有猕猴、灵猫、穿山甲、鸳鸯、小天鹅、蛇雕，一位农民的筐兜里放着十来只小青脚鹬，几个孩子站在装着猫头鹰的笼子边看得入神。俞华南买了两只大竹笼子，购了猕猴、灵猫、穿山甲、小天鹅、鸳鸯、猫头鹰等物，叫了一辆三轮车，朝蓝湖边骑去。

市场上所有的人都在问他："你为什么买这么多东西？放在家里要死掉的。死掉了就不好吃了。"

他说："我不是吃的，家里有人生重病，买了放生祈福的。"

大家恍然大悟。好几个人上来给他帮忙。那位卖小青脚鹬的大爷对他说："既然你是放生的，我这十几只鸟你拿去吧。我不要钱。"

"那怎么好意思？我给你十块钱吧。"

"十块太多了。我拿五块。"

"你家里什么人生病？生的什么病买这么多的活东西放生？"

俞华南想了一想说：

"我给我女朋友放的生，她得的是失魂症，要把她的魂从几千公里外的地方招回来。"

他发现他嘴里说的女朋友其实是两个人，他一个女朋友在缅甸丛林里，不知道什么时候才能魂归故里。还有一个女朋友是刚认识的。刚认识的这个女朋友，初次见面时，他拍着她的额头，说她要失魂了。

"哦，那是有用的。这么一放生，你女朋友的魂马上就回家了。"

"那我可以给自己招魂吗？"

"可以的。可是你一点不像失魂的样子。"

"十块钱你拿着吧。"

"那我不客气了。好心的人，我这把烟袋送给你吧，这是我爷爷传给我的。"

俞华南到了蓝湖边靠着山的地方，把这些野物都放走了。一路上，他引起了当地人的好奇，几个孩子跟着他的车子跑了老远。他坐在三轮车上，跷起二郎腿，一手搂着一只大竹筐。他的衣领下面还插着一把烟袋。

看着小动物们飞的飞，跑的跑，心情轻松到恍惚迷离，原本是为了女朋友们才干的这件事，现在好像是为了自己干的了。他盯着湖水上的太阳沉醉了好久，一只大野鸡从他头顶上飞过，它的翅膀笔直张开，浮游在空气里。有一刹那，它好像停在俞华南头顶上方不动了。它是在炫耀它的美色，那一刻，这只飞禽是如此骄傲，它的羽毛在阳光下流光溢彩，它的华丽就像子弹击中了俞华南的心脏，让他感到窒息一样的痛苦，让他眩晕不已，如在梦中。他想着一天又要过去，这时候想的竟然不是缅甸的女朋友，也不是孔燕妮，而是想到了张风毅。

"算上今天，也只有十一天了。"

想到了张风毅还有十一天出狱，让他有点不自在。后来想明白了，女朋友和孔燕妮，对他来说都是虚幻的，是海市蜃楼。张风毅才是和他志同道合的人，当别人都在为观念和主义争论不休时，他们已成为新生活的创造者。而且他们都深信，只有创造才能带来自由。他们都渴望着自由，张风毅身陷囹圄，却要精神的自由。他自由自在地到处走，却要身体的自由。

"他们都不知道，我的身体没有自由。"他自个儿这么说。

下午回到招待所，他头一件事就是去看孔燕妮，对她说："从今往后，我和你一起等着张风毅。现在，你听我和你说说那天去见张风毅的事。"

张风毅当然不知道俞华南的身份，带着俞华南来的民警只说他是北京来的领导，想看一看吴郭监狱的犯人改造得怎样。

"我改造得很好。"张风毅说，"在牢里把身体也锻炼好了。胃疼的毛病、头疼的毛病通通都好了。我还写了一个剧本，我们的'狱友剧团'已经在排演了。除了想我女朋友，别的一切都好。"

俞华南说："你说得好像到监狱里来度假似的。你还不如到精神病院去，那里还有点自由。"

张风毅从不用恶意揣测别人，但俞华南这句话怎么也不像是一种幽默。在情况不明下，他处理的方式是尽量朝好处理解。他不是个胆小怕事的人，可也犯不着给自己找麻烦。他笑起来。他有点发福，脸上尤为明显，两颊上鼓出两块肉，笑的时候肉挤着嘴角，放不开的样子。但他还是一个英俊的男子，眼神炯炯，气质内敛，精气神异于常人。

俞华南说:"狱中三年。你精神上有没有出现问题?"

"我们经历了太多的艰难,要说精神上一点问题都没有,那是骗人的。奇怪得很,狱中三年,我倒是没有感到精神上的压迫。"

"为什么?"

"因为我解脱了。"

"我们都一样,都在寻找解脱。"

"那就好。我可以把话说下去了……听说你女朋友好长时间没来看你了?"

俞华南描述到这里,孔燕妮说:"俞华南你有病,问这种问题你是心理变态。"

俞华南说:"嗯,我真的有病,至少和张风毅说到那些话的时候。我一直以为自己是个品德不错的人,现在我才知道我不是一个品德好的人。……但我也不是一个品德差的人。经过了那个是非颠倒的年代,我们所有的人都一样,不知高尚是什么样子的。我们要成为高尚的人,首先要知道什么才是高尚。"

"什么是高尚呢?"

"张风毅就是一位高尚的人。他的高尚从他脸上明明白白地透出来。我不会看错人。"

孔燕妮平静了,对俞华南去狱中看张风毅这件事,她一时无法评价。但看到俞华南如此欣赏张风毅,她心里还是感动的。俞华南继续回忆下去。

当时,张风毅听俞华南谈到女朋友,说:"我的女朋友叫孔燕妮。她是好久没来看我了。"

"我认识她。你知道她在外面干了些什么？听说她有了新的男朋友。"

孔燕妮脸色发白，但还是用了很大的勇气说："谢谢你替我坦白了，免得我当面向他说这件事。他是怎么说的？"

"他说，你是自由的，你是自由的人。他没有权力剥夺你的这份自由。"俞华南说，"我和他说了那么多的话，我了解到他是个诚实的人，他不会为了冒充崇高而说谎。他这么说只说明一点，他把你看得比他自己还重要。"

然后俞华南就盯着孔燕妮看，神色不善的样子。

孔燕妮说："你是不是认为，我品行低下，配不上张风毅？"

俞华南说："不是。我在想，我为什么不敢向张风毅承认我是你的新男友。"

"你想出为什么了吗？"

"我想出来了。我不配向他坦白。我还想出来一件事，我是妒忌他，才想让他在牢里多待半天。我只是想和你多半天恋爱的时间。"

孔燕妮回过身来拥抱了他，说："我不会原谅你，但是我敬佩你的坦诚。我要告诉你一件事，我真的配不上张风毅。现在，我想和你讨论另一个问题，高尚违反人性吗？"

俞华南说："孔燕妮老师，这个不用讨论，高尚是真正的人性。因为它利人，也益己。"

"那为什么高尚的人不多呢？"

"因为高尚就像一片大海，我们总是害怕没有船可渡。其实当我们走近这片大海才发现，我们自己就是渡船。"

"好吧，渡船，我们一起去万和糖烟酒店吃一盅黄酒，万和今天恢复堂吃。上回堂吃还是十二年前。"明天是立冬。听说万和糖烟酒店为了庆贺恢复堂吃业务，提早在立冬前酿了冬酿酒供应，这是不寻常的。因为我们吴郭人只有在冬至夜才喝冬酿酒，叫作冬至大如年，又叫吃煞冬至夜。还有半个月才是冬至。"

俞华南哈哈大笑起来，"吴郭真是一个吃喝玩乐、风花雪月的地方。有个问题我想问问你，当年日本人打进吴郭城，吴郭人有没有抵抗？"

"抵抗了，我爷爷那时候就参加了地下抵抗组织，还给抵抗组织供应钱和粮食。吃喝玩乐并不代表着他没有血性。你问完了吗？你相信我说的话吗？渡船。"

"渡船回答你，相信。"

听到俞华南调皮的回答，孔燕妮目光一闪。她也相信俞华南昨天说的话了，他是变得轻松了。那么，她会很快焐热他吗？

路灯亮起。孔燕妮带着俞华南到了万和糖烟酒店，店铺里挤着很多人，店铺外也挤着许多人，大家都是来看热闹的，儿童们跑来跑去，他们从出生起就没见过糖烟酒店的堂吃，今天来开眼界了。

店里的四张小桌子放在当中，没人坐。从上午开门时，四张桌子就放好了，每张桌子上面都放着佐酒的零食，有南瓜子、西瓜子、鱼皮花生、五香蚕豆、山楂卷、麻饼、绿豆糕、芝麻糖。装在旧碗旧碟里。

走来走去的人都看着桌子，没人坐上去。俞华南拉着孔燕妮坐了上去，把烟袋横放在桌子上。他们一坐，马上也有人来坐了。

一眨眼，四张桌子坐满了。

俞华南说："我们喝什么？"

孔燕妮说："零拷的桂花冬酿酒、五加皮酒、米酒、果酒、白酒，我们都要尝尝。"

店里烟糖少，酒多。柜子里摆满了酒，柜子上也摆满了零拷的酒坛子。

店长老刘笑眯眯地说："我们店里做的冬酿酒今天早上卖，中午不到就卖光了。排队排得就像去看日本电影《望乡》。幸亏我还留着一些。"老刘的手指上戴着一只金戒指，是他的香港叔叔回内地带给他的。他平时不戴，怕被小偷把手指剁了抢去，他去总店开会时，一定要戴上的。领导们一边读着文件，一边为这只金戒指发出的光芒而心烦意乱。他今天又戴上了。店里的人说，他的叔叔在香港不过是个工人，可是皮鞋锃亮，浑身香水，衣服上花朵鲜艳得像要掉下地一样，走出来活像旧上海滩上的流氓。

边上有个站着看热闹的小伙子对孔燕妮说："你就是孔燕妮吗？我给你写了好几首诗。"

俞华南说："你把诗拿出来，让我来给你谱成曲子。"

孔燕妮说："你会谱曲吗？"

"我不会，可以学。学起来会很快。"俞华南说，"不算今天，我们还有十一天的时间，我保证给你谱一曲。"

小伙子说："我没带出来。但是我记得。我可以马上背给你们听。不过你得请我坐下来喝一口。我喜欢喝果酒。"

俞华南说："您贵姓？"

小伙子说："我姓江，长江的江。叫江红旗。"

店长老刘说："江红旗，人家问你贵姓，你就得回应免贵姓江。

客人，我们有上好的杨梅酒，洋河酒泡的，价钱有点贵。"

"不妨事。"俞华南说，"你尽管倒上来。"

老刘就把泡着杨梅的酒瓶倒了三大碗放上来。小伙子看了一眼酒，咽一下口水，朗诵道：

> 你从没有见过我，
>
> 我也从没有见过你。
>
> 我不是你，
>
> 你不是我，
>
> 何须相见？
>
> 你从没有爱过我，
>
> 我也从没有爱过你。
>
> 你就是我，
>
> 我就是你，
>
> 何须相恋？

他朗诵完了，大家一片沉默。有个穿着劳动布的工人模样的小伙子说："写的是什么？骗大头鬼啊。"

话音刚落，一位戴眼镜的老人说："他写得很好啊。写得很有哲理，很高级。"

于是大家又沉默。一会儿，又一位小伙子说："这首诗是抄来的。我在什么地方看见过，差不多的。"

江红旗吼叫起来："你说我抄的，我就死给你看。"

他拿起桌上的碗一口喝干，然后把空碗朝自己的头顶上砸过去，他的动作行云流水，一气呵成。碗破了，他的头脸上却干干净净，没有一块碗的残渣。大家朝地上一看，碗的碎碴迸了一地，除了碗底的大块碎片，别的地方都化成差不多大小的碎片。有人喝彩声："好。"

江红旗委屈地哭了，并且说："我好久没有这么哭过了，上一次这么哭还是两年前毛主席逝世的时候。"

老刘拿着扫帚过来扫地，说："哭什么呀？哭哭啼啼，冬天里得关节炎。"

老刘这么一说，马上就有一位妇女附和他的话："我去年立冬那天打碎了一只碗，过了没几天就得上关节炎了。"

她边上有一位妇女说："你那关节炎根本不是立冬那天打碎了一只碗，是一九七二年冬天尼克松访华，你在大街上跳群舞跳出来的。"

大家哄笑起来。

老刘过来说："走吧走吧，不吃酒的人赶快走吧，吃酒的也要赶快了。我们要打烊了。我们接到的通知是七点半打烊。现在九点了。"他听见外面有动静，抬头一看，"不好了，派出所唐所长他们来了。"他悄悄拿下金戒指放在口袋里，弯下腰，疾步走到外面。外面也是一群一群的人，都是吃了晚饭后来看热闹的。唐所长推开面前的人群，喊："老刘，你想干什么？聚众闹事啊？

老刘一个劲地哈腰："今天开了堂吃，大家都是来看热闹的。"

唐所长双手背在后面，捏住电警棍，一边走一边打量经过的每一个人，有人迎着他的目光，有人见了他的目光就躲。他走到一个戴着鸭舌帽的中年人面前，用电警棍捅了捅他的胸口，说："你要是今天晚上敢偷，我明天就把你送到牢里去。"

中年人不说话，把鸭舌帽拉下来遮住脸。

唐所长和他的人巡视了一番,对老刘说:"不许打架闹事,十点前一定要结束。"

老刘说:"马上就到十点了。大家今晚上聚在这里,也是安居乐业的心理,是不是?人要是有吃有喝,天下就太平了。"

唐所长说:"谁说有吃有喝天下就太平了?你个奸商。好吧,不能超过十一点——我明天要被局长骂了。不过我刚才看到局长的妹妹妹夫也在这里,他们休想逃过我的火眼金睛。"

唐所长刚走出人群,人群里就爆发出一阵欢呼声。住在酒家边上的居民,拿出了焰火在空地上放,陆陆续续地又来了许多人,有人看见了棋友,拿出象棋在灯下开始鏖战。有人带来了自家的狗来凑热闹,两条陌生的狗见了面,立刻成了好朋友,引得大家一个劲地逗这两条狗。大多数后来的人并不知道为什么聚集在这里,也不问,只管享受眼下的太平热闹。

老刘见唐所长走了,重新戴上金戒指,说:"我起码有十五年没看到过今晚这种热闹——政府组织的活动除外。大家放心地玩,我豁出去了,舍命陪君子。各位今晚都是君子。"

孔燕妮一个劲地乐,喝一口酒,看一眼俞华南,好像俞华南是她的下酒菜似的。她对俞华南说:"你就是我的菜。"

俞华南睁着空落落的眼,张着无言的嘴,恍惚着,好像没听懂她的话,或者听懂了,不认可这句话。孔燕妮感到俞华南在人群里变得心不在焉了,他的心里开始厌倦了吗?这是他的祖籍之地,他不是说过要感受这些风土人情吗?

孔燕妮选择无视俞华南的恍惚,说:"我今晚明白一件事,我们想成为高尚的人,首先要成为正常的人。我们要尝试各种方法,努力成为正常人。致富,是一种方法。教育,是一种方法。今晚的狂欢，也是一种方法。"

老刘今晚真的豁出去了，过了十二点才吆喝着打烊。酒店对面是人民广场，当广场上的大钟敲了十二下，孔燕妮和俞华南对视一眼，彼此明白，什么都不用说，一切尽在不言中。

俞华南放在桌上的烟袋没有了。

两人原路返回招待所，一路上灯光昏暗，地面的铺石凹凸不平，虽是吴郭的市中心，街道两旁的民居低矮陈旧，屋前屋后散落着垃圾，此时街道鸦雀无声，毫无活气。与刚才的狂欢对照，就如冰火两重天。

孔燕妮说："我今天上午——不，是昨天上午去了教育局，碰到一位和你差不多大的男同胞。他带着我跑了五六个办公室，总算有个领导说，你就是孔燕妮啊，传说中你是三头六臂嘛，原来长得和我们一样。今天几号，哦，八号。那么，十八号你去工读学校报到吧。"

俞华南听了轻轻一笑。十八号，也是张风毅出狱的日子。无巧不成书。

孔燕妮说："那位男同胞，长得和你真像。"

俞华南问："你不会又爱上他了吧？"

"会。"

"你爱上人实在太容易了。"

"我特别焦躁的时候，就容易爱上人。"

"你现在很焦躁吗？"

"我现在很焦躁。我是这么想的，大家想的都是怎么改变物质生活，对于精神的改变没人感兴趣。"

"作为一位女士，你考虑得太多了。其实你最应该做的就是安心地结婚、生孩子。你得快点生,不然岁数太大,生不出来了。等我们把物质的事情做完,你再接着做你的精神启蒙。这样,从物质文明到精神文明,我们什么都有了。"

"我和谁生孩子?"

"你想和谁生,就和谁生。"

"我想和你生。"

俞华南听了高兴得笑出声,路边一家人家的破窗户里传出一声冷嘲:"流氓。"

孔燕妮压低了声音在俞华南耳边说:"你到我的房间吧。我采了一束野菊花,跟小汪要了一只花瓶,插好放在房边。我们一边说话,一边欣赏菊花。"

俞华南说:"这是我们今天的议题吗? 我们好久好久没有议题了。我对这个议题的回答是否定的。你这么咄咄逼人,把我当成什么了? 我是一块红烧肉吗?"俞华南说完,得意地笑起来。他从来没有开过这样的玩笑。红烧肉? 太有趣了,奇思妙想。当一个人有了奇思妙想时,那些高屋建瓴的哲思就显得无足轻重了。

第十六章

　　昨天晚上，还有一个人过得风生水起、充满戏剧性，那就是肖恩。昨天上午，他先在吴郭的市中心游逛，刚开始走得很快，后来就越走越慢，最后就停下来走不动了。原来，围观他的群众把他层层包围在当中，他看了一下，起码有两百人。他有点害怕，后来发觉群众没有恶意，他们只是对他无比的好奇。粉红潮湿的太阳挂在天空，他的脸也是粉红潮湿的。好多人指着他异国的脸。

　　突然他在人群里看见了老隐，他记性极好，记得老隐在黄拉林家里见到的，喜欢养菖蒲，会吹口琴。名字叫王仁平。但大家都叫他老隐，说他有隐居的念想，追求陶渊明或者竹林七贤的生活方式，肖恩那天还听说中国传统的读书人都有隐居的念想，作为一位美国的大学教授，他很不理解这一点。

　　"老隐。"他挥着手大喊。群众们吓了一跳，潮水一样地往后退，露出老隐，他像一条搁浅的鱼。他想逃走，来不及了。肖恩一把抓住他，说："老隐。你叫王仁平。"

　　老隐擦擦额头上的冷汗说："哦，我们见过的。我认出来了。"

　　"你带我走。"

　　"到哪里去？"

　　"到你家去。"

　　老隐就带着肖恩走了。一路上，老隐还带着他去万和糖烟酒店排队买了零拷的冬酿酒。因为有老隐招呼着，围观肖恩的人给面子，大多数人看看就走了。

肖恩见到店里在摆桌子，想坐下来喝酒，老隐不让，说："我最怕到这种地方来抛头露面。你想留下你就留下吧，我得走了。"

肖恩只好跟在老隐后面。老隐一路上给肖恩解释冬至这个节日的由来，解释中国人的阴历和阳历有什么不同，阴历里各个节气的科学论证，黄河流域与长江流域在阴历节气里的生活差别。

肖恩说："你知识太丰富了。"

到了老隐的家，肖恩一见到老隐的各种古今玩意儿，眼睛发亮，说："哦，一位东方知识分子的趣味。"

老隐住在一条小巷子里，独门独院，独身，养着一条收留的流浪土狗，这条土狗叫水根。据他考证，水根是天佑的后代，天佑是孔燕妮奶奶高大进收养的一条流浪狗。他给肖恩介绍了水根，说这条狗脾气很大，喜欢生气，拿它没办法。它生气的原因是各种各样的，譬如老隐不让它吃掉蜜蜂，而它非要吃掉不可，因为蜜蜂把它碗里的米粒吃掉了半粒。

老隐对肖恩说："蜜蜂是不吃米饭的，它如果叮着一粒米吃，那是快饿死了。还有，我要是回家太晚了，它也会生气不理我。我回家不和它先打招呼，它也不理我。我不当心踢了它的狗窝一脚，它更生气。"

老隐的院子里和屋里，到处放着一盆盆菖蒲。盛菖蒲的有各种大大小小的器皿，大到一只磨盘，小到一只烟盒。石盆、瓷盆、陶盆、木盆、玻璃盆、铁盆、铜盆，凡是能当盆的，都盛了菖蒲。盆子们形状各异。光是木盆，就由十几个妖娆的树根雕成。石盆的品种是最多的，各种质地，有汉白玉盆、青石盆、黄玉石盆、金山石盆、石英石盆……除了人工做的石盆，种着菖蒲的天然石头最引人注目。有一只小盆景是紫水晶洞，泛着晶莹的紫光，衬着鲜绿的银边菖蒲。

"园林风景学会要成立了，他们让我加入，我不去。他们在一起就要互相斗的，就像放在虫盆里的蟋蟀一样，要斗出输赢。"老隐说。

肖恩看了许多，只对一只痰盂盆感兴趣。他问这只痰盂是干什么的，老隐说痰盂是盛回龙汤的。肖恩不知回龙汤是什么，看老隐的神色，好像不便马上追问。这只痰盂里种着一撮虎须菖蒲。老隐凑近肖恩飞快地说："这撮菖蒲像不像人的阴毛？"说完马上后退一步，没等肖恩反应过来，老隐就转移了话题，"农历四月十四日，是菖蒲生日。"

肖恩哈哈大笑，随口问了一句："那你是什么时候生日呢？"

老隐张口结舌回答不了。但他转而说了别的生日：

"张大帝生日二月八日，

赵公元帅生日二月十五日，

白龙生日三月十八日，

蛇王生日四月十二日，

关帝生日五月十三日，

灶王生日八月初三日，

弥陀生日十一月十七日。

荷花生日六月二十四日，

稻生日八月二十四日……"

肖恩开始对老隐感兴趣，他问了老隐很多个人问题。譬如，他的太太和他一起生活了多少年？太太哪一年去世的？他是哪一年从大学毕业去教书的？他什么时候被学校开除的？老隐都回答不出来。问他喜欢听什么乐曲，他想了半天才说："都喜欢。脑子里老是有两只拳头左右打架，没有想法时，两只拳头相安无事，只要有想法，两只拳头马上成为对立面。是非无所谓，它们就是要成为敌人。"

肖恩吃惊得拖出了舌头，转过来问别的事。他发现只要不问他个人的事，别的事他都能回答，他甚至能记得他以前的校长喜欢喝龙井茶。

老隐点上四根蜡烛放在院子里，他的蜡烛台都古色古香。烛光摇曳，他把石桌上的菖蒲挪到地上，放上两只没洗干净的茶杯，一人倒上一杯冬酿酒。喝了一会儿，他到屋里端出两大碗刚烧好的食物，一碗是水煮鸡蛋，带壳的。另一碗是水煮花生，也是带壳的。这就是他俩今晚的过节菜肴。好在肖恩也不讲究，拿起鸡蛋就剥着吃，直说好吃。

肖恩酒量浅。冬酿酒其实只有四五度，但他总觉得这种神秘的飘着桂花香的糯米酒里，藏着令他害怕的东方能量，他刚喝了两杯就晕头转向。他开始问孔燕妮的事，他对她念念不忘。老隐暗地里松了一口气。关于孔燕妮，他知道得挺多，几乎有问必答。

肖恩从老隐这里知道了孔燕妮无数的往事，包括她十五岁时被一位叫赵大伟的体育老师侵犯。她和张风毅、杜克的恋爱，她去农村中学教书和行医，在那里有过一次割腕自杀。还有她的奶奶高大进，爷爷柳家骥，都是自杀身亡的。所以孔燕妮将来有可能自杀——但也说不定，因为柳家骥与高大进和孔燕妮没有血缘关系。他们家很复杂。

肖恩听得津津有味。

最后，老隐从屋里小心地托着一个木盘出来，上面放着一个小布袋。他把木盘放到桌子上，慢慢打开小布袋，出现一条女人的花短裤。肖恩受了惊吓，身子一晃，差点跌倒。他睁开眼睛好奇地再看这条花短裤，小小的平脚短裤，裤腰上还缝了一只粉色蝴蝶结。

老隐指着蝴蝶结说："这是我缝上去的。"

"这是你太太的短裤？"

"不是，我的太太早死了，是被人害死的。这是孔燕妮的短裤。我偷来的。"

"你这么老了，没想到内心还这么狂野。我很能理解你的心情，爱慕一位女性并不是罪过……但我还是接受不了……"

"你有啥不能接受呢？"

"……我觉得你不能偷东西。"

"这是她不穿了扔掉的。"

"真是她扔掉的？"

"真的。"

"那你说说怎么得到这条短裤的？"

"我捡的……"

两个人面对面坐着，陷入沉默。空气中的露水扑了他们一头一脸，肖恩抹了一把脸，他本想在这里多坐一会儿，他喜欢这座小院子里的东方情调，但他现在觉得气氛尴尬，应该回去了。他说："老隐，我要回宾馆了。我虽说是吴郭邀请来的，但也得遵守和你们的约定，我不能太晚回宾馆。太晚的话，他们会派人查我的行程。"

老隐打了个寒战,没吭声,眼睛盯着花短裤看。肖恩安慰他:"老隐,你偷花短裤的事,我不会和别人讲的。我想你是值得原谅的。"

老隐还是不吭声,拿着花短裤出门去了。肖恩想,他也许是害羞了,想把花短裤扔到外面什么地方去。那就等他回来告别了再走。

没想到老隐走了有半个小时,正当肖恩独坐感到害怕时,老隐回来了,后面带着三位派出所民警。两位年龄大的,一位年龄轻的。年龄轻的民警走在最前面,一进门他就问肖恩:"你是美国人?你的护照拿出来看看。"

他拿着手电筒,把肖恩的护照仔细看了一遍,又拿手电筒照着肖恩的脸,仔细看了一遍。肖恩说:"请你对我尊重一些。"

"这位老隐同志告你调戏妇女。"

"我从进来到现在,没见到妇女。"

年轻的民警把手电筒光打到老隐的脸上,老隐赶紧用手去挡。

年轻的民警问老隐:"你说这美国人调戏妇女,被调戏的当事人呢?"

老隐文质彬彬地说:"稍等,我去请她来。"

他出了门,听到他在敲隔壁的门,隔壁的门开了,他好像在低声说什么。然后就过来一位中年妇女,那妇女冷冷地看了肖恩一眼,随随便便地说了一句:"就是他。"

肖恩说:"女士,我没见过你。"

老隐说:"见过的。我给你开门的时候,她正好也出来,你看了她一眼。"

肖恩说:"我想起来了,见过。就看了一眼。"

老隐说:"你这是精神调戏。"

那位中年妇女打了一个哈欠说:"好了,我回家睡了。王仁平,我帮了你忙，你心里有数啊。"

中年妇女走后，年轻的民警火气大起来，把手电筒夹到腋下，从另一边的腋下抽出电警棍，指着老隐呵斥道："什么心里有数？快说，你到底是怎么回事？"

老隐突然身子矮了下去，他朝着年轻的民警弯曲了膝盖，颤颤巍巍地想跪下。这一幕惹怒了肖恩，他飞起一脚，没想到踢在年轻民警的裆里，他一愣。年轻民警"哎哟"一声，双手去捂裤裆，电警棍和手电筒一齐掉在地上。也许是掉落的声音激起了年轻民警的防御本能，他上前一把抓住肖恩扭打起来。

四根蜡烛一下子灭掉了三根。

两位老民警互相看了一眼，准备上前三打一。

老隐着急地喊："不要打，他是国际友人，他是国际友人。"

两位老民警不再上前，止步观望。

国际友人和年轻民警的扭打演变成为男性之间的攻击，他们像美洲公原驼打架一样，专踢对方的裤裆。

最后，两位老民警上来拉开两人，让肖恩去一趟派出所做笔录。做完笔录后，屋外走进来派出所所长，他问了情况后，对肖恩说："王仁平同志因为在一九六八年受到过严重的精神刺激，他说过的话，做过的事，只要不是危害很大，一律不予追究。派出所的其他民警不了解情况。你们回去吧。"

大家后来知道，一九七八年立冬这一晚很不寻常，吴郭市内到处都有事情发生，各个派出所都出了警。

两个人走到派出所外面，老隐苦着脸站在那儿，不敢看肖恩，好久才说："你怎么敢袭警？这下罪名大了，我没想到……我在做什么？都怪我有下流思想。我想哭，可是哭不出来。"

肖恩说："你不需要哭，懂不懂？你只是喜欢一位女性而已，这没有什么，不是耻辱。至于报警，我原谅你了。你放轻松一点，不要有心理负担。"

街道两旁的屋子里，大大小小的钟一齐敲起来，敲完，就是十二点过了，新的一天来到。这世上所有的人，不管是等人的、被等的，不管受过创伤的，还是正在经受创伤的……时间一视同仁地把他们推到新的一天。

新的一天，机会并不均等。活着，看到太阳升起，云朵在天上流卷，就是老天最大的恩惠。

第十七章

第二天上午老隐到招待所找孔燕妮，给孔燕妮送来肖恩写的一封信。

孔燕妮看到老隐手里端着一只小砂锅，好奇地问了一句。

砂锅里本来盛着老隐给肖恩做的黑米蒸肉圆，现在是空的了。为了给肖恩做这道菜，他早上四点钟起床，泡上黑米，黑米要泡上两小时。然后他去菜场排队买猪肉。队伍一如既往地排得很长，耐心就像老茧在血管里越结越大，直至成为活塞。他排了一个小时的队，买了半斤很肥的夹心肉，拿回家剁得不粗不细，放在案板上"养"片刻。猪肉剁得太细了嚼上去没劲道，没滋味。太粗了不雅致，嚼着费力。他把黑米和猪肉两样东西和在一起，放上姜末和葱花，上屉蒸七八分钟，再放进小砂锅里，淋上少许酱汁，文火烧三分钟，这道菜就成了。

吴郭的男男女女大都是美食家，不仅会吃，也会弄菜。吃不仅和灵魂紧密相连，还和口袋里的钱紧密相连。这也是吴郭人喜欢赚钱的原因。时代在变，吴郭的一些人现在不这么想，他们更迷恋空洞的理想和危险的激情。譬如孔燕妮的妈妈谢小达，她年轻时也挺风流，后来摇身一变，成了一个禁欲主义者，而且她对吴郭人的物质享受嗤之以鼻。秧花也早早地禁欲了。对秧花来说，只要不是生孩子，性欲就是无用的，可以像割盲肠一样舍去。还有杜克，可怜的杜克，他消失得这么突然。他其实拥有了许多别人无法拥有的物质生活，一边享受着丰厚的物质，一边反对别人追求物质。

在精神和物质两者之中，孔燕妮的态度是摇摆不定的。正像她自己说的，她现在处在十字路口，她的思想、感情、工作……都在十字路口。一个处在十字路口的女人，还有着焐热一个男人的雄心，不能不说她是个奇特的人。

孔燕妮听了老隐做肉圆的过程，不置可否。她不喜欢做这些东西，但喜欢吃这些东西。喜欢吃这些东西，不等于她对物质享受津津乐道。这个并不矛盾，她喜欢男人，不等于她想当男人。

老隐说了肉圆，继续说肉圆后来的事。他到宾馆时，肖恩已起身了，正在给孔燕妮写信。他放下信，一口气把老隐做的十只肉圆全部吃下肚，把老隐看得叫了一声妈。肖恩对老隐的态度很不明白，问："难道你带来不是让我吃的吗？"

老隐说："不是让你全吃光的。按照中国人的规矩，你不能全吃光，你得留下一只或者两只让我带回去。"

肖恩说："对不起。"

所以，老隐到招待所里时，手上的小砂锅散发着肉香，却是空的。老隐对孔燕妮说："对不起。"

老隐对孔燕妮说了对不起后，话题又回到肉圆上。他说黑米蒸肉圆是补肾的，肖恩的肾可能被小警察打坏了。男人的肾最要紧，他自己的肾就是被人打坏的。

他对肖恩心存感激。他这辈子没有人原谅过他。肖恩看到他的下作、告密，却原谅他。他心里涌起一个不太寻常的念头，他要把短裤的事告诉孔燕妮，请求她的原谅，然后他就是一个轻松快乐的人了。不过他后来没有做这件事，他觉得孔燕妮绝对不可能原谅他。

孔燕妮对他说："老隐，你做的肉圆我吃过，一咬一包油，喉咙口被油腻得话都说不出来。这种肉圆要少吃，吃多了不是补肾，是伤肾的。你这么做肉圆是不科学的，要多放瘦肉。"

老隐说："谁说的？"

"柳爷爷说的。后来我爸也这么说。"

"他们都是有钱人。"

老隐摇着头走了，他内心不喜欢的人很多，包括柳爷爷和孔朝山。他走后，孔燕妮展开肖恩的信，上面写道：

> 孔燕妮女士您好：
>
> 我本来是想今天找到您，一起聊聊天。但是发生了一件不愉快的事，我昨天夜里在老隐家里，和一位年轻警官打了起来，是我先动的手。我太冲动了。我在派出所录了口供。今天早上我接到大使馆电话，我在中国成了不受欢迎的人，大使馆让我马上回国。
>
> 请您多关心王仁平先生，他爱护动物，爱护植物，他是一个善良的人。但是他的精神状况不太好，他需要专业的医生治疗。我回美国后，如果他需要，可以通过您来找我，二战后，美国这方面的治疗积累了许多有益的经验。我的地址写在这封信的背后。
>
> 我想说的话太多了。
>
> 我爸爸是美国人。我妈妈是中国人，她说她祖籍在吴郭市。她出生在美国，六岁时，双亲亡故，被一家日裔美国家庭收养，

住在加利福尼亚。一九四一年十二月七日珍珠港事件爆发后，美国政府把居住在太平洋沿岸的十一万日裔美国人统统赶进了隔离点。我的爸爸就是这时候和我妈妈认识的。他是隔离点守卫的美国大兵。隔离点，我们把它叫作集中营。关在这里的日裔美国人，大部分都有家庭，有工作，有社保，有存款。到了这里也就失去了一切，没有人身自由，每天都干着繁重的体力活。

我爸爸就在这个时候帮助了我妈妈，他替我妈妈找到了她的中国哥哥和嫂子，他们愿意以至亲身份把她从集中营领回家。

我妈妈回到中国家庭不久，就与我爸爸结婚了，然后生下了我。他们只有我一个孩子。

二战结束后，我妈妈把她日本的养父母接到身边，帮助养父母一家人重新建立生活。她的日本大哥参加了美国部队，战死在冲绳岛战役中。

我会说三种语言，英语、日语、中文。我在大学教书，我也写作。我写的不是号叫、叛逆和垮掉的那种，我宣扬人类之爱。因为我从小就在国际大家庭里长大，体会到的是深爱和互助。

下次再来吴郭，我要去寻我妈妈的根。我要学吴郭方言，吴郭方言太美了。我走遍全世界，找不到比它更美的语言。

您邀请我十八号去青云岛，我真想去。可惜不能实现了。

再见！

肖恩

一九七八年十一月九日上午

孔燕妮只好叹气。张风毅还有十天出狱。大家为着各种事情忙碌，等他出来的人越来越少，孔燕妮在青云岛为他摆的接风宴席不断有人退出。她最悲哀的事,是俞华南还有九天退出她的生活。

她问老隐:"我刚才没仔细问你。肖恩怎么会去了你家?小警察怎么就会夜里到你家找肖恩?他们为了什么打起来了?"

老隐诚实地一五一十地把前因后果告诉了孔燕妮。在他的不咸不淡的叙述中,他就像一位灵魂出窍的旁观者。他作为旁观者看着别人打架,看着别人去派出所揭发肖恩。因为是旁观者,所以他记得很清楚,描述的时候事无巨细,连打架时蜡烛灭了三根都说了。

他唯独没有说明那条短裤是他拿来冒充孔燕妮穿过的,他只说是他捡来的,觉得好看,就藏起来了。当时冬酿酒喝得多了,头脑发昏,就把短裤拿出来展示。肖恩批评他时,他恼了,羞了,于是去派出所揭发肖恩。

孔燕妮对老隐说:"你怎么能那么做呢?"

老隐冷静地检讨说:"我很下流。我太下流了。我是个老不要脸的东西。我的思想就一直没有改造好。"

"我说的是你到派出所报案。"

"这就是下流引起的一系列事件。"

孔燕妮忽然问:"短裤真是你捡的吗?"

老隐从不过于坚持自己的立场,被孔燕妮冷不丁地一问,他忽然就忘了短裤是捡的,感到这条短裤就是偷来的,好像偷的是孔燕妮的。他就问孔燕妮:"短裤是你的吗?我怎么觉得是你的。我还给你。"

孔燕妮说不下去了。老隐就是一个站在悬崖边上的人,一阵风来都会把他吹下山去。她别无选择,只有后退。她脸上紧张的表情一退,老隐就感觉到了。他显出绝处生还的侥幸样子说:

"你太好了，你和肖恩一样好。"

"我刚才那么逼你，好在哪里呢？"孔燕妮不好意思地说。

"你看到了我内心的羞愧，你不说出来，而且你原谅了我的无耻，让我心里感到特别轻松。"

孔燕妮坐下来写了一封信，她是写给老隐的。孔燕妮写的信很简单：

> 老隐，我从来不穿花短裤，所以不是我的。另外，不要总是责备自己。我们受到的责备还少吗？肖恩原谅了你，你也要原谅自己。我们都是平凡的人，平凡的人，要学会原谅自己。原谅了自己，才能够原谅别人。

她写好后折叠成一只燕子形状，对老隐说："这是给你写的，你不要现在看。到家后再看。"

老隐拿着信，低声说："十八号我也不能去青云岛。等我原谅了自己，我再去见张风毅。"

他把信塞进裤子口袋里，低头走了。回去想，活着真是太累了，从来找不到正确的事做。不如上吊自杀吧。

他四处找绳子，他的狗高高兴兴地跟在他后面东嗅西嗅。后来一位邻居上门借小铲子，狗叫了两声，两个人一说话，他就忘了自杀。

孔燕妮给他的信，他也忘记看，时间长了就不记得了，塞在裤子口袋里，洗的时候泡在水里泡烂了。他的日子还像以前那样过，丢三落四、语无伦次，过了没几天，肖恩和孔燕妮就被他忘到了脑后。但他有一种情绪永远忘不了，就是自我埋怨。自我埋怨的时候就是自我评价极低的时候。他经常对自己说："你就是一堆臭狗屎。"

说了以后,他会想一阵,想这句话刚开始是谁对他说的。他从爷爷奶奶身上想起,一直到爸爸妈妈、兄弟姐妹、老师、同学、同事……不是他们说的,他确定。

那是谁说的呢?是谁第一个这么说的?

他快想破脑袋了。

孔燕妮后来也没有特意去看过老隐,她根本没有时间去关心老隐,她倒是闪过一个念头,把定彩从乡下接过来,让她和老隐住在一起互相照应。定彩是柳爷爷喜欢过的女人,照谢小达说,那是被柳爷爷染指过的女人。柳爷爷自杀后,定彩就回到了自己的家乡,和父母住在一起,父母去世后,和哥嫂在一起,也不结婚。

孔燕妮把这个念头放下。过了几个小时,她发现自己还在想着这件事,就到电报局打长途电话。给乡下打电话很不方便,她先打到公社,公社再接大队,大队那里马上就有人接了,先问:"你是谁?"

孔燕妮说:"我说了你也不知道。我找四小队的陈定彩,她以前在吴郭城的柳家干过活。"

那边说:"哦,知道。你定个时间再打过来,到时候我通知她来等着接电话。"

"那下午三点钟我再打过来。"

"不行,三点钟我们都要回家烧晚饭了。下午一点钟我让她过来接电话。"

旁边有人哇啦哇啦地说话。这接电话的人说:"你不要打电话了,她不会接你的电话,你有空过来看看她吧,她过得是我们这里最惨的一个。"

"她怎么啦？"

"发神经病，说要替姓柳的守节。又没人要她，不守节也没办法。后来又说要去找姓柳的，把自己和房子一起烧了。她老说要烧房子，说了多少年，这次真把房子烧了。还好自己没烧死，说也奇怪，把房子烧了，她的毛病倒好了，头脑清楚，就是只能躺在床上，起不来。"

孔燕妮手里拿着话筒，无声地流下眼泪。柳爷爷当年就是自焚的，定彩是亲眼见的，她想救，没救得成。一个大活人，就像一堆柴火那样烧起来。这些年她没有忘，当年的情景时时压迫着她，让她不得轻松。长年累月地紧张着，除非有金刚不坏之身，肉体凡胎都经受不住。

孔燕妮想：多少人的心里都刻着当年的情景，要是每个人都能放一把火，中国要烧掉大半。烧掉大半个中国就能让人安稳吗？恐怕不能。要解决问题，还得朝前走，无路可退。

她打消了让定彩和老隐在一起互相照顾的念头，他俩要是在一起的话，空气都会变成石头的。

孔燕妮打了电话，走出电报局，突然很疲倦，特别想抽一口烟，就坐到街沿上，不紧不慢地从口袋里掏出半包"中华"牌香烟，这烟还是那天晚上在黄拉林办的晚会上拿的。她旁若无人地吞云吐雾，走过的人对她都侧目而视。她顾不上看别人的脸色，她身边的人，他们身上发生的事，多多少少都牵涉到她。他们就像一口口黑暗的井，吸收她的热量，让她恐慌和疲惫。每当这个时候，她就想在什么人身上吸收一点能量。想来想去，一个人也找不到，每个人都有自己需要解决的事。

也就在这种时候，她对俞华南没有执念，不想焐热他，也不想见他。

第十八章

孔燕妮的妈妈谢小达最近自我评价也不高,为此心里总想着做一点什么事。而且她有不好的感觉,她觉得自己命不长了,冥冥之中有一股力量把她朝地狱里拉。每回她看到屠夫的切肉刀、公交车的车轮子、农民的镰刀……反正一切可以夺命的东西,都有一种拉力吸引她,呼唤着她把头颅送上去。

她对老仲说:"老仲,我好像要死了。我不怕死。临死前我要为人民做点好事。"

老仲说:"你为自己做点好事吧,你为我做点好事吧……去省城找孔朝山看看精神病吧。"

老仲回家得越来越晚了。十一月九号中午,谢小达忽发奇想,她跟踪老仲走到一家人家。看着老仲走进石库门,消失在里面。她站在门外寻思了一番,觉得自己反正是快死的人,顾不得体面了。她就走了进去,一进门就是一个小天井,她站在狭窄的天井里,不知道老仲进的是哪家。这时听到天井边上一间厢房里传出一位女子嗲嗲的声音:"仲,你给我把被子晾到天井里晒晒。晾好就进来呀,我们要吃午饭啦。"

老仲抱着被子从屋里出来,被子太大,他看不见谢小达,也看不见路,下台阶时差点扭了脚,幸好谢小达扶了他一把。谢小达刚把他扶正,顺势就一把捃住了老仲的五根手指。年轻的时候,她去女子伐木队里挂职过,她的手非常有力气。老仲痛得喊起来,扔下被子,看见谢小达笑嘻嘻的脸,喊得更响了。那个女人在里屋里说:"仲,你喊个啥呀?你见了鬼了。"

谢小达一步跨进屋里,说:"我就是鬼。"她飞快地一个巴掌搁到女人的脸上,说:"仲?我让你的脸肿起来。"

那女人正在屋里的小锅上煎带鱼,挨了一巴掌,拎起小锅就把它砸到地上。她没敢砸谢小达,砸到地上,也是表达对泼妇的反抗了。然后她一把扯下围裙,扬长而去,临走时对老仲翻了个白眼说:"仲,你怎么这样不小心?这个事情你解决吧。快点解决你家黄面孔老女人,不然你就别来了。"

谢小达看见地上的火钳,拿起来劈头盖脸地朝老仲打过去,骂道:"你搞的这个女人,一看就是个暗门子娼妇,还烫着刘海,穿着的确良衬衫,胸罩都看得一清二楚,这么冷的天,怎么冷不死她。"

老仲被她打得抱头鼠窜,嘴却不买账:"冷死也比你好,你看看你穿的是什么?一件破夹袄,上面都是油渍。孤寡老人穿得都比你像个人。"

"你污蔑我……让你污蔑我。你看看你的裤裆,纽扣都没有扣好。你们大白天的就搞上了,搞完了还吃煎带鱼。我让你吃,让你吃……"

老仲说:"你看看你,一副神经病的样子。叫你到省城找你前夫看病,你还不去。"

谢小达打闹了一通走出来,对自己的评价更低了。她咳了几声,又打了个喷嚏,突然发觉裤裆里一热,有几滴热尿不由自主滴出来。"老了,打喷嚏把尿都打了出来。以后不能这么又打又闹的。"她想。

她喉咙哽咽，欲哭无泪。想怎么就落到了这个地步，无聊的生活、混吃等死、捉奸……最大的问题在于她每天都要打程式太极拳，她从来没有喜欢过太极拳，但她又不得不打太极拳，因为住在她这一片的退休干部都打太极拳。太极拳，就是这些退休干部的接头暗号，有了这个暗号，接上头，他们才是一伙自己人。

没有谁知道，其实她根本不想把这些人当自己人。

她在此享受某种待遇——自己人的待遇。这里的退休干部们，都还记得她风光一时的时候，记得她说过的一些话，做过的一些事。甚至，还有人记得她无意中洒下的恩惠。她恨不得与他们形影不离，可这是多么的不现实。早上打完太极拳，大家就各自回家。她大部分时间要面对不尊重她的丈夫老仲，不了解她的婆婆、老仲前妻、老仲与前妻的儿子、儿媳……

"我是一具行尸走肉啊！白白地拿了人民的工资。"

她的身体和灵魂背负着她过低的评价，沉重地缓缓而行，不期然走到了吴郭市革命委员会的大院子门口。一九四九年它是吴郭市人民政府，一九六八年到现在，它叫吴郭市革命委员会……它和名称也许还会变，但不管它怎样变来变去，它是吴郭最高的权力机构。她曾经是里面的一员，现在她只能怀着沉重的心情望着它。

她一望，望出了问题：门口多出了一个水泥高墩子，张着大伞。墩子上面站着一位解放军战士，战士身板挺直，目不斜视，手上背着枪。她大摇大摆地走了进去，也没人拦她。

她走到黄阿兴的办公室，看见黄阿兴，一屁股坐到他对面，说："阿兴，我现在过得生不如死。"

黄阿兴连忙站起来欠一欠身体，又坐下来："说这句话多不吉利，大家的好日子在后面呢。"

"阿兴啊,我一辈子革命,为的是人民翻身做主。谁料想人民政府的门口用上枪了,那位解放军的枪里有子弹吧?"

黄阿兴额头上的冷汗都冒出来了,打了一个电话,放下电话小心地说:"我问过了,枪里没子弹。解放军站岗,就是搞个形式,吓吓小偷。前阵子我们机关里被小偷偷了不少东西去,连打字机都偷了。"

"黄阿兴,我走进来到现在,你没称呼我。难道我没名没姓吗?"

"我怎么敢称呼您姓名?"

"那你总得称呼我吧?"

"谢……副主任,不,孔燕妮妈妈……不是,谢阿姨。老天啊,我也不知道怎么称呼您。"

"叫我谢老师。我是知识分子。我是一个有头脑有责任心的知识分子。"谢小达的脸上露出笑容。知识分子这个名词加在她的姓名上,使她说不出的愉快。她觉得知识分子这个名词蒙受了许多污垢,她的名字一加上去,等于把知识分子洗干净了。

"谢老师好。我经常看见你家孔燕妮。"

谢小达说:"我和她没多大关系。……我走了,我想起来要找一个人。"

黄阿兴望着谢小达的背影,自言自语:"就这么走了么?就这么放过我了么?我还没称呼你呢。"

谢小达风风火火地去找一个人,这个人用她的话说,和她一样,是吴郭的传奇。

但是这个传奇变得不大像样了,他在家门口摆了一个修自行车的摊子。

谢小达上前一把拉住他，说："老孙，真的是你吗？你是我们吴郭的功臣。吴郭解放那天，你是第一个进来的。"

老孙说："不是第一个，是第二个。"

谢小达说："你怎么干这个行当了？这像什么话？"

老孙说："干什么都是为人民服务，主要是还能补贴家用。我老丈人是受管制的历史反革命，我也被清理出革命队伍。这二十年来我过得怎么样，大家都看到的。我卖棒冰、摆钢笔摊、擦皮鞋，累得只剩下半口气，医生说我精神有病，配了药在吃。还好现在不讲阶级成分了，我每天都想唱歌。"

谢小达说："你不要唱歌了，反动思潮又开始啦。你跟我走。我们去联络人，一起战斗。"

老孙挣开谢小达的手说："我不要战斗，我就想好好地修自行车，给我老婆买两身好衣服，让她到美国走亲戚时不显寒碜。"

谢小达说："和平年代，你们的斗志全都消磨掉了。以后大家要是有了钱，荒腔走板的事就更多了。你不去我去。"

谢小达跑了半天，总算聚集起十来个人。她把她的婆婆，老仲的前妻，老仲前妻的妈，老仲与前妻的儿子、儿媳全部叫到市革委会大门口。她让他们全坐在地上，面朝门，正对着那位站岗的解放军战士。坐下不久，战士们开始换岗，他们看得津津有味。

谢小达鼓动他们："大家喊起来，一、二、三，我们要平等，我们要反抗。"

喊了一阵，他们又唱起《国际歌》。

他们一喊一唱，下班的工人们就围了上来，纷纷打听缘由。围上来的人越来越多，像赶集一样，有些好事的就走进圈里坐了下来，跟着谢小达一起喊口号。

革委会主任老杨还没下班,忙着审批支援安徽灾区的清单。听到门口有群众喊口号,唱歌,又听不清,就把黄阿兴喊来了:"阿兴,门口是不是有群众上访?你去看一看。"

黄阿兴跑到门口,一看那么多人,就喊:"谁是领头的?"

一下子寂静无声。

谢小达慢悠悠地站起来说:"是我。——老娘我!"

黄阿兴苦着脸问:"您又怎么了?"

谢小达说:"老子当年打天下,拎着脑袋过日子。除了做好本分工作,还得掩护路过的同志出入吴郭境内,还得到处挖野菜、找菰米、偷山芋干,给同志们烧粥喝……"

黄阿兴小声说:"挖野菜、找菰米、偷山芋干,我们小时候都干过,也没啥了不起。您就说今天到底是为什么来的吧。"

谢小达说:"我实话实讲,看不惯你们这副做派,门口搞个解放军站岗,猪鼻子里插葱——装象嘛。你们想与人民搞两个阶级,搞两条路线,搞对立面,搞敌我阵营,老子坚决不答应。"

老仲和前妻的孙子对她说:"城里奶奶,你怎么一会儿说自己是老娘,一会儿又说自己是老子。"

老仲的妈不耐烦地指着谢小达说:"城里媳妇,你不能说自己是老子。你是老子,那老仲放哪边去?"

一提到老仲,谢小达就说不出话。边上的人就一五一十地对黄阿兴把缘由说了出来,那站岗的战士把头低了,黄阿兴走过去对他说:"把头抬起来。别人上纲上线,你就当真了?"

他回去给革委会主任老杨一五一十地汇报完,老杨说:"什么大不了的事?不需要反抗。阿兴,你去解决吧。"

"你真让我去解决?"

"真的。"

黄阿兴走到门口那战士边上,对他说:"和你们首长说,你们任务完成得很好,非常出色。因为有老百姓提意见,觉得革委会门口解放军站岗不合适,所以你回部队去吧。现在就走。"

战士说:"我回去也是站岗。还是这边站岗好,人多景美。唉,没办法,只好回老地方了。"

战士小跑着走了,静坐示威的一群人面面相觑。这一场"革命"的时间实在太短,前后不超过一个小时。胜利来得太容易,容易得失去了喜悦的价值,谢小达有点措手不及。她看着大家无趣地四下散开,哇哇叫喊:"大家别走,别走。我们胜利了,要庆贺一下,万和糖烟酒店,堂吃,我请你们喝酒,喝茅台酒。不见不散啊。"

她去了万和糖烟酒店,酒店要打烊了。店长老刘对她说,明天再来吧。昨天晚上店里的东西被大家吃喝空了。明天店里会再进一批货。

她置若罔闻,心里意犹未尽,澎湃的激情消退不了,一浪连着一浪。她买了一瓶高度洋河大曲拿在手上,走到僻静处,扶着墙,一仰头喝了半瓶。她不会喝酒,但半瓶酒下肚,并没醉,只是口渴。隐隐地听见不远处有流水声,她循声一路找去。奇怪,水声就在耳边响,却走了又走,差不多一个小时才走到河边。原来是一条流淌着清水的内城河。她沿着内城河一路向东走,那里有更响的水声召唤她。走啊走啊,她走到一条大河边了,她睁开眼仔细一认,呀,是大运河。大运河边上有一座建筑,密密麻麻地缠着铁丝,就像端午节装在棉线袋子里的一枚蛋。她想起来了,张风毅就关在这幢建筑里面,还有十天出狱。她把剩下的半瓶又一口喝掉,喝到胃里,这些酒像秤砣一样压在她的胃底,挤压出了火星,一刹那她的胃燃烧起来。她难受得打了一个嗝,自言自语:"我的乖女儿,张风毅要出来了,你的苦日子要到头了。"

这句话是喊给女儿孔燕妮的。她神志不清的时候,才是正常的时候,这时的她焕发出母亲特有的温柔。

她转而又沉浸到今晚胜利的喜悦中。她年轻时就爱唱歌,唱越剧、昆曲,甚至会唱京剧《春闺梦》里的几段。后来装腔作势,除了开会唱国歌和《东方红》,平时从不唱别的。今晚她失控了,不停地哼着唱着,从《解放区的天是明朗的天》唱到《南泥湾》,从样板戏唱到《莫斯科郊外的晚上》。但她觉得这些歌都不如《国际歌》好,《国际歌》里有每个无产者的身影。于是她不再小声地哼唱,她拉开嗓门唱道:"满腔的热血已经沸腾,要为真理而斗争……"

这首歌没唱完,她被人腰里猛地推了一把,"啪"的一声巨响,她倒在河里。她不会游水,马上就朝里沉。水在她的身前身后"咕噜咕噜"地冒泡,就像沸腾的热血。

最后一刻,她突然神志清醒过来,急速想起了两件事,一件事与孔朝山有关,她想她对不起孔朝山,是她背叛了他们的爱情,她死有余辜。另一件事和时代有关。她很清楚,未来的时代和她无关。非但无关,还与她格格不入,可能充满罪恶,是她不愿意见到的。她不想踏进这样的时代,她愿一死了之。

她在水里没有挣扎,从容地看着地狱之门在她面前打开。

谢小达死在立冬后的第一天。这天是十一月九号,农历十月初九。张风毅还有十天出狱,俞华南和孔燕妮谈了十天恋爱,——再说一遍,如果这也算是恋爱的话。但不管如何,她再看不到女儿孔燕妮的爱情大戏了。

此刻,孔燕妮正在招待所里整理箱子里的衣服。除了她自己的衣服,她还藏了一套她妈妈的西装,和她爸爸一件美国留学时穿的衬衫。她爸爸的衬衫很好看,粉色的。她想寄给爸爸,让他和果林阿姨结婚那天穿起来。妈妈的西装是黑青色的,松松垮垮的腰身,僵硬的肩线,沉闷老气,看了令人不快,就像她这个人一样。

孔燕妮今天一天没见到俞华南,一直到晚上也没回来,她想,两个人住在同一个地方,反而不知道对方的行踪了。看来还是得贴条子,那么贴在招待所什么地方呢?贴在对方的房门上,来来去去的人都会看到,好像也不合适。

这天晚上还发生了一件事,谢小达在孤儿院领养的小女儿谢燕兵回来了,一家四口人,搭了顺风车一直开到谢小达和老仲家门口。

老仲已经不认识谢燕兵了,以前他见过谢燕兵几次。"你是谁?"他问。

谢燕兵说:"我是谢小达的女儿谢燕兵。你看上去像老仲。"

老仲大吃一惊:"我是老仲。你是怎么找到这里来的?你给你妈写的信是写到市政府,市里派人送来的。你妈也没给你回信呢。"

谢燕兵说:"这是我妈妈家,我自然找得到。我妈呢?"

"她干完一件大事找地方庆祝去了。"老仲并不知道谢小达喝了酒独自在运河边游逛。

老仲被谢小达捉住奸情,面对谢小达的家人,自觉气短,只好搬了被子,让出大房间,到书房里睡去了。谢燕兵一点不客气,大房间里有两张床,她和高亿红睡一张床,让两个女儿睡一张床。

夜里九点多,电话铃响。谢燕兵接电话。

"喂,谢小达老师家吗?"电话里问。

"是的。"她回答。

"你是谁?"

"我是她女儿。"

"我是公安局刑侦科的。你妈妈晚上喝多了酒,跌到运河里死亡了。现在被人捞起来了,有两位路过的市民认出是她。还有三位家住附近的目击者作证,看到她拿着酒瓶在运河边上唱歌。我们治安、刑侦、法医都到场了,看来就是一个溺水事件,不需要我们立案。只需你去确认一下就行。半小时后,我们有车来接你。"

半小时后,车子来了。来接的人问谢燕兵:"家里还有直系亲属一起去吗?"

"没有了,就我一个。"

老仲一大家子在大棚里呼呼大睡。在这里,夜里汽车来去是家常便饭,他们不知道今晚这车和自己有关,只顾睡大觉。

谢燕兵和高亿红十年前为了逃避"上山下乡",以走亲戚的名义,跑到深圳的一个小渔村里,准备游到香港。但最后还是没敢偷渡,也没再回来。两个人就在小渔村里生活了十年,生了两个女儿。现在回来,是知道天下太平,回家寻找发财的机会。她和妈妈十年没见,也不知道地上的尸体是不是谢小达的,先扑过去哭了一通。一边哭一边仔细看,确实是她的妈妈谢小达。想起妈妈当年把她从孤儿院里领回家,给她起洋气的名字,给她吃饱、穿暖、念书、找工作,不由得哭得捶胸顿足。

她找了一辆黄鱼车把谢小达拖回家,一进门,老仲一大家子就起来了,和她大吵大闹,要把她赶走。她自然不会走,连夜给妈妈做了灵堂,撕了几块白床单,自己一家子先戴起白头巾,披起孝服。老仲那一大家子站在边上,交头接耳,不知道拿她怎么办才好,一个个愤恨地瞪着她,小孩子朝谢燕兵脚下吐口水,她只当没看见。

老仲看情形不好,把自己一家子人聚集在大棚里开了一个小会,会上一致同意今晚就把谢燕兵赶走。他们看出谢燕兵的手段了,她来者不善,今晚不把她赶走,恐怕后患无穷。

他们还是晚了一步。他们的想法刚形成决议,还没付诸行动,谢燕兵就开始雷霆行动了。只见她拿了一把斧头,来到大棚外面,朝里面的人轻声说道:"你们快出来吧。等会儿大棚倒了,压死个把人就不好了。"

然后她慢悠悠地一下一下砍大棚的木支架。

老仲跳到她面前,尖叫:"你干什么?"

谢燕兵说:"拆掉违法建筑。"

"那我们睡哪里?"

"我不知道。反正你们不能和我睡一个房间。"

老仲一家子慌了手脚,一哄而上,想把她拉开。这时候高亿红才不慌不忙地出场,他一手一把切菜刀,上下飞舞,说:"反正我只有两个女儿,不像你们有子有孙。我活不活的没有关系。"

老仲的前妻一把搂住了两个孙子,吓得肩膀都耸了起来。她可不能让孙子冒险,谢小达死了,她还想与老仲复婚,这两个孙子可是她的一大筹码。她看了看自己的妈,递个眼色。她的妈心知肚明,赶紧哭起来,并且一屁股坐在了地上。

老仲的妈也没了主意,她可是四世同堂。世上任何好事都比不上四世同堂。穷点贱点没关系,留得青山在不怕没柴烧。她拄着拐杖,迈着小脚走到老仲面前,拿拐杖戳戳他,说:"他家只有两个女儿,断根了。我们和他拼,不合算。"

老仲说:"这话说得好。你们明天就走吧。要是真能分地,人在的话,村里就不敢克扣你们。你们人不在,村里肯定要打坏主意,那帮人都是王八蛋。再说谢小达活着的时候,没替我们考虑。她死了,我们在城里更没指望了。"

谢燕兵说:"你们过去给我妈磕个头告别,大家亲戚一场,不要坏了最后的情分。我也不会亏待你们,明天的车费,我来出。家里有什么东西,想要的你们都带着走。以后还要走动,不能伤了和气。和气生财,也许我以后还用得着你们。"

听她这么说,老仲一大家子赶紧打包,准备明天一早就走。他们拿了无数的东西,大到桌子,小到抹布,中到煤炉。他们高高兴兴地打包,谢燕兵高高兴兴地看着,彼此依依不舍的样子。谢小达躺在那里,冷冷清清,凄凄惨惨,人世间的一切和她都没关系了。

谢燕兵对老仲说:"这下好了,他们一走,你也轻松多了。你还不快去给我姐姐报信。"

老仲骑了车子去军医院家属大院找孔燕妮,没找到。邻居告诉他,听说孔燕妮暂时住在市委招待所。老仲又去市委招待所找到孔燕妮。把她妈妈的死讯告诉她后,老仲也不管她的情绪如何,也没想起来告知她谢燕兵一家子回来了。他什么都不想,心急火燎地骑了车子到谢小达工作单位的会计家里,把会计吵醒,要会计明天把谢小达剩余的工资和丧葬费送到他家。听到会计郑重地答应明天送来钱,他放心了。他放心以后,去了他那位相好家里。他对她有点不放心,他得问问她是不是真心的。真心的话,他们要考虑结婚了。

他的相好从睡梦中醒来,听说谢小达死了,很不高兴,说:"这么晚了你还来？你是不是打鸡血打多了？你老婆怎么死了呢？没老婆的男人，我是没兴趣的。没有竞争，没有争风吃醋，爱情就没意义。"

老仲站在白炽灯下喘气，他并不相信女人对于爱情的理解。他宁愿她简单明了地笑着要他的工资和房子，也不愿听见她张口闭口爱情什么的。白墙、女人的白脸，加上白色床单上僵硬的皱褶，让他有种时空错乱的感觉，仿佛到了阴曹地府。他脑子发晕。

老仲走后，孔燕妮坐在招待所的房间里发抖。

后来她想到父亲孔朝山，要打电话告诉他一声。

她就去箱子里找出一套旧衣服，把自己穿整齐了。穿上衣服，又在衣服口袋里摸出一副手套，就从腕上脱下手表放在桌子上，戴上手套。她的手更凉了。她看了一眼手表，十一点钟。

她穿的那套旧衣服是她妈妈年轻时穿过的，凡立丁西服，黑青色的一身。手上戴的手套是她妈妈用过的黑布手套。她锁了门，钥匙拿在手上，先去看了看俞华南的房间，里面没人。她走到门口，看见小汪，就把钥匙交给了他。

小汪问："这么晚了您还出去？"

她说："我到我妈妈家里去。"

"哦，那您今晚什么时候回来？"

"我今晚不回来了，我要陪我妈妈。"

她走出门，路边的一大丛竹子突然一阵蠕动、弯曲、弹起、枝叶散开，发出一阵瘆人的鬼魂嬉闹一般的窸窣声。窸窣声过后，竹梢上回荡出一缕旋风，开始刮风了，风越来越大。

夜很黑。她如果哭的话，没人听得见。她的哭声就会淹没在风里。但她没想到要哭。她脸色苍白，神情恍惚，瘦瘦的身子套着那一身黑青色的旧西装，浑身笼着一层哀伤。从招待所走到电话局不过六七分钟，可她觉得路实在漫长，路好像会伸缩。今天路在她脚下恶意地延伸得很长。

她经过111军医院家属区，想起当年一家三口住在这里的情景，不知不觉走进大院里，站在自家门口张望。门板没有了，门洞开着，他们一家人都是从这个门洞里流走的，不同的是，他们流到了别的水中，像鱼一样摇尾振鳞，重新开始生活。只有妈妈从这黑漆漆的门洞里流走后，没有流入活水之中，而是流到了无边无际的凝固的时间深处。

王来恩披着衣服，悄无声息地站到她身后。他的老婆从窗后看着他俩。孔燕妮一站到这里，夫妇俩就发现她了。

"半夜三更的，你在这里吓唬谁？头发乱蓬蓬的。这么大的风，出来作死啊？"王来恩说。

她回过头，恍恍惚惚的，一时忘了他是谁了，费了好大的力气才回过神来，认出是王来恩。

她从十五岁认识王来恩起，就不愿意和他说话，更不愿与他缠斗。即使斗嘴，也是速战速决。王来恩那年告发常宝故意污秽领袖像，然后又牵扯出别的事，大家都知道。不是他告密，常宝肯定还活着，可能结婚成家了，儿孙都一大堆了。常宝那么热爱生活，那么爱美，与世无争。她若是像泼妇那样争天斗地，王来恩也不敢欺负她，告发她。枪毙常宝时，几乎全城的人都去看了。孔燕妮也去了，她是被谢小达拉去的。她清清楚楚地看到常宝苍白的脸。从此以后，常宝那张脸总是萦绕在她的生活里，让她好长时间不得安逸。但是今晚上，死亡离她如此之近，她一反常态地转过身，说:"王来恩,我只是路过这里看看,一会儿就走。"

王来恩说:"我认识你二十年,你今天说话的样子最像个女人。你记住了,女人在男人面前就得低头。"他打量一眼孔燕妮,"你怎么穿成这个样子?老得不像话。你看我保养得多年轻?我打打太极拳,喝喝红茶菌。我现在身体很健康,拉屎可以不用草纸,屁眼上干干净净。"

孔燕妮说:"我想问你一句话……"

"我就知道你有求于我,不然也不会和我说话。我先问你,你是不是哭了?"王来恩说。

孔燕妮不说话,她还沉浸在回忆的伤痛中。

王来恩说:"嗯,听说你的工作没着落。你不要着急嘛。你好像真的哭了。你不用怕我,我现在没有什么权了。有人勾结起来抢掉了我的权。"

孔燕妮慢慢转过脸,她严正的样子让王来恩感到心里不由自主地慌乱,他这才想起来,孔燕妮可不是好惹的。他正想溜之大吉时,孔燕妮说:"你对我说一句老实话,你现在害怕什么?"

王来恩被她盯着,不由自主地说:"我害怕什么?我害怕大家都有钱了,人仗钱势,就狗模狗样地不怕我了。"

"你也可以去赚钱。"

"你不懂的。就是两条路,完全不一样。我根本走不到那条路上去。"王来恩老老实实地说,还无奈地摊开两只手。他总是有他敦厚的一面,这种敦厚和他的残忍一道,形成压迫善良人们的巨石。

王来恩老婆在窗户后面发话:

"勾勾搭搭半天没个动静,你还是回到被窝里做梦吧。"

原来她一直在窗户后面看着呢,这一出戏既然是夫妻俩合演的，她见势不妙，就来救场了。

王来恩一听老婆发话，心领神会，趿着拖鞋，颠啊颠地跑回去了。

孔燕妮听了王来恩的话，一下子心如明镜，她明白了张风毅和俞华南他们为什么极力主张走致富之路，这也是推翻压迫者，求取尊严之路。这条路也是张风毅希望她走的，就是投身到当下的社会中去，帮助别人，同时也是帮助自己。

但她认定一个理，就是首先解决好自己的事。如果她自己的事都解决不了，她决不会踏入时代的洪流之中。

她的事，当然是她的感情和内心。

她到了电报局，没想到这么晚了，发电报和打长途电话的人还不少。顾客虽多却鸦雀无声，空气里弥漫着期待和焦虑。她耐心地在柜台上登记，耐心地等他们接通了电话。里面一共三个长途电话亭，她进了三号亭。

她把电话打到孔朝山家里，没人接。也许夜深了，没人听到电话声。她从电话亭里出来，坐了片刻。耐心地再去柜台登记，耐心地再听他们喊她进电话亭。这次她是打到省城医院里，不出所料，孔朝山今晚在医院里照顾一位病人。

她进了电话亭子，拿起电话的一刹那，眼泪从面颊上一泻而下。她甚至来不及感到眼泪从眼睛里夺眶而出，也来不及感到难过，她的眼泪就带着温度，一路而下，洒在她的衣襟上。滴落到地上的泪珠，溅起了灰尘。灰尘在黄色的光线下，显得格外朦胧无状。

孔朝山的声音远远地传到她耳边，可能是刮大风的原因，电话里响着忽大忽小的嘈杂之声，听上去十分怪异。

孔燕妮拿着电话的手不停地发抖："爸爸，今晚刮风了，刮了好大的风啊。"

"是啊。好像很长时间没见到过这么大的风了。"孔朝山乐呵呵地说。父女两个人总是能把废话说得津津有味，这是他们养成的习惯。

"你还好吗？"

孔朝山愉快地说："我很好呀。你果林阿姨也很好。放心。你的张家姐姐病情稳定，她住在我家里，平时经常跑到医院里给住院病人帮忙。她人缘可好了，除了有时候说点脏话，顺手拿点护士的小东西，像酒精、棉球、纱布什么的，别的都好。小葫芦在这里插班上一年级了。"

孔燕妮的手抖得更厉害了，她说话也开始抖起来，上牙碰着下牙，得得地响，她终于哭出了声音："爸，从今往后，我只有爸爸，没有妈妈了……"

电话对面陷入久久的沉默。

电报局的墙上挂着一面钟，时针、分针、秒针就在此时会师在数字十二上面，它们如初风一样热切拥抱，一刹那天长地久。

又一个新的日子来临了。

写于 2019 年春至 2020 年春
一稿修改于 2021 年上半年
二稿修改于 2022 年 1 月至 2 月

下卷

第一章

谢小达溺水身亡的那天夜里,孔燕妮最想见的人是俞华南。她今天一天没见到俞华南,心里空落落的。老仲骑着自行车过来告诉她妈妈死亡的消息,她首先想到的不是哀伤,而是想到俞华南。

这种想念让她有些吃惊。她摇摇悲伤得昏沉沉的脑袋,正想搞明白这种想念是什么原因,外面传来了孩子们跳牛皮筋时唱的歌声:

孔燕妮,上天梯。

梯子滑,她不怕。

一跤跌到梯子脚。

四个五个六个七个男朋友,一不做,二不休,三生有幸上前来。

七手八脚扶起来。

九九归一床肚里。

她打开从家里搬过来的皮箱子,穿上她妈妈的黑青色凡立丁西服,戴上妈妈的黑布手套。这衣服和手套本来只是她收藏的旧物,没想到现在成了妈妈的遗物。她穿戴起来,好像拥抱着妈妈。

现在什么都没有了,没有张风毅,没有俞华南,没有对解放和自由的渴望,没有求知的欲望,只有无尽的悲伤。她在穿衣服的时候，一双手抖得扣不住衣扣。戴上了手套，她的手更冷了。又冷又重，像铁块一样，朝着身体两边直垂下去。有一瞬间，她觉得这双手再也抬不起来了，就这样被引力吸引着一直垂到地面，变成坚硬的液体，注入地心。

她走到俞华南的房间门口，没有灯光，窗户开着。她随手一推。窗户里散发出让她安定的气息，她感觉到这间暗黑的屋子是满满的，温暖的。不像她第一次和俞华南走进这里时，这间房里洒着金色阳光，却是空而冷的。她乐观地想，房间都温暖了，人也会温暖的。她是炉子，也是柴火。冰冷的一间屋子，放进了热炉子，生起了柴火。床暖了，五斗橱暖了，地板暖了，连窗帘和墙皮都烤热了，住在屋里的人当然也会暖起来。她心里涌起不合时宜的满足。她满足的是她正在改变俞华南，让他在不知不觉中暖了起来。现在的他甚至有了幽默感，说话中会玩点调皮。有一次孔燕妮称他为"渡船"，对他说："渡船，我说的话你不信吗？"他说："渡船回答，相信你。"

孔燕妮满足过后又涌出一丝疑心。俞华南真的有所改变了吗？为什么她无法体会到奉献的愉快和自由？

她一瞬间忧郁起来，情绪重新回到妈妈的丧事中。

传达室那里，服务员小汪看见她，特意走过来对她说，俞华南在招待所里用过早餐后，去派出所领自行车了。地段派出所的民警来了通知，他那辆失窃的"长征"牌自行车找到了。公安方面破获了一个偷盗自行车团伙，根据自行车的牌照找到了黄阿兴，黄阿兴就让他们来找俞华南。

孔燕妮问小汪："刚才谁家的孩子在唱歌？"

小汪说："没有。你听错了吧？十一点钟了。"

"那我怎么听到……是幻觉？"

小汪担心地看着她，沉吟片刻，拿捏着话语的分寸说："可能你以前听到过什么。巷子里小女孩子跳牛皮筋会瞎唱，她们年纪小不太懂事，你不要放在心上。"

小汪不是一个多事的人，他没有告诉孔燕妮，刚才不是女孩子们唱，而是招待所对门的小吴在唱。

小吴有一个好嗓子，音域很宽。她喜欢唱歌，唱邓丽君的歌曲。她在家里唱，去学校唱，放学回家走在路上也哼着歌。她的太公、太婆、爷爷、奶奶、外公、外婆、爸爸、妈妈都和她住在一起，他们每一个人每一天至少要提醒她一遍，唱革命歌曲，不要唱反动歌曲。问题是，她从来没有唱过反动歌曲。后来她就不唱了，也不上学了，在家里呆呆地坐在桌子边，糊火柴盒子挣钱。她的家人很高兴，说这样很好，大家不必为她的错误提心吊胆了。她总是在下午五点半吃晚饭，吃完就睡，睡到十一点过后醒过来闹腾。如果白天听到什么歌，她就在这个时候唱几遍，模仿得惟妙惟肖。

孔燕妮说："我不计较，因为我也计较不过来。但是小汪，我每回听到人家这么说我，身上的力气就少了一点。我怕我以后会成为一个浑身没力气的人，走路要拿着拐杖。"

小汪点点头说："孔老师，你要撑住。"对于这个话题，他只说这一句，再也不说其他的话。

孔燕妮感动地回答："好的，我要撑住。"

人生很悲哀，她在想着为自己增加能量，为别人付出。她的生活里充满着寻找、意义、解放、自由等等大词，最后只有"撑住"二字才是关键。

天上忽然刮起风,孔燕妮抬头看看天,把手上的房门钥匙交给小汪。

小汪问:"这么晚了你还出去?风刮得这么大。"

孔燕妮说:"我到我妈妈家里去。今晚不回来了,我要去陪我妈妈。"

小汪望着孔燕妮的背影一直望到看不见。孔燕妮纤细高挑的身子裹在深色的西服里,越来越紧的风把她的头发吹得盖住了脸。她浑身笼罩的悲哀,连夜色也掩盖不住。

夜色中,她要去电报局给父亲打电话。父亲,这是她除了俞华南,现在唯一能想起来的人。从招待所走到电报局不过六七分钟的路,但是要经过三条巷子口。她经过其中一条巷子时,不知不觉走了进去。这条巷子尽头是111军医院的家属大院,家属大院连着111军医院。她想起了当年一家三口在这里过的日常时光。时光如水流走,所经之地更加干涸。

她在家门口凭吊了以前的时光,碰到了王来恩,一番唇枪舌剑的对话后,她去了电报局。在电话里向父亲报了丧。当她再次回到大街上时,十二点已过,又是新的一天。细雨淅沥而下,风势减弱,如她稍稍平复的心情。街上除了行道树和路灯,空无一人,也如她的心情。

现在是一九七八年十一月十日。张风毅还有九天出狱。孔燕妮和俞华南谈了十一天恋爱,这十一天里,他们真正在一起的时间并不多。

风雨里突然出现了一辆三轮车,她喜出望外,抬手把三轮车招过来,坐上去,浑身酸痛。车夫怕她淋着雨,给她放下厚重的车帘。她手扶着车框,被车帘裹在黑暗窄小的空间里,垂着昏昏沉沉的头,还在想俞华南。

她想,俞华南一天不见踪影,一定是骑了失而复得的自行车到别的地方去了。

要是她见到俞华南,最想做的事是什么?

孔燕妮很明确地知道,此时她如果见到俞华南的话,最想做的事,是与他一起上床、亲吻、拥抱、合二为一,消失在两个人的世界里。不再怀疑、揣测、进退不定。只有这样才能消除内心的焦虑、悲伤和重重压力。很多时候,恋爱是用来对抗伤痛的,是一帖缓解伤痛的药剂,而不是寻欢作乐的途径。

……然后,她就会告诉俞华南手的秘密,告诉他这双手是她十五岁那年变冷的,然后就一直冷,一直冷……再也没有热过。除了张风毅,没有人知道她这个秘密。

俞华南听了她的诉说会怎么做呢?

孔燕妮猜测他会不知所措。他清澈而无辜的目光再次提醒她负有的责任。她现在有点骑虎难下了,她要焐热俞华南,她要证明自己的手是冷的,灵魂是热的。这也是一个悖论,她想焐热俞华南,目的是要他轻松地活着,但她现在把这件事搞得很不轻松了。首先她自己已经沉重起来。

三轮车夫在外面说:"这位女同志,你说的地方快到了。你把车帘子掀开看看。"

孔燕妮把车帘子一掀,看见前方有一处灯火通明的地方,那就是妈妈的家。因为她死了,所以今夜灯光会彻夜隆重地亮着。她伤感地想,要是妈现在活着,她会在屋里干什么呢?骂老仲还是在看书?最有可能的是,她满屋子游魂一样地飘荡,带着怨气,带着对未来的恐惧。不管怎样,如果她活着,屋里就不会如此这般灯火通明,而是和别人家一样晦暗,屋里的晦暗不是真正的黑夜,但接近黑夜,就像夜的过渡色。这种过渡色也是梦的跳板,是明天大好晨光的阶梯。眼前的灯火通明,没有过渡,没有退路,不是晨光的阶梯,显得那么陌生和突兀。它璀璨而生硬,诱人而强横。死神冰冷的气息弥漫其中,怎么看都透着一股不吉利。

孔燕妮说:"就是这里。"

三轮车夫停下车,看着眼前异常明亮的一片灯光,说:"今晚真正古怪,我拉着一位孕妇去医院,刚进医院门就生了。回来的路上碰到你,拉到这边看到死人。"他摇着花白的头,接了孔燕妮给他的钱匆忙离去。

灵堂已摆好,屋门大开,灯光下一片素白。谢小达躺在一块门板上,身上盖着白布,脚冲着门摆放停当。老仲的一大家子手臂上戴着白布,在各个屋子里跑来跑去,急慌慌地四下乱窜,忙着打包。迎接她的是妹妹谢燕兵,她气定神闲,手指上还夹着一支香烟,头上戴的孝帽飘带一直垂到腰下。

孔燕妮见到谢燕兵大吃一惊,还以为自己出现了幻觉。待她摸到谢燕兵的方形手指,才确认是妹妹无疑,如假包换。谢燕兵大大咧咧地拿了一顶孝帽给孔燕妮戴上,说:

"孔燕妮,你把我害惨了。这么多年我漂在外面,你们过得好,吃香的喝辣的。我过的是猪狗不如的日子。"她说得凄惨,眼神里却没有凄惨的神色。反而是孔燕妮听了流下眼泪:"你回来就好。以后就住在这里不要走了。"

谢燕兵就等着这句话,说:"你说的话当真?妈死了,长姐如母。以后你要替我做主呀。"

老仲正好外出回来，他刚才去了几个地方报丧，顺便到他情人家里报喜，求婚未遂，心情不太好，悻悻地对谢燕兵说："你倒是个乖巧的，会找靠山。我问你，为什么你一回来，你妈就死了？"

风吹进屋里，蜡烛光一阵阵摇晃，就像喝醉了酒的谢小达。谢燕兵指着蜡烛说："我妈回来了。老仲，你再胡说八道，我妈要现形了。"

上午，谢小达的遗体运去了殡仪馆。殡仪馆外面，有一位农妇提着小篮子，卖折好的锡箔元宝。谢燕兵不由分说地就买了一篮子，但是老仲坚持不让谢燕兵带进殡仪馆。他说："谢小达同志是彻底的无产主义者，是一位为了理想可以付出一切的人。她不迷信，也不爱钱。我和她一样是个有理想的人。所以请你把锡箔拿走。"

谢燕兵说："我迷信。我爱钱。我就是要烧元宝给我妈。你敢拿我怎么样？"

两个人僵持不下的时候，孔燕妮过来说："烧吧。万一我娘到了那边改了性情，变得轻松愉快，喜欢风花雪月、吃喝玩乐，没钱怎么行？"她说完，悲从中来，双手捂住脸蛋，眼泪一泻而下，止也止不住。

告别仪式上，来了很多谢小达轻工系统的同事。他们中的许多人都不认识孔朝山，他们不停地看孔朝山，窃窃私语，因为他是那么引人注目。老仲嘴里不停地向他们介绍："……前夫。这位是她前夫孔朝山。"

他跑到边上对一位有点面熟的人解释："你们不知道，谢小达的前夫这么伤心，眼泪淌得跟条小河似的，是因为他心里有愧。"

他们三个人当年的事，知道的恐怕不多了。当年是谢小达抛弃了孔朝山，与老仲走到了一起。谢小达要是活着，她不会同意老仲的话。有一说一，谢小达狂热、偏执，可她是个诚实的人。

孔朝山最后是被人扶上车的。省城的军医院里特地派了车送他过来，他为前妻流了无数的眼泪，走的时候，他对孔燕妮说："我这一辈子的眼泪都为你妈流光了，从此不欠她的。她这个死法像她的为人。她不是那种老得爬都爬不动，最后死在床上的人。"

那一篮子锡箔元宝，谢燕兵在殡仪馆里烧了一半，留下一半带到汽车上，行一段路就扔一个，扔到没有时，也就到家了。孔燕妮看她扔锡箔的手法，又精明又娴熟，知道她经过了这么多年的生活历练，再也不是那个看人脸色的妹妹了。两个人下了汽车，一边朝家里走一边说话。高亿红带着两个女儿在前面走得飞快，两个女儿一路走一路蹦跳，还哼着歌。她们从没见过谢小达，因而对她的死毫无悲伤之情。从小渔村来到大城市，还有那么好的房子住，她们对一切都充满了好奇和激动。谢燕兵问孔燕妮："你住在哪里？"

"我现在没地方住，暂时住在市政府招待所里。"

谢燕兵的眼珠骨碌转了一下："我不替你着急，你总会有地方住的。我着急的是你不明白自己是个什么样的人。"

"有人告诉你什么了？"

"告诉了。"

"那你明白我是个什么样的人吗？"

"你不停地折腾，今天和这个人好，明天又和那个人好，那肯定有不好的原因。"

孔燕妮疑惑地看了谢燕兵一眼。这种非常时候，谢燕兵急于

否定她这个姐姐,也肯定是有原因的。她翻了个白眼,问:

"什么原因?"

"你老了,可是你不服老,你要证明自己不老。我还不知道你,你从小就觉得自己有能力,能帮人,敢付出。和你谈过恋爱的人,一个个都从你这里得到东西,一个个都不肯离开你。不像我这么小气,啥都不肯拿出来,只想保住自己。"

孔燕妮说:"我拿不出东西了,精神也好,物质也好。我现在和你一样,只想从人家身上拿东西。"

"我们女人,一过了二十五岁就一路朝下。刚才在火葬场,有几个女人藏在角落里说你坏话,说最近你身边围着一位小年轻,比你小七八岁。"

"我爱他。我想给他,帮他……"

"给啥?刚才还说自己啥都没有了。你老了,给不了啦。"

"会有的。我会找到的。"

"那张风毅出来怎么办?"

"我和他之间从来不勉强。"

"好吧。其实你找什么人和我没关系。你结不结婚才和我有关系。你是要结了婚,男家会替你找房子住。我就不用着急了。"

原来谢燕兵是着急眼下她一家子住的房子,可她说的话也有道理,孔燕妮已经没有力气付出了。孔燕妮说:"你不要担心,我一个人什么地方都可以住,不会抢你的房子。张风毅出狱以后,他会把户口放到青云岛阿胡子那里,我要是无路可走,也去青云岛。"谢燕兵鸡啄米一样点头,孔燕妮觉得意犹未尽,又说,"你这次回来老实一点,不要惹是生非。张家姐姐去了省城,她的位置一时还没人接替。晚上我带你到饮食店负责人家里去,和他说说,能不能让你去接替张家姐姐的活。"

谢燕兵激动地说:"我在渔村里教过一年级和二年级学生。大小也算个知识分子,现在不是落实知识分子政策吗?我能不能沾点光?"

"算了吧,你不要指望回来还能当一年级和二年级老师。你自己也就上到小学五年级毕业。你一年级读了两年,三年级读了两年。读到五年级时,你十六岁了,排队站在最后,挺胸凸肚,高出别人一大截。"

孔燕妮看着谢燕兵,数落起她的往事,忍不住想笑。妈妈刚死,命运却把谢燕兵送回来。谢燕兵是妈妈从孤儿院里领养的,姐妹俩并无血缘关系,但从小一起长大,在一个屋檐下生活,每天都看见,无疑是至亲了。

谢燕兵呆乎乎地咧着嘴,她的脸被海风吹得黑黑的,不是黑红,也不是乌黑,而是灰黑色。孔燕妮想,这些年她可真的变多了,以前一张瓜子脸虽说不白皙,可也是干干净净透着红晕。谢燕兵估摸出孔燕妮眼神里的内容,说:"海边的村子,在屋檐下站几分钟,被太阳的反射光一照,就成这样了。就是足不出户,在屋子里待着,太阳的反射光还是会进屋找到你,把你晒黑。"

"还不如在大太阳底下晒成黑红黑红的好看。"

"你不要担心,吴郭的风是软的,太阳是柔的。只要一个冬天,我的脸就返白了。"

"不要想着你的脸了。晚上换一身整齐的衣服,手上拎一样水果。我带你去人家家里。到了人家家里,不要扯那些不相干的,多问问工作上有什么难学的地方。"

"你恐怕还不知道,我现在能做很多东西。豆浆和豆花也会做。刚开始到渔村，我就拿钱买了黄豆做豆浆，养活自己和高亿红。人家一碗豆浆掺一碗水，我一碗豆浆掺两碗水，吃的人还说好……脸黑点怕什么？做的东西有人吃才是真的。不管黑猫白猫，能捉老鼠的就是好猫。"

孔燕妮说："人家说你豆浆好喝，大概是喜欢你这个人吧？"

谢燕兵轻笑了一声，把孔燕妮拉到一边，压低了声音说："我们那边，不少人都往香港去。那边可以天天吃鸡腿，鸡腿比我们这边的青菜还便宜。满大街的电视机、冰箱、洗衣机，只要有钱就能买，不需要凭票供应。只要有钱，还可以买汽车、轮船、飞机。但我是不去的。我当年没去，现在也不会去。我很现实，想我们吴郭总是个好地方，好山好水好地，一百年也没个大地震。只要能回来，我就有路可走。我不要那么宽的路，只要有一条平整的小路走走就好。这下好了，我盼星星盼月亮，终于能回来了。求你明天就陪我去派出所补户口。我生是吴郭的人，死是吴郭的鬼。"

孔燕妮想了想说："户口的事，一时半会儿急不起来，当年妈给你报了失踪人口，户口注销了。"

"我是受迫害的，要不是当年他们让我和高亿红分开两个地方去插队，我也不会和高亿红跑掉。这十年应当给我知青的待遇，把我失踪十年的工龄接起来。谁不同意，我就睡到谁家门口去，吃他的，喝他的。"

孔燕妮说："你找个时间去一趟省城吧，看看爸的女朋友。顺便再去爸的医院看看你的脑子。"

"我脑子没病。我承认我比以前狠了。我在十年里算是看明白了，人要狠才有活路。宁要人嫌，不要人怜。"

"你看，你这句话就证明你有毛病。"

"你才有毛病。理想主义的人都有毛病。你看我们的娘就是，理想主义，疯疯癫癫的。还有杜克，也是不靠谱的。我听说他也死了。我们的爸才是个实在人，和娘不一样。我像我们的爸，虽说我不是他亲生的。你要留神你自己，神经绷得太紧，小心一下子变成老太婆。白毛女就是。"

孔燕妮听她这么一说，焦虑起来："你也看出我神经绷得太紧了？我眼下这个爱人，比我小七八岁呢。他叫俞华南。我向你发誓，除了他再也不找别人了。我心里的激情太多了，多得杀气腾腾的。索性我就只好不停地谈恋爱，这样我的心就得到解放和自由了。解放和自由就是一种纯净的解脱。"

谢燕兵不屑地说："你不要说大话，我懂。我不会再说你什么。你想，你从十五岁开始爱上杜克，发了多少誓，只爱一个人。可你什么时候遵守过誓言？"

"俞华南是最后一个了。我发誓。"

"高亿红是我第一个，也是我最后一个。对别的男人么？我就是嘴上打打岔，不会动真格的。"

孔燕妮瞧着谢燕兵大有深意地一笑。她想起十年前，撞到谢燕兵和高亿红在家里的那一幕，他俩以为是生离死别了，趁着家里没人，从床上折腾到地上，恨不得死在此时。没想到峰回路转，孔燕妮仗义，想尽办法替他俩搞到了一张边境通行证。但是后来，那张边境通行证并没有派上用场，进入边境小渔村比想象得容易多了，至少比电影里演的容易得多。

"……你跟我说说，你们村的人有多少游到香港去了？我也听到过这方面的消息，总觉得像假的。"孔燕妮说。

"假的？你是饱汉不知饿汉饥，站着说话不腰疼。我跟高亿红这么多年是怎么过来的?那是当年逃走的时候身上带了一笔钱,在村子里放放高利贷,做做豆腐,偷偷养点鸡,就这么活下来的。我的那个村,大半个村都游过去了。一般是三月份,大家开始苦练游泳技术,盼着台风来,大风大雨的时候好偷渡。到了后来,我们村子里十五岁以上,三十五岁以下的,都见不到了,全逃到对岸去了。去年有个消息,说广东省把逃港的事汇报给邓小平,邓小平说,这是政府的政策有问题。"

"你们村里连省里、中央的消息都知道?"

"我们村里什么消息都知道。我们知道以后,再传给别的村子,一个一个村子传下去,不消一天工夫,四乡八邻全都知道了。我们听到的消息,十有八九是真的。后来边防军果然对偷渡客不像以前那么严了,睁一眼闭一眼……"

孔燕妮说:"我听了很难过。什么时候我们不再冒险偷渡呀?"

谢燕兵说:"那是不可能的,我不相信有那一天。……明天你戴不戴黑臂章?我不戴了。人家一看我家死了人,心里总会有一点这个那个的想法。我今天晚上出门的时候就取下。"她说完就不再理会孔燕妮,转过身哭起来,"妈呀,我的妈呀,我的亲妈呀。我们到家了,你跟我跟得紧一点,你的魂不要走错了人家……"

孔燕妮和她妈妈一年也见不着几次,见了面往往话不投机,不欢而散。可是人一旦没了,想吵嘴也吵不着,她的眼泪又开始流。她一边流眼泪一边感受到内心有一种如释重负的感觉,让她产生了恐惧。恐惧又像一片帆一样,带着她顺着急流和漩涡而下,不知去向何方。

她想破了脑袋也想不明白其中的原因。

第二章

谢燕兵慢慢走进妈妈的房子,她走得那么慢,还不时扭头望望身后,她确实诚心诚意地等着谢小达的灵魂一起回家。

孔燕妮一个人在路上,也是慢慢地走。她不等谁的灵魂。她在算一笔账。这笔账是这样的:

进账一:张风毅给她的鼓励。

进账二:温德好给她的安慰。

进账三:林纳德给她的关心。

进账四:肖恩给她的信任。

进账没了。

付账一:杜克之死消耗了她一部分力量。

付账二:妈妈之死消耗了她很多力量。

付账三:张柔和突然变疯消耗了她很多力量。(她还不知道怎样向张风毅提起。)

付账四:前男友小丁到处闹消耗了她一部分力量。

付账五:老隐的疯傻消耗了她一些力量。

付账六:王来恩阴魂不散消耗了她一些力量。

付账七:无处不在的儿歌讥嘲她的生活消耗了她一部分力量。

付账八:到处请人去青云岛吃饭,却都被人拒绝,也消耗了她一点力量。

付账九：秧花和她不欢而散。

付账十：定彩因柳爷爷之死造成的长期疯症。

付账十一：拦警车引起的自责。

还有一些人，既不给予她力量，也不消耗她力量。或者是得到和付出大致对等，可以忽略不算的，像她的爸爸孔朝山，妹妹谢燕兵，朋友黄阿兴等等。她把他们放在平账一栏。

她又仔细地复了一下盘，觉得这份账单应该再扩大一下。

进账五：麻春雷地下工厂的活力给了她一份信心。

进账六：阿胡子和青云岛居民想过好日子的愿望给了她一份期望。

进账七：林纳德和黄拉林请客那晚，老麻皮和一帮"廿八亩"的邻居与她的互动，给了她愉快。当然她对吴郭人民这么热衷于美食有点不同意见。发展经济的最终目的不是食物，而是让科技得到进步。只有不断进步的科学技术才能带来人类社会的自由平等。

进账八：万和糖烟酒店那一夜老百姓的狂欢给了她快乐。（她想起给她写诗的年轻人江红旗了。）

进账九：听说倒马桶阿姨平反了，她的脸上从此有了笑容。

这么看来，所有的人所有的事都和她有关。鲁迅说：无穷的远方，无数的人，都和我有关。就是这个意思了。

午后澄明温暖的阳光里，到处一尘不染。忽然她听到乌鸦扯着嗓门叫喊，抬眼一看，走近了一座无名山。山上有一座寺庙，山下，一位僧人在地上挖坑，两只乌鸦落在路边的柳树上，兴奋地喊叫，见到陌生人来也不害怕，反而叫得更欢，表示它们是这块土地的主人。

孔燕妮突然浑身一阵颤抖,她看清挖坑的是一位清瘦老和尚,她从没有见过,却认识他。那是她梦里早就认识的一位世外高僧,他在梦里给她指点过迷津。就是这张脸,这个眼神,这种举止……二十年来,自从她头一次在梦里认识他,他的外形没有变过。

她悄悄地走过去,站在潮湿的坡上,看老和尚在干什么。原来他在挖坑埋一只死去的花狸猫。

老和尚抬头看了孔燕妮一眼,说:"这只猫,我养了十五年了。你见过这只猫吗?"

"我没见过,可是我见过你。"

"你在什么地方见过我?"

"我在梦里见过你。"

老和尚呵呵哈哈地笑起来,说:"好多人在梦里见过我。……还见过我的猫。"

"我不喜欢猫。"

"我也不喜欢猫畜生。但是时间长了,它就是一样你天天要牵挂的东西。你每天都要牵挂的东西,根本不管你喜欢不喜欢,你的命和它的命就是在一起了。"

"哦,那你今晚一个人在房里会很难过了。"

"我不难过。我很高兴。它一个月大的时候,我在路上捡到它。我把它放在我的房里,它跟着我一样吃素斋,我念佛经的时候它也听着。我夜里做梦潜到别人梦里时,它也跟着去。它三个月时,就开始不安分,老是想出去。半岁左右,我管不住它了,它白天出去到处玩,晚上回到我房里睡觉,也不吃我的素斋了。一岁时,它经常晚上出去,白天溜回家里睡觉。到了两岁,不管白天还是夜里,它想走就走。刚开始一走是一个星期，后来就是半个月一个月地不见踪影。它越来越聪明，越来越漂亮，也越来越从容，知道对什么人用什么态度。它离开我最长的时间是半年。半年后它回来，浑身的毛油光光，走起路来威风凛凛，四只蹄子踏在地上轻而有力，弹性十足，像个山大王。就是老虎看见它也得表示对它的尊重。它有个好处，只要我一生病，它就回来了，趴在我边上，把它的爪子放在我的身上，看着我。我从它的眼睛里看到两道精光，这精光一直射到我的脑子里，让我清凉舒坦。还有一次，我夜里走山路，掉到一个水坑里爬不出来。当时黑天黑地，刮着大风，下着大雪，要是爬不上来，我就冻死了。我冻死了，庙里就没人了。从二十年前开始，庙里的和尚就死的死，还俗的还俗，只有我一个人，死也不走。为了不肯走，八九年前我挨过打，肋骨都被打断过五根。……突然它来了，哎呀，我临死前还能看到它，真是老天的恩惠。可是它不让我死，它伸出爪子，不停地敲水坑边上一样东西。哎呀，我看见了，那是一棵红豆杉，这种树上的枝条都向下长，向下伸展，有一根枝条就一直伸到了坑里。我顺着它敲爪子的地方摸到了枝条，拉着树枝爬出了水坑。"

"它这么好，死了，你怎么会高兴呢？"

"因为它太好了，我老是担心它一走不回。每次它要远行不见，我都心神摇晃。我会目送着它，死死盯着它的背影，好像要把它的样子刻进眼里去。我不知道它在外面干些什么，它到过什么地方？它在外面有多少老婆、多少小孩，它在外面和什么动物争斗，它碰到过什么危险，它吃些什么。昨天晚上，它从外面回来，我有十来天没看到它了。它还是和以前一样，威风凛凛，眼睛里精光四射。看它的样子，一点也不像大限要到。但它自己知道。它趴到我的脚后跟，嘴里叽里咕噜地说了一通话，又叹了一口长气。我坐起来摸摸它，它用爪子托住我摸它的手，看看手，再看看我，把我的手亲了又亲，然后它就闭上眼睛休息了。我也睡着了。早上起来，它还是躺在我的脚后跟，气息全无。与活着相比，就是毛发瘪了一点，其他一点没变……我很高兴，它总要死的，十五岁了，比别的猫活得长得多，或早或晚，都是死。它这么率性，来无踪去无影，我最怕的就是只见它的生，不见它的死。见不到它的死，我会天天都想。现在亲眼见到它死，我就不再牵挂它了。这是它怜惜我。"

孔燕妮明白了，为什么妈妈死了，她反而如释重负。那么，她也是深爱妈妈的，以前她并不知道。

她问老和尚："山上是什么寺？"

"昙花寺。"

"师父法号是？"

"人家都叫我不老和尚。"老和尚说。他把土拍实了，抬头对树上的乌鸦说："你们别想刨坑。这坑紧得很，你们根本刨不开。"喘了一会儿的气，他对孔燕妮继续说道："我那猫畜生，它也有名字，就叫昙花。我的昙花。……捡到它的那天晚上，寺里的昙花开了。"他说完就荷着锹走了。

孔燕妮梦里几次见过这老和尚，把他作为精神上至高无上的一位导师。在她心里，不老和尚早就是一个传奇，一个神话。她明白迟早会真真切切地遇到他。今天见了真实的人，止不住地失望。没想到他居然这么依恋一只小猫。他的生活也平淡如水，看不出与众不同的地方。他的心事那么重，他陷入的精神之井比她还要深。她开始觉得自己看重的东西如一件沙衣，堆在身上显得厚实安全，但海水一冲，沙衣就被冲垮，现出孤孤单单的她。

她默默地把自己的账单又添上一项：

付账十二：遇到梦里的老和尚，他很沮丧，让我也感到很沮丧。他缺少能量，让我无比地失望。唯一的收获，就是通过他的故事，知道了如释重负其实也是深爱的一种。所以我是深爱妈妈的。

她一夜没睡，并不觉得疲惫，两眼像要透出火光，烧着所见的一切。走过西护城河上的拱形大石桥，就进城了。一群孩子坐在路边，玩野草叶，野草高过他们的脸，阳光随着风在草尖上跳动。下过雨的地上还有一汪一汪的积水。船在他们身后摇过，片刻隐没摇橹声。一九七八年的吴郭市，过了护城河，就是荒郊野外。这时，一个男人从桥上飞奔而下，叫着："孔燕妮。你是孔燕妮吧？你等一下，说说你拦警车的事。"孔燕妮刚回过头，脸上就被这个人猛击了一拳。她疼得一跤跌在地上，屁股刚落地，腰上又被这个人狠踢了两脚。她还没来得及看到这个人的脸，打人者就回过身从桥上跑走了。孔燕妮忍着痛站起来，走到桥中间，远远地，她看到这个人在一片割完稻子的田野里跑，像敏捷的兔子一样。这是一位年轻男子，她确定不认识他。至于打她的原因，她猜得出来，有人用儿歌编派她，有人用神仙之名咒骂她，有人趁她不备猛揍她。她的追求妨碍了别人，拦警车只是她挨打的原因之一。

她的账单上新添一项：

付账十三：被陌生男子打脸、踢腰。

以前张风毅在她身边，谁要是对她不客气，张风毅自会用拳头去找他算账。照理说，孔燕妮这时候应该想张风毅，但她马上想到的人还是俞华南。俞华南可靠吗？她不清楚。她其实并不纠结于俞华南是否可靠和是否值得爱，这和她以前的所有恋爱都不同。

俞华南在哪里呢?

孔燕妮再也撑不住,坐到桥上,捂着脸哭起来。走过她身边的行人都吓了一跳,躲得远远的。

她哭了几声,突然发现自己的账单上少了一个人,就是俞华南。她吃了一惊,忘了脸上的痛和腰里的痛。

如果把他添到她的账单上,是把他放在进账一项呢?还是付账那边?她不知道。把他放在平账一栏吧,她更不甘心。

第三章

一群人围了上来,围在她面前不动。

一群脚展现在她面前。

那些脚都穿着清一色的草绿解放鞋,鞋子整洁干净。她知道是什么人了。她拿出昨晚出门前准备好的手绢,抹了两把脸,抬起头一望,果然是一群她教过的军医学校的学生。她一把抱住靠近的一双腿,也不管什么师道尊严,搂着腿不放。一位女学生给她用一块干净的黑白格子手绢轻轻擦脸,问她痛不痛,手绢擦到脸上,有一股熟悉的味道,好像记忆中早就存着这种信息。

格子手绢上擦上了血迹,眼见得不能用了。她问:"这是谁的手绢?"作为老师,她从来不拿学生的任何东西。有一次,她听另一位老师说,有些婊子就是会装干净,装得像女包拯。她还是不拿学生的一针一线,这点与张柔和不同。张柔和看到大家都拿店里的东西,非但不肯罢手,还拿得比任何人都多。这样别人就把她当自己人了,因为一旦东窗事发,她就是现成的替罪羊。她总这么想着大家,所以她疯癫了。

听老师一问,学生们让开一条道。她顺着道望过去,只见一位俊秀的高个子男生站在人群外面,倚着梧桐树。她一见就认出来了:"是冯春霖。"

冯春霖说:

"孔老师。你的脸都破相了,不要再想着一块手绢。我们陪你去医院看看吧。"

孔燕妮说:"不要。"

另一位女生上前拿走了手绢,她说要替老师洗干净手绢再还给冯春霖。女生拿走手绢时还开玩笑地说:"你们看冯春霖,站在那里,倚在树上,一副好派头。他像不像电影演员王心刚?"

给孔燕妮擦脸的女生说:"冯春霖阳光、朝气、坦诚,可是我不喜欢这种类型,像是橱窗里的着色照片,空的。"

拿手绢的女生说:"我喜欢。"

冯春霖听见她俩的对话了,露出笑容。孔燕妮说:"你俩说什么都是白搭,因为冯春霖不会朝心里去。"她想站起来,双腿一阵酥麻,晃了一下。她的学生们一齐伸出手扶住她,她被他们簇拥着上了公交车,送回招待所。到了招待所,冯春霖说:"孔老师,你为什么住招待所呢?没有地方住吗?我有一位亲戚昨天回了乡下,正好腾空了一间屋子。离这里不远。你想住的话,我们马上就去。"

孔燕妮问:"多大的房子?"

"我不知道。"

"多少钱一个月?"

"听我妈妈讲,一个月两元六角。"

"那房子有二十几平方了。我们一起去吧。"孔燕妮小声地对冯春霖说,"我没有妈妈了。"

冯春霖暗暗拉了一下她的手表示安慰。

大家说走就走。叫了三辆三轮车,一起来到市中心的一个弄堂,边上就是电影院。走进一所两层楼的大宅,里面住着十来户人家。孔燕妮的租房还算清净,在后院子里,二十平方不到。对门还有一家。两家之间有一个公用走廊，放着两家人各自用的石砌砧台、烧饭烧菜的煤炉。洗净的马桶放在走廊上晾晒。走廊的立柱上扯着绳子，挂着破破烂烂硬得像纸板的抹布。墙上倚着晾衣的三脚竹架。竹架上全是灰。

屋子外面是个小小的后天井，天井中间有一口老井。洗洗涮涮就在井台上。天井虽小，却很整齐，墙边用砖砌了一个围栏，拦起一棵古老的松树。东墙上开着一扇小木门。打开小门，通向外面一条小石径。石径边上，是一条不大不小的河，河里停着船，船上人点了灯，正在吃晚饭。走路的人在小石径上匆匆而过，和船上吃饭的人不经意打个照面，彼此无视，各做各的事。

孔燕妮他们在房门外面到处寻找，最后在炉子里的煤球灰里找到房门钥匙。打开房门，屋里弥漫着淡淡的松香味，是窗外的大松树渗进来的气味。窗户透风，地上铺着的木地板已经褪色、腐朽、凹凸不平。屋里有一只老式的架子床，架子床的床板四周，悬着十几块挂檐。挂檐上诸多浮雕，孔融让梨、匡衡凿壁偷光、司马光砸缸救小孩、曹冲称象等等。看来以前这床是男孩睡的床。孔燕妮一看就决定住在这里。

对面的那家房门紧闭，没有声音。看来主人还没有回家。

冯春霖带着两位同学到前院去找吃的东西。那位女同学到井里吊了一桶水，拿出手绢清洗，然后把手绢晾在松树的枝叶上。孔燕妮想起来了，这位女生叫夏玉瑶，就把她拉到没人的地方说话："夏玉瑶，我看你喜欢冯春霖。"

夏玉瑶点点头。

孔燕妮说："你喜欢他什么？"

夏玉瑶说："孔老师，你恐怕不知道我的身世。我妈出身资本家，嫁了一位大学教授，生了我。后来，我爸被造反派关了几天，放出来的时候是死人。我妈没办法，自己的父母过得比她还不好，顾不上她。正好有一位白泥矿的采矿工人愿意要她，她就跟了她。但是我这位继父爱喝酒，喝醉了就打她，拼命地糟践她。有一回，他喝醉了扒掉我的裤子，把我压到床上。幸亏我妈拿出切菜刀，在他的手腕上砍了一刀，才把我保全了。那年我才十二岁。我妈平时那么懦弱，为了我变得那样凶狠，我一辈子都忘不了她的恩情。这件事过后，居委会为了分开我妈和我继父，就把我妈介绍到镇江一位老干部家里做保姆，那位老干部允许我妈把我也带去。过了一年都不到，我妈给老干部生了一个小男孩。老干部很高兴，就供我继续读书。我妈还是他家的保姆，只不过除了做家务，侍候老干部和他的老婆、儿子、儿媳、孙子，她还得带她与老干部生的小孩。我们过得没脸没皮的。可是我们又能选择怎样的生活呢？这样过了两年，到一九七六年'文革'结束，老干部因为政治问题判刑入狱，我妈留下了小男孩，带着我回了吴郭。我们手上有了点钱，两个人就过上了太平日子。"

"哎呀，你承受的真不少。但是你说的这些与冯春霖有什么关系？"

"有关系。"夏玉瑶拉起孔燕妮的手，放到自己的心口，"我有那些生活，心里面伤得不轻。冯春霖单纯、阳光、率真，他活过的十八年里，没有受到一点伤害，他就是一个奇迹，他像是老天爷给我们做出来的一个完美蛋糕。你只要看着他，心里的伤就不疼了。他这样的人，最吸引我这种苦事一大堆，心里又放不下的人。"

孔燕妮说："我的心里也有一大堆的苦事。"话刚说出口，她就知道自己心虚了。

夏玉瑶比孔燕妮想象得聪明得多，也善良得多。她回答说："老师您心里没有一大堆的苦事。我看出来了，您心里有一大堆的爱。您要是喜欢冯春霖，我一点也不奇怪。"

　　孔燕妮由衷地说："你真是个自由解放的女性，我不如你。"

　　夏玉瑶睁着清澈的眼睛，专注地看着孔燕妮，"人为爱活着才有价值。老师。"她说。

　　孔燕妮心里想，进账十，夏玉瑶对世界的善意和爱。她虽然有一丁点儿俗气，但她身上的正气能给人力量。

　　一阵笑声，冯春霖他们回来了。前院里有一家是做泡泡馄饨的，还有一家是做面衣饼的。所以他们带回一大锅泡泡馄饨，六张面衣饼。还有一叶生海带。饼是冷的，但散发出油香味。冯春霖借了一把火钳，火钳上挑着一块借来的烧得通红的蜂窝煤。他把这块烧得旺旺的煤球放到冷冰冰的煤炉里，上面再放上两块黑漆漆的哑煤球，取下挂在墙上的破蒲扇，下狠劲扇上一百多下，炉子热了，蜂窝煤的每只洞孔都红亮了，开口歌唱了。

　　孔燕妮说："我的菜饭烧得好，可惜没有饭，没有青菜，没有猪油。我们就把海带洗洗，烧个海带汤吧。"

　　他们正忙着，一个四十多岁的男人走过来，东张西望，走到孔燕妮身边说："今天搬到新地方，要庆祝的，要弄点酒喝喝的。"

　　原来是对门的男主人回来了，他是一个人住在这里。看他衣装笔挺而时尚的样子，猜不透他是干什么的。他的眼睛透着一股机灵，薄嘴唇能说会道。他看了一眼孔燕妮手臂上的黑臂章，没问什么。也许他觉得问了不吉利吧。

　　他随即拿来一只长方形纸盒子，说这是一盒德国产的有名的白葡萄酒，是他在上海华侨商店搞来的。他说："马克思和恩格斯都喜欢喝葡萄酒的，他们喝波尔多葡萄酒。"他说的时候，一本正经，好像他亲眼看到似的。

孔燕妮站起来阻止说："我们师生几个小聚一下，没必要喝酒。"

"啊！我知道你是老师。老师现在吃香了，以前老师是臭老九。你是不是戴着黑臂章不能喝酒？那你把它拿掉好了。"这个人自顾自地说，"我叫潘小根，"他笑起来，"名字不好听，父母亲没文化。你们吃，我要回家烫衣服，明天去上海出差。我有一次住在上海西郊宾馆，那是局级以上的干部才能住的，局级干部也得单位打了介绍信才能住。这个西郊宾馆，占地有一千亩，我的妈呀……"

他炫耀了一通，高高兴兴地回到对门屋子里。

那盒白葡萄酒放在桌子上，谁都不去动。

孔燕妮看到学生们都懂事守规矩，心里很愉快。她想到一个主意，说："大家听我说，咱们国家大概率会进入一个新的时期，这个时期主要是发展经济，追赶发达国家的生活水平。我是这么认为的，赚钱不是目的，有了钱，还得有文明。钱要用来培养从容的举止、严谨的思维方式、细腻的情感和高尚的行为。所以我想发动大家搞一个社会活动，名字我也想好了，叫'为他人行动'。具体就是，我们到公众场合去宣传文明礼貌，提倡在公共场所里为他人着想。你们看好不好？"

夏玉瑶说："我同意的。我也想为社会贡献一分力量。明天下午我们正好没课。中午十二点半到百货大楼门集中，然后分头到十一路和一路公交车上宣传。"

别人也接二连三地说同意。

孔燕妮说："大家就穿着在校的军服吧。群众信任解放军，有这一身军服，效果就不会差。"

冯春霖说："'为他人行动'这个说法有点超前了，其实讲文明讲卫生都是为自己。不如叫'为自己行动'。"

夏玉瑶说："就叫'自觉行动'怎么样？我们自觉地为社会服务，别人也自觉地注重文明卫生。"

她的话刚说完，大家都说好。

大家吃了饼和馄饨，喝了海带汤，纷纷告辞。夏玉瑶就住在谢小达家旁边——不，现在应该说是谢燕兵家了。孔燕妮托夏玉瑶去通知妹妹，八点半和她在后门的巷子口见面。

冯春霖没走。

孔燕妮问："冯春霖你为什么不走。"

冯春霖害羞地说："我不知道。"

他追问了一句，"你要让我走吗？"

孔燕妮说："我不会赶你走。"

孔燕妮看他打开了那盒酒，径自倒了一碗喝起来。他开盒子的动作很是娴熟，几乎看都不看就打开了，没有见过这种盒子的人不可能一下子熟门熟路地打开。孔燕妮就说："我知道你爸是外事翻译，你妈是吴郭医院的办公室主任，你们家境好，人也安稳。不知道你家还过得这么与众不同。"

冯春霖听懂了她的话，说："是的。我爸经常会搞些洋玩意儿回来。这种酒，我家四五年前就有了，我不爱喝。但是今天不知道为什么想喝。这酒原来这么好喝。"他说着把一碗酒一饮而尽。

"你不要喝了，该回家了。走，我送你出门。"

两个人走了出去。后门的石径幽静无人，一股温柔的小风摇摇晃晃地吹过来，冯春霖一把拉住了孔燕妮的手。很奇怪，孔燕妮此刻也正想这么做，但她到底还是清醒的，控制住了自己。冯春霖的手拉着她，她恍惚感到是她先拉住冯春霖的，于是她说：

"我真是个坏女人。难怪有人在路上打我。"

"你脸上还痛吗？"

"不痛了。"

"身上还痛吗？"

"不痛了。"

"我想听你说说你自己。在学校里你是我老师，我不敢当面这么要求你。现在你不在我们学校了，你就和我说说你的事吧。"

孔燕妮说："我的事乱七八糟，不知从什么地方讲起。就说说我现在的状况吧。我的未婚夫张风毅在狱中，还有九天出来。我十五岁就认识了他，还有他的姐姐。我们在一起经历了许多艰难的日子，什么都不能让我们疏远。本来约好，等他出狱后，我们就结婚，结束爱情长跑。现在不大可能了。"

"你和他的事，我们都知道。"

"他总共坐牢三年，算上今天，还有九天出狱。在他坐牢的三年里，我前后一共找了三位男友。你听说过一首儿歌吗？就是唱我的……"

"我听说过的。恋爱自由，你不用听别人的说三道四。"

"那我说些你不知道的，就是我的想法。我一直想搞明白，我为什么总是寻寻觅觅没有个尽头。最近几天我仿佛有些明白了。"

"人活着要么求青春，要么求长寿。"

"我一方面想要得到力量，被人拯救。另一方面又想付出力量，拯救别人。我怕我身陷矛盾的泥潭，不久就要疯了。"

"你不会疯的。我不会让你疯。"

孔燕妮拉住冯春霖的手，她冰冷的手迅速暖和起来。

进账第十一是冯春霖的温暖。

冯春霖好像也没有发现她的手是冰冷的。

孔燕妮叹了一口气继续说道："我这三位男友，最后这位是北京来的，叫俞华南。俞华南在爱情上受了很大的折磨，我能感到他心里的黑暗和紧张。当然他也能感到我的黑暗和紧张。我就与他约好，谈一场十九天的恋爱，到张风毅出狱为止。我想让俞华南感受到爱情的美好，让他放松下来。可是我俩在一起，我费尽心机地让他轻松愉快，还是不能够如我所愿。我们谈了十二天的恋爱，快结束了。我最担心的是怎样结束，我越来越紧张……"

"老师，顺其自然。"

孔燕妮没在意又成了冯春霖的老师了。她说："到十八号这天，我会一无所有。你能帮我一起渡过这个难关吗？"

话说完，她觉得手上空了。冯春霖逃了。她想，逃了就对了，他这么单纯、阳光，何尝见过她这样复杂透顶的女人。她还想，她是爱他的，他吸引她，比俞华南、张风毅更吸引她，他们和她一样，都背负着山一样的重担，可冯春霖没有负担。夏玉瑶说得对，冯春霖是个奇迹，他像一股清爽轻盈的风。和他在一起，她变得轻盈了、透明了、年轻了。

她明白她不能。可是没有什么能阻止她去想。

是的。什么都会老的，肌肉、血液、头发、指甲、眼神、嗓音、姿态、气息……什么都会老的，只有思想不会老。世上没有任何力量让它变老，它永远像刚盛开的花朵。

她的手迅速地冷下来。她的思想很炽热，但是跟她的手还无法建立互帮互助的关系。

谢燕兵说:"阿姐,你站在巷口发什么呆?我喊了你三声,你一动不动。"

"我让自己放松放松。放下我的好胜心,成为一只呆乎乎的羔羊。"

谢燕兵骑着一辆破自行车,站在孔燕妮面前。自行车龙头上挂着一串香蕉。她拍拍后座:"坐上来吧,这辆自行车是老仲不用的。刹车坏了。要是碰到危险情况,你就自个儿先跳下车吧。"

晚上八点半,路上已是空无一人。谢燕兵骑了十几分钟,姐妹俩来到一条小巷子里,站在一户人家门口,不好意思进去。两个人正在你推我搡时,那位饮食店负责人出门倒痰盂,看见孔燕妮,惊讶地说:"孔老师为什么站在这里啊……"

孔燕妮说:"谈主任好啊。"

"你们家里去坐,让我老婆给你们倒茶。我倒了痰盂就进来。"

"我们不进去坐。家里碰到了丧事,怕给人家带去晦气。"

谈主任"哦哦"地虚应着,不远处的路中间有一只窨井,上面一只圆盖子。他就在窨井盖上的圆孔里倒了尿,回来把痰盂放到屋里,洗完了手再出来。口气柔和地问:"这么晚了,你们肯定有着急的事。让我猜猜,肯定是想找工作哦。"

谢燕兵哈哈哈地笑起来,伸出手去握,自我介绍说:"是我想找工作。我是孔燕妮的妹妹。我叫田菜花。"

谈主任说:"甜菜花?还咸菜花呢。你这名字真够土的。你真是孔老师的妹妹?……好吧,真是孔老师妹妹的话,没问题。张柔和的工作还没人顶替。你明天一早五点钟到店里来,我会在店里等你,教你做什么。工作前先要学习邓小平同志的《解放思想,实事求是,团结一致向前看》,这是他今天在中共中央工作会议上的讲话。大家都要学的。"谈主任说完,取下自行车龙头上的香蕉,道一声再会,就进屋去了。

孔燕妮说:"妈刚死,你就不姓她的姓了。你不怕改了姓,老仲不让你住。"

"老仲现在一个人了,我还怕他?我正好有了工作,马上又要报户口,这个时候不改还等什么时候?我内心里还是苏北小村子的那个小女孩。我改回田菜花,才能回去找我的亲爹娘。我的亲爹娘啊,我不记得他们是不是死了。……要是他们还活着,下来包产到户,我就问他们要一块地,造一个房子。苏北苏南,过过长江,两头住住。"

田菜花得意忘形,忘了她的自行车没有刹车,一下子骑猛了,刹不住车。她一边尖叫着,一边撞到了一位行人。那行人是位中年大妈,出来找丈夫回家的。两个人都是急性子,一言不合,互相揪住头发,摔在地上,厮打起来。谢燕兵厮打起来配得上田菜花这个名字。

孔燕妮劝了一阵,围观的人越来越多。她止不住田菜花,遂不理会她,自己走回了家里。

田菜花这么打打闹闹多好,胜过她成天陷在爱情里。她想。

进屋开了门,拉开电灯,正想回身关门,只见潘小根从门外一步窜进她屋里。孔燕妮说:"你的酒拿回去吧。还有好多,我们没怎么喝。"

他坐下来,打开纸盒子看看,"喝掉不少了,剩下的要赶紧喝完,到明天就不好喝了。"

他倒了两碗,正好把酒倒完。"你坐下来么。为什么站着?是怕我吗?我有那么可怕吗?"他虚张声势地问。

孔燕妮笑笑，回身关上门。却不与他同坐一处，把凳子移到边上，看他说些什么。

"我们这后天井里闹狐狸。你怕吗？"潘小根问。他的脸上充满着希望，等待孔燕妮露出慌张表情。

孔燕妮还是微笑。

"我们这个后天井里有一只狐狸，满月的时候就会跑出来，它专门迷女人，男人看不见的。它化成一个美男子，长得像电影演员王心刚，穿着白衣白裤，一脸笑容，坐在那口井上。女人只要对它看一眼就会被迷住，自动坐到它身上，又搂又抱又亲又摸，那口井就变成了一张床，它就把女人放倒在床上。其实哪里是床，是一口井。所以女人就淹死在井里了。还有四五天就是满月了，你当心点。"

孔燕妮还是微笑。

潘小根说："你一点都不怕吗？我知道你是怕的。我还是讲点别的吧。出了后门，走过去没多远，就是电影院。我什么时候请你看电影。我好久不看电影了，我太忙。我看的最后一场电影还是两年前，一九七六年。后来就再也没看过。那场电影看得我真是恼火，看的是彩色故事片《断桥》，看到一半，突然不放了。说是粉碎'四人帮'了，这部片子是'四人帮'里的江某拍的。"

"《断桥》后来又放了。"

"后来谁去看它？都看《望乡》《追捕》……你也来喝一口。我请你看《追捕》，我身上这件风衣跟电影里差不多。你这样的应该喜欢看《哥白尼》，哥白尼说，人的天职在于勇于探索真理。放屁，人的天性在于食和色。人要饿着肚子还没老婆，探索个屁。你过来喝点吧。"

"我不喝，我不爱喝酒。"

"你们当老师的就会装腔作势。知识分子的脑子比我们灵光，总是有坏点子想出来。你们就是被打倒的时候，心里还是高人一等的，还是看不起我们普通老百姓的。"

"你这么说就不大好了。"

"我以后不说了。"

"你是做什么工作的？"

"我的工作是为别人运送想不到的东西，就像这种纸包的葡萄酒。还有各种名贵的进口东西，我有关系，我搞得到。你想要梅花牌手表吗？我给你搞一只来？"

"给我搞一只梅花牌手表，要付你多少钱？"

"看你的心意了，可多可少，不付也行。"他指着孔燕妮的脸说，"你不要看不起我这种人，现在和以前不一样了。我现在就敢对人说，我是个拜金主义（者）。拜金怎么了？人没有钱，那就活得像街上的流浪狗一样。我是有老婆的。我老婆住上海，她不肯住在吴郭这种小地方。我们的结婚照是在上海王开照相馆拍的，喜酒是在上海老饭店里办的。不错，我们就是投机倒把分子，干我们这行的，从北京的上层人物到我们这种基层小虾米，多了去了。我有钱，就能做个文明人，穿好的吃好的，不用愁眉苦脸。再说，我懂生活，懂享受，比一般老百姓强多了。小泽征尔明年要到中国来演出，我要和我老婆一起去听他的交响乐。没钱怎么行？"

孔燕妮说："你们的生活过得太美满了，就像蜜里调油。"

"谢谢你夸奖。"潘小根说，"我老婆，今年四月十号来了一趟吴郭。她到吴郭，不说'来'，而是说'下来'。就是城里人到乡下的意思。她下来是想吃雪菜炒野茭，还想吃黄剑鱼。我给她去黑市买了七斤重的黄剑鱼，一半红烧，一半清蒸，刮下来的鱼鳞烧汤。汤色烧得又白又浓，冷透了，就成了雪白的鱼冻。吃得她唱起歌来了，对我那个温柔啊……没钱怎么行？以前我没钱的时候，只好拿了副食品券，给她排队买带鱼。我记得有一年她春节下来，我排了六个小时的队，才买到两条宽带鱼，三毛二分钱一斤，便宜货，不好吃。把她气得脸都拉长了，像条带鱼。"

孔燕妮给潘小根倒了一杯水，放在他面前，说："潘老弟，我听了你一番话，心里对你很尊重。反正我俩对门住着，以后互相帮助。现在请你尊重我，离开我的家，我要休息了。"

潘小根说："好的，我这就走了。我尊重你，你也尊重我。我们互相尊重。这外国酒真难喝，不喝不知道，一喝吓一跳。还有我告诉你，你这种人我从来没碰到过，不大好调戏。一般的女人都很好调戏。"

"调戏妇女要进派出所的。"

"不会的。眼下生活越来越有趣了，调戏一下就是找个乐子，就是蜜里调油的意思，妇女们都巴不得呢，从来没有去派出所告的。你是个不懂风情的。王来恩还说你喜欢男人撩，他让我上了个当。"

"你和王来恩是什么关系？"

"我俩是连襟。他娶的是姐姐，我娶的是妹妹。我的丈母娘后来改嫁到上海，把妹妹带走了。"

"原来这样。你喜欢过好日子，和王来恩不一样。"

"我老婆也是像你这么说的。我以后再也不听他的了。"

潘小根说得十分真诚，感动了孔燕妮。她默默地加了进账第十二：被潘小根对幸福生活的追求感染了。

进账和付账快要对等了。

潘小根走后,孔燕妮独自整理东西,最要紧的是把日记本、钢笔、书籍拿出来。房里有个书桌,正对着窗外的老松树,虽说桌子小了点,但是在上面看书写字是没问题的。

忽然钟响起来,她吓了一跳。原来屋里有一座老式挂钟,刚才也没听见它响,突然这时候大声喧哗了十二下。它敲完十二点钟,又是新的一天了。它敲得格外清亮、庄严,声声敲到她的脑壳子里去,好似要提醒她什么。不用它提醒,她当然记得,今天是十一月十二日,农历十月十二日。张风毅还有七天出狱。和她谈了十三天恋爱的俞华南,不知道在哪里。他好像越来越神秘了。

一位男子走过她的院门,软绵绵地哼着京剧《四郎探母》中杨四郎的唱词:

"若我一去不复返,黄沙盖脸尸骨散……"

她还想听下去,就这么一句,没有下文了。

第四章

饮食店。

今天出摊的是谢燕兵，——不，她现在叫田菜花了。她一身三原色：红衣服、绿裤子、蓝围巾。她真敢穿，走过的人忍不住都要多看她一眼。

田菜花身体比张柔和结实，她的性格也比张柔和快乐。所以她第一天就虏获了那帮老顾客的心了。她更有一个好处，就是现实，还是积极的现实主义。她不像张柔和那么悲观和就事论事，她总是能把事情朝积极的一面引导，哪怕是空中楼阁也不在乎。

孔燕妮一大早就去了田菜花的豆浆摊。她不放心这个妹妹。她俩互相不放心。谢小达活着的时候对她们说，谁的不放心多一些，谁就被动了，输了。孔燕妮总是输的那一个。她不在乎谁输谁赢。

到了那里一看，摊子上坐得满满的，还有一些人没有座位，站着吃。他们一边吃，一边热火朝天地和田菜花说着什么。

宋阿进也在，他看见孔燕妮就招呼她："你来啦？张风毅苦命啊，一个人孤零零的，没有人等他。我这几天天天来。坐在这里，面朝北，看着监狱，想想他以前做的好事。"

孔燕妮说："你吃你的东西。"

宋阿进一个人坐了一个半位置，孔燕妮挤了进去，硬在他边上坐了下来。座位太挤，他只好把军大衣脱了。田菜花嘀咕了一声：

"现在不流行这种草绿色军装了,还不扔掉了换灯芯绒衣服。人要跟着潮流走。"

宋阿进哈哈大笑:"难道流行你这种怪里怪气的穿衣打扮?"

田菜花说:"你眼睛瞎了吗?来来往往的人全朝我看,我这身衣服就是一个活招牌。"

宋阿进说:"你还不如身上挂一个红绿灯。"

孔燕妮说:"一根油条,一个大饼,一碗淡豆浆。"

田菜花说:"一根油条两分钱,半两粮票。一个大饼三分钱,一两粮票。一碗豆浆两分钱。一共七分钱,一两半粮票。"她把油条和豆浆放到孔燕妮面前,说:"你借点钱给我吧。"

"我没钱。"

"没钱去和别人借,借了给我。我分红给你。到时候我发了财,你可不要说我没带着你。"

"田菜花,你又在搞什么名堂?"

"我刚才听到一个内部消息。明年一月份可以用美元到银行买黄金了。银行里一元八角八分人民币换一美元,三十五美元换一盎司黄金,一盎司黄金一出手就能赚三四块人民币。你借给我多,我就分给你多。"

"你到什么地方去出手黄金?"

"我到能出手黄金的地方去。任何地方,只要有需要,就会有渠道。这就叫野火烧不尽,春风吹又生。"

孔燕妮说:"好啊,我马上就去给你借钱。"

一位顾客朝地上吐了一口说:"咸豆浆怎么这样咸?田菜花,你的盐不要钱吗?"

田菜花说:"毛主席活着的时候,号召大家要多吃盐。你忘了?"

那顾客说：“我又不是下苦力的工人，更不是你们整天流汗的农村人。我是城里人，文化用品商店光荣的营业员。我们吴郭的城里人，自古就吃得清淡。你懂不懂？”

田菜花说：“你看不起我们农村人，小心我把你的头拧下来当球踢，踢到百货大楼边上的厕所里。”

一位老先生慢悠悠地说：“这位……田阿妹，你很粗鄙。张家妹妹也是粗鄙的，可你们不一样。她是外表粗鄙，吓唬吓唬人。你是外表和精神一起粗鄙……”

田菜花不以为然地哈哈大笑，骂了一句：“我粗你妈的鄙。”

她话音刚落，一桌子的人都笑喷了。他们张开的牙白得像白瓷碗一样。

老先生气得把碗砸碎了，看着孔燕妮说：“百废待兴啊，百废待兴啊……”

孔燕妮放下碗筷，叹了一口气。

孔燕妮吃完早餐，望着马路对面的监狱，静静地看了片刻。然后她起身去找温德好借钱。温德好单身一人，美国的兄弟姐妹们轮流给他寄钱，他单身一人，钱多得用不完。

温德好昨夜熬了一个通宵，刚写完《论柏油马路对中国人精神气质的损伤》。他写得浮想联翩，心情激动，此刻正坐在门口弹吉他，小声地哼着什么歌。一见到孔燕妮，忙拉着她的手，要叫她陪着一起去运河里钓鱼。可孔燕妮说，她是来借钱的。

"抽屉里，自己取。"他失望地说着，又开始拨弄吉他。走过他门前的邻居都对他微笑。

"我不能去美国了。"温德好说，"你记得不记得，市中心电报局的墙上，原来有一条'打倒美帝国主义'的标语，红漆刷的。"

"我记得的。一九七二年尼克松访华，去杭州西湖，沿途的反美标语都要刷掉。吴郭是他路过的城市，我记得一夜之间，街上的反美标语，像打倒美帝国主义，世界人民大团结万岁之类的，都刷干净了。"

"你记得不记得有一件事，电报局墙上当时有一条标语是——美帝国主义和一切反动派必然灭亡。刚刷干净，又出来一条英文标语。"

"我记得的。Nixon is not a good person。意思是尼克松不是好人。当时当作反标查了好一阵子。"

"其实他们早就查到是谁了。"

"难道是你吗？"

"就是我。他们查到了我，说美国人骂美国人，是窝里斗。再说当年没几个人看得懂英语。这件事就留在公安局内备个案吧，不抓人。"

"你今天提起这件事，难不成现在来给你算账了？"

"可不是。他们说，这次我是跟着市政协去美国，我反对尼克松，就等于市政协反美国，所以我不能去。"

孔燕妮长长地出了一口气说："太好了。我正愁着十八号没人去青云岛，这下你可以去了。"

温德好拿着吉他进了屋，朝沙发上一倒，叹着气说："不去就不去吧。我马上就要写一篇吴郭人的制冰史。吴郭人从光绪三十三年就开始制冰了，也就是一九〇七年。制了冰，主要是用来冰吃的。吴郭人太追求美食，我要批评这一点。"

孔燕妮说："我也不太喜欢吴郭人这一点，但是俞华南说了，喜欢钱,喜欢美食,都是人性里的东西,出娘胎就带来的东西。喜欢是没有错的。"

"俞华南是谁?"

"一位高尚的人,一位报春花一样的人。和张风毅一样。"

"我懂了。反正你爱的人都是高尚的,美好得像什么花一样。但是我觉得除了张风毅,别人的高尚美好都是你的错觉。"

孔燕妮到温德好的抽屉里取出三张十元的美元。关好抽屉,温德好已经歪在沙发上打呼噜了。他只穿了一件白布衬衫,孔燕妮从他的床上取了毛毯给他盖在身上。她对他充满感激,她不断地索取,他不断地给予。孔燕妮知道,正是有了他这样的人,她才有爱别人的底气。

外面空气轻透,阳光尖锐,像刀子一样,但落在人身上并不太热。

孔燕妮把二十美元交给了田菜花。经她那么一蛊惑,好几个人都动了心,陆续把钱拿来给她去运作。田菜花对孔燕妮说:"分多少给你?你给个尺寸。"

孔燕妮说:"你一大家子回到吴郭重新安家,这点钱算是我给两个侄女儿的见面礼。你不要还了。"

田菜花亲了亲手上的美元,叹了一口气,说:"我眼泪要掉下来了,什么都说不出来。"

忽然她挥着手说:"我还是要说出来,——你是白求恩精神,毫不利己,专门利人。"

孔燕妮说:"我要是不给你钱,你还不整天想着纠缠我?给了你钱,我才能清静一些。"

田菜花说:"到底是一家人,心意都是相通的。"

孔燕妮离开饮食店，想去看看老隐。肖恩被遣返回美国时，就像托孤一样把老隐托付给她。她深受感动，自觉对待老隐的态度不够好。她还想着去一趟教育局，她得再去问问上班的情况。虽说教育局已给了她本月十八号的上班时间，但她知道，情况随时随地都会变化，她得盯紧他们。最后她没去这两个地方，而是去了工人文化宫的留言墙，她十一月八号与俞华南在一起，过后就没见过他。

到了那里，看见俞华南在里面留了一张纸，纸上写满了给她的字。她心里一热。

和以前一样，抬头是一只燕子，落款是一条笑眯眯的鱼：

我去了南京。昨天晚上回来了。

小汪说，看到一群学生模样人和你一起进招待所，然后一起出来退了房，走出招待所。

小汪不知道你去了哪里。你没有给我留言，我也无法找到你。

九号没见你，十号没见你，十一号也没见到你。明天十二号了。再见不到你，我就去广播站登寻人启事。

落款的那条鱼下面写着时间：一九七八年十一月十一日晚九时。

孔燕妮站在俞华南的纸条面前，才三天没见，就像过了漫长的时间。三天里发生了许多事，和他竟然有点时过境迁的感觉了。读了他的信，也不再失魂落魄。

但她心里还是很惦念俞华南。于是她去了招待所。

刚走近俞华南的房间，就听到里面一阵笑声。是俞华南和一位陌生女子在笑。

门开着，她站在门口。屋里，一位年轻女子坐在桌子前，俞华南坐在床边，两个人正说着话。

孔燕妮笑着问："谁说要去广播站登寻人启事的？"

那位女子先站了起来，说："一听你这句话，我就知道你是孔燕妮了。"她看了看俞华南，俞华南马上站了起来，给孔燕妮介绍说："这是北京社科院的罗影影。北京社科院派她到你们省社科院调研地方理论界的思想状况。"

孔燕妮拉着罗影影的手说："你来得好。你不来的话，我还没法知道俞华南在什么单位工作。"

罗影影说："我不知道他在什么单位。我只知道他和我一样是从北京来调研的。"

俞华南对孔燕妮说："我是单位借调的，还不是正式人员。等我回了北京，把工作落实了，我就会写信告诉你。"

罗影影说："哎哎，我们不说这些家长里短的事了。说点别的吧。"

孔燕妮说："你们刚才在笑什么，说来听听，让我也笑一笑。"

罗影影说："我听来一件事，一位华侨跟北京政府合作建一家大饭店。建到厕所时，工人抗议，全都跑光了。说是厕所造得比他们住的家都好，工人阶级受不了这种打击。"

孔燕妮说："这好笑吗？一点都不好笑。"

"算了，看来你这人太紧张，没有幽默感。……你最近在学什么？"罗影影问孔燕妮，"邓小平两个月前的'北上谈话'你学了没有？"

"我没有专门去学。但我也大概知道一些主要的内容，就是要打破平均主义，让一部分人先富起来。譬如说，家庭养殖这一块。养三只鸭子是社会主义，多养一只鸭子，养四只鸭子就是资本主义。施大嫂偷偷养了十几只鸭子，那她就是死不改悔的资本主义。鸭子要被处死，她要被抓起来游街。现在就是要解放思想，让施大嫂不仅能养十几只鸭子，她想养多少就养多少。这样她就能先富起来了。"

罗影影的眼里泪光闪闪："以后再也不会有这种事了，社会主义不是让人挨饿受冻。但是人的思维习惯一时是改不了的。譬如说政策允许大家多养鸭子。这个施大嫂，或者不是施大嫂，是赵大嫂、李大嫂、王大嫂……她勤快，敢冒险。为了放鸭子，她起早贪黑，东躲西藏，经常把鸭子赶到远处，回不了家，就在野地里过夜。风吹雨打，经常饿肚子，还要被人欺负。但不管如何艰辛，她吃的苦最终有了回报，她比别人有钱了，穿上了新衣服，每天都有大米饭吃，米饭里还拌猪油。那些因为各种原因不能吃苦的人与她相比，生活差距越来越大，心理就越来越不平衡，施大嫂就成了孤立的一个。这可怎么办呢？"

孔燕妮说："是啊，这可怎么办呢？"

俞华南望着孔燕妮笑了笑。

罗影影说："我这次在省城，还去了化工厂、卷烟厂、中学、小学。我调查两个问题，第一是去年普加工资，大家满意不满意。第二是同年龄、同资历，你能接受的最大收入差距是多少？其实我抛出这两个问题，主要是想看看大家对物质差距的心理承受能力。普加工资，大家都满意，毕竟二十年没加工资了。大家能接受的收入差距，大致不能超过十块钱。有一位化工厂的老工人说，别人要是超过我五块钱，我就造他娘的反。"

孔燕妮说："要想让施大嫂不孤立，只有一个办法，就是让大家都富起来。"

罗影影突然露出凶狠的一面，言语里对孔燕妮发起攻击。她说："我只看你一眼，就知道你是个狂妄自大的人。你把自己当英雄，可是你的思想又很落后，而且十分的幼稚。让大家都富起来？怎么可能？你这又是平均主义。"

孔燕妮看了看俞华南，没有吭声。俞华南说："怎么不可能？你说一说理由。"

罗影影涨红了脸，捏起拳头狠狠捶了俞华南一下。想了想不解气，于是一个劲地捶俞华南，还用力跺着脚。孔燕妮不想看她这么撒娇，就走了出去。刚到门口，俞华南就追了上来，说："你怎么就走了呢？我们三天没见了，我有好多话和你说。"

孔燕妮抬起眼睛，已是眼泪掉了下来。她说："我也有许多话和你说。"

两个人沿着石板路信步而走。

俞华南说："罗影影是个聪明的女孩。她是个工农兵大学生，她在六七年前就自学了英语、法语、日语。近两年领导们出国考察访问，都带着她去。而且，她也很善良……"

孔燕妮说："看得出来，她很善良。"

"我和罗影影只是一般朋友，你不要难过。"俞华南说。

"我知道。她那么撒娇，我很羡慕。我喜欢过很多人，可是从来没有撒过娇。杜克，我在他面前总是自卑。张风毅，他就像神一样，我在他面前就是一个凡人。你看到凡人向神撒娇吗？没有。后来他进了监狱，我找过两个男友，他们把我看成神。你见过神向凡人撒娇吗？没有。神是不敢向凡人撒娇的。现在碰到了你，不说你比我小几岁，我们一共就十几天的时间，我根本来不及向你撒娇。"

"那我们特殊事情特殊对待。我这几天给你创造撒娇的机会。走，我请你去吃梅干菜煨红烧肉。我们可以一边吃一边互相撒娇，我也想撒娇呢。"

孔燕妮一听就笑起来了。

罗影影从后面追了上来,说:"你们俩休想把我扔掉。我就跟着你们。"

她一路跳跳蹦蹦地紧跟着俞华南和孔燕妮。孔燕妮找了一个机会,拉着俞华南躲进一户民宅的备弄里,看着她急地走过,东张西望,脸上红红的。孔燕妮不忍心了,走出藏身的地方,上前拍了她一下。罗影影一把搂住孔燕妮,再也不放手。

三个人来到老隐住的地方,大老远地就闻到了梅干菜烧肉的味道。

走进院子里,大黄狗满心喜悦地拖着舌头,眼睛忽闪忽闪地和人对着眼光。俞华南走过去仔细地看着狗眼睛说:"狗得了精神病就是什么?"

老隐说:"就是疯狗。"

老隐忙得团团转,他烧了一大锅米饭,一大锅梅干菜烧肉。院里的石桌上,摆好了五副碗筷,五只银胆随形椰壳老酒杯。还有水煮冬荸荠,凉拌九孔藕,都用香草龙纹饰的老瓷盘装着。

罗影影看到一院子的坛坛罐罐里都种着菖蒲,惊喜得不得了,顾不上吃喝,专注地一样一样看过来,嘴里说:"品种挺多啊。"

老隐把梅干菜烧肉连锅端上石桌,盛了五碗饭,倒了五杯"五加皮"。自己先坐下来,吃了一口饭,喝了一口酒。

"罗影影,吃饭吧。"俞华南招呼道。

罗影影放下菖蒲,过来吃饭。她问老隐:"我们四个人,你为什么要放五副碗筷?"

老隐不吭声,吃了一阵他才说:"我想肖恩。我吃饭的时候,要多放一副碗筷,防备他突然来到我家。"

他说这话的时候,脸上又伤心又凄惶,像个委屈的孤儿。孔燕妮说:"你不要难过,我以后会经常来看你的。"

罗影影不知道肖恩是谁,她也不想知道。她说:"你这儿的菖蒲可以开个展览了。我去年到美国,看见一家华人的花木店里摆着几盆这玩意儿,当个宝似的。我还有这家店的地址。明年,我给你联系,让你到他那边去办展览。"

俞华南打趣说:"哟,老隐。你的好运来了,去美国办展览,那你就能见到肖恩了。"

老隐低着头说:"嘘,声音轻点。小声说话,小声放屁。"

他话音刚落,门口就炸起一个女人的声音:"王仁平,你家今天来了什么客人?你的肖恩回来了吗?烧的红烧肉真香,让我看看你烧了几样菜。"

老隐大声说:"我没烧什么红烧肉,你还是滚远点。"

大黄狗不解地看着主人。

那个女人哼了一声,说:"你就是枇杷叶子面孔,一翻一张脸。看你家有客人,我给你一点面子。"说完就再也没声音了。

罗影影拿起酒杯喝了一口说:"这是黄酒吧,我还以为是可口可乐呢。我想这里怎么会有可口可乐,难道老隐家里有什么人当外交官?不过我们国内也快有可乐喝了,外经贸部长李强同志已经同意把可口可乐从香港引进内地。"

老隐插话说:"我想肖恩。"

孔燕妮说:"老隐进步了,想得起自己的事了。你好好地想肖恩吧。'我想肖恩。'只要心里有'我'这个字,慢慢地就会想起自己好多事。想起自己好多事,人就有根了,就像你的菖蒲一样,有根才能活。"

老隐吃完了饭,也不管他们,径自去了里屋,拿出配的中药柴胡五克、黄芩五克、荷叶五克,放在砂锅上开始煎煮。他说他口臭上火，抓了这个方子，吃了半个月，嘴巴已经不臭。

俞华南说："你少想想肖恩，心里就不上火了。是不是？"

老隐说："肖恩一天不来，我心里就一天不安定。"

孔燕妮关心地问他："除了养菖蒲，你以后还想干些什么呢？你平反了，补发了那么多工资，房子也退还给你。你要不要找个女朋友一起过？"

老隐说："我不要女朋友。我有重要的事情做。我想收集吴郭六六年到七六年的失踪人员档案，给这些受害人留个纪念。"

他说完就哭了起来。大家都来安慰他。罗影影哽咽着说："我们向前看吧，我们向前看。"

吃了饭菜和酒，俞华南拿出一张五元钱压在饭锅底。三个人坐在那里商量了片刻，俞华南去玉石雕刻厂。罗影影想去光明丝织厂，厂门口有一个自行车队，叫"护花车队"，清一色的"永久"自行车，清一色的男青年，他们是自发组织起来护送上夜班的女朋友的。这也是新生事物了，罗影影想去了解一下。

孔燕妮没有多说什么。

三个人三个方向。她走了一条街，看见俞华南倚在一条巷口等着她，手里拿着两根糖葫芦，晃啊晃地看着她。两个人就一人一根吃着朝前走，谁也没说话。快到百货大楼时，孔燕妮说：

"你走吧。我到了。"

"你到哪里？"

"你管我到哪里。"

"你告诉我到哪里，我就告诉你今天的议题是什么。"

"没有议题了。"

"我已经看出来了。我们还有一个星期的恋爱时间，你想提早结束，门都没有。"

"我俩说好谈恋爱，本来就是开个玩笑。"

"我没有开玩笑。你一直在开玩笑？"

孔燕妮想了一想说："我不太清楚……好像真有开玩笑的成分。"

"你也没有开玩笑，你就是心猿意马，容易爱上别人罢了。"

"你怎么看得出我爱上了别人？"

"刚才我和罗影影在屋里说话，你一步跨到门口，照理说你应该不高兴、不愉快才对。可是你一见到我，眼睛往地上一望，嘴唇张开，浑身都软下来，像一条快死的美女蛇。你这样子，说明你心里发虚，觉得自己是个坏女人，不自不觉地模仿了电影里坏女人的样子。我说得对吗？"

"好像是这样的。"孔燕妮笑了。她不得不佩服俞华南敏锐的观察力。

"你是个好女人，不要把自己看坏了。你总是对自己评价这么低，迟早要进精神病院。精神病院里女人很多，她们大部分都是想做坏女人的好女人。"

孔燕妮说："我不敢想自己是个好女人还是坏女人。我只知道，我有我的追求。"

俞华南不舍地跟着她走。一走就走到了她的住处。打开院子的门，打开房门，掀起落下的蚊帐，掀起没铺好的被子，孔燕妮坐在床上，伸出手邀请俞华南。俞华南顺从地走近，说："奇怪了，我今天这么听话。"

孔燕妮说："奇怪了，我今天这么兴奋。"

他们一起倒在床上，把老式架子床摇得稀里哗啦响，床上的十几块挂檐也晃起来。

孔燕妮突然说："我妈妈死了。"

俞华南恍然大悟，说："怪不得你这么兴奋。你是想到我怀里找温暖。来吧，让我好好安慰你。"

孔燕妮说："我像一个吸食人气的妖怪，靠这样增加力量。"

两个人急慌慌地脱了衣服，抱着滚进被子。正在卿卿我我，俞华南突然打了一个冷战，又打了一个喷嚏。他坐起来，转身把孔燕妮搂住他后背的手抹下来。

"你干什么？"孔燕妮说，"我要生气了。"

"对不起。"俞华南说，"你想从我这里得到安慰，可我给不了你。你的手太冷了，我的心里本来就冷，需要靠着温暖的东西。我一碰到你的手，心里就开始结冰，浑身发冷，就想不停地打喷嚏。"

"你要我戴一副手套吗？"

"不要。那样太怪。"

"我的手从十五岁就冰冷了。"

"那你说给我听听。我把衣服穿起来，你也把衣服穿起来。"

两个人穿好衣服，孔燕妮却不想讲了。她说："我今天是偷鸡不着蚀把米。"

俞华南说："你不要说得这么难听好吗？你并没有蚀掉一把米。我也不是鸡。"

他们脸对着脸傻笑了一阵，没心没肺地约下次再上床。俞华南就走了。他要去玉石雕刻厂。

俞华南走了。孔燕妮在家里自言自语："我迫切需要爱情，就像别人迫切需要钱一样。"

第五章

百货大楼门口，大家都等着她。

来了七个人，正好四人一组。她和冯春霖、夏玉瑶还有另外一个女生一组，上11路车。另外一组上1路车。夏玉瑶还给每人剪了一小块圆形的蓝布，用大头针别在胸前的衣服上，蓝布上面写着"自觉"二字。冯春霖手抄了八份宣传单，大意就是说公民要自觉遵守公德，在公共场所要为他人着想，讲卫生，懂谦让，用词文明。为他人着想，就是为自己着想。人人为我，我为人人。

一九七八年的吴郭，公交车有十条线路。市内公交车有七条线路，到郊区有三条线路。早上五点半发第一班车，晚上五点半是最后一班车。没有自行车和不会骑自行车的人，只能挤公交车。上下班的时候，站台上就像赶集，公交车门关了，人的衣服还卡在门外是常有的事。

孔燕妮他们上的11路车，这是市中心出发到郊外钢铁厂的一条线，来回一趟要两个小时。

他们在等车时，碰到了《吴郭日报》的一位著名的摄影记者。这位记者姓欧阳，和孔燕妮见过几次。他一看孔燕妮带着学生们，身上别着蓝布标识，手里都拿着宣传单，就热情地拉着师生几个，不由分说地拍了照，说夜里赶印，明天一早就见报。题为：师生走上街，宣传新风尚。拍了照片，记者跟着他们上了车，隔着一些人，没和他们站在一起。

车上，夏玉瑶和另一位女生站在车厢尾部，孔燕妮和冯春霖站在驾驶室后面。年轻的女售票员不停地吆喝："往后面走，往后面走。你们没有耳朵啊？"

座位是没有的，车厢里大包小包，还有农家用的筐和扁担。筐里装着青菜、萝卜之类。地上还有一只被草绳缚了脚的鸭子。驾驶员是个五大三粗的中年男人，脚劲了得，每当车子刹车，全车厢的人都粘在一起朝一边倒，车子一开，一齐又弹回来。动作整齐柔软，没人能够逃脱车厢里的这股集体能量。孔燕妮被裹挟在里面东倒西歪，唯恐踩到脚底下的鸭子。冯春霖徒劳地想保护孔燕妮，却每次都差点倒在孔燕妮身上，吓得他脸都红了。

鸭子的主人是一位中年男子，穿得还算干净，戴着一顶蓝布帽子，稳稳地坐在驾驶员后面的椅子上，手肘靠在车厢里的扶手上，一手抓了一大把花生，一粒一粒地朝嘴里塞。他那嘴就像脱粒机，花生壳纷纷扬扬从他嘴里吐出来，落到鸭子身上和地上。地上除了花生壳，还有鸡蛋壳。他边上坐着一位二十岁模样的男青年，两手捧着装满花生的布帕，时不时地把布帕送到脱粒机前面，说："爹，再吃点。"

边上有人夸奖："唉，你看人家这孝顺儿子……"

孔燕妮和冯春霖互相看一眼，点点头。孔燕妮掏出冯春霖手抄的宣传单，放到中年男子的手上。中年男子惊了一下，说："我不识字。"

他的儿子满腹疑虑地一把拿过宣传单，看了一看，没明白是怎么回事，就看着孔燕妮。他眼神清澈，神情有点腼腆，一看就是一个单纯的年轻人。

孔燕妮说："同志，车厢内要保持干净整洁，请把地上的食物残渣捡起来。"

那中年男子看着孔燕妮，张着嘴，嘴里装着一嘴的花生仁。他愣了一会儿，终于想明白了什么，低头弯腰去捡鸡蛋壳和花生壳。他的姿态仿佛向一车厢的人表明，他向压迫他的生活低头，向眼前这个有权压迫他的女人低头。那一瞬间，他的儿子朝孔燕妮恶狠狠地转过脸来，这是一张受到污辱和伤害的脸，眼睛里燃烧着熊熊怒火。他一把搡起父亲，说："爹，不要捡。我们不能低人一等。"

冯春霖显然被这一幕吓住了。

当爹的直起腰，委屈地撇着嘴角。

那儿子勇敢地伸出一根手指头，指到孔燕妮的鼻子上："我爹是贫下中农，从小吃旧社会的苦。你看不起我爹，你阴损我爹，我跟你拼了。"

孔燕妮没想到会出现这样的局面，为了息事宁人，她只好说："如果车厢里每天都有一大堆垃圾，售票员和驾驶员那得多辛苦？一天忙下来还得花半个小时扫车厢。再说我们乘客坐在这种环境里，也不舒服是不是？"

那位儿子快哭了，还是倔强地说："我和你拼了。"

车子突然一刹车，全体朝一个方向一倒。那位儿子正好倒在孔燕妮身上，他顺势使了点蛮劲，把孔燕妮压趴在车厢地面上。他这么一搞，边上好几个人都倒在别人身上，一时响起不满意的尖叫和发牢骚。等到大家都重新站好时，"脱粒机"的儿子又朝孔燕妮身上猛地踢了几脚。孔燕妮被他踢得"哎哟"叫唤了一声。后面的夏玉瑶挤不过来，急得一迭声让驾驶员开门。驾驶员把车子靠边停了，放夏玉瑶和另一位女生下了车。

前门还关着。

夏玉瑶又跑到前门,敲着车门让驾驶员开前门,她要到车厢前面来保护老师。

驾驶员不开门,这就是他的态度。

一时局面僵住。车子既不开门,也不走。

冯春霖冷静地想了想,决定出手。他个子高,手臂长,隔着几个人,一把抓住了那位儿子的头发,使劲地朝身边拖。当父亲的喊起来:"解放军打人了。"

驾驶员回过了头,说:"谁也不能打人,谁打人我就把车子开到派出所去。"

他"轰隆轰隆"地重新发动了车子,一副要开到派出所的架势。

孔燕妮说:"驾驶员同志,你还有没有是非的观念?我们是在做一件有意义的事。"

驾驶员大声说:"你们几个一上来,我就知道要惹事。人家没吃午饭,吃两个鸡蛋和几把花生,没啥的。我们下班以后,总是要打扫车厢的,也没啥的。"

女售票员说:"你这位老师,这么紧张干什么?知识分子现在吃香了,可也不能由着性子胡来是不是?"

孔燕妮看看四周围乘客的脸,大家的脸上也都一副"没啥"的表情。她果断地对驾驶员说:"开门,让我们下车。冯春霖,走,我们下车。"

下了车,师生四个人汇合到一处。冯春霖他们三个人,不敢看老师。孔燕妮说:"我就不相信群众的觉悟那么低。我们再去。今天就是要把公交车里乱抛垃圾的坏习惯改正一下。"

他们又上了2路车,这是跑市内的车,没有那么多大包小包,此刻也不是上下班高峰，车上也没有那么多人。他们在车上看到一位妇女把脚搁在对面的空座位上，顺便把她教育了一番。售票员把票根乱抛在车厢里，他们也顺便教育了她一番。他们手上的宣传单，好些乘客也默默地看了，没有反对意见。总之，乘客的脸上没有"没啥"的表情，也没有"有啥"的表情。不管怎样，孔燕妮的面子争了一点回来，但是她心里还是不高兴，被"脱粒机"儿子踢打的地方，有几处和旧伤重合，一阵一阵的痛。旧伤，就是那天在桥上被陌生人打的地方。她下意识地摸摸脸，脸上早就消了肿。

一下午很快地过去，他们坐了末班车回到百货大楼。师生八个人，站在那里竟然无话可讲。

好像要变天的样子，夕阳返照的天空里，布着两层云海。下层的云海灰黑可怖，时时变幻。一时如鬼怪张牙舞爪，摄人心魄。一时又如万丈山峰，山峰间深壑如削，云絮在其中飘逸游荡。上层云海如细碎的黄金堆砌而成，辉煌、凝重，纹丝不动。

谁也不问这个"自觉行动"要不要继续，瞎子都能感受到孔燕妮的沮丧气息。

冯春霖说他送孔老师回去。大家就纷纷告别。临走时，孔燕妮说："十八号晚上，我在青云岛阿胡子家里请客，等着你们来相聚。大家一定要去呀。"

七位学生互相看着，交流着眼神，最后他们嗫嚅着说一定去。

"一定来啊！"孔燕妮还在叮嘱。她看出大家都不想去青云岛。

六点半，天已经全黑了。冯春霖悄悄地用手挽住了孔燕妮的胳膊，问："身上还疼吗？"

孔燕妮想了一想，竟是不好回答，冯春霖用了"身上"二字，显得太贴心了，让她一时回不过神。但不回答又有点不甘心，有点对不住自己，也对不住冯春霖。所以她想了一个话题，反问道："你刚才在车上揪住人家的头发，动作飞快。平时看不出来你这么厉害。"她语气里全是赞赏。

冯春霖说："我刚才是着急了，怕那个人把你打坏。我平时不打人，不骂人，能不兴奋就不兴奋。"

"你这么大的男孩，竟然不会骂人？"

"不会。我父亲母亲都不会骂人，他们最多骂人放屁。"

孔燕妮想起自己小的时候学会的一口脏话，开玩笑地说："你如果想学骂人的话，我可以教你。"

冯春霖说："谢谢老师啊！"

两个人一齐笑了。笑完后，孔燕妮说："身上的疼好多了。"

冯春霖说："你快到家了。我不送你了。"他慌乱地看了孔燕妮一眼，匆匆忙忙地走了。

冯春霖刚走，孔燕妮就碰到骑着自行车的黄阿兴。他下了车，对孔燕妮说："我刚才碰到记者欧阳了,听说了你的事。我就想找你，有话和你说。"他自行车的链条有点问题，轮子一转就发出"咯噔咯噔"的声音。但是自行车的噪音一点都不妨碍他说话，吴郭人私下说，黄阿兴从机械厂的办公室主任一路升官，主要是能说。

"你知道我们国家的外汇储备是多少吗？"他问，然后自问自答，"你肯定不知道。我们的外汇储备才一亿多美元。所以我们下来要大力发展涉外旅游，让外国人来，吸纳外汇，解决外汇储备问题。北京已经把涉外旅游搞起来了，今年到十月份为止，你知道北京的入境旅客人数比七六年一整年增加了多少吗？将近四倍。这很吓人，也很鼓舞人。"

孔燕妮说:"阿兴,我饿了。你请我去饭店吃碗虾仁荠菜馄饨。"

黄阿兴说:"你想吃虾仁荠菜馄饨?我也想吃,碗里漂着金黄的蛋丝和翠绿的蒜叶丝。我已经加班好几天了,我老婆让我今天一定要回家。所以我不能和你去吃馄饨。改天我请你吃吧。你再听我说几句。涉外旅游,目前就是入境旅游,一定要搞起来。要搞起来,就得让老百姓提高素质,不能出洋相。兰州去了一个外国人,造成一万市民围观。我们不希望吴郭也出现这种现象。我们要打造一个文明城市。我听说你今天在公交车上的事了,报纸明天就上头版头条。你做得很好。我希望你继续做下去。这件事,你明天上午到我办公室来一趟,我们商量商量。"

孔燕妮说:"我不去。"

"为什么?"

"我要回去好好想一想。——我怎么觉得我做错了?"

黄阿兴张口结舌,他不懂孔燕妮怎么会觉得她是错的。

"女人就是容易变化。"他对着孔燕妮的背影喊。

路灯唰地一下全亮了,表明现在到七点钟了。

此刻,孔燕妮也没想明白错在哪里,但她马上就会明白了。

孔燕妮回到她租住的地方,家里没有吃的,一无所有。炉子里封好的火也灭了,她到前院的人家那里借了旺煤球和一小盘自晒的面条,将就着煮了一碗盐水面。吃完面条记笔记,主要是用文字理一理今天"自觉行动"的感受,还想自省点什么,可总也"省"不出什么内容。她敲着桌子问自己:"你到底有没有错?如果错了,你错在哪里?"

依稀听得有人敲后门。

她想，会不会是冯春霖来了？

高高兴兴地开了门一看，是骑着车的俞华南。他一开口就让孔燕妮不高兴：

"你今天去公交车上搞什么名堂？这种行动，赶快叫停。"

孔燕妮心虚地说："你为什么这么说？我们坐下来好好说。我也正想与你聊聊天。"

俞华南说："我不进去。我们就站在这里说。你为什么要搞那个行动？"他严厉地批评孔燕妮。他说孔燕妮心口不一致，嘴上一套，做的又是另一套。嘴上说怀疑并否定盲目的激情，实则上还在搞激进主义。

孔燕妮听他批评完了，才说："你没看见老百姓那么不讲公德？"

"公共卫生差吗？我看见了。我走到什么地方都看得到。"

"我只不过走上大街宣传了一下。"

"你这种宣传就是带着强迫的。大家的生活刚轻松一点，你就对他们说，你这样做是不对的，你那样做又是不对的。你还对他们说，你应该这么做，你应该那么做。……孔老师，千万千万，不要再搞强迫性的行为，不要增加恐惧。我们经过了那么多盲目的激情年代，需要的是安静。老百姓的情绪需要体恤，哪怕他们吐了一地瓜果壳，撒了一地鸡蛋壳。当然他们这样做是不对的。不对是一码事，怎么纠正又是另一码事。正确的一方就要当爹吗？现在什么都要慢慢来。你不是怀疑激情吗？怎么又突然激情起来了？……"

"俞华南，自从碰到了你，我做什么都是错的。"

"和我在一起，你这么有压力？人有太多的压力，精神要崩溃。我心里很着急。"

"你着急个大头鬼。"

两个人脸对着脸僵持在后门口。炉子上的水开了,孔燕妮回去冲水,倒了两杯水拿进屋里。俞华南看她拿了两只杯子进屋,就推着自行车进来了。放好自行车,他进了屋子,在孔燕妮身边坐下,拿起水杯喝了一口说:"天是冷了。我没带厚衣服。反正我也快要回北京了,来接我的人就在路上了。"

"谁来接你?"

"该来的人。"

孔燕妮说:"你快回北京了,我俩连个床都没有好好上过,我也是枉担了一个虚名。以后盘点我的男朋友们,把你算进去好呢?还是不算进去好呢?"

俞华南嗫嗫嚅嚅:"随便你算不算……你和每个男朋友都上床?"

"不要当真,我不是开玩笑吗?"

"你为什么乱开玩笑?"

"我这种玩笑算什么。我小时候到花码头镇看高大进奶奶。她带我去插秧。那些插秧的妇女开起玩笑来才是厉害。劳动人民喜欢开玩笑,开得稍微有点过分,没有什么大不了的。"

"被你这么一说,我看到我的小气了。这方面我是太紧张了。我要向劳动人民学习,不要大惊小怪。"

"我也紧张。我俩有不同的紧张。"

"天上的云变了,看来明天要刮大风。"

"明天要是刮大风,我带你去一个地方玩风。"

"还有这种玩法?风也能玩?"

"能玩。玩起来特别有意思。"

"我迫不及待。"

"那你今晚上就住在我这里吧。你的同事罗影影会不会不高兴?"

"不会。"

"那就留下吧。"

俞华南低了头,想了一阵,才下了决心。"我不留。你不要这么轻率地留男人过夜。"他说,"……其实我看出来了,你根本没想留我过夜,你又在和我开玩笑。"

他端起茶杯,猛地喝了一大口水,喝得太急了,咳了出来。孔燕妮探过身去,体贴地给他拍了几下背。她在这个时候就像一位贤淑的家庭妇女。

俞华南还告诉了她一件事,今天他去玉石雕刻厂。一进厂,就看见五个人在地上拼命地踩一条大拇指粗细的小蛇,那条可怜的小蛇不过是想从这边的草地到那边的河塘而已。没想到被两位路过的男人看到了,他们不由分说上去就踩。又有三个人来了,五位男人一齐上去踩,踩到最后,小蛇只剩下一张破破烂烂的皮,大家还是一脸无法平静的样子。俞华南见此情景,什么也没说,见到厂长后,他只提了两个建议:第一,要当心工人在工作中的安全。第二,播放一些温柔的音乐,像《春江花月夜》《梅花三弄》什么的。不要老放慷慨激昂的曲子。

厂长认为第一条建议是对的,第二条建议莫名其妙。慷慨激昂的歌曲提精神,干活就得提精神。

革命不是请客吃饭
不是做文章

不是绘画绣花

……

不听提精神的歌,难道听掉精神的歌吗?

俞华南说:"你和我说心里话,你是喜欢嗓门大说话急的老婆,还是喜欢慢悠悠软言软语的老婆?"

厂长说:"被你这么一比喻,我有点懂了。"

此时,俞华南对孔燕妮如法炮制,说:"你和我说心里话,你是喜欢和风细雨的男朋友还是喜欢粗暴蛮横的男朋友?"

孔燕妮不吃他这一套,说:"两者都喜欢。"

俞华南说:"'自觉'不能'勉强',你去勉强别人按照你的心意做,人家当然有压力。我们不能再有压力了。就是医生也不能强迫病人打针吃药。我们要轻轻松松,高高兴兴地活,不谈思想,不谈主义,只谈风花雪月和吃喝玩乐。你呢,只管谈好你的恋爱,别的事情有我们男人管,不用你指手画脚。"

听到他最后一句话,孔燕妮二话不说,把俞华南推出门。俞华南朝后退时,差点在门槛上跌倒。他推着自行车出了后门,孔燕妮听到他骑着自行车在鹅卵石小道上"咯噔咯噔"一路疾驶,也不怕骑到河里,不由得又好气又好笑。

俞华南刚走,后门就来了两位警察敲门,孔燕妮给他们开了门,他们俩就打着手电筒走进孔燕妮屋内,电筒光一顿乱晃,床上床下照个不停。孔燕妮一看就明白,走到对门,敲敲门,说:

"潘小根,派出所警察来了。"

潘小根在里面说:"哦,我刚才一进家门,看到你和一个男青年在吵架,怕你吃亏。就去旁边的派出所报了个警。"

孔燕妮说:"要我怎么谢你呢?"

潘小根开了门,先对警察说:"没事了,那男的走了。过两天我给你们送一面锦旗。"又对孔燕妮说,"不要谢我。你住我对门,我保护你是应该的。但是你也得注意一点,不要把男人朝这里带,我们这里到底是干干净净的地方。"

他刚说完,孔燕妮就给了他一个巴掌。这个巴掌没什么声音,但在清冽的夜里显得格外凶狠,潘小根吓了一跳。他反应很快,呼地关上了门。

进账和付账,随时随地发生着变化。同一个人身上,都在不停地变化。

两位警察愣了。

孔燕妮说:"他过得太紧张了,给他一耳光松弛松弛。"

第六章

夜里九点多，正当孔燕妮想把俞华南和她的争论还有潘小根的作怪写进日记本的时候，后门又被谁拍响了。她自言自语："今晚上为什么这么热闹？是谁？难道又是来找我的？"

就是来找她的。

她开了院门，左看右看，看不到人。突然墙边一丛竹子一阵颤动，竹子后面传来柔弱的女人声音："我们在这里。"竹子后面一般都是男人们随便撒尿的地方，这个女人和谁躲在那里，也是奇怪的事。

然后一个女人走出来，一个男人也跟着走出来。这条鹅卵石小道上只有巷尾那里有一盏灯，别的地方都没有路灯，这也是男人们喜欢在这里撒尿的原因。巷尾那儿还发生过一桩强奸案。黑灯瞎火的，二十几岁的强奸犯把一位出来倒痰盂的五十多岁的老太太强奸了。后来巷尾那里就装上了灯，照亮了四周。装灯并不是让强奸犯看清女人的年纪，而是防范强奸的发生。灯光底下，强奸是不可能了。同时，撒尿也不可能了。但不知道为什么，电线杆下面还是尿烘烘的。

女人大约四十岁，隔着夜色和距离都能感受到她身上的深深绝望。她穿着一件薄绒线外套，风一吹，绒线外套显出了她瘦削的身形，腰身盈盈一握。

"我找孔燕妮老师。"她哼哼唧唧地说。每个字都像从牙缝里挤出来似的。

孔燕妮还没来得及说话,那男人上前一步对孔燕妮说:"我看你就是孔燕妮。"

孔燕妮听这位男士这么一说,就知道他的嗅觉比较好。

那男的又说:"我和她是夫妻,是合法夫妻。"这一说,又表明了他有与众不同的理智,这样说话几乎是有身份有地位的象征了。孔燕妮本来不愿意让他俩走进屋里,她有轻微的洁癖,但一看那男的朝她投过来不加掩饰的欣赏目光,她也就不好意思多说什么了。她看着那男人,五十岁不到,穿着时尚的暗条纹夹克衫,神情和气息都有点熟悉,一时想不起来是谁。

一男一女到屋里坐下,孔燕妮这才想起这男人像谁了,冯春霖和这个男人长得一模一样。眼前这对"合法夫妻"来者不善,孔燕妮身上冒出了冷汗。

那女的无精打采地坐在那里,眼睛死死看着孔燕妮。她的眼睛是柔弱的,视线是软而短的。但她努力地把目光变成锋利的探索器,扼住孔燕妮的思维和意识,看出她心里隐秘的欲望。

孔燕妮从来不怕任何想刺探她内心的目光,她领受的都是世上最凌厉的眼神。但眼前这女人的眼睛让她感到害怕。她决定以逸待劳。

过了许久,女人回头软软地对男人说:

"又老又丑。你看呢?"

男人听了女人这么问,趁机把孔燕妮看了又看,看了以后他不作声。女人踢了他一脚。这一脚踢得很重,男人吃了一惊,把脚缩了起来,说:"是的,又老又丑。你说得很对。"

女的对孔燕妮说："我家冯春霖，把你的照片放在他枕头底下，夜深人静的时候，还把你照片拿出来放在床头柜上，看了又看。"

孔燕妮的脸红了，小心地回答："冯妈妈，我没有送过冯春霖照片。"

冯妈妈——该称呼她为冯妈妈了。她回过头和冯爸爸说话："她说照片不是她送的。"然后又重复了一遍，"她说照片不是她送的。"

冯爸爸不耐烦地说："没送就没送吧。有什么话我们快点和她说，说完了快点回家，我明天还要上班——你明天也要上班的。"

冯妈妈从上衣口袋里掏出一方丝绸手绢，按住脸哭起来。她不住地哭，冯爸爸咳了几声，开始对孔燕妮说话，眼睛却望着别处："有一位纯洁的男孩，爱上了他的老师，从此就不纯洁了。神魂颠倒。我们认为，这位女教师起码要负一大半的责任。"

冯妈妈放下捂脸的手绢，接着说："要不是女老师勾引他，纯洁的小男生哪里会这么干？所以女教师要负全部的责任。"

夫妇俩看着孔燕妮，等着她表态。他们话里话外都指向了孔燕妮，要想摆脱这个话题是不可能的。

孔燕妮说："我这位纯洁的男学生干了什么了，难道他杀人放火了？"

冯妈妈说："放屁。我宁愿他杀人放火，也不想看到他这么下作。"

冯春霖对孔燕妮说过，他的父母亲都不会骂人，最多就是骂放屁二字。

冯妈妈骂完放屁二字，扶着桌子站起来，走到孔燕妮的面前，慢慢悠悠地跪下来，就像秋天的一片落叶一样掉在孔燕妮的脚前。她磕了一个头。

孔燕妮连忙站起来伸手扶她,说:"你这么做,我是当不起的。你总得告诉我出了什么事?"

冯妈妈刚想说什么,一转脸又磕起了头。孔燕妮放下手,说:"你再磕,我也朝你磕。看谁把谁磕死。"

冯妈妈停止磕头,说:"我儿子冯春霖,以前夜里都听高档的音乐,贝多芬、莫扎特、肖邦。最近几个月,他不听了,每天夜里都拿着你的照片看……"话没说完,她瘫坐下来,拍着地板哭诉,"他每天夜里看着你的照片,就像每天上夜班一样。他一边看一边还要在自己身上劳动。他就像个劳动模范啊。他每天夜里都要劳动,又苦又累,都是被你害的。他这样下去,等不到结婚,人就废了。别说生孩子,就是抱一抱老婆都抱不动。"她大张着嘴,一嘴细碎的小白牙,人家都是三十二颗牙,她看来远远不止三十二颗。

冯爸爸把头扭到一边去,咳了几声,再也不敢看孔燕妮的脸。

孔燕妮情感经历颇多,也算得上是个女中豪杰。即便这样,她听到冯妈妈的话,脸上不由得一阵发热。

"你儿子是个正常的男孩。正常的男孩都……"她勉力说出这句话。

"我告诉了我的父亲母亲,还告诉了我的公公婆婆。他们都说不正常。春霖的爸爸,他第一个说不正常。"

"他们都在骗你……"

"你才是骗子。你想把我儿子骗到你床上采阳补阴。"

孔燕妮再也不想说任何话,这几天她心力交瘁,心上不能再增加压力。冯妈妈的话刺伤了她,而且她也看出夫妇俩今天不会善罢甘休。窗外,潘小根已经在探头探脑了。她推开门走到院子里抬头看月亮,大半个月亮挂在偏南的天空上。

潘小根走近她体贴地问:"要不要出去? 我陪你走到大街上看月亮。"

"不要。"

她声音很响,带着怒气,把潘小根吓了一跳。

冯妈妈闻声出来,冯爸爸跟在她后面。

孔燕妮对他俩说:"冯春霖是个好学生,你们不要为难他。"

冯妈妈对冯爸爸说:"你看,我说得对吧?咱们春霖是好的,都是被她勾引的。"

冯爸爸说:"我们今天来,不为别的,就为了听你说一句,保证以后不要再和冯春霖有联系了,你会毁了我一家的。"

他掏出一张纸,递给孔燕妮。孔燕妮看了,上面写着"保证书"三个字:兹有孔燕妮保证今后不再与冯春霖往来。一九七八年十一月十二日。

他还递过一支派克钢笔。

孔燕妮痛痛快快地签上了自己的名字。

门外走过一位女邻居,探头探脑地在门边一看,看见潘小根,问:"潘小根,你在干什么?"

潘小根说:"我在看热闹。我对门这位新搬来的女邻居是位老师,好像跟男学生有点什么。当然说不定也没什么。男学生的家长找来了,我没法劝。要不你进来劝劝吧。"

他这么一讲,那位女邻居真的跨进院里来了,不幸的是,她后面还跟着一大帮邻居。他们都是跳舞爱好者。新近开了舞禁,他们去工人文化宫露天舞场里跳了末场舞,吃了路边摊上的小馄饨,一路走着回来。没想到还能看一出好戏,瞬间就把院子站得满满的。他们脸上笑嘻嘻的,空气里散发出一股味精、油、盐调料味道。

潘小根从冯爸爸手里一把抢过保证书,挥舞着,说:"你看你看,连保证书都写了。十八岁的小哥哥就像一朵花一样。……糟蹋男学生不够意思,你糟蹋我这种人还差不多。"

冯妈妈哭出了声,冲出院门,一下子跳到路边的小河里了。谁也没想到她会来这一手,大家叫着嚷着一齐涌出院子,准备去救她。这下引来了更多的邻居。冯妈妈在河里说:"各位父老乡亲,我这老脸丢光了。我没脸见你们,还是死了算了……"

大家把她拉上岸,她冻得直打哆嗦,牙齿咯咯地响。有人给她叫来了三轮车,她上了三轮车,回头对孔燕妮冷飕飕地说:

"孔老师,我恨你!"

这边,潘小根对邻居们说:"没事了,大家散了吧。……虽然你对我不客气,我还是要关心你。谁让你是我邻居呢。孔老师,你还撑得住吗?你今天晚上真是够呛的。"

乱了一阵,邻居们都散了。他们散了以后,孔燕妮发现松树上赫然挂上了一面镜子,正对着她的窗户,这是俗称的"照妖镜"。吴郭的民间习俗,把镜子悬挂在一个地方,正对着谁,谁就是这面镜子要镇住的"妖"。常常有两家不和的,互相挂出照妖镜照住对方的房子。这面镜子肯定是刚才混乱中,孔燕妮的邻居偷偷挂起来的,要罩住她的魂魄,镇住她的妖法,日夜扰乱她的心神,让她不得为害人间。

这面镇妖镜挂得很讲究,它并不是孤零零的,而是放在一面破破烂烂的竹匾里,一起吊在松树上。为了增加镇妖的效果,破竹匾里还粘上一张大红纸,镜子上绑了半把坏剪子。剪子生了锈,还是豁口的,可是不影响它们镇妖的决心。它们组合在一起,占尽天时地利人和，霸道蛮横又阴阳怪气，无坚不摧，勇往直前。

孔燕妮笑了笑，不想理会这面镜子。回到屋里，屋里残留的气息乱糟糟的，但她还是努力平息了心情，坐下来继续写日记。对她来说，今晚俞华南对她的批评比冯妈妈跳河更有思考的价值。她写道：

几乎每一辆车上都有人扔垃圾。乘客们无所谓，驾驶员无所谓，售票员无所谓。他们就像一个其乐融融的幸福大家庭，而我和学生们是闯入他们领地的讨厌的人。我们不受欢迎。我本来以为，我们是正确的一方，乘客们、驾驶员、售票员，都会站在我们一起，但是没有。我当时想，一个国家的未来取决于人民整体的素养和品德，适当的约束对塑造人民的品德有好处。这错了吗？

黄阿兴肯定我的行为。

俞华南又来批评我了。他批评我批上了瘾。

如果张风毅知道了，会说些什么呢？

我错了吗？到底错在哪里？

我觉得我的想法没错，只是塑造人民的品德和风度，要由人民自己来做。而不是像我这样的简单干涉。我不能有老师和家长心态。

如果我一定要做这件事，那要选择对的时机。我现在就这样做是强人所难。等于要求一个饿了三天的人，看见饭菜要保持绅士风度一样。又好像去要求一个无比内急的人，看到厕所后要保持镇定一样。

我现在要做的，就是要顺其自然，不要急躁、冒进和紧张。

从今以后，每到星期六和星期天，公交车运营结束，我就带着学生们去公交车上打扫卫生。我想，这不会给任何一方带来压力。

我一辈子也忘不了那孩子的眼光，他的眼睛向我喷着火。在他的心里，我就是一位虐待、盘剥农民的刻薄自私的恶霸。他错了吗？他没错。

一切都要慢慢来，现在，宽容、理解、放松、相融，比责任、担当、奋斗……更为重要。

写完日记，十一点了，可是她睡不着。

孔燕妮想起冯春霖，她实在是个多情种，按捺不住地想见他。这两天付账比较多，力量消耗得多了，她的心就自然而然地想朝着爱的方向去。她放好日记本，穿上薄棉袄，走过院子，蹑手蹑脚地经过那面照妖镜，悄悄关上院门，来到冯春霖家里。冯家住着独门独院，冯春霖的房间在西北边，和父母的屋子隔着一个客厅。他的西窗下面，长着一大丛一人多高的月季，围着水泥花坛。站在花坛上正好够得着西窗。那西窗够小的，也够高的。冯春霖的家她以前来过一次，那次冯春霖的父母都不在家，当时她在冯春霖的房间里看到了一张女明星的挂历。现在他不会再看女明星的挂历了吧？冯妈妈说，他藏着她的照片。她要问问照片的来历。

冯春霖的屋里还亮着灯。

她爬上花坛，心里隐隐地甜蜜，甜蜜里又夹着丝丝苦恼。对自己既是肯定着，也是否定着。漫无着落，又是情有所归。总之，她的心里如同十五只吊桶打井水，七上八下。

她敲敲窗户。

冯春霖来开窗了,朝外开的独扇窗户只能开一点点,开多了,孔燕妮就没法站了。所以他俩几乎是隔着窗户说话的。

"你爸妈回来为难你吗?"

"没有。"

"你不要多想……"

"我没有多想。我就是觉得连累了你,怪不好意思的。"

"我不怕连累。"

"孔老师,你以后想怎么过?"

"我一个人过。你以后想怎么过?"

"我只想太太平平地过日子。我要成个家,生两个孩子。每天晚上回到家里,能吃上时鲜菜蔬,喝点小酒,像我父母那样。风花雪月浪漫的东西我是不会去想的。"

孔燕妮本想说,你这么年轻,怎么暮气沉沉像个老人呢?船待在港口很安全,可那不是船的意义。但是经过公交车的事,她对自己某种思维习惯已经产生了警觉。于是她不再说什么意义和责任,而是说:"你小小年纪倒是很有自己的想法。你想怎么过就怎么过,这样是最好的。"

她的眼泪不争气地流了下来,这是诀别的眼泪,也是失去希望的眼泪。

冯春霖没有看到孔燕妮的眼泪,他甚至没能感觉到她的沮丧。他是个单纯的孩子,他实话实说:"孔老师,我有一句话,你听了不要生气。"

"你说什么我都不会生气的,因为我一见到你心情就变得轻松愉快。"

进账第十三项：冯春霖让人心情轻松愉快。心情轻松愉快了，心里的力量自然增强。

冯春霖说："你不生气的话，我就说啦。听说你的爸爸是个心理医生。你为什么不让你爸爸替你看心理呢？"

"我没病呀。"

"你有病。你今天一天很累了，可是你这么晚了还到我这里来，这是不正常的行为。你很亢奋，就像我妈有时候那样。我妈经常为了让我爸讲出到底去谁家玩扑克，会坐在我爸床边一夜不睡。"

"这不是病，这是女人特有的焦虑。"

"妇女特有的焦虑也不能习以为常。情绪不加控制了，就是病了。"

"被你这么一提醒，我真的要去找我爸看病了。可是我去省城看病的话，我就一时看不到你了。"

冯春霖微笑起来。在他的心里，孔燕妮说什么都没有关系，她那么漂亮、善良，她不会害人。他微笑了一会儿说："我关窗了。"

孔燕妮用手抵住窗棂，不让冯春霖关窗。她恋恋不舍地看着冯春霖的笑容，还想说点什么。就在这时，花坛下面响起冯妈妈的叫声："孔老师你扒在窗上面干什么呀？大家快来抓女流氓啊。"

孔燕妮朝下一瞧，看见冯妈妈一嘴的碎白牙，吓得她跳下花坛狂奔而去。冯妈妈拿起一杆长柄鸡毛掸子不依不饶地在后面追，追得拖鞋都掉了。这种长柄鸡毛掸子起码有两米长，家家都会扎一个用来清扫屋子高处的灰尘和蜘蛛网。吴郭人以前还有一个风俗，过年时要用它打扫屋里屋外的灰尘和蛛网，叫"掸檐尘"。农历腊月二十四是"掸檐尘"的日子，这一天也是南方人的小年，家家户户都打扫卫生准备过年。这种鸡毛掸子打在人的身上并不疼。但是一个怒气冲天的女人举着它,它就成了一样武器。伤害不大,污辱性很强。它在孔燕妮的身后如影相随,始终不离她的脚后跟和屁股,孔燕妮此时像极了蟋蟀罐里的一只蟋蟀,被一根蟋蟀草肆意逗弄。跑着跑着,眼前就是一条小河了,她想也不想,一头就跳了下去,就像冯妈妈跳河一样。她跳下去更窘。她穿着薄棉袄,游不动,朝下沉。她在水里心急忙慌地解扣子,又防着冯妈妈那杆长柄鸡毛掸子。没想到冯妈妈扔下鸡毛掸子,拍手顿脚,指着她笑了起来。

"报应报应。"她说,"今晚上我跳河,你也得陪我跳一个。孔老师,你在水里慢慢地享受吧。"

她笑着走了,浑身舒坦的样子。

孔燕妮好不容易解开了薄棉袄的扣子,扔掉棉袄,游到一个河埠头爬了上去,坐下来,冷得发抖。那时候吴郭大街小巷里的河水还很洁净,没有东一段西一段拦得支离破碎,河底也没有铺上密不透气的水泥。它们彼此都通着,明道上四通八达,水里的泥底暗道上也都暗通款曲,最后都通向大运河。每一条小河都会呼吸,它们都是活水,都有自我调节、自我洁净的本领。孔燕妮吐出嘴里的水,拧干衣服,把滴着水的头发朝后挽个髻,用手绢系起来。她的周围站了一圈人,默默地看着她做这些事。

"扫兴。"她想。"来了一趟,也没问我的照片怎么到了冯春霖手里。"

她朝周围的人挥挥手:"走开走开。有什么好看的?人类怎么这样无聊?"

她趔趔趄趄地走在石子路上,嘴里哼哼着一首爱情歌曲。路边一家人家的屋里传来一声敲钟声。她停住嘴,屏气细数钟声。十二下。

十二点。又是一个崭新的日子。她叹了一口气,对自己说:"我觉得你做得有点过分哦——但是不过分的话又没意思。"

她进了自家院子,再次经过照妖镜,上前照了一照。都说妖精夜里照镜子是会现形的。镜子里的她五官模糊,隐隐约约看到她发亮的眼光,不像妖,有点像某种天真的小野兽。

刚进屋,外面就开始刮风了。她记着明天和俞华南玩风的约定,赶紧洗洗睡了。

第七章

俞华南上午九点来敲门。九点钟，风开始大了，伴随着他的敲门声是一阵大风"呜呜"地从屋边卷过，像一条快乐的狗一掠而过，飞奔到远方。

他走进屋说："你窗子外面挂着一面镜子，这是派什么用场的？"

孔燕妮说："这是一面镇压我的镜子，它要把我的魂收到它里面。"

"是谁这么干的。我取掉它。"

俞华南取下镜子，连同破竹匾和半把剪刀一起扔出院门。很快，有个捡垃圾的老太太走过，把它们捡走了。她把镜子上的绑带清理干净，三样东西放进不同的布袋里，笑着走了。她的白发飘舞在脸上。

孔燕妮一边梳头一边问俞华南："你昨天说你心里冷。你告诉我，你的心里为什么会冷？"

俞华南说："以后再告诉你，今天我们去玩风。我的事，不用我说，以后你都会知道的。"

孔燕妮用纱巾包着头，戴着棉纱口罩，坐在俞华南自行车后座上。街上的女人们都戴着棉纱口罩用来护肤。有一位男子裤脚挽起，上面夹着木夹子，他怕风吹起的灰尘吹脏他的裤脚。

俞华南问她："我们去的地方远不远？"孔燕妮回答说骑车要

一个小时。路边有位阿姨提着篮子卖五香豆，就是煮蚕豆。两分钱一包十颗，零散买的话，一分钱六颗。俞华南下车买了两毛钱一百二十颗，让孔燕妮装在她的口袋里，说是当午饭吃。

骑了一个多小时，骑到一座山脚下。山脚不远处有一个码头，因为大风来临，早就静悄悄地封航了。俞华南把自行车放在避风处。孔燕妮摘掉纱巾，拿下口罩，脱掉外面裹着的风衣，露出一件黑色精纺棉纱线勾结的线衣。这是她妈妈的衣服。妈妈死后，她的衣服一部分给老仲的儿子儿媳带回了老家，一部分给谢燕兵藏了起来。实在不像样的，谢燕兵烧了，说是烧给阴间的妈妈穿，免得天冷了，她没衣服可穿。孔燕妮就拿了妈妈这件精纺线衣。这是她十五岁时学打毛线衣，给妈妈打的。也是她人生里打的第二件毛线衣服。第一件打给了杜克。她是为杜克才学打毛线衣的。如今这两个人都离开了人世，他们在她的生活里留下了不可磨灭的印迹，生前也是一样地无视她。他们是一种类型的人，都是理想到激进的人。

孔燕妮的裤子也是黑色的。她像一只黑色的鸟，冲到风口，快乐地尖叫一声。俞华南跟着冲出来，抱住了她的腰，两个人健步冲到笔直的大路中间。

山边与城里不一样，刮着大风。风里带着毛茸茸的水汽，湿润的水汽加快了血液流动，使头脑更为清醒舒适，使人忍不住想与风一起跳舞。风大不能跳跃，不如尖叫。只有尖叫才能完整地表达快乐之情。

空荡荡的大路上，大风一股一股地击地而过。每次风不遗余力地击地而过时，总想带走一些什么，但地面上的灰尘和沙砾都被风吹走了，吹到路基两旁的荒地里。那些荒地都是沙地，一望无边，长着稀疏的野草，散落着小水泊和矮矮的小土丘。此刻的路宽阔又干净，无车无人。却因为有风，热闹非凡。孔燕妮张开双臂，仰头迎风而走。风把她的裤脚吹得猎猎而动，如两面小旗。俞华南抱住她的后腰，与她一起努力顶风而行。两个人的头发被风吹得笔直，灌了一嘴的风，没法说话，只能咧着嘴无声地笑。

他们的头发湿了，脸上被风吹得红红的，眼里荡漾着笑意。

顶风走了一阵，孔燕妮突然转身，顺着风一路小跑。她说得出话了。她说："俞华南，这是八级大风。"

俞华南说："你是个创造激情的人。你比八级大风还厉害。"

孔燕妮说："我只能算是情感开放的人。好的时代就是情感开放的时代，有我这种敞开情感的人。"

俞华南说："时代就像这样的大风，顶着腰，带着我们跑呢。"

"跑吧，跑吧。"

他们被风推着跑，在风里旋转，转了一圈又一圈。然后突然转向，顶风逆行。孔燕妮双手伸前，推门似的。俞华南在她身后握住她两只手腕，帮她一起推风。顶风逆行到喘不过气来，迅速切换玩风模式，让风推着跑。顺风的力量很大，孔燕妮在顺风里跳了一个芭蕾动作，差点被风闪了腿。这时候天上打了一个焦雷，一滴水滴到油锅里似的炸响，所幸响了之后没有下大雨。但玩了一场风，两个人的头脸和衣服也被山边飘的水汽打湿了。

坐到背风的山边，孔燕妮掏出风衣里的五香豆，两个人走到一处泉水旁，慢慢地吃起来，嚼一口五香豆，喝一口泉水，片刻就把一百二十粒五香豆吃完了。

吃完豆子，喝饱了泉水，俞华南带着孔燕妮回城。回城是顺风，顺风反而不好骑。没骑多远，连人带车就冲下路基，和一块大石头碰上了。

两个人跌成一团,笑得止不住。

俞华南说:"我从来没有像今天这样高兴过。你对我太好了。"

"你快乐吗?"

"快乐。"

"你轻松吗?"

"轻松。"

"你暖了吗?"

"还没有。"

"快了。你就要暖了。"

俞华南查查车子,不能骑了,链条断了。孔燕妮提出弃车而走,但俞华南不同意。这辆"长征"牌自行车是黄阿兴的,一定得完璧归赵。链条可以去换一条,不妨碍它的使用。

于是俞华南提着车子的龙头,靠一只后轮拖在地上前进。这样行了一段路,他觉得很累,索性一手穿过车子的横杠,把整个车子背在了肩膀上。

孔燕妮大笑不止。

俞华南说:"你的笑容,我一直想不出怎么比喻。现在我想出来了。你的笑容健康干净,和蓝天白云海水阳光有关。像一种……怎么讲呢?像沙滩上的笑容。对,沙滩上的笑容,充满阳光和海水的味道。"

孔燕妮说:"你说得结结巴巴,但是我听懂了。"

她今天有点兴奋,趁着路上没人,她就扔下俞华南朝前一路小跑。跑坏了一只布鞋,底掉了下来。她就把两只鞋子拎在手里,脱掉袜子在路上慢慢走。风渐渐地小,俞华南也赶了上来,看着她说:"你光脚走路的样子真好看,粉红的脚跟像刚升起的月亮。"

孔燕妮说:"既然你诗兴大发。我们今天的议题就是背诗。我们轮流一人一首,背跟吴郭有关的诗词。你背得出多少关于吴郭的诗词呢?"

俞华南说:"你难不倒我。你忘了我的祖籍是吴郭。我能背好多赞美吴郭的诗词。不信我们开始。"

两个人你一首我一首地背起关于吴郭的诗词。

> 云间笑语,使君高会,佳人半醉。
> 危柱哀弦,艳歌余响,绕云萦水。
> 念故人老大,风流未减,独回首,烟波里。
> 推枕惘然不见,但空江、月明千里。
> 五湖闻道,扁舟归去,仍携西子。……

昨夜掉在水里,今夜掉在风里。滋味都很不错呢。孔燕妮想。

第八章

田菜花一大早就和顾客疯闹上了。

一位中年男人,是老顾客,自行车厂的职工。他吃油条喜欢吃没沥过油的。他还喜欢把油条举到鼻子前面,先咬油条尾部的脆皮,那里的脆皮又香又脆,还滴着热乎乎的油花。他龇着牙,一边吸着油滴一边夸田菜花大方,要是张柔和可不干,她恨不得动手把油条上的油挤回油锅里去,或者把油条像绞衣服一样绞干,把油条绞成没油的木条。

田菜花一听就笑起来了,拿一只小碗,往里面舀了一碗菜油,说:"你喜欢喝油吗?你喝给我看看。能把这一碗都喝光的话,我让你白吃三天油条。"

那人急赤白脸地喊起来:"你什么意思?你将我一军吗?你肯定没听说过,我们自行车厂的职工喜欢打赌,赌遍天下无敌手。任你赌什么。喝油只是一件小事。"

田菜花又拿了一只小碗,往里面舀了一碗菜油。两只碗并排放在一起。她盯着那男人:"喝不喝?"她问,"我和你赌,赌啥都可以。"

"难道我怕你吗?"那人说。

田菜花把两只小碗拿走,换了两只大碗,往里面舀满油。周围的人们一下子欢腾起来了,连过路的都围上来一迭声地喝彩。

自行车厂的中年男人说:"一海碗的油算得什么?我还喝过这

么大一碗的尿。"

"喝不喝?"田菜花叫。

"热油也得等凉一些才能喝是不是?"

"这不是热油,这是冷油。"

"那次我喝完一大碗尿,赢了两块钱。还有一次,我喝了一大碗醋,说好赌一块钱,可是输的那狗东西赖账不给,我白喝了一碗醋……"

他不停地说,就是不喝。田菜花端起碗一口气喝完,把碗朝桌上一甩。围观的人开始起哄。那中年男人皱着眉头,分三次把一碗油喝下去。喝完他觉得难受,推开人群,骑上自行车跑了。有人对着他的背影评价说:

"还算一条好汉。"

店里走出一位服务员,喊:"田菜花,谈主任叫你。"

谈主任的办公室在后面,里面有小床、柜子、办公桌、马桶。办公桌上有一沓沓本子、票据、钢笔、铅笔、刀、尺子、饭盒……总之乱糟糟的,但谁都喜欢来这里,因为谈主任和职工谈话时,会许诺将来的好事,哪怕实现不了,听的人也是高兴的。

田菜花一进来还没坐下就说:"谈主任,你什么时候安排我和你睡觉?"

谈主任大惊失色:"我为什么要和你睡觉?"

田菜花说:"那就算我想和你睡。"

谈主任还是大惊失色:"你为什么想和我睡?"

田菜花说:"你不跟我睡,我不放心,说不定哪天你就赶我走了。"

谈主任说:"好吧田菜花,我知道你说话的水平了,算你狠。今天你和人打赌的事就不和你计较了,两碗油要从你的工资里扣。

有一件事我要提醒你，我们是国营店，不是资本家的黑店。有顾客反映你卖的豆浆，上面不结豆盖皮。人家还说，张柔和卖的豆浆，装上大碗，一分钟不到，上面结出一层厚厚的豆衣。吃掉，马上又结。一连能结四次。你的一次也结不成，最多稀稀拉拉地结几条豆丝，吹口气就没了。"

"好吧，我少兑点水。我这也是为了店里省点钱。"

"你说这话要天打雷轰啊！你藏在更衣室里的那袋黄豆是怎么回事？"

"好啦好啦。我把豆子还回去。你真小气，你是个小气鬼。"

"我们店小庙小，你是大菩萨，以后肯定是供不了你的。中央两天前开了工作会议了，说要解放思想。解放思想就是为了提高国民经济水平。听说以后可以私人办个小厂什么的。你还不如考虑去办一个印刷厂、印花厂、文具厂什么的，化学糨糊社也行。不要卖豆浆豆腐花了。"

"我才不去办什么小厂。那种小厂就是几个人，做几瓶红蓝墨水就是文具厂，印两本练习本就是文具厂。一九五八年一下子冒出不少这种小厂，我那时候还在孤儿院，跟着老师去参观过，都是些啥呀。一九六〇年以后坚持办到现在的，也是半死不活，根本不赚钱。你骗不了我。我要赚大钱。"

"你走吧。外面开始刮风了，你今天早点收摊子。以后不要再提睡觉的事，你三十岁还不到，老得就跟四十岁一样。要睡，你让你姐姐和我睡。"

"好的主任，我走了。喝了一大碗油，我要拉肚子了。"

她上了一趟又一趟厕所，觉得肚子里还是沉甸甸的不舒服，就请假回家了。走在路上突然肚子里又是一阵轰鸣，她慌不择路地朝一条僻静的小巷子里跑，幸运地看到小巷子尽头有个厕所。她一头冲进去解决掉内急，出来一看，厕所边上还有一条小路通着另一条巷子。吴郭的巷子大多是四通八达的，最后都能绕到大街上。她顺着这条路走到一半，看见河边的一个小院子，想起孔燕妮就住在这个小院里，同时也想起刚才主任说过，他想和孔燕妮睡觉。当然主任也是随口说说，孔燕妮什么时候都会有优秀的男朋友，主任算个什么东西。

她拍门叫着孔燕妮的名字，想进去看看姐姐的身边是否有男友。从她的男友身上可以判断，她是否像传说的那样厉害。但拍了一阵子门，里面什么动静也没有，倒是身后面响起一阵自行车铃声，是邮递员来送信。有一封孔燕妮的信，邮递员就想交给田菜花。他说他听到田菜花叫孔燕妮的名字，那么就托她把信转给孔燕妮吧。这风越刮越大，他下午不想再出来送信了。田菜花看了一眼信上收信人的地址，写的是111医院的家属大院。邮递员说，去了医院的家属大院，一位姓王的男同志说他知道，孔燕妮七号搬走了，先是住了市政府招待所，马上又搬到这里来了。果然是这里。

田菜花接了张柔和的班，巧了，她和张柔和一样，对孔燕妮的信充满好奇。并且她俩的好奇都会产生一样的后果，就是当场拆信。她掂掂这封信，沉甸甸的一沓。她想，里面不会有钞票、粮票吧？

田菜花拆开信，里面没有钞票和粮票，全是信纸。她肚子彻底舒服了，她可以安安心心地看信。信里是这么说的：

孔燕妮同志，您好！

我先自我介绍一下，我叫水云霄。我和俞华南同志曾经在一所学校读书。我读高二时，他读初二。我是中学里的诗社社长，他是诗社成员。他是诗社里年纪最小的，却是最聪明的那一个。当同学们还在为学校里的课本耗尽心血时，他却不满足于学校里学的那点东西，开始自学大学课程，甚至研究比大学更深奥的学问。在研究学问这条路上，他不断地拓展他的智力边界，但在现实生活中，他经常与社会格格不入。为此他与人产生许多冲突，付出了不少代价。

我这么说并不是不肯定他。我向你保证，他是个诚实、纯真、可爱的人。他还是我见过的最聪明、最博学的人。天文、地理、数学、化学、物理、哲学、艺术、体育、建筑、医学……他都有心得。

我高中毕业后，响应国家号召去了云南插队，后来我又组建了一支知青小分队到缅甸参加革命。我们参加了缅共人民军，一直在萨尔温江一带活动，这里有许多中国人，都是来参加革命的年轻人。

……以下和您说的事，让我很难开口。但我还得说，这是我写信的目的。

我和俞华南并不是恋人，我们曾经有一段时间是很好的朋友，无话不谈。我在他身上学到了许多东西，但是我对他从没想过要突破身体的界限。

我在缅甸认识了我现在的丈夫，当我们开始规划婚姻生活时，就发现革命生涯只适合爱情，不适合婚姻。如果我们想要结婚，只有回到中国。

于是我们在两年前回到了北京，过了一年结了婚。听说要恢复高考，我们就没有要孩子。我们快三十岁了，不要孩子的话，也许永远不可能有孩子了,但我们还是做了这样的决定。去年冬天,我们俩都考上了北京的大学。我学的是外语专业,他学的是理工科。我们赶上了拨乱反正时期。我很幸运碰到了一个新时代的开始,我将投身于建设,我会看到一个富强的中国。

我上了大学以后,开始碰到中学里的一些同学。从他们的嘴里我听说了俞华南的近况。他的情况让我大吃一惊。

他高中毕业后进入一家大型机械工厂,靠着他的博学和钻研,他成了自学成材的工程师。他的发明创造拿过行业里的好几个大奖。去年国庆节后,他被中国社科院借调去,参与调研各省的思想理论动向。照理说,他会前途无量。不知道什么原因,今年春节后,他突然向社科院请了长假,自己跑去精神病院,说他具有抑郁和躁狂双重精神障碍,需要住院治疗。

他怎么会有精神上的疾病呢?经过了那些是非颠倒的艰难年月,我身边患这种病的人有好几位呢。但我想不到俞华南也会得这种病,说明我对他太不了解了。人生来就有缺陷和脆弱,精神上的疾患就是放大了这种缺陷和脆弱。俞华南给人印象就是克己、坚强。唯一的缺点就是追求完美,对自己有点强迫。

他那么平静,那么理性,那么讲科学。他稳定得就像数学里的方程式。同学们聚会时说,我们的人格有的像大山,有的像大海,有的像小沟,有的像古井。俞华南的人格与众不同,像刻板的几何形。但他是有温度的。

我从同学那里得到消息,俞华南一直把我当成他的唯一的女朋友。我回来的消息大家都知道,我还特意把老同学们聚拢起来吃喝了一顿。当时请他,他不肯来。后来他在外面和人讲,水云霄还在缅甸的丛林里打游击,没有回来。他就这样一厢情愿地把我安置在缅甸，永远放在心里想念。

我很内疚。我想是不是我引发了他的抑郁症。于是我打听到他的医院，就去探望了他。他住在开放式病区。我想和他去医院里的花园里说话，可他要求我和他在阅览室里谈。我和他说话时，他手上拿着一本书，是孟德斯鸠的《一个波斯人的信札》。他说这是他从家里拿来的，医生对他额外宽大，允许他从家里带一本书看。他近年来迷恋于哲学，他深受孟德斯鸠的自由共和思想影响。可他也知道那是空中楼阁。中国要走的路没有地方可以模仿，也无人知晓。

我就对他说，不要谈中国了，就谈谈你自己吧。

他说，我没什么好谈的，我是一个精神病人。

他还反问我，难道你不知道吗？我幻想成癖。虽然你坐在我面前，我还是觉得你明天就要重新回到缅甸丛林里，或怒江河畔。

我就对他说，我不会再离开自己的国家。我厌倦了战斗。让无视生命的人去面对子弹吧。那种革命并不浪漫。

他说，可想念是一种浪漫。

我懂了。我再也不会去见他。他要的仅仅是想念。

后来我就再也没去见过他。我每天都在读书，学习，都快把他忘记了。一直到今年国庆节过后，有两位精神病院的工作人员来学校找我，我才重新知道俞华南的情况。

俞华南发病的原因不明。发病时的年纪很小，据他对医生的自述，他十六岁就发过一次。但他当时并没在意。接下来的二十年时间里，他断断续续发过七八次，每次都是一个轻躁狂期跟着两个抑郁期。他自学过医学，看过大量这方面的书本。

他根据自己不同的发病周期服用药物，买不到西药的话，他就自己配了中药抑制。

他后来自己跑到医院要求住院治疗，主要原因是那段日子他的发作时间长了，他的躁狂期久久无法过去。

今年的国庆节前，医院工作人员发现他不见了。他本来要参加《社会主义好》这首歌大合唱的。他留下一封信，信里说他的后脑长出了一只眼睛，从这只眼睛里他看到了丰富的大千世界。当别人都在病床上睡觉时，他就像过电影一样从这第三只眼里看到一切，看到各个阶层的人都在不停地说话，发表高见。中国面临着前进还是倒退，有两种不同的声音。他认为对将来的断言都是无用的。他要参加社会的变革，不能在医院里消耗生命。

他消失得像空气一样。

医院害怕他在躁狂期中危害社会，天知道他要参加的社会变革是什么。他们从探望登记的人员名单里找到我，希望通过我找到俞华南的蛛丝马迹。

您可能不知道躁狂期和抑郁期的特点。躁狂期的病人精力旺盛，想象力丰富，渴望冒险。俞华南是轻躁狂，但是有迹象表明他的躁狂在加深。抑郁是行为迟缓、焦虑、担忧等等。

我天天都在想办法找他。

十月三十日，我通过公安部的朋友在上海找到了他。他自己写了中国社科院的工作介绍信，跑到上海市政府，要求在上海调研。上海有关方面也给他安排了调研项目。在去上海之前，他还去了天津、广州。同样的方法，同样的调研内容。

正当我准备请上海的朋友到他住的宾馆留住他时，他预感到了什么，连夜离开了上海。上海那里的同志告诉我，他买了到吴郭的火车票，住在市政府招待所里。

我知道他去了吴郭后遇到了您。我打听到您的住址，给您写了这封信。我只是想告诉您俞华南的真实情况，我请您善待他。他值得您善待。

此致
敬礼

一九七八年十一月一日

田菜花摇着信激动地说："孔燕妮，你摊上大事了。你在阴沟里翻船了。你怎么这样倒霉呢？出了这种大事，以后哪个男的敢和你在一起？"

她想想又说："这个写信的水云霄，也不是个好东西。说起话来文绉绉，曲里拐弯的。她怎么知道孔燕妮不了解躁郁症。我们的爸爸就是咱整个省里最好的心理医生呀，连我都知道躁郁症是什么玩意儿。"

田菜花肚子不痛了，她把信藏在口袋里，高高兴兴地回家。一回到家，她把信藏到床垫子里。什么时候给孔燕妮，要看孔燕妮什么时候为她去办户口。

再说孔燕妮，和俞华南在大风里玩了两三个小时，下午回到家里，换了衣服，洗了头发。出去找她认识的一位姓孟的女教师，这位孟老师在吴郭大学开了高考复习班，请了吴郭最好的一批教师，晚上六点半到八点半辅导社会上的高考生。自从认识了俞华南，北京在孔燕妮的心目中显得特别重要起来。而她能去北京唯一的途径就是上大学读书。

风还在"呜呜"地响,一阵一阵地乱跑,撒娇似的。路上有一棵倒下的香樟树,折断处散发出浓香。

孟老师听说她要参加高考,就皱眉头,说:"听说明年对高考还是没有年龄限制。话是这么说,你的年纪不太适合高考了呀。去年有四十岁还参加高考的,那是男的。女的都要考虑婚姻和家庭,年纪太大了不合适。"

她边说边拿出一堆的书给孔燕妮,说:"这些书你拿去抄写一下再还给我,我也只有这一套,差不多天天都要用的。现在纸张紧张得很,听说去年恢复高考时,印考试卷的纸都没有,只好临时把印《毛泽东选集》的纸拿过来用了。"

孔燕妮说:"我也是一时心血来潮想参加高考,过五六天也许去工读学校上班了。"

"那你白天教书,晚上自习吧。"孟老师说。她皱着眉头考虑片刻,觉得还是要尽力支持孔燕妮。于是她去里屋拿出一沓油印的复习资料,说,"这些复习资料是大王刻出来的,他力气大,字又好,他刻出的钢板没人比得过。以前我班上的学生都用复写纸一次性誊写个三五份,大家凑合着用。自他来了以后,全用油印的。这是他油印了送给我的一份,算是报答我给他复习资料。我送给你吧,不用还了。"

"大王是谁?"

"吴郭工人运动会的铅球冠军。他学习成绩不好,但字写得好。去年他考了,没考上。今年也考了,还是没考上。明年再考,我料他还是考不上。"

孔燕妮再三道谢了，包好这些复习资料走回住处。回到家坐下看资料，一看看到了街灯亮起。巷子口的烟纸店来叫她，让她去接个电话。电话是俞华南打来的。他说："我有个问题请教你。这也是我俩今天的议题。"

"请说。"

"你不是姓孔吗？你和孔子有点亲戚关系吧？"

孔燕妮笑出声。

"孔子的儒家思想，有两个人是最得力的传承人。一个是孟子，一个是荀子。孟子是亚圣，荀子是后圣。请问，你是喜欢孟子还是喜欢荀子？"

孔燕妮马上想起柳爷爷生前和她说过一件事，他市政协里两位老同事，一位是孟子的崇拜者，一位是荀子的崇拜者。两人为了分出高下，打嘴仗打了半辈子。他们不停地研究、探讨，每当出现一个辅助的事例或观点时，哪怕深夜都要去告诉对方。后来两个人发现，原本认为孟子和荀子的人生观是背道而驰的，其实他们本质上是一样的。发现了这个问题后，两个人大彻大悟，一齐去出家了。

孔燕妮说："孟子是理想主义者，觉得人性本善，所以他历朝历代都受推崇，被尊为亚圣。荀子不相信人性本善，提出性恶论。他虽被人称为后圣，却一辈子过得凄惶。死后也没有那么多的身后哀荣。他主持的稷下学宫，最后也没有保住显赫地位。要不是他的学生韩非子后来特别讲究尊君这一套，稷下学宫就彻底完了。"

烟纸店的女服务员直着喉咙叫："打烊了打烊了。明天再拉家常吧。"

孔燕妮不理会她，现在也就六点多。

俞华南说："孟子的性本善论与人冲突少，荀子的性本恶论冒犯了大多数人。请问第一个问题,他们谁是对的？请问第二个问题，他们谁的社会效果好？"

孔燕妮想都不想地说："荀子说得对。孟子的社会效果好。"

"那我们是要对的，还是要效果好？"

孔燕妮不上他的当，说："既要对的，也要效果好的。"

俞华南赶快切换角度："你确定荀子的性本恶是对的？"

"确定。"

"那么这两个人，谁违反了人性？"

"俞华南，我爸爸经常说的一句话就是，不要总是让脑子处在激烈思考中，这样会得精神病。"

"我已经得了，不在乎多想几个问题。"

"谁都没有违反人性。孟子迎合了人性的脆弱，安抚了人心。荀子虽然刺伤了人心，但他说了人该说的真话。"孔燕妮还是不偏不倚。她到底姓孔，中庸之道信手拈来。有一句话她没说，就是怎样评价胜利者的问题。追求精神和追求物质没有对错，追求利益和弃利求道也没有高下之分，差别在于观者的感受，而感受是由评价而来。确切地讲，是对胜利者的评价而来。但最终，是自我的评价。

"你有没有想过。这两个人的提法都是错的？"

"你不要钻牛角尖。店里要打烊了。"

"最后一个问题，请问你愿意做孟子还是荀子？"

"不一定，看情况。"孔燕妮回答完最后一个问题，又要笑出声来。俞华南在这里等着她，那她也回敬一下。她问："你愿意做孟子还是荀子？"

俞华南说:"你喜欢我做谁,我就做谁。"他的话可以看作是一个圈套,也可以看作是真情流露。

孔燕妮真心实意地说:"你做谁我都不喜欢。我就喜欢你自己的样子。"

一场处处设防的辩论变成调情,这才是两个人都需要的。今晚调完情,那场大风才圆满地刮完结束了。孔燕妮微笑着放下电话,付了钱。女店员拿起柜台上一本杂志对她说:"要看新杂志吗?刚到的第六期,借回去看一夜五分钱。"

孔燕妮一看,是一本叫《革命文物》的刊物。她从来没有看过,于是她付了五分钱借走了。

回到家,她总觉得俞华南这个电话打得怪怪的,但又说不出原因。她想,是不是俞华南心里建立的正统价值观崩溃了?他的理性徘徊在十字路口,他想重新选择吗?后来她又安慰自己,也许想多了,俞华南并没有产生价值崩溃,只是想多了解她。

孔燕妮在灯下看完《革命文物》杂志,又浏览一遍高考复习资料。浏览一遍后,她心里有了底,如果明年参加高考的话,大概率能考上。但对于高考这件事,她是犹豫的,生活里有许多比高考更吸引她的事。

东看看西看看,不觉过了十二点。五天后,是她和张风毅重逢的日子。随着日子越来越近,她的内心也聚集了越来越多的焦虑。

张风毅出狱是付账吗?

有多少付账了?她忘了。

忘了吧。从今后她不想再记付账,只记进账。

她脸上浮出笑容,玩大风?亏自己想得出来,幽默、风趣、有想象力,玩出了一笔大大的进账。俞华南在风里笑得多开心。

第九章

上午十点，孔燕妮的门被人敲响。在吴郭，她的名字总是被人提起，她的门也总是不能安静。

一位年轻的女性前来造访。她大约二十三四岁，长相让人过目不忘，高鼻骨，长脸削腮，肤色黑里带红，淡定冷峻的三角眼。眉毛很淡，说话前会抬一抬左眉。

"我认识你吗？"孔燕妮问。

"我认识你。张风毅给我看过你的照片，他把你的照片夹在报纸里。"来人说。

她自称是张风毅的狱中女友，叫曲小珍。她和张风毅都是"狱友剧团"的成员。他们在一起演过《沙家浜》和《于无声处》。今天她出狱，带来了张风毅给孔燕妮写的一封信。为了找孔燕妮，她花了两个小时。后来在路上，一位陌生男人走过来对她说："看你的样子是外地少数民族同胞。你在找人吗？你想找什么人告诉我，我给你出出主意。"

曲小珍一说孔燕妮的名字，那男人就说他正巧知道这个人。

"请问她很有名吗？"曲小珍问。

"是的。她非常有名。她今天还上了吴郭的报纸。你看。"那人打开手上的报纸让曲小珍看，"她多么英姿飒爽，带着学生在公交车上宣传文明卫生。这张报纸我要藏好，藏在阁楼的天窗下。

我的天窗漏雨，雨水打进来，湿了报纸。这张报纸就是一颗种子，它在雨露的滋润下，开出了美丽的玫瑰花。"

曲小珍知道她碰上诗人了。

曲小珍说："你废话少说。孔燕妮住在什么地方？"

诗人说他正巧听人说过她搬到某路某巷了。

吴郭城，那时候就像一个小村庄。东边有人家放炮仗，西边的人就听到了。

曲小珍按照他说的路名一路找过去。

第一眼看到孔燕妮，她心里一动。孔燕妮非常朴素，和她想的不一样。监狱里管理很严，可是私下里什么消息都有。那些关于孔燕妮的旧闻和新闻，就像空气流淌在各个关押区域，一边流淌，一边重新组装了一个孔燕妮。她妖艳、魅惑，长长的卷发拖到她脚跟，厚重得像一床棉被。男人和她睡在一起，根本不需要别的被子，用她的头发盖在身上就行了。她乌黑的头发和雪白的皮肤相得益彰。夜里，经常有男妖光顾她的卧室，但都没法靠近她的身，因为她有一把除妖的古剑防身。那把剑是张风毅送给她的。

这些风言风语张风毅是不知道的。

"你怎么找到我的？"

"我在路上碰上了一位诗人，他知道你的住处。他还是你的崇拜者。"

"这年头碰上诗人不奇怪，碰不上诗人才是奇怪的。"

"你有点怪怪的。"

"你也有点怪怪的。"

"你是吃醋了吗？我们都知道那首唱你的歌谣。"

"我也知道。"

曲小珍愣了片刻，还是没能克制住好奇心，她继续问道："我能问一问你吗？你的皮肤怎么不是雪白雪白的？"

曲小珍用词文雅，语气委婉，脸带微笑，笔直站在孔燕妮床边，规规矩矩，比一般人懂礼貌的样子。孔燕妮想，这是受张风毅影响吗？她穿得也朴素。上衣是一件半新不旧的暗紫色毛线外套，穿一条深蓝色工作裤。头发和孔燕妮一样扎在背后。这也是张风毅喜欢的样子。准确地说，这是孔燕妮喜欢的穿衣风格。

孔燕妮已经知道曲小珍是个什么人了。她心软了，友好地说："我经常在外面晒。我不爱戴遮阳帽。你又为什么这样黑？你看来有西藏人的血统。"

"有一点。六分之一。奶奶是西藏人。"

"你进来吧。我前天夜里掉到河里去了，昨天掉到风里去了。今天浑身不舒服。我还得睡一会儿。"

曲小珍走进来扔下包，说张风毅的信就在她包里，想看的话自己拿，她先去街上的浴室洗澡。他们刚出狱的人都要这样，到外面的浴室洗个澡再吃饭。浴室的名字也要讲究，最好是"新天地""艳阳天""好运""长生"之类，"大众""群星"之类的就一般。千万不可去名字中带着"雷""风""雪"的浴室。说有个刚出狱的犯人去了一家叫"惊雷"的浴室，洗完澡出门就被雷打死了。狱外人歧视狱内人，狱内的人歧视不会说话的汉字。

两个小时后曲小珍洗完澡回来，手上托一块洒着红绿丝的米糕，让孔燕妮吃了。孔燕妮说："你出去了一次，有没有看见那些漂亮女人穿喇叭裤、高跟鞋，烫飞机头？"

"看见了。"

"你想不想这么打扮？"

"想。……但也不是太想。"

然后,曲小珍去天井里洗衣服,孔燕妮这才打开她的包,找到张风毅的信,虔诚地坐到小书桌前阅读。曲小珍在窗外说:"我走了以后,你真的没翻过我的包?你为什么这么好?你好得跟假的似的。"

"你有病吗?你那么喜欢人家翻你的东西,何必出来?待在牢里不是更好?"

张风毅写信一如既往地深情:

> 我的燕妮,我亲爱的朋友!
> 还有六天我们就要见面了。不管是个人感情还是国家前途,我都看见了未来的模样,我的心必须把以前不合时宜的东西清理掉,给未来腾出空间,给你腾出空间。
> 你看到未来的样子吗?我看到了。

孔燕妮读到这里自言自语:大哥,未来是什么样?肥头大耳么?

她继续看下去:

> 最近半个月来,我每天都失眠,想起很多事。
> 想起我受到的创伤和羞辱,想起我们国家受到的创伤和羞辱。我总在想,经过了这么沉重的压力,人民是否能重新获得心灵的自由和解放?

孔燕妮再一次自言自语:俞华南觉得能。

我想得最多的是你。那一年,你遭受体育老师赵大伟侵害,一直病恹恹的,不想吃任何食物,双手也变冷,没法暖和起来。后来有一天你突然和我说,想吃鲫鱼。我很高兴你想吃东西了。

但那是大冬天,菜场里根本没有鲫鱼。我就去借了人家汽车内胎做的连衣裤,穿上它走进河里,去给你摸鱼。

汽车内胎做的连衣裤真沉,我穿上它后变得呆乎乎的。幸亏河里的鱼比我还呆,伏在水底里,手摸到它都不动。手上使了劲,它才慌起来。这时候只需要用力抓住它不放手就捉住了。我给你摸了十几条大大小小的鲫鱼。柔和姐姐给你烧了汤,汤里放点盐,放几根油炸过的小香葱。你一次就喝了三大碗,脸上有热乎气了,人也精神了。

你不知道的是,我看你缓了过来,一个人跑到外面哭了一场。那时候你才十五岁,我十八岁。

孔燕妮的眼睛湿了。安德罗说,谁记得一切,谁就沉重。

我还给你偷过好多西瓜。你记得吗?

孔燕妮笑了,她当然记得。工人文化宫后面有一片西瓜田,有一次孔燕妮走过时,看见一只偷瓜畜正在地里偷西瓜吃,她就回去让张风毅也去偷个西瓜给她解馋。

以前的种瓜人有规矩,允许路过的口渴之人拿一只西瓜解渴,不过要拿盖着干草的西瓜,那是熟透要收的瓜。没有盖草的是不熟的,不能拿走。张风毅不懂这个规矩,看见盖着干草的反而不敢拿,慌慌张张拿了一只不盖草的西瓜,回去切开一看,籽还是白的,但还是被孔燕妮吃了半只。

我们在柳爷爷家里一起听过好多的世界名曲。柳爷爷自焚那一夜,我们不在他的身边。那天是七月二十日,你的十五周岁生日。生日前一天,我和你去了上海,什么东西也买不起。我们到上海第三百货商店看了新出的上海牌手表,出来看了北斗星。第二天回到家。柔和姐姐给你做了生日面条,她买到了大半斤小杂鱼和两斤杂七杂八的野菜。熬了鱼汤,炒了野菜。后来,宋阿进过来了,蓝雪花、井水亮、罗汉芳、小皮都来了。他们是被我叫来庆祝你生日的。我没有能力给你买什么,我只能为你组织一场诗歌朗诵会为你庆生。而且,我把这场诗歌朗诵会放到香炉山上。在去香炉山的路上,我们碰到了温德好,他成了我们的朋友。八个人一起去了香炉山上。那天夜里我们宿在念念寺里的寮房里,只有四张小床。我们俩没在一起睡,你和温德好挤在一张床上。我和蓝雪花挤一张床。

我一直没有和你说,那天夜里我迷迷糊糊睡着后,做了一个不吉利的梦,梦见你在对岸站着朝我看,我撑着一条小船想把接你过来。可那条河会生长,我摇一段,河长一段,离你永远那么远。这情景太恐怖了。我害怕得突然惊醒,心跳得"咚咚"响。

那天夜里,孔燕妮也做了怪异的梦,头一次梦见了那位老和尚。在梦里责备她:"你们都是无根之花啊!"

孔燕妮陷入沉思。张风毅说了这些,无非是感到焦虑。焦虑的根源当然是在她身上,张风毅需要她的爱。

她叹了一口气看下去——

所幸以后再也没有做过这么恐怖的梦,即使在监狱三年也没有。

孔燕妮想:真的吗?那你太幸运了。你心里放下了什么东西?

还有六天,就是我重生的日子。我要做的第一件事,是喝一杯吴郭的老黄酒,里面撒一撮吴郭的土。我连土喝下去。

孔燕妮看到这里,哼了一声。吃土?你的激情过时了。这三年你在狱中,还保持着那种有点夸张的情感方式。所以你喜欢话剧。

张风毅的感情表达一向有点夸张,这一点他不像吴郭人而像西方人。柳爷爷对他的影响太大了。吴郭人轻松幽默,大事化小,小事化了,不执着于是非评判。有时候还混淆是非界线。这没有什么可批评的。一个城市,它自会选择适合自己的生存方式。何况这种生存方式体现了悲悯、宽容、安慰,像河里的养分,养活了鱼。

班固《汉书》里有一句:水至清则无鱼。

上次我写信请你去青云岛和浙江海宁,我知道你都去了。我准备一出狱门就去青云岛,住在那里,和阿胡子一起搞厂。但是我现在身上没有钱了,我不能两手空空地去搞厂,我也不想再去借钱。柔和姐看病也需要钱,我怎么好意思让你爸一直贴钱给她和小葫芦呢?

自古才子如佳人,富贵门前待价沽。

我算得上是个才子吧？大才子不算，算个小才子吧？我不愿去富贵门前待价沽。

我想去打拳。我在狱中每天都练身体，我们这里有很好的拳击教练，他教我们练拳强身。我打得很好。听说吴郭有地下拳击场，在光明路的校办厂那里。每天夜里都决出一位冠军，冠军的奖品是一台组装的九寸电视机，看中央台的节目很清楚。我要是得到这个奖品，就去卖掉电视机变现。这样就能解决资金问题了。你说这个赚钱方法可好？

孔燕妮大声地自言自语：当然不好。你忘了你已经三十八岁了。不过你这么做，证明你的身体很健康。你是想告诉我这一点吧？你年轻时身体就很健美，你的身体很吸引我。

她说了这些话觉得还不过瘾，对着信纸喊：你有那么多力气打黑拳，不如去开个铁匠铺打铁谋生。铁匠铺的名字我给你想好了，就叫"嵇康铁匠铺"。

张风毅当然听不到她的话，他的信满是情意：

昨天晚上有人对我夸奖你，说你带着学生上街宣传讲文明讲卫生，受到大家的欢迎，记者还要采访你。你做得好，知识分子到了有所担当有所作为的时候了。

不过你还是要注意方式方法，宣传总是带着一定的强迫性，只有和风细雨才能让人接受。不管什么理由，都不能伤到普通人的自尊。

孔燕妮想，我已经反思过了。不会再做这种事，我要谢谢俞华南对我说了真话。他让我知道，顺其自然才是最好的策略。就说现在中央想采取发展经济的政策，也是在顺应民心。所以，如果以后出现杜克说的那种拜金、冷漠的社会，那么全民应当承担这种后果，并且反思和拯救。

孔燕妮看完信，隔着窗户对曲小珍喊："曲小珍，你去把我的衣服也洗了。我的衣服泡在脚桶里。"

曲小珍把孔燕妮的衣服也都洗了，晾在院子里。

孔燕妮又说："曲小珍，你去给我熬些姜汤来驱驱身上的寒气。"

曲小珍在孔燕妮面前脾气温顺，她四下转悠了一圈没看到姜，就跑去前院人家的窗台上偷偷拿了半块姜回来，给孔燕妮熬了一碗姜汤。热乎乎的姜汤喝下去，孔燕妮打了个喷嚏，说："怎么没放点红糖？"

曲小珍抬起三角眼朝她看看，没说话。

孔燕妮说："去到边上的老虎灶上泡几瓶开水，我要在家里洗澡。"

曲小珍忙着出去，双手提回四瓶开水，在房里摆开洗澡盆，把炉子拎到澡盆边取暖。她还贴心地在盆里洒了几把松针。松针被热水一泡，泡出清香扑鼻的味道。孔燕妮说："我还从来没洗过松针澡。我洗过玫瑰花澡、茉莉花澡、广玉兰花澡、槐树花澡……"

曲小珍说："你洗完澡，和我一起去青云岛，我要在岛上住几天，等张风毅回来。"

孔燕妮慵懒地说："不——去。"

忽然她脖子后面一凉，凭感觉是一把切菜刀。

"曲小珍，你想怎的？"

"我在你脖子上勒一刀，把你脑袋卸下来当夜壶。大不了再进去。反正我也没地方去。"

孔燕妮说："慢着，你又不是男的，要夜壶干什么？"

"那就送给张风毅当夜壶吧。"

"你勒一刀试试。这把刀起码有两三年没磨了，别说勒脖子，就是剁手指都剁不下来。你把刀放下，去把剩下的热水给我倒进来，我再闷一闷。"

曲小珍扔下切菜刀，把水吊子里剩下的热水倒进澡盆里，孔燕妮在澡盆里又赖了片刻，起身躺到床上焐着身体。

曲小珍问："你什么时候走？"

孔燕妮说："你不用这么着急走。我还从来没有人侍候过我洗澡，尤其还是香喷喷的松针澡。好歹让我再享受一下幸福时光。你去给我泡一杯茶来，茶叶在我书桌上。"

曲小珍泡了茶水端到孔燕妮面前。孔燕妮喝了一口，歪在枕头上，抬起眼瞅瞅曲小珍，问她："你除了爱张风毅，还爱过别人吗？"

曲小珍歪过脑袋，揣摩出孔燕妮的用意，狠巴巴地说："当然爱过。我爱过许多人。"

孔燕妮说："哎呀了不起。你说说看什么是男女之爱。"

曲小珍说："爱情，就是两个人不在一起，就想来想去。两个人在一起，就……摸来摸去。……最后到床上翻来翻去。"

"我以科学的名义问你，知道女性的高潮？"

"我怎么不知道？我当然知道。"

"说来听听。"

"女人的高潮，和男人不一样。……男人的高潮就像猪一样哼哼乱叫。女人的高潮就像生孩子，过程是苦的，心里是快乐的。"

"我的妈呀，你在瞎编吧？你干脆就承认没有过女性高潮。"

曲小珍翻了个白眼，点点头，表示自己没有过高潮。

孔燕妮开始描述自己经历过的每一种不同的高潮，她口若悬河，绘声绘色。讲述得科学而冷静，浪漫而高级。把曲小珍听得张口结舌，五体投地。孔燕妮炫耀完自己的高潮，曲小珍说："孔老师，我这下真的服了你。从心里服你。张风毅属于你的，我不敢跟你抢。"

"咱们国家快要进入一个全新的时期了，女性要懂得抓住时机，解放自己。懂不懂？"

"好的，我一定要解放自己。"曲小珍顺从地答应，虽说她不懂什么叫解放自己。

孔燕妮起身穿衣服，说："走吧。我们去青云岛。"

她穿了衣服，带上曲小珍走了出去。走到前门，一位女邻居不高兴地对她说："你身边这个朋友，招呼都不打，在我窗台上拿了一块姜就跑。"

孔燕妮拉下脸说："女性应该停止互相批评和指责，彼此给予心灵的通行证，团结起来在男性的世界里争取更大权益，不要老是纠缠在葱啊姜啊这些小事上。"

她的话把女邻居说得灰头土脸。

孔燕妮和曲小珍两个人坐上三轮车，快速驶到长途汽车站。曲小珍付了三轮车钱。走进车站，正好候着一辆去青云岛的车。曲小珍买了两张票，两个人刚登上车，车就开了。

车子开得很快，一个多小时就到了花码头镇的老曾家里。老曾马上要招一个上门女婿，老两口正为女婿的胃口发愁。这女婿第一次来相亲,中午吃了老曾家里八只荷包蛋、五十只荠菜馄饨。晚上吃了六只大肉圆、十只豆沙汤团、十只芝麻汤团。老曾说:"他要是进门,我只能天天吃炒咸菜了,还不敢多放油。"老曾老婆说:"还想吃油炒咸菜?想得美。你就吃吃缸里捞出来的咸水菜。"

老曾老婆的菜油炒咸菜是镇上一绝。孔燕妮以前听老曾老婆说过,她炒咸菜一定要放点自家酿的酱油。炒咸菜很有讲究,不能炒太干,不能炒太油,不能炒太烂,不能炒太甜。老曾老婆是个干瘪老太婆,一辈子忧心忡忡。可是她一炒起自己腌制的咸菜,就变成了一位敏感的艺术家,干湿程度,咸甜程度,炒多长时间香味会有什么变化,全凭她的精妙无比的感觉。她没读过书,不识字,可是炒咸菜时她就像一位饱读古今中外书籍的哲学家,作料之间的相辅相成、此消彼长、进退变化,她了然于心。一只咸菜就是她的世界,她在这里明白了许多辩证的道理,虽然她说不出来,但她懂。

她三年后开了一个咸菜加工坊,创立了自己的品牌,咸菜远销东南亚,和秧花的丝绸品牌一起,成为花码头镇的纳税大户。不过现在她根本没看见前途,她不停地唠叨上门女婿能吃,要被他吃穷了。

除了女婿能吃让她不开心,还有一件事让她忧虑。她女婿的爸爸,左手臂上总是戴着一只黑袖章。他是给毛主席戴孝,从一九七六年戴到现在,两年了,除了睡觉脱下,别的时间一直戴着。老曾的老婆很担心女儿成婚那天,亲家还不肯脱下黑臂章。但是老曾不把这事放在心上,他认为亲家在他们那里也是个角色,他有戴或不戴的自由。

老曾老婆在唠叨时,孔燕妮专心地看着屋顶,那里有一群野鸽子趴在那里，撅着屁股晒太阳，还打开翅膀让阳光照照胳肢窝。孔燕妮知道，这是一群吃饱的野鸽子，她多少年都没有看见过这种景象，人吃饱了，野鸽子自然也有东西可吃。她心中感怀，酸酸的。

老曾的老婆给孔燕妮和曲小珍烧了米饭，煮了一只土豆泥虾皮汤，汤上洒了蒜叶。孔燕妮嫌一个菜太少，何况还是汤，但又不好意思让老曾老婆再去烧菜，自己口袋里又没钱。刚才的车钱都是曲小珍付的。曲小珍端起汤碗往饭里浇了半碗汤，吃得高高兴兴，一片响声。孔燕妮只好学着她，把剩下的半碗汤倒在自己碗里，呼噜呼噜地吃。说也奇怪，吃饭发出猪一样的声音，竟然觉得简单的汤泡饭也很香。

两个人吃完，老曾对孔燕妮说："你不去看看秧花吗？她们今天在镇子中心的大广场上搞活动。"

孔燕妮沉吟不决。上次见到秧花，两个人竟然无话可说。疏远来自时间的消磨，和张风毅并没多少关系。那种心里知道两人关系出了差错，嘴里却无法说明白的感觉，是要人命的。要是再见到时无话可说，两个人的缘分就要断了，连藕断丝连都没有了。孔燕妮宁愿不见，心里还有个盼头。

"不去，我们想早点去青云岛呢。"她说。

"早点晚点有什么关系？我只要有热闹看。"曲小珍说。她的眼睛闪闪发亮。孔燕妮看着她的眼睛说：

"你是一匹野兽吗？一到天晚眼睛就亮起来。"

"我们在那种地方，一夜一夜地熬过来。灯熄得太早，睡不着，眼睛就在黑暗里睁着，越睁越大。几年下来，眼睛一到天黑就亮了，黑地里啥东西都看得出个大致模样。"

孔燕妮把曲小珍一拉，把她拉出屋子走到外面说："我们在外面散散步。前面我不好意思问你,既然你自己提到这个话题,现在我就问你,你到底犯了什么法?"

曲小珍跟在孔燕妮后面,边走边咕咕哝哝地说了自己的一大堆事。她出生在吴郭,三岁时被妈妈送到她青海的奶奶家。四岁时被人贩子又拐卖到吴郭了,在吴郭最远的偏僻县城里,给一位有先天性心脏病的三岁男孩当童养媳。她小小年纪就知道命如草芥,每天都过得提心吊胆,身体就一直紧张,不长个子,也不长肉,人又瘦又小,月经也比一般女孩子来得晚。她的公爹觉得她容易得手,经常趁她不备欺负她,打定主意要占有她,让她死心塌地留在他家里。曲小珍十五岁才来月经。来了月经后,她突然生出了保护自己的勇气。她买了一把西藏刀,因为大家都说她是西藏人。她小时候在青海的奶奶家里见到了这种西藏刀,她熟悉、信任这种刀。待公爹又潜至自己房里时,她在他肚子上捅了几刀,然后她就扔下刀跑了。没想到公公被她捅了以后,不敢上医院,关上门,没两个小时就死了。

大家都说她公公该死。

大家也都说曲小珍该坐牢。

她说,放到现在,她不会这么干了,没有杀人的激情了。她会逃走。她坐了六年牢狱,个子长高了,身体也长得很结实。最重要的是,张风毅让她知道了人生有许多可做的美事。她说她出狱后,第一件事就要看看家乡的街、房子、蓝湖、园林……

她说,没想到她杀了人,又回家来了。

看完了家乡,她再去上海外滩看远洋轮船,去北京天安门看升国旗,去桂林看山水,去黄山看迎客松。当然她首先要去青云岛等张风毅出狱。她的人生要和张风毅连在一起的,谁都别想让她远离张风毅。只有张风毅，才是她的依靠。即使孔燕妮对张风毅不放手，她也决不离开张风毅。

"你这是执念。你懂吗？"

孔燕妮本以为她不会懂"执念"这个词，可是曲小珍懂。非但懂，她还说出了自己的心里话。她说："执念是一种没法实现的目标。我又不会得寸进尺，我只想在他身边待着，看见他就好了，所以我这种不算执念。还有，我这么做了以后，心里高兴又安宁。既然我高兴又安宁，就不能说我是执念。"

孔燕妮听她说到最后，觉得不能开玩笑了，就说："张风毅是位可爱的人，值得你这么爱他。但他愿意用同样的情感对待你吗？"

曲小珍的嘴里吐出犀利得像藏刀一样的语言："我不知道。我只知道张风毅肯要你，是你的幸运。"她的三角眼定定地看着孔燕妮，看得孔燕妮心里发毛。

孔燕妮说："好吧。是我的幸运。"她不想和曲小珍起争执，她预感到曲小珍会是她生命中重要的一个人，如果两人习惯了争执，那会源源不断地消耗孔燕妮的力量。

第十章

秧花今天雇人在镇中心的广场上搭了一个唱戏的台子。她领着她的徒子徒孙们在台上唱的唱，跳的跳。全村老老小小都来到台子下面看热闹，看得喜笑颜开。此时正临到她粉墨登场，她在台上唱《白毛女》。头上戴着白纱巾代替白头发，穿了一双软底布鞋，学着芭蕾舞演员踮起脚尖跳舞。可怜她脚尖踮不起来，只好踮着脚掌，全身的重量压在两个脚掌上，真是够呛。晚风吹过来，吹起她模拟的"白头发"。她的脸在灯光下装成十分悲苦的样子，悲也悲了，却狰狞得很。

> 千针万线缝不尽，
> 千愁万恨记在心。
> 为什么穷人这么苦？
> 为什么富人这么狠？

她唱得很投入，也很自信，看得出她对自己的嗓音很满意。她悲伤而愤怒的歌声通过扩音器传到寂静的夜空里，惹哭了一帮奶奶阿姨们。

演出结束，秧花带着人朝台下面散糖果，一时间欢声笑语，人仰马翻。热闹一阵，人群满意地散去。秧花换上时尚的高跟鞋走过来，拍拍孔燕妮。孔燕妮问她："不过年不过节，你这是唱的哪一出？"

秧花说："我不是想办个丝绸合作社吗？本想把原先工作的那幢房子拆了重建，可是规划局说不能拆，是古建筑，要保护。我就索性重新选了一个地方，造他娘的十几间房，又住人又工作。今天工地动土，所以我花钱搭个台子，请父老乡亲们乐一乐。"

她说到高兴处，又唱起来："乐一乐啊乐一乐……"

她的丈夫走过来对她说："成天乐个啥呀？背后骂你的多的去了。"

秧花说："只要你不骂我，我就知足了。"

她丈夫朝孔燕妮点点头打招呼，对孔燕妮说："她把家里的钱都拿去造房子。我不同意，她就剪下十几个新鲜的带刺茄子蒂，趁我睡觉，放在我屁股底下。我一翻身，我的妈……"

秧花说："啊呀，开个玩笑嘛。"

看得出来，秧花夫妇情感融洽。

接着，秧花邀请孔燕妮和曲小珍一起去她的工地上看看。两个人就跟着她来到镇子后面的一个地方，倒也山清水秀，景色宜人。工地上已经挖了一个长方形的地基，边上一片狼藉，堆着钢筋、石块。临时搭建的工棚里，四位工人正在喝酒打扑克。

孔燕妮从包里拿出诗人麻春雷送她的手电筒，朝工地上照过去。地上到处是鞭炮的红纸屑和燃过的炮仗残骸。花码头镇是孔燕妮奶奶的娘家所在地，孔燕妮从小就熟悉这里。那时候她跟着她的高大进奶奶穿家走户，上山打柴，下田劳动。大进奶奶是在一九六八年饮毒自杀的，她的情人"老丝瓜"也随她一同去了。阿菊兰、秧花的奶奶也都死了。他们在那边相聚，那边的生活要简单多了吧?

这里的乡间民俗孔燕妮懂得不少,造房选基地、择日动土,都是极为隆重。光是屋梁,就有烘梁、叉梁、安梁、浇梁、抛梁、接宝、插金花诸多程序。房子上梁那天,仪式最繁复。时辰多选清晨,放鞭炮,梁上披挂红绿绸,木匠们一边朝梁上浇酒水,一边唱祈福歌。把钱币、糕点、馒头抛向人群。造房的禁忌更多,用的绳子不叫绳子,要叫它"万里长"。烧火时要说"发禄"。上梁时禁止孕妇上门,产妇未满月也不能上门,家里死了人未满月也不得上门。新房落成,留宿的客人夫妇不得在主人家里同宿同床。总之做的一切都是要讨好宅神。宅神一高兴,家里人就升官发财了。

秧花不知道曲小珍刚出狱,知道的话,她会想办法把她赶走。

这一套规矩十几年前曾经明令禁止,现在又卷土重来。卷土重来以后,还增加了几种新的规矩。像腿脚不好的老人都被禁止前来观看仪式。看热闹的人要是内急想去厕所,不能讲出口,以免坏了主人家的财运。孔燕妮听了心里明白,凡此种种,也是人心更加脆弱和焦虑的表现。她心里盘算了片刻,觉得应该找个时间带着温德好、老隐他们,住上两三天,采访几个当地熟知典故和乡规民俗的人,调查研究民俗的变化过程。这方面也有人写过书,只写了乡俗乡规的变迁,没有写变迁的原因。书里只有历史,没有观点。世上一切都有原因,不知原因不如忘了历史,任凭时间的浪潮把懦弱的灵魂带入无边虚空,永无着落之地。

秧花拿过孔燕妮的手电筒,在工地上照来照去,画出一个又一个空中区域:"看到没有,这边造一个二层楼。我要造得结实一点。东面砌六寸墙,正好一块砖的长度。西面北面砌九寸墙,一块半砖头的长度。我以后就住二楼。一楼是我的工作室。楼两边还要造两排平房,当刺绣间和学员宿舍。我要用六十公分的梁。挖好的底还要加深,深到一米五,用八十公分长的狗头石打进地里,打到打不动为止。地坪上砌砖,砖上再加一层楼板,这样地就不潮了,就是黄梅天地上也不出水。我还要请园艺师、灰堆匠人……"

孔燕妮说:"你刚才还在唱穷人为什么这么苦?富人为什么这么狠?你眼见得就成了富人了,你还有什么话好讲?"

秧花说:"我也不想当富人。你看电影里的坏人全是富人。当富人背后都要被人指指戳戳,弄不好什么时候倒了霉,没有一个人同情你,还再踩你一脚。但是现在的情形,不是做不做的问题,而是一定要做,不做不行。现在不努力,过两年就要被时代淘汰下来。"

孔燕妮说:"你不会被时代淘汰,我这种人会被时代淘汰的。"

秧花说:"不说这个了。我带你们到山边的温泉里洗个澡,再让老曾送你们去青云岛。"

秧花带着她们在小山里七转八转,看到一个小棚子,里面拉着简陋的灯泡,吊在棚顶。棚子中间有一洼清水,一米多深,清澈见底。底里有几个热水口,突突地冒着气泡。曲小珍不敢脱衣服,秧花笑着对她说:"脱吧,我们这里没有男人敢进来干坏事。他要是敢进来,我们就用胸罩带子勒死他,丢到山里喂野猪。"

三个人脱光了衣服,一齐滑进温泉水里,互相笑盈盈地看来看去,心里和自己比较着。曲小珍说:"秧花姐,你这头发在哪里烫的?刘海卷着朝两边分开。我也要烫你这种发型。"

"这个发型是《秘密图纸》里女特务二十三号的发型。我特地坐了火车去上海理发店烫的。一进店,说一声,烫二十三号,他们就知道了。"

曲小珍惊奇地吐了吐舌头。

"洗好澡，你们不如跟我回去，住在我家里。我婆婆有一张大'忠'字床，宽一米八，长两米。檐板上全雕着忠字，她嫌床太硬，搁在了客房里。你俩正好可以睡一睡。"秧花说。

孔燕妮说："你呀，说话就是拐着弯儿骂人。你就直接地说我对张风毅不忠吧。"

秧花说："拐着弯儿说好玩，有意思。直接说很乏味。哎，我向你打听一个事，听说北京机场挂了一幅泼水裸女的画。就像我们这样的，一丝不挂。"她大笑不止。孔燕妮往她的脸上泼水，也大笑。"你先说，问我这个干什么？"孔燕妮说。

"要是真的，说明国家的形势开放了。我就要准备这方面的素材，要让绣娘们学点人体素描的知识。"

"你还真是敏感。抓尖好强。精怪得没人比得上。怪不得你多少年下来都是吴郭的顶尖绣娘。"

"火车不是推的，牛皮不是吹的。"

孔燕妮说："是真的。北京机场里新挂了一幅泼水裸女的像。我没有亲眼看见，可我听好几位朋友亲口对我讲了。伦勃朗晚年说，绘画固然取决于你看到什么东西，更取决于你怎么看待这些东西。对绘画欣赏者来说也一样，他看到的是裸体，但同时他也看到了裸体代表着开放、进步的社会会到来。"

秧花一手一个，拉着孔燕妮和曲小珍，非要她俩上岸不可。两个人不知她的用意，推推搡搡地上了岸。秧花要她们背靠背坐在一起，摆出依恋的样子。

孔燕妮说："这是要干啥呀？是要我俩当人体模特啊。"

"你们身材这么好，不当模特可惜了。"

曲小珍张着嘴，一脸好奇，三角眼里写着情愿二字。

秧花从包里拿出钢笔和写生本，对着她俩，几笔就勾画成了身体轮廓，再涂上简单的明暗面，一幅人物速写基本上成了。三个人头碰着头欣赏这幅画，孔燕妮说："你的速写本事越来越好了。我记得你开始是学中国画的，工笔、写意都学了。后来觉得不够，才学了素描。"

秧花说："幸亏学了素描。中国画讲究的是情绪，西方的绘画经过了文艺复兴，讲究科学表达。"她显得很内行。

棚子外面一大丛一大丛的野菊花还在怒放，菊花的药香扑进来，缱绻氤氲。曲小珍说："这就像人间仙境啊。我哪里也不想去了，就想留在这里。秧花姐要是肯收留我，我就给秧花姐干干家务活。"

秧花问她："你是什么地方来的？"

孔燕妮说："你别问她从什么地方来，我先告诉你，她是张风毅的女朋友。"

秧花没有疑心什么，说："那你留下吧。我也是张风毅的女朋友。我们三个都是张风毅的女朋友。"她转头对孔燕妮一本正经地说道，"你不如也到我这里来吧。我让你入股，你来管理。你不要去当老师了。老师，知识分子，到什么时候都只能过中等日子，碰到不好的时候，还有人朝你身上踏一脚，你就只能过下等日子。"

孔燕妮笑着看秧花，然后拿起秧花的钢笔，背过身，用地上的衣服擦擦手和胸，在自己的乳房上写"自由"两个字，一边一个字。她得意地张开手笑着转过身，让她俩看。

秧花和曲小珍一齐捂着嘴笑。

"社会要用科学来拯救，我要用自由来拯救自己。"孔燕妮说。

秧花嗔怪地白了她一眼。秧花的眼睛是笑着的，表明她欣赏孔燕妮，肯定孔燕妮。她只是刀子嘴豆腐心，她俩还像以前一样有着宽阔如蓝湖的友情。

孔燕妮心里热乎乎地像喝了两大碗红糖姜汤。这毫无疑问，这是她人生中得到的最好的东西。自从她不再计算人生付出后，她不停地感到内心注入力量。

她已经积蓄了许多的力量了，可是还没有足够多。她要等到足够多的那天，回馈俞华南。或者焐热他，拯救他。这是她无法打消的执念。

她猜想这也许是她最后的执念了，过后她会走上什么路，还不知道。

吴郭人很少有执念，这也是他们讥嘲孔燕妮的动机。他们觉得孔燕妮不停地寻找爱情，就是陷入执念，所以要讽刺她。但是他们不知道，孔燕妮总是想在执念和自由之间，寻找一条平衡之路。这种矛盾的激烈的自我交战，已让她觉得心力交瘁，让她计较精神上的每一次得到和失去。

"我们有多少年没有这样轻松快乐了？总是严肃紧张，心里苦滋滋的。"孔燕妮说。

"起码二十年。"秧花说，"唉，日子总算有了盼头。"

第十一章

这天晚上,孔燕妮和曲小珍没有留下来睡秧花婆婆的忠字床。她们叫上老曾,跟着他的船上了青云岛。她俩洗温泉洗得浑身软软的,身上滑腻腻,散发着隐隐的硫磺味,也可能是野菊花的香气。两个人一上船,船马上变得香喷喷了。

今夜的蓝湖风平浪静,小船在平镜似的水面上一路滑向青云岛,半个小时后就到了岛上的码头。老曾说他今夜不在青云岛上过夜,他得连夜回去。

曲小珍吹着口哨,在古老的石码头上转来转去,对码头上的油亮大石板赞不绝口。这些石板散发着白光,像一张张洗干净的脸。她抱住一棵大白果树,说她小时候曾经梦到过这样一棵树,一模一样。当时她站在这棵树下,有个和善的爷爷走过来,拉着她的手说,带她去一个好地方投胎。爷爷带着她到一处悬崖边,手一推,把她推下去。结果她落地以后,还是落在这棵树底下。这是什么启示?她还不知道。她只知道这棵树和她有前世的因缘,是她的"因缘树"。她爬上树,把头发上的红丝带系在树杈上,表示这棵树和她接上了头。

岛上一片黑暗,只有一家人家亮着烛光。那家人家就是阿胡子家。

孔燕妮到了阿胡子家,阿胡子召集了村里的干部,正在开会商量一件事情。他为这件事愁了几天了,眼圈都熬黑了。他顶着两只黑眼圈就像一头熊猫一样。

三天前,有人告诉他一个消息,十一月十八号,全中国的贼代表都要到青云岛上来开会,简称贼代会。他们为什么会选中青云岛,是个谜。也许是吴郭本地的贼首想做一回东道主吧。贼代会的目的是重新划分全国地盘,确定地盘老大,并且要适应如今的经济向好趋势,抓紧培养徒子徒孙,制定公交车、火车扒窃方案,甚至要做长远打算,准备培训飞机上的作案人员。同时他们要研究进一步应对公安的反扒。他们还要推测在新的发展经济形势下,公安方面今后会不会对他们网开一面。因为将来大家条件好了,也许就对小偷不那么愤恨了,说不定还会生出一点职业尊重。说到底,他们不是杀人越货的江洋大盗。

阿胡子说,这些小贼走出来,与常人无异,你绝不会多注意一眼。但是他们如果伸出手来,你就会看到他们的食指和中指一样长,这是练出来的。他们中间有长期吃素的佛教徒,有青城山道长杜光庭的铁杆崇拜者,有刚确定信仰的天主教徒。他们中间甚至有自称信仰共产主义的,信仰无政府主义的。

告诉他贼代会消息的人,第一要阿胡子保证不把他的名字泄露,第二,他觉得不要报警,因为报警后村里人会遭到贼们的报复。反正这些贼们不会进入居民的屋里开会。他们会在夜里无人的湖边或者山里开,开完就走。人也不会多,最多二十来个人。俗话说:不怕贼偷,就怕贼惦记。贼如果一直惦记着你,那会有什么后果是可想而知的。

阿胡子面临着一个问题:报警还是不报警?

他是个老党员,不报警怕人说他觉悟低,报警了又怕被贼报复。

这件事把他搞得很紧张。

岛上的村干部老魏的儿子就在镇上的派出所工作，是个副所长。老魏打电话和儿子说，听说有一个地方，最近有大批的贼骨头去开会，碰到这种事，这个地方该怎么办呢？老魏的儿子说了许多话，大意就是不可能有这种事，他从来没接到过这种消息。爸爸你是没事干闲得发慌，人家瞎讲什么你都相信。

老魏说："你们听听这活畜生说的话，说我闲得发慌。上次我和他说，我最不喜欢的事就是粮食统购统销。他说我反党反社会，差点和我打起来，这活畜生。"

老魏嘴里的"活畜生"自然是他的儿子。

阿胡子说："要么就让他们来，反正他们来个两三天就走了。我们那几天家家户户都关门大吉，不去招惹他们，他们自然也不会碰我们。"

老魏说："阿胡子，你党性哪里去了？你非但没有了党性，你人性都没有了。——哦，不是人性，我说的是血性。自从陶云珠死以后，你就变得胆小了。"

阿胡子的老婆在外屋咳了一声。

阿胡子急火火地说："陶云珠和我有什么关系？"

老魏说："你不是和她有一腿？"

阿胡子指着孔燕妮说："你问问人家，我是不是和陶云珠有一腿？"

老魏问孔燕妮："你看着眼熟，你是什么人？"

孔燕妮开玩笑地说："奴的男人认了陶云珠干娘。奴晓得干娘跟阿胡子大哥干干净净的。"

老魏叫起来："哦哦，你是张家老弟的……哦，我们先走吧，让人家休息。明天再商量。"

阿胡子拉着孔燕妮,又商量了十八号晚上的请客菜单。孔燕妮跟温德好借了三十美元,二十给了田菜花,她把剩下的十美元给阿胡子买菜。可阿胡子不认识美元,不要。阿胡子老婆走过来一把抢了去,说:"人家是有身份的,还会骗你?"

阿胡子最后问了一句:"你那边请了多少人?"

孔燕妮张口结舌回答不了。阿胡子这么一问,她倒着急了,要是十八号那天没有人来赴宴怎么办呢?她转而一想,哪怕一个人不来,也有俞华南前来。有了俞华南,别人来不来又有什么要紧?

不对,俞华南好像说过他十八号离开吴郭。

孔燕妮开始发愁。

老魏的老婆把两位女客安排在偏房里,说:"要是夜里看见梁上有火赤链爬出来,不要惊慌,这是家蛇,有灵性的,看家的,不会伤人。"

这个房间孔燕妮以前也住过,离湖水不远,头枕在枕头上,听得见蓝湖流水声,还以为枕在流水上睡的。只是床太小,睡两个人很挤了。

孔燕妮说:"曲小珍,你打地铺睡。"

曲小珍说:"干什么,我们挤一挤嘛。我洗得很干净了。"

"你想不想再去蓝湖里洗个澡?"

"洗就洗。还能把我冻死?"

"你三岁就去了青海,对蓝湖有记忆吗?"

"没有。就是来过也不记得了。"

"你看蓝湖怎么样?"

"这里什么都好,就是水差了点。风平浪静,看得人提不起神,想睡觉。跟雅鲁藏布江的水差远了。"

"雅鲁藏布江里的水是世界上数一数二湍急的水,别的水哪里能比?但是你也不要小看了蓝湖,它也是储藏了巨大能量的。刮台风的日子,湖里的水翻得像藏了一千条龙。"

两个人正说着,飘过来一阵丝竹之声。两个人一起走出去,循着若有若无的声音找过去,原来是山脚下的玄清道观里飘出来的。她们趴在窗上朝里看,只见一位老道,带着两位童子在演练乐器,拉胡琴的,吹笛子的,不亦乐乎,一见有女客聆听,马上精神倍增,拉得龙飞凤舞。孔燕妮和曲小珍听了一场不付钱的音乐会。后来一位童子过来,把窗上的布帘一拉,两个人只好回去了。回去的路上漫山遍野的橘林,一只只橘子挂满枝头,孔燕妮打着手电筒,采了几个。但是曲小珍没见过这么多的橘子,兴奋得拼命采了一大堆。孔燕妮连连喝止也不奏效,气得打了她一下,说:"你把青的采下来干什么呢?"

回到睡觉的屋子里一看,曲小珍果然采了不少青橘子。她把熟的橘子都吃下肚,青的都留在桌子上。孔燕妮说:"你把青的也吃下去吧。"

曲小珍说:"不吃。"

孔燕妮说:"不吃吗?我塞你嘴里。"她停顿一下调整了语气,把话说得动听一些,"你还小,有些做人的道理还不懂,可能书本上没有教你,你的亲人也没有教你。今天我来教教你一些为人的道理。你上岛以后,看到人家养狗了吗?"

"看到了。"

"我们采橘子的时候,你听到狗叫了吗?"

"没听到?"

"知道为什么吗？"

"不知道。"

"因为漫山遍野的橘子，你想吃随便采。狗知道无论什么人采橘子吃都是可以的，所以不叫。"

"这里的人好，狗也好。"

"可是有两个规矩。一是只准吃不准带走；二是只准采熟的不准采青的。如果采了青的也要把它吃掉。"

曲小珍挑了一只半青半红的橘子，硬着头皮吃掉半只。看着桌子上她采的一堆青橘子，实在吃不下去。她羞愧得抬不起头。

后来她想：这个地方真好。我在这个地方等张风毅出来。我们俩在橘子林里散步，一边走一边抬手拨开迎面撞到脸上的橘子，后面还跟着一条狗，就像电影里演的那样。散步结束了还能顺便去道观里听听音乐。作为一个女人，这就是最美的生活了。

"哎。"她招呼孔燕妮，说，"我有一件事不明白，张风毅那么好，你为什么收不住心？"

孔燕妮抬起眼冷冷地说："红嘴白牙，你说话要有点数。"

曲小珍说："那首儿歌不是……"她说了半截子的话，不再说下去。她明白不是孔燕妮有没有收心，而是她能不能挑明了讲。挑明了讲，就是和孔燕妮叫板。光看孔燕妮那双大手就知道，她不是孔燕妮的对手。

孔燕妮说："你那么好，张风毅为什么不肯和你在一起？"

"我没那么好。"曲小珍说，眼睛突然睁大了，说，"你真的觉得我好？"

"你特别好。"

"你真的认为我特别好？你没有骗我？那你能不能离张风毅远

一点。"

曲小珍这样说话，孔燕妮反而很欣赏。她微笑着说："能。"

风吹进门缝，烛光猛然一扭，像蛇一样。

曲小珍说："我知道你瞎说。"

孔燕妮说："我不瞎说。我敢放弃，说明我还年轻。如果我老了，我就要抓住点什么，不敢失去，不敢奉献。人在生活里总是想得到，这没错，谁不想得到呢？爱、荣誉、成功、名利。可是，只想得到不想奉献的人，说明他内心虚弱无力，哪怕他正年轻，心也是老朽的，精神也是懦弱的。只有敢奉献，才是真年轻。"

俞华南，我是真心地想把我奉献给你。孔燕妮心里在呐喊，嘴里却在轻言轻语地给曲小珍传道授业解惑。她这些大话讲得曲小珍连连点头，点完头沉思，沉思后想：我才不会都相信你。见人只说三分话，未可全抛一片心。这是张风毅教我的。还有，害人之心不可有，防人之心不可无。

曲小珍说："你说到年轻这两个字，我想起来一个故事。我小时候，我奶奶讲给我听，说村里有一个女人，活到二十五岁就死掉。死掉了再投胎到村子里，活到二十五岁又死掉。每次她一投胎，村里人就知道了，说她又来了。她不结婚，不生孩子，也不睡觉，成天在外面游逛。和牛马在一起，和山上的神仙在一起。她每天都过得高高兴兴，到二十五岁生日那天，夜里十二点一过，她就无疾而终。她永远二十五岁，永远不老。她一次一次地肉身轮回，每次都是年轻的。"

孔燕妮脑中灵光一闪，说："我懂了。她是肉身轮回。我一次又一次地恋爱，是一种精神轮回。我要在精神轮回里保持年轻，而不是在执念和自由的平衡中保持年轻。因为平衡会被轻易地打破,但轮回是坚固的,是精神的真正跋涉。我跋涉了千山万水,何必在意一时平衡?"

石破天惊,她一下子理解了自己。真是踏破铁鞋无觅处,得来全不费工夫。什么叫求真,这就是了。她的眼睛在烛光里闪耀着迷人的辉光,没有什么比认识到自我的真相更令人愉快了。

得到,付出。再得到,再付出……不断循环,不断轮回。只要有循环和轮回,就如大地上流动的活水,心有大海,一路前行。不会枯竭,不会迷失。在恋爱中是这样,在亲情友情中也是这样……不老的不是肉体,而是她的精神。

接下来,她俩还在有一搭没一搭地乱说,也不管说的话是否有道理,就是想说话。每次和曲小珍说话,孔燕妮都觉得自己在进行休克式精神疗养。她想,张风毅以后真和曲小珍在一起,会很轻松的,就像她和冯春霖在一起一样。爱情的内涵总是每个时代都不同。

说了一会儿话,孔燕妮把蜡烛放到自己身边,掏出包里带的考试题看了起来。看着看着,她的眼睛一个劲地想合拢,上下眼皮直打架。曲小珍从火柴盒里拿出两根火柴,掐掉火柴头。对孔燕妮说:"你过来,让我给你把上下眼皮撑住,这样你就睡不成了。"

孔燕妮欠过身来,让她把两根火柴撑住上下眼皮。这样也不管用,孔燕妮疲累极了,眼神涣散,根本看不进书的内容。

"罢了,我还是睡吧。"

孔燕妮马上就睡着了。

她放在枕头边上的手表指着十二点。也就是说,是十一月十五日了。

这个日子意味着张风毅还有三天出狱,孔燕妮和俞华南谈了十六天的恋爱。俞华南说过,他十八号走,那么,她和俞华南的相聚也只有三天了。

今天也是曲小珍出狱的第二天。没认识张风毅之前,本来她已打定主意要回到青海盐湖边,她坐牢后,监狱想办法通知了她在吴郭城里的父母,但她的父母一次也没来看过她。父母亲后来生了一个弟弟,当初把她送到青海,也是家里穷。如今家里不穷了,父母只想和弟弟三个人在一起享受生活,容纳不了她。她是个多余的人。

盐湖边的生活很苦。男人们负责运盐出去,换青稞和牛肉、酥油茶。她回去的话,要跟着众多女人们出去采盐。翻修盐田也是女人们的事。她的奶奶会教她用三十年的松木翻修盐田。四月份,女人还要和孩子们一起去寒冷的山上挖虫草。当然她也得去。但是现在,她的命运完全变了。她要留在这个山清水秀的地方(虽说她不太喜欢如此平静的水),她要和孔燕妮抢夺张风毅。抢不过也没关系,只要看到张风毅,她对未来就没有一丝害怕。

她若有所思地打量着孔燕妮。孔燕妮睡着了,她可以轻松自如地打量她,揣摩她刚才说的话和她的表情。以她的判断,孔燕妮是个危险的女人,是那种飞蛾扑火的女人,不可依赖。可是她是真心喜欢孔燕妮。

孔燕妮的脸上挂着天真的笑容。她此刻正在梦里听乐曲,她听的不是刚才在道观里听到的《良宵》和《二泉映月》,而是她从小就熟悉的肖斯塔科维奇的《第七交响曲》。她听着梦中的音乐,嘴里还喃喃自语:

十五号,十五号……

曲小珍心里一惊。

她焦虑起来，坐在凳子上左右摇晃，嘴角吐出白沫，她镇定地伸出手掐住自己的人中。一会儿，她不吐白沫了，站起来，像传说中的渡鸦一样拔自己的头发。她把自己的头发拔出来一大把，心里舒服了一些，头发从她的手上滑落。

她眼神定定地望着一个地方。后来她看清楚了，这是孔燕妮的裤子，裤管的缝裂开了线。她打开桌上的抽屉，找到一套针线，重新坐下来，聚精会神地给孔燕妮补裤子。

孔燕妮就在这时候醒过来。她说："烛光下，你是一位补裤子的天使。"

曲小珍头也不抬地问："你对男人是好的，你对女人会好吗？"

孔燕妮说："我既是医生，也是教师。你不说，我也知道你经历过多少。曲小珍啊曲小珍，靠自己努力，才会得到轮回。"

第十二章

第二天早上六点,孔燕妮搭了岛上出来采购物品的船,回到花码头镇。

花码头镇的码头上,伫立着一棵硕大无朋的香樟树。孔燕妮突然想把这棵香樟树作为自己的"因缘树"。刚才在青云岛码头上,她看见大白果树杈上,曲小珍系在上面的红绸带。这是她从曲小珍身上学到的东西,一个凡人如何与一棵树建立精神联系。东晋始,中国有自然哲思。可惜现在已经不太关注自然,更无人从自然中汲取力量,只知盲目崇拜鬼神,而不知鬼神存在的意义,给自己戴上了精神的枷锁。

精神上有了枷锁,就失去了自由。失去自由的灵魂,是衰老腐朽的灵魂。一个衰老腐朽的灵魂,养不出年轻的肉身。

花码头镇,也是张风毅少年时乞讨流浪过的地方。她每次到这里,会想起张风毅。

她拦了一辆卡车。爬到卡车上,见到一位中年妇女和她的两筐藕缩在角落里,两手紧紧拉住车栏杆。中年妇女一看有人上来,就拿了一节白白胖胖的发着丝光的藕,欠身递给孔燕妮,说:"好吃的,洗干净了。"

孔燕妮接过藕啃了一口,甜美多汁。

她吃着藕,眼光扫到藕筐边上,那里有一捆四四方方的物件,不知是什么。这是驾驶员运送给一家白泥矿的炸药,是没有运输许可证的。

中年妇女搭了便车进城,她要把两筐藕送到一家大厂的食堂里去。她答应给司机三条带头带尾的大藕。

她问孔燕妮:"你给驾驶员多少钱?"

孔燕妮说:"我没钱。"

中年妇女忧愁地看着孔燕妮。过了片刻,她对孔燕妮说:"人都是有魂的。我看你的魂不在身上。你还不如到前面香炉山下车。尼姑庵里新来了一位当家人,谁的魂落在什么地方,她一算一个准。"

"我没钱。"

"师父算命不要钱,就是结个缘。"

中年妇女这一说,把孔燕妮的回忆调出来了。她想起姑姑如一师父和明心师父。如一师父是柳爷爷唯一的孩子,从小就跟着柳爷爷上香炉山上的念念寺吃斋、玩耍。她在寺里认识了当"典座"的欢乐师父和他的儿子阿萌。那一年她六岁,阿萌八岁。

阿萌十岁时去浙江的一座山上出了家,法名明心。等到他十八岁那年,回念念寺看病危的欢乐师父,见到如一也出了家。柳爷爷在念念寺边上给女儿造了一座庵,叫"止水庵"。

水能止住,明心的思念止不住。

两个月后,他就从浙江回来了,在香炉山边上的梅积山上结草为舍,随放蒲团,并且他还修了一条从梅积山通向香炉山的石路,后来在路上又搭建了廊桥。两个人常来常往,心心相印,却从不说破,连手都没拉过,却早就活得像一个人一样。

一九六八年春，吴郭大乱，造反派们打成一团，同时，北京来的"雄鹰"造反团也打了过来。香炉山和梅积山也遭了殃，两个人就结伴一起离开香炉山，准备到山下去搬救兵。这一去，就如泥牛入海，从此无影无踪。

不多久，天下太平。关于如一和明心的传说也多起来，说书艺人们把他们的事说成一件私奔的风流韵事。说他俩到西湖边住下来了，隐姓埋名，过着凡人的日子。孔燕妮知道，这不过是好心人希望他俩还活着。那一阵兵荒马乱，两个人从此没有音信，断无再活着的理由。

到了香炉山脚下，孔燕妮敲敲后窗，司机停下来。孔燕妮就下了车扬长而去。司机也没一句话，看得卖藕的妇女张大了嘴合不拢。

山脚下有一片池塘，是孔燕妮熟悉的。她从小就在这里玩。河里面长着芦苇，飞着一些水鸟。池塘边上开着一些小野花。孔燕妮停下来看了一阵水面，不是花和鸟吸引她，而是水面上滑动着许多水黾。这些奇怪的一厘米长的昆虫在水面上停留、爬行、滑行、腾跃、交配，它们长着三对毛茸茸的脚，这些脚从不划破水面，也从不会让水浸湿。它们把稀松的水变成了厚重的油，把水面变成了溜冰场。水在它们的脚下，就如绢纸一般。

看到河，她想起曾经的邻居常宝。常宝二十年前投河自杀，孔朝山把她救上来，让孔燕妮把她送回家。可她后来还是被枪决了，也许她现在可以平反。她没有任何亲属，与她一起工作过的人，可能都忘记了她。

常宝的体态和动作也很轻盈，就像眼前这些水黾。她和这些小昆虫之间有些相似的地方。孔燕妮一边朝山上走，一边想，是哪种相似呢？走到山顶上，她想出来一个词：轻微。

她要张扬自己，不断地积蓄力量，作为人，远离轻微。

清新的上午，带着红晕的太阳，让人产生希望，好像不愉快的日子再也不会来了。

远离轻微，这是孔燕妮此刻的执念。自从在青云岛上悟出精神轮回之道，孔燕妮对自己不再那么要求苛刻。对于时不时袭来的执念，她安之若素。

孔燕妮先去了念念寺。

站在香炉山上的念念寺前看梅积山，两山之间的廊桥已毁坏。廊桥里的石块路面也破损不堪，许多石块都没了，长着一大丛一大丛的野草。想来现在也无人去梅积山了，因为那山上的庙已经全部烧光。

念念寺里的僧人不多，她一个也不认识，先前那些僧人想来都是老的老，还俗的还俗，去别处的去别处了。

大殿里的泥塑镀金佛像还有四座，工人正在给佛像重新整修。大殿背后的望海菩萨还在，只是泥塑的海波坏了许多。当年，张柔和就是在这里许下她的心愿，只要拥有，不求永久。可惜她既没有拥有孔朝山，更没有和孔朝山产生永久的感情。她现在只有一个身份，就是孔朝山的病人。

她是病人。

经过了那些荒唐岁月，许多人都成了病人。

大脑有一千亿个神经元细胞，这么多神经元并不表明大脑固若金汤，细胞到底不像造城堡的石头那样越多越好。

孔燕妮想，自己会不会也是一个病人了？

"温柔桥"和"多情桥"倒是没见多少毁坏,略略修缮又是两座精致好桥。

她在念念寺里转一圈后,去了止水庵。止水庵就在念念寺边上,两寺之间,如今长出了好多大树。

与孔燕妮的想象相反,止水庵里香火挺旺。孔燕妮听说住持的法号叫"如明",心中一动。却不去见这位如明住持,跑到食堂要了一碗素油香菇面。说赊账,下次来还。那盛面的师父一言不发地同意了,还给孔燕妮的碗里多放了一大勺香菇素油汤。正吃着,一位二十出头,眉清目秀、身量娇小的尼姑进来,她要了一块素油糕,坐在孔燕妮边上,慢慢地嚼,笑眯眯地多看了孔燕妮几眼。

孔燕妮看小尼姑可爱,就问她:"你这里的住持叫什么?"

"叫如明。"

"以前这里有一位如一师父,东面的梅积山上还有一位明心师父。如明如明,把这两位的名字各占了一字。"

"就是这个意思。纪念的意思。"

孔燕妮看她吃得十分缓慢,又问了一句:"你们这个止水庵是什么时候开庵的?"

"正式开庵也就是今年中秋。那天晚上,山下好多妇女上山来看月亮。她们头上戴着木樨花球,穿着丝绸衣服。看完月亮,我们就请她们进寺喝香茶,听经,看我们'焚香斗'。那天晚上真是好热闹,以后,这些妇女就经常来了,还带着人来。一传十,十传百。"

"我也是一位妇女推荐我来的。"

"她说了什么没有?"

"没说什么。就说你们的住持会算命,一算一个准。"

小尼姑笑起来。她吃完就走了。

孔燕妮在止水庵里也走了一圈，心中隐隐地伤心，觉得心里有什么东西受到了伤害，就找到下山的路走了下去。

这时，后面追来一位中年尼姑，挥着手让她站住。孔燕妮停住脚步，听这中年尼姑说："客人留步，我家住持要你去她房里说说话。"

孔燕妮跟着她去了住持的屋里，一看，住持如明就是那位可爱的小尼姑。小尼姑二十五了，看上去却像十八九岁模样。

她拉着孔燕妮的手说："我们这里从不赊账，除了给叫花子吃的用的不收钱，别人都要收钱。"

孔燕妮说："我一时身上少钱，过几天还要去青云岛，走过这里时，上山还了账。"

如明从抽屉里取出一张十元钱，说："你等会儿就去食堂把面钱还了，剩下的你留着用。以后你再上山，还给我就是了。"

如明虽然年轻，行事也活泼。但她身上自然而然有一种威严，孔燕妮比她大十岁，在她面前也乖乖听话。

"你上山来有什么事？"

孔燕妮说："我上山来，一为赊账吃面，二来听说你这位住持算命极准。连谁的魂掉在什么地方都算得到。"

"你想要我算魂掉在什么地方？那是专门给孩子算的，哄他们玩的。"

"你不妨也给我算算。"孔燕妮说，"你只当也哄哄我。"

如明定睛细看孔燕妮，看了起码有五六分钟。看得孔燕妮心里发毛。

如明看完，上床盘腿跏趺坐，闭上眼睛，手结禅定印。又静坐五六分钟，睁开眼睛说：

363

"你的魂在一棵桃树底下。你前世的今生的魂都在那棵桃树底下。那棵桃树就在你现在住的地方,往南走四十分钟。用心听佛的指引,就能找到属于你的那棵桃树。你把一瓶米酒洒到它的根上,它就会开了玄门放出你的魂。"

孔燕妮一听就乐了,她喜欢这种神秘的活动。神秘主义是精神上的开疆扩土,它能冲淡生活的无聊和无奈,削弱悲伤,引发求知欲和探索欲。虽说它经常是竹篮打水一场空,可空的竹篮也是好奇心的一部分。再说好奇心是年轻的情绪,眼下这一株未知的桃树就是她和如明两个人的秘密,它类似于两个年轻女孩子之间的游戏。

但她还是装作很理性的样子,问:"我的魂放出来后干什么?"

如明说:"可做的事多了。你可以去化缘,给我们修路铺桥。"

阿弥陀佛!如明说完笑着念了一句佛号。

孔燕妮也做了一个佛门合十手印。

孔燕妮去食堂还了面钱,又买了五块素油糕放在包里,赶紧跑着下山。一群田鹩被她惊起,飞散开来。她拦到一辆长途公交车,上了车,交了两块钱。汽车到了长途汽车总站停下。她出了车站坐上三轮车回到住的地方,昨天晾在院子里的衣服,有两件被风吹掉在地上。她把衣服都收了起来放好。十点半,她开始从家里走出去,向南,一直向南,走了四十分钟后,她停下脚步。

她必须要考虑一下,因为她的前面就是工人文化宫。文化宫里倒有七八株大桃树,至于她的魂在哪棵桃树下,是要慢慢与桃树对话的。听神启,或者找神迹。

但问题也同时来了。冯春霖的家也在前面。她想了又想,想起冯家东边夹弄内,倒种着一棵桃树,因为两边都是房子的墙,它长得奇形怪状又营养不良,既不开花又不结果,一点也不像一棵桃树。

她被冯妈妈打怕了,她不敢再靠近冯家。她选择了工人文化宫。

孔燕妮在每棵桃树前凝神而立。她想起中学时她的班主任蒋老师就是神秘主义的信仰者。蒋老师很胆怯,公开场合中从不敢多说一句话。她听蒋老师说过,神秘主义出自一个希腊语动词,意为"闭上眼睛"。

孔燕妮闭上眼睛。她听到一只蜜蜂在一棵桃树里"嗡嗡"地叫,睁眼一看,果然就是一只肥硕健壮的野蜜蜂,在一棵桃树上转来转去。十一月中旬,这个时候蜜蜂少见了,这是不是佛的指示?

孔燕妮对这棵桃树说:"好吧,我的前世的今生的魂都在你的树下。我改天带一瓶米酒,来个启动仪式,把酒洒在你树根底下,你就把我的魂释放出来。"

野蜜蜂"嗡"地答应一声,飞走了。

很奇怪,玩了这个游戏后,孔燕妮心里一时放松了,爱情的绳索不知不觉地脱落。如明是厉害的,别看她那么小,整天笑嘻嘻,无忧无虑,有时候还蹦蹦跳跳的。她用这种虚无的方式给孔燕妮解了压。给人解压的人是好人,给人解压的宗教是好的宗教。孔燕妮想,以后看到佛、道的一些仪式,再也不会说他们装神弄鬼了。这些仪式的意思,无非是给人解压。中国人大约是世界上最有压力的人了,卸除精神上的压力比赚钱还重要。

她已不再计算得失了,这时候,她的心里自然而然地写上一笔:进账,如明的慈悲指导。

她走出来顺便看了看留言栏。

有一张留言是写给所有人的：北京有"西单民主墙"，上海有外滩大字报墙，我们吴郭有文化宫墙。每一个城市都有它独特的墙，墙上有不同的花露水。

有一张是为"运动"辩护的：

大家都说以后不能再搞运动了，可是我认为不对。鲁迅先生早就告诉我们，中国人麻木不仁，所以做什么都要用运动的方式，不运动不足以提起精神，不足以引起重视。

还有一张留言让她惊心动魄：

中国人本就贪婪、自私、嫌贫爱富，全社会工作重心转到经济建设，等于把魔鬼放出来。

让她更惊心动魄的是留言下的名字：杜小克。

看来杜克也有他的崇拜者，他也会以某种方式复活。

她找到了俞华南的留言：

你又到什么地方去了？

我去找你总是不在。

找不到你，我像丢了魂一样。我丢了魂，就去你爸的医院住下来。

孔燕妮自言自语："这世上丢了魂的人还真多。"

她就去找俞华南，他在招待所午休。看见孔燕妮来了，他问："你来找我干什么？"

"来找你继续谈恋爱啊。"孔燕妮说。

俞华南"呸"了一声，躺在床上不动弹。

孔燕妮坐到他床边，把他朝床外拉，"陪我去吃午饭"。

"不想去。"

好不容易把俞华南拉下地,两个人一起去了吴郭最著名的馄饨店。这家馄饨店的特色就是鸡汤火腿馄饨。汤里放进切成丝的豆腐干丝、蛋皮丝。馄饨店中午打烊,恰巧还有两碗馄饨没有卖掉,俞华南就把两碗馄饨都买了,陪着孔燕妮又吃了起来。

俞华南说:"我还是前天晚上见到了你。你昨天去哪里了?今天上午又去哪里了?"

孔燕妮说:"你先告诉我,你昨天一天干什么了?你的女朋友罗影影呢?"

原来北京那边又来了一位调研员,是中央财政金融学院的一位女教授,她和罗影影是好朋友。她俩联系上以后,女教授就从别的地方搬过来和罗影影住在一起。罗影影昨天和女教授去了土地管理局和水稻种植基地、花木种植基地。按照女教授带来的上级指示,俞华南昨天在周围的乡镇跑了一天,了解城镇的用地情况。

孔燕妮说:"国家对土地有什么打算?"

"我不清楚。"俞华南说,"我猜马上会出台一系列的地方改革政策,可是中央财政又无法支持地方改革。那么就只能学习香港经济起飞时的经验,出租土地给资本投资,解决建设资金困难的问题。"

孔燕妮做了一个鬼脸,"太惊人了。"她说,"简直不可想象。"

"一开始都是这样。只要政策下来,我们马上就会进入一个经济快速发展模式,这个阶段发展起来的工业大多是低端的制造业,靠着工人的力气和手积累财富。过了这个阶段,我们的工业才能进入高端产业发展阶段。"

"那么农业呢?"

"农业的变化也是随着工业的变化而变化。随着工业化的进程，乡镇也会一步一步城市化，最终城乡一体化。"

他们两人聊这些话的时候，店里的几个服务员认真地听着，想问什么，又没问出口。后来一位年轻的男服务员对另一位年轻的女服务员说："听说以后允许辞职。我要辞职到外面的天地去发展自己。"年轻的女服务员仰脸看着他，对他一脸崇拜。

出了店门，俞华南的鞋带松了，他蹲下来系鞋带。孔燕妮在他后面说："哎，你看看，我头发上是不是飞了一只大虫子？"

没有大虫子，只有一只小小的蚊子。孔燕妮就等着俞华南站起来朝后望的一瞬间，把嘴凑到他脸上亲一下。

店里的人都看见了，哈哈大笑。

俞华南悄悄拉一拉孔燕妮的手，说："我就是块没用的生铁，也要被你锻炼成钢了。"

"不要谦虚，你本来就是钢筋。"

两个人信步而走，上一次这样闲适地游逛，还是好多天前的事。他们认识了二十几天，仿佛已谈了一辈子的恋爱。

走到了田菜花的饮食店。谈主任对他们说，田菜花今天没上班，她请了假去公安局办户口。田菜花的户口不好上，先要去她的渔村上户口，然后争取农转非的名额，一家子才能重新回到吴郭城。

就是说，先要肯定错误，然后从错误的那条道走上正确的道路。这么做有点复杂，却是最有效的。俞华南说他认识一位老先生，是个右派，坐了八年牢。后来国家给他平反，一查他的档案，上面没把他定为右派。只好先把他划成右派分子，再给他平反。

俞华南说他今天要到供销合作社去调研。从去年到今年，北京和地方上都引进了大量国外的技术设备,借了许多外债。他要找几个地方了解一下这方面的情况。两个人约好,晚上在孔燕妮家里会面,一起去看电影《牛虻》。

孔燕妮想了想说:"不去看电影。你陪我去一个地方。"

那个地方就是张风毅信里说的地下拳击场。俞华南一听就愿意了,他说他经常在想象中陪着孔燕妮上刀山下火海。这样的誓言,孔燕妮不知道听了多少,男人的想象力总是互相撞车。但从俞华南的嘴里说出来,她还是心情荡漾。

孔燕妮突然想到一个问题,问俞华南:"假设我们现在每一个人的思维方式都是错的,那我们还是朝前走吗?"

俞华南说:"总要走,问题不在于走得对不对,而在于走不走。走了以后才能知道对不对。"

孔燕妮说:"你这个人,道理都懂。可是一到关键时候,你就糊涂了。譬如在对待我的方式上……"她凑近俞华南耳语,"叫你一起睡个觉,你怎么那样为难?你嫌我手冷?问题不在于手冷不冷,而在于睡不睡。睡了以后你才知道对不对,值不值。"

俞华南红了脸:"我知道做了以后很值。……但这样做是不对的。"

孔燕妮说:"你等着吧,还有三天,三天之内,我一定要把你收服帖。"

俞华南呆若木鸡,嘴里呢喃:"这又何必呢?"

两人正说得高兴,远远地,黄阿兴骑着车过来,看见他们,他掉了个头从另一边走了。孔燕妮撒腿就去追他的自行车。黄阿兴骑得不快,孔燕妮追得迅捷。没多久,她就把黄阿兴追上了,拉着他的自行车后座不放。

黄阿兴说:"你拉住我干什么?我要去上班。"

孔燕妮说:"我知道你上班。你一见我和俞华南,为什么掉转车头就跑?"

"我跑了吗?你想多了。我就是想从别的路走。"

"我没想多。你就是一见我俩就跑。"

"好吧好吧,我是一见你俩就跑了。我着急要去火车站买票到上海。"

"你什么时候去上海?"

"十八号去。"

"那你青云岛去不了啦?"

黄阿兴拉开孔燕妮的手,着急地说:"孔燕妮同志,什么时候了,你还这么啰里吧唆的?"

孔燕妮放开拉住自行车后座的手,正色说:"到底有什么事?告诉我。"

黄阿兴说:"……没什么事。明天下午在市政府礼堂开你柳爷爷的平反会加上追思会,你会去吧?"

"怎么事先没人通知我?"

"你把家搬来搬去,谁找得到你?我通知你不就行了?我们通知了你的父亲,他有急事不来参加。还有,你吴郭的家里还有什么人,一齐叫来吧。柳爷爷虽然不是你的亲爷爷,但你们两家人的关系还是很亲的。我听说你柳爷爷以前有个同居的女佣,脑子受了刺激了,不要让她来,怕她在追思会上闹起来。"

"我还是要问,你为什么看见我和俞华南就跑?"

黄阿兴不说话,一低头骑上车就走了。把孔燕妮扔在那里,不明白发生了什么事。

她回过去找俞华南。奇怪,他不见了。他也把孔燕妮扔了。

孔燕妮决定到田菜花家里,她在香炉山上买的五块素油糕,是准备送给两位侄女的。到了那里一看,田菜花正在打包。她说她马上要去她的渔村,落实户口的事。

"我要捍卫我过好日子的权利。"她兴奋地喊。两个女儿随着她的喊叫在屋里蹦来蹦去,等到拿到素油糕,才不蹦了。"以后有了钱,我给老仲在外面租个房子,让他住出去。我的梦想就完成一半了。"她说。

老仲不在家。他经常不在家。他在他女朋友家里,给她洗衣服、烧菜。他得看着她,现在抢手的男人是四只轮子一把刀,两面领子红旗飘。这几样他都不沾。

谢小达死了以后,他夜里也不大回家。田菜花换了一回门钥匙,结果他找来派出所民警把门打开了。

"你另一半的梦想是什么?"

"发财。"

"你不是说要拯救我?"孔燕妮问她。

"我回来以后才知道,我根本没空拯救你。你自个儿拯救吧。我要发财,我要过好日子。"

地上放着大包小包,孔燕妮用脚碰了碰其中的一只包,好奇地问:"这里面装的是什么?"

"灰汤粽。我们吴郭的美食,虽然便宜,但很好吃的。边上的大包里是我妈睡的旧被子,我带去送人。还有我妈用过的毛巾、牙刷,还有她的鞋子、袜子、内衣内裤……我都带走了。我还给我教过的小学生带了笔记本。"

她雇了一辆三轮车，气势浩荡地和她一大堆东西走了。孔燕妮站在门口目送着她，高亿红也站在门口目送着她。等到她走远，高亿红轻声对孔燕妮说："昨天晚上林纳德来找过你，他不知道你现在住哪里去了。"

"他找我有什么事？"

"他说廿八斋里有一家住户同意搬走，另外还有两家不肯走。要恢复柳爷爷那时的样貌，还得请你一起到政府部门去要求落实政策。他说你年龄也不小了，要结婚，要有孩子，总得有个属于自己的地方。廿八斋就是你最后的归属。"

"我最讨厌的词就是归属二字。"

"你说什么？"

孔燕妮没理他，走进谢小达生前住的屋子，那张常用的书桌还在。她打开抽屉，发现里面已翻得乱七八糟，钢笔、圆珠笔没有了，笔记本也没有了，只有从笔记本里撕下来的一沓沓日记。谢小达记日记很费钱，常常一本记了没几张，她又换一本新的。孔燕妮把撕下来的日记归拢了放进自己的包里，把抽屉里的一本《墨子》也放进包里。在谢小达的书桌里找到《墨子》这种书，是她没有预料到的。这是上海人民出版社一九六二年出版的。她想把这本书送给俞华南，第一次见到俞华南，她打开他的包，里面有许多西方的书籍，没见到有中国的书，她心里当时就觉得不足。她的父亲孔朝山、她的爷爷柳家骥，都阅读过大量中国古典书籍。她受他们的影响，自然也读过不少。眼下两个人就要分别，她要准备一样礼物送给他。没有比《墨子》更好了。墨子说：

兼相爱，交相利。

意思就是互相爱着，一起得到利益。

他们是爱着，她很确定。可是一点利益也没有。

水云霄写给孔燕妮的那封信，被田菜花藏起来了。她事情多，压根就忘了这封信。三轮车一直把她拖到轮船码头，船开了，她坐下喘了口气——还没想起这封信。她还在想，她怎么没把她妈妈用过的一支圆珠笔带给村里小学校长呢？

孔燕妮把《墨子》放进包里。田菜花和高亿红的大女儿上来抢书，说："我妈讲了，任何人不准拿走东西。这是我们的书。"她差点把书撕坏了。孔燕妮没好气，推了她一把。女孩跌倒在地，手拍着地大哭起来，叫喊："抢东西啦，抢东西啦。"

孔燕妮四下寻觅棍子，说："棍子呢？棍子放到哪里去了？看我不揍死你。"

看到孔燕妮认真要打，女孩到底有点怕，爬起来一溜烟地跑出去了。

高亿红站在边上苦笑。

孔燕妮对他说："兼相爱，交相利。懂不懂？"

"不懂。"

"这是墨子讲的。"

"墨子是谁？"

"墨子是一位古代哲学家。"

"从来没听说过。"

"你们平时都在干什么？你以前绰号叫故事大王，你还在讲故事吗？"

"我早就不讲了。我在研究佛教。"

"田菜花想信佛了？"

"不是。是我想信佛了。田菜花除了钱，啥都不信。她说钱就是她的信仰。"

孔燕妮说："我懂了。我以后有空就会来这里，给你们上上课，提高你们的认知水平。"

她走到门外，脸上浮出和高亿红类似的苦笑。自我嘲笑一句：何苦呢？又要强迫人家学东西。

下午三点左右，孔燕妮来到林纳德家里。黄拉林还在上班。来开门的是定彩，把孔燕妮吓了一跳。这才明白黄阿兴为什么要说别让柳爷爷的用人去追思会。黄阿兴的消息比她快得多了。

进了屋，见了林纳德，才知道定彩是昨天夜里一个人来的，带来她所有值钱的东西。她说她无儿无女，住在娘家总是被人笑话，要是林家肯收留她，她就给大家洗衣烧饭。

林纳德说，柳爷爷生前本来就在廿八斋里给定彩安排了一间房子，她什么时候来住都可以。如果她愿意帮佣，那么林家就付佣金给她。

定彩在柳爷爷自杀那天夜里受了惊吓，神志一直时好时坏。她站着听林纳德说话，脸上一直在笑，可见她对新的生活很满意。林纳德把她当个宝一样，因为她知道柳爷爷许多宴客的菜谱，平时也会做一些柳爷爷喜欢吃的菜。以前的一年四季，她都会按照柳爷爷的指令做当季的吃喝。桂花酒、葡萄酒、玫瑰酒，柳爷爷都教过她怎么做。精致的面点她也会做一些，小笼烧麦、汽泡小馄饨、她甚至还会在家里炒茶。

她也知道自己有时候脑子不清，她不说是受的惊吓，反说是受到台湾特务用气功发射武器，打到她脑袋上造成的后果。这个话题不能提起，一提起的话，她就说她村里面的人都被台湾特务用气功攻击了，有些人，被特务攻击大脑以后，大脑里就一直有个声音指挥他，叫他干什么他就干什么，有人受不了被特务成天指挥，就上吊自杀了。

今天上午，片段民警叫居民开会，林纳德让定彩去派出所开会。她回来后一脸开心，说见到不少老邻居了，大家对她都很好，问寒问暖。民警开会也没多少事，就是让大家要警惕"三气"卷土重来：

男青工学华侨，常穿奇装异服，怪里怪气。

女青工爱打扮，头发烫得像鸡毛掸子，妖里妖气。

老工人对青工不讲革命传统，大谈男女之事，流里流气。

还有不学好的女青年不肯穿棉布裙子，穿着透明的的确良白裙子，看得见屁股上的肉。

林纳德听了定彩的汇报哈哈大笑。

定彩还说，派出所夜里要去抓小流氓，就是穿喇叭裤的。抓住了明天上午牵着他们去游街，让她和街道里的大妈们一起押着他们。

林纳德写了一张纸条，让定彩送到居委会。大意就是《中国青年报》刊登了一篇文章，说经过确认，唐代壁画飞天，就是穿着喇叭裤的。所以喇叭裤不是西方的，是中华民族本土文化。

"你真的送去了？"孔燕妮问定彩。

"我送去了。我跟他们说，我不识字，不知道写的是什么。"

"他们怎么说呢？"

"他们所长说先开会，再请示上级领导。到现在也没通知明天小流氓游街的事,兴许取消了吧。取消了,士可杀不可辱。"最后一句,孔燕妮一听就知道是柳爷爷生前经常说的。

孔燕妮跟着定彩去了她的小屋子,摸摸她的床上,丝绸面子的被子半成新,但很干净,还有一床草绿色的毛毯放在边上。铺的褥子也软和。她就放了心。

桌子上摆着柳爷爷的牌位。这是定彩从乡下带来的,这些年她一直供着。柳爷爷风流成性,大家闺秀、小家碧玉一路通吃,最后与他相伴的却是家里的女佣定彩。

"我昨晚上看见河对面有人放焰口。现在允许放焰口了。"她对孔燕妮说。不用讲,她想起柳爷爷了。

孔燕妮说:"我们不用放焰口。柳爷爷到了那边,连阎王都得敬他三分,小鬼谁敢欺负他?"

定彩想了想说:"你说得也对。那我就给你柳爷爷叠祭吧。"

叠祭,就是折叠些锡箔元宝烧化给亡人,这比放焰口简单多了。

说了些话,定彩从小矮柜里拿出她带来的东西给孔燕妮看,全部是柳爷爷当年送她玩的。一架老昆石,一只白玉镯,两只北宋定窑白釉高足碗,一个柳爷爷用过的卧牛白水晶镇纸。但是定彩说这些东西都是白瘆瘆的,她不喜欢,她喜欢的是她自己跟柳爷爷要的一把道光时期的外销扇子,水彩画的扇面,五颜六色,一个个美女在上面搔首弄姿。十六根象牙边骨上刻满浮雕,密密麻麻看都看不清。

孔燕妮看了扇子一个劲地笑,放下扇子,只关照定彩把那架老昆石看好了,不要被人拿走。

她说:"物是有意义的,有时候,身体与灵魂享用的同一样物。"

这些话,定彩当然听不懂。

林纳德穿上外套,把孔燕妮送出门,一直送到大马路上。临分别时,仿佛不经意地告诉孔燕妮,他的亲生父母给他写信了。他们住在北京,在北京有重要的职务。当年他们在中共江苏省委搞地下工作时,租住在他养父母的房子里。他的养父母都是普通市民,但是他们同情革命者。是他的养父母掩护了许多搞地下工作的同志,其中也包括他的亲生父母。养父母没有孩子,为了报恩,他的亲生父母就把他过继给了他的养父母。他还有一个弟弟,一个妹妹。他们都在北京生活、工作。

　　孔燕妮问:"你心情怎样?"

　　"不太好。感到抑郁。"

　　"你把你的心情告诉黄拉林了吗?"

　　"告诉了。"

　　"她怎么说?"

　　"她没说什么。她有她面临的问题。她说她现在很迷惘。社会处在一个大的变革之中,她是一个大学的党委书记,她必须要做出很大的努力才能理解中央的意图。"

　　"你会到北京去找你的亲生父母吗?"

　　"不会。"

　　孔燕妮来的目的,是和林纳德商议廿八斋里两户居民归还房子的事,这也是林纳德让她来的原因,可是大家都有点心不在焉,气氛沉闷,始终没人提这个话题。

第十三章

孔燕妮傍晚回到家,写了一首诗,写得很高兴。写完,俞华南来了。她就学着邓丽君的腔调,对俞华南唱道:

我一见你就笑,
你那翩翩风采太美妙。
和你在一起,
永远没烦恼。

她唱完了才问:"你今天中午为什么把我扔在街上?"
"我看你追上了黄阿兴,以为你们会有许多话说。我就先走了。"
"你觉得我们会说些什么话呢?"
"我们今天的议题就是,请你不要对我穷追猛打。我们在一起的日子不多了,只有三天。三天后我就回北京。"
"我会追你到北京。"

俞华南大笑。他的自行车后座上带着孔燕妮,骑得飞快。两个人商量了片刻,决定去看场电影。他们没去看《牛虻》,觉得《牛虻》太沉重了。他俩现在慢慢地轻松了,需要看一些轻松的电影进一步拓宽他们的轻松之路。于是他们就去看了日本电影《生死恋》,栗原小卷主演的。栗原小卷很漂亮,身上的气质令人无法模仿。

没想到这个电影也挺沉重。栗原小卷穿着白色网球裙，像一头鹿一样弹跳着打网球。或者穿着短裙和长筒靴，在灌木丛里欢跑。但是这些都无法消除电影的沉重。

"这部影片的沉重是死亡带来的。"走出电影院，俞华南说，"其实，人类真正的沉重不是死亡，而是活着。就像我这样的人，活着，预感到自己会失去目标。"

"即使失去又何妨，该有的轮回一个都不会少。"

"我这是第一次听你说到'轮回'二字。"

孔燕妮吃了一惊："是啊，我怎么说出这两个字了？这两个字没经过大脑批准就说出口了，没有任何原因。"

"所以我搞不懂女人，尤其搞不懂你。"

"你的话里有过于轻浮的东西。"

"永远不要在意男人偶尔的轻浮，那是男人表达存在的方法。"

"那我也告诉你，永远不要在意女人的批评，那是女人的生活乐趣。"

两人相视而笑。

孔燕妮说，她对栗原小卷演的女主角的跑步方式感兴趣。电影里的女主角见到恋人在前面，急着要去见，就在灌木丛中跑了起来。她的奔跑可不像二战战败国的女子，她跑得欢快、矫健、勇往直前，浑身充满着力量。像鹿像马又像风。她是勇猛的恋人，将来也会是万能的母亲。她独立、自我，不讨好任何人。我们的影片里也有奔跑的女性，浑身软绵绵的，幼稚乏味，面目模糊，神情暧昧。反正不像劳动妇女，也不像知识妇女。不知道像什么。只知道她们在讨好谁。也许没有人需要她们讨好，她们在培养要讨好的观众群体。

孔燕妮写的那首诗就在她的口袋里,可是她苦于找不到机会给俞华南念出来。走到万和糖烟酒店,里面灯火辉煌,两张小桌子拼成一张大桌子,一大桌子的人,围着两位酒客,看他们划拳。

他们买了点吃的,走进人群。人群里有个人拉住孔燕妮,高兴得直叫唤:"哎呀呀,哎呀呀,总算看见你了。"原来是江红旗。他给孔燕妮新写了十几首诗歌,急切地想给她看,而孔燕妮也正想让他欣赏自己写的一首诗,两个人一拍即合,坐到边上无人的小桌子边。俞华南不和他俩在一起,他要看那两人划拳。他挤进人群里消失掉了。

江红旗今天看着比往常顺眼,主要是他把全部的头发朝后梳,露出饱满光洁的额头,显得矜持又成熟。

江红旗把口袋里藏着的诗拿出来,念给孔燕妮听。

> 我穿过没有使用过的时间,
> 那里没有悲伤的童年和少年,
> 只有青春在燃烧。
> 没有过去,
> 没有现在,
> 只有凝固的将来。
> 永恒的将来。
> 我在凝固的永恒里,
> 仰望天空,
> 等待爱的星辰。

江红旗在孔燕妮的脸上读出了否定。他拿出火柴把写着诗的纸烧了，然后给自己点一支烟，在烟雾中盯着孔燕妮看。

孔燕妮一把抢过他的烟，扔到地上，想，还是把自己写的诗读给俞华南听吧，这个孩子更轻浮。

她挤进人群里找俞华南，俞华南正和一个人掰手腕。这时候，她不想读诗给俞华南听了，她想去那个神秘的地下拳击场。

"俞华南，陪我去看打拳。"她喊。

"不去。"俞华南不近人情地拒绝。

孔燕妮只好骂骂咧咧退回江红旗身边。

江红旗叫了白酒，说放开喝，两个人一起醉了才好。孔燕妮想，何不让他陪着去看打拳？

于是一把拉上他，把他拉出店，叫了三轮车，直奔张风毅信上说的那个地址，光明路的校办工厂。

到了那里一看，是山边的一座废厂，周围连灯也没有，月光照着路边的野草。孔燕妮跳下车，面朝月亮，张开双臂，说：

"月光洒肩头，仿佛自由人。"

江红旗说："你当然是自由人，你想干什么就干什么。"

厂门口守着两人，问他们："暗号？"

孔燕妮说："不知道。"

其中一个矮胖子推了孔燕妮一把，又推了江红旗一把。他力气很大，两个人被他推得远远的。江红旗说："阿哥，你的力气真大。你也是打拳的？"

矮胖子不吭声。孔燕妮也不走。

一会儿，另一个人走过来，他是个身材瘦高的小伙子。他对孔燕妮说："我告诉你暗号吧——天上有飞机吗？没有。我就是飞机。"

小伙子退回原处。孔燕妮和江红旗互相看了一眼，一齐走了过去。那小伙子问他们："天上有飞机吗？"

他俩一齐回答："没有。我就是飞机。"

矮胖子居然没有吭声，默许了。

两人进了厂门，一直朝里面有灯光的地方走。走到那里，听到"咚咚"的拳击声，忽然欢呼，有谁赢了一局。

进了里面，四壁都堆着车床，好多看客站在车床上观赏，车间中间围了一座拳击台，不大，四周没有围栏。台上的人要是失脚跌下，那就跌在观众身上。

没看见奖品电视机。

孔燕妮问边上人："奖品在什么地方？"

那个人拍拍她的肩膀，让她抬头看。她抬头一看，钢梁上挂着一杆气枪。

"不是说奖品是电视机吗？"她说。

"今天是气枪。气枪不错的，要用许可证才买得到。上次是一台组装电视机，被我隔壁的王阿大赢了回去，他说每天晚上一开，就能看见赵忠祥和李娟播新闻，清清楚楚，和用票买的一模一样。"这人转脸看看孔燕妮，"你知道吗，李娟一穿红衣服出来报新闻，那就是国家有好事了。她一穿黑衣服出来，马上就有坏消息传出来。很准的。"

孔燕妮说："我不知道。"

"你外面一点消息也没有？"

孔燕妮想了一下说："有一点。卡特四月份宣布承认'一个中国'，中美两国肯定要建交，不是今年就是明年。"

那人点点头："好。你这个消息很值钱，我告诉我做高利贷的朋友，以后多进点美元。你到厂后面买点香槟酒喝喝，初来乍到的朋友都要去做成一点生意。这是这里的规矩。"

孔燕妮跳下车床，厂后面是食堂，有两口井，一位小伙子负责把香槟酒吊到井里，埋在井水里冷却。他还负责收钱找钱。他看到孔燕妮，高兴地招呼她："来吧，要几瓶？井水浸过的香槟可好喝了。"

孔燕妮拿了两瓶。刚把钱给了小伙子，就听拳击场里开始喧闹，然后响起一声枪声。小伙子吓得手一松，把一桶香槟酒全掉井里去了。他撒腿就朝厂外跑。孔燕妮不知道发生了什么，也跟着他朝外面跑。人群一跑到外面就分散了，很快路上就空无一人。孔燕妮停下脚步，看到自己一手抓着一瓶香槟酒，又气又好笑。

露水像细雨一样打下来，路灯的光中，密密的露针，争先恐后地朝下掉。四下寂寞如同无边旷野，黑暗令人毛骨悚然。

孔燕妮感到害怕，她从来没有像现在这样害怕过。十年前，她自愿去白鹭公社的农业中学教书，也经常走夜路，还经过坟地，都没有现在这么害怕。她的心狂跳不已，她担心因为心脏承受不了而倒地窒息。

也是活该有事，她转啊转的，看到前面影影绰绰有个人，加快步子朝前赶过去，一看，大喜过望，正是江红旗。

江红旗看到她，也是欣喜若狂。两个人很高兴，不知不觉地就拉着手一起走了。待到孔燕妮发觉后想扔掉他的手，已经扔不掉了。

"你的手怎么会这么冷？"江红旗说，"让我给你暖一暖。"

孔燕妮心里一热。她明白这是命，今天她是逃不掉了。"你能把我的手焐热吗？"她问。

"当然能。小事一件。"江红旗说。

孔燕妮问:"拳击场里怎么打枪了?"

"有一个家伙提着枪冲进来,突然朝裁判员开枪。其实我没看见开枪的人,我正在和人说话。看见大家跑,我也跟着跑。跑到大路上,我听两个人说,那开枪的人和裁判有仇,裁判追求他老婆,睡了他老婆,又不肯对他老婆负责任,就是睡睡玩玩。所以那开枪的人不服气,叫裁判娶了他老婆。裁判不肯,就有了今晚的事。"

"打中了吗?"

"打中了。"

"打中哪里了?"

"不知道。反正打中了。"

"出了这样的事,那我的张家哥哥以后不能来了。"

过了片刻,江红旗问:"你一个人走在路上,怕不怕小鬼?"

"今天特别怕。你怕不怕?"

"我也怕。不过还好。告诉你吧,我江红旗最怕的不是小鬼,我最怕的是在澡堂里洗澡有人放屁。"

"我最怕的是坐火车有人在车厢里放屁。"

"我最怕的是我们厂长训我时,他一边训一边放屁。"

"我最怕的是我们教导主任吃花生时放屁。"

"我最怕的是排队买猪肉时有人放屁。"

他俩放开手,笑得弯下了腰,笑了好一阵才能继续走路。笑得真是太畅快了,孔燕妮审时度势,发出了邀请:"我们找个地方把香槟喝了吧。"

江红旗的家离得比较近,他们就去江红旗家里了。他家住在一条河边,河边的房子鳞次栉比,低矮而破旧。河里停泊着一条条船。房子里都熄了灯，无声无息。船也无声无息。

江红旗家的门，一推就开了。他的父母住在东屋，他住在西屋。两个人蹑手蹑脚地进了西屋，关上门，点上蜡烛，江红旗用牙咬开了酒瓶子，两个人举着香槟酒，轻轻碰一碰酒瓶子，开始喝起来。

江红旗喝得很快，显然他想尽快喝完。

孔燕妮后来喝得比他还快，她还来不及想自己为什么要喝得这么快，一瓶香槟就被她喝完了。喝完后她心想，香槟太好喝了，喝得这么快。随即她否定了这个判断。否定以后她身上有点发抖，知道为什么了。她喝得这么快，那是心中焦躁不安。她有三年的时间没和任何男性有肌肤之亲了。三年前，张风毅决定回到吴郭，还宋阿进"债"。当时他特地写信又让她去了一次海宁看潮。那天夜里他俩住在海边一座孤零零的石砌房子里，这是一座无人住的废房。他们点上了油灯，等着听夜潮汹涌而来。张风毅出去砍了柴，烧着了灶膛火，火把他的脸映得红红的，他的眼睛始终离不开孔燕妮。而孔燕妮烧了一锅张风毅最爱吃的菜饭，因为没有在灶上烧菜饭的经验，她时不时地要打开盖子看看菜饭的状况。张风毅说："你老是开盖子，饭要煮不熟了。"

饭还是煮熟了。张风毅把她烧的菜饭称作"灵魂之饭"。她的"灵魂之饭"里包括大米、青菜、猪油，很简单，但是想烧好，需要一点独家想法。她的秘诀是，青菜去掉白梗，只留绿色菜叶。菜叶一定用薄盐腌制十分钟，挤去菜汁，然后在猪油里炒烂。他俩什么佐餐菜都没有，只吃这锅菜饭。简单的饮食具备了一种仪式感，仿佛接下来做的所有事都是神圣的。

床是一个铁架小床，上面什么被褥也没有。张风毅开了拖拉机出去一趟，拉回一车成捆的干稻草。他把稻草一层一层地铺到床上，然后把自己的棉大衣平摊在稻草上。他俩今夜用的就是这样的床。棉大衣一次又一次地滑落在地上，稻草飞扬，满地都是。他们索性不用床了，他们就躺在满是稻草的地上。他们搂得那么紧，快要成为一个人了。他们相互撞击的仿佛不是肌肉，而是骨头。他们用自己的骨头寻找对方的骨头，只有骨头相认了，他们才是一生一世的伴侣。

浑身火热的他们，赤身裸体而不知寒冷。十一月的海边，也是冷的。他们后来饿得心慌，放开搂着的手，再去吃饭。吃的是一只碗里的，互相喂食，把对方当孩子。

再后来，呜呜叫着的潮水来了，由远及近。孔燕妮赤身走到窗外，冷风吹拂着星空，月亮不见踪影。但看得见急奔而来的潮线，白色的、急切的、有条不紊的，它被天地间不可见的指令差遣，目的明确地朝着空旷的海岸扑过来。它是如此天真烂漫又勇往直前。孔燕妮心中刹那间充溢了某种感动，她感到她的身体会在今夜得到圆满的感受，这也是张风毅梦寐以求的。每次同床共枕，他都想用尽全部的力量，让孔燕妮享受到天堂般的快乐。这个快乐是挣脱了束缚的自由，是作为爱人的自由。今夜他的愿望更为迫切，为人子，反而不如这潮水快乐自由？他不甘心。他如潮水般急切地呼唤爱人一同降临极乐世界，他总是这么一遍又一遍地呼唤，呼唤爱人跟上他的脚步……

那夜如星辰消失在时间的天空。自从这一夜，孔燕妮再也没有与别的男人有过肌肤之亲，不是不想，而是欲望没来得及成形就消弭了，如天上的云。

那一夜，孔燕妮的身体是热的。唯一不热的地方，是她的双手。

张风毅也无法让她冰冷的双手热乎起来。

回想到往事，孔燕妮马上站了起来，眼睛看着紧闭的房门。不走的话，会发生什么事，她了然于心。但在判断自己的状况，是惯常的爱的执念？还是人生中顺水而下的轮回？如果这是她精神轮回中的一环，为什么到此刻她还没有发现意义，只是觉出身体的渴望？

精神轮回的路上，有高山、深渊、荆棘、鲜花，有狂风、暴雨、天塌、地陷，有笑、哭泣、焦虑、疯癫，有物欲、性欲、食欲种种欲……

不经过，怎会走过？是这样吗？

江红旗也喝完了，他一把拉住她："你不能走。"

"我要走。"

"你不能走。"

"我就是要走。"

"你真的不能走。"

"我真的要走。你放开我。"

江红旗一把抱住了孔燕妮，两个人一齐倒在了床上。东屋传来一个男人苍老的声音："谁啊？在干什么啊？这么晚了还不安分。"

然后东屋的灯"啪嗒"一声亮了，男人起身的声音。一个女人咳了一声，咕哝了几句，灯"啪嗒"一声又关了。

关灯的声音似乎含有某种鼓励，江红旗一下子变了一个人似的，疯狂起来。他的疯狂感染了孔燕妮，孔燕妮一横心，什么都不顾了。两个人你来我往，疯得昏天黑地。不知道过了多久，东边的灯又亮了起来，一个女人下了地，走到西边的屋门前，轻轻地说：

"十二点了，凌晨了。"她居然用上了"凌晨"二字，使人觉得她是有来历的。那么她有来历，她的儿子也不会是芸芸众生。

孔燕妮和江红旗停下来，听着她的动静，沉默不语。

"十二点了。"女人突然扯起嗓子怒气冲冲地喊了一声。

她一路咳着回了东屋,关灯,陷入静默。

孔燕妮问:"这是你妈?"

"是的。"

"她什么意思?要马上赶我走?"

"是的。"

"什么叫'是的'?"

"她想赶你走。我不想。"

"她为什么要赶我走?"

"她给我找好了老婆,只等把钱凑齐了结婚。是她娘家的一个远房亲戚。……对不起,真的对不起。这瓶香槟太害人了。你生气吗?"

"是的,香槟太害人了,但是我不会生气的。"

"为什么?"

孔燕妮没有回答他。她不想告诉他,张风毅进了监狱后,她谈了好几场恋爱,有许多上床的欲念,最终都没有实现。今晚是个例外。

孔燕妮开始流泪,她把枕头都流湿了。江红旗急得手足无措,孔燕妮默默地把眼泪都流光,然后穿上衣服走了。这个地方她永远不会再来。但是她感激这个破旧得不成形的地方,江红旗并不知道她流泪的原因,她也不会对他讲。从她十五岁那年遭到赵大伟侵害,漫长的岁月里,她以医生的严谨、教师的智性努力淡化被污的阴影。她一次次地恋爱,和不同的男性产生情感,可是她一次也没有冲破身体的界限。即使在张风毅有力的怀抱里,在他千方百计的呼唤声里,她也没有放松过自己的身心。但是今夜她做到了，就在这么破破烂烂的嘈杂小街上，到处散发出无名的尘灰气。就在这间简陋的不太卫生的屋子里，青年男子的体味时不时地飘进她的鼻中。她始料未及。她在今夜看到了天堂，她的眼睛，她的手、脚、颈、背、腹……她身体的每一部分，都飘浮在空中，周围环绕五彩祥云。她得到了解放，得到了来自天堂的奖赏。

她想起自己出生时有个传说，说她刚落地，窗外就风停雨息，天空被五彩云铺满。那天，全吴郭只有她这个小孩来到世上。别人都叫她"仙女"。她从来没有体会过"仙女"的感觉，她的心时时坠落深渊。今晚，她才体会到仙女的滋味。

她感到浑身的细胞都在今夜长成健康的样子，以往的日子，它们猥琐、干瘪、索取、过度敏感和自恋，从今往后，它们坦然、丰满、可以付出、充满力量。

天堂以她没预料到的方式再次打开，一切都不同了。

她的手，暖了。

离开了江红旗家，她一路走一路担忧手上的温度会消失，但手一直温暖着，没有变冷。她明白她的手再也不会变冷了。她不明白的是，这双冷了二十年的手，为什么说热就热了。

她不着急搞明白。顺其自然，到该明白的一天就会明白了。

她走过冯春霖的家，站下来朝他房间的那扇窗户凝望。她看到了两人之间隔着的不是一张床，也不是隔着他的爹娘，而是她无法跨越的千山万水，她心里对他没有一丝一毫的留恋了。她不无悲哀地想：所谓爱情，大多是对自己的高估。所谓爱情，有时候消失得一钱不值。

值钱的是她对俞华南的爱,俞华南是她精神轮回的关键节点。她的手暖了,预示着会把他焐热了。

得到了就要付出,这样才能轮回。

第十四章

孔燕妮问俞华南:"天上有飞机吗?"

俞华南朝天上看了一看,回答说:"没有飞机。"

孔燕妮说:"你要说,我就是飞机。"

俞华南"哦"了一声:"天上有飞机吗?没有,你就是飞机。——我看这是特务的接头暗号吧?"

孔燕妮不说话了,她不想把昨夜的事告诉俞华南。她说:"不是。不是什么特务接头暗号。"

俞华南看来并不相信她的否认,但也不愿意打破砂锅问到底。他轻声笑了一下,他的轻笑在清朗的早晨显得格外温柔。昨晚上,他赢了几局掰手腕,后来看到孔燕妮不见了,他不停地找。店里店外地找,找得店长老刘都烦了,说:"从来没见过一个大男人这么找女人的,还是个北方男人。神经病。"

俞华南说:"我祖籍是吴郭。"

他去了孔燕妮的住处,焦急地拍门,叫着孔燕妮的名字。里面的潘小根不耐烦地说:"孔燕妮不在,别叫啦。叫得人心烦。"

俞华南闷闷不乐地回了招待所。回到招待所,小汪过来,说替他买的十八号回北京的火车票到了。他盯着火车票看,要看出些名堂来。他果然看出了名堂,火车票上现出她妹妹的脸。他问她:"你又要说什么呢?"

他妹妹说:"她快要知道了。你还是快点走吧。"

"十八号走,早走一天我也不干。"

"她要是知道了怎么办呢?"

"她知道了也无妨。我希望她知道。"

"你在吴郭受到的刺激太深了。"

"主要是杜克的死……"

俞华南低头不语。他妹妹又说:"你发作一阶段,停止,然后又发作。先狂躁后抑郁。你这次的狂躁期到十七号结束。一过夜里十二点,到十八号凌晨,就进入抑郁期。你自己调制的中成药和以往不同,安神镇静的草药用得很多,所以你在这一回的狂躁期里很安静,没有亢奋和狂暴。在草药和抑郁症的双重影响下,你会忘记掉二十五天内的所有事情。即使你记在日记本上,你也想不起来,而且永远想不起来。二十五天,是你抑郁期内的遗忘周期。"

俞华南听了,终于狂躁起来。他捶着车票叫:"别说了,别说了。"

他妹妹的脸消失了。

俞华南一早就被招待所外面的声音吵醒。外面响起唢呐声和锣鼓声,还有一片吵架声。他索性不睡了,披衣出门去看个究竟。外面人群挤成一团,小汪也在人群里看热闹。

原来招待所外面有一家人,家中死了一位老人,请前来吊唁的亲友在大院子吃"豆腐饭"。老人九十五岁,是高寿。办的丧事叫"喜丧"。意思是欢欢喜喜、高高兴兴的丧事。俞华南一听"喜丧"这个词就愣了。这两个汉字放在一起,既对立又统一,毫无生涩感,好像开天辟地这两个字就该在一起似的。福兮祸所伏,祸兮福所倚。俞华南想,中国人是有哲学的,虽说简单了点。

办喜丧在目前是件不得了的大事，因为先前政府号召移风易俗，把民间这些活动全取消了。现在虽说不再禁止，可也没人敢出头办一下。这家人家也算是第一个吃螃蟹的人了。请了专门的搭棚人，在大院子里搭了两个一大一小的简易木棚子。小的棚子搭在井台上，洗菜、烧菜用。两只煤炉烧得火苗直响，像拍床单的声音。井台边上摆开大大小小的水盆，洗豆子、洗青菜、洗茄子、杀鱼、杀鸡、剖黄鳝、切猪肉、刮猪脚、泡木耳、发蹄筋……大铁锅里煮着豆腐，咕咚咕咚响。大人孩子围成好几圈站在边上看。

大棚子里摆了九张小圆桌，进门一桌，两边各排四桌。只有七张桌子摆上碗筷。一时碗筷作响，盘盏叮当。

麻雀疯了一般围过来，饮水、啄食，飞落不定，如漫天飘的树叶。

因为是"喜丧"，又请了吹鼓班子来渲染气氛，吹鼓班子四个人，一个鼓手，一个敲锣，一个吹唢呐，一个吹笛子兼拉二胡。

这还嫌不够隆重，这家人不知道从什么地方弄来三个道士，准备搞点配套活动。此时三位面无人色的道士站在烟花炮仗边上，正想诵经什么的，居委会的两位阿姨就来阻止，于是吵了起来。

这家人家派出两人和居委会的阿姨吵，这边吵着那边请来了乐队班子，吹打起来。吵架办事两不误，是个厉害人家。居委会的阿姨们从来都认为自己是个领导，是管着居民的，就像老子管儿子。所以她们也不示弱，一会儿用领导的口吻训诫，一会儿用泼妇的语言攻讦。她们吵闹时，孩子们绕着她们的腿躲来躲去闹着玩。有时候鼓声和唢呐停下，只剩两面锣拍出清脆妖娆的声音，她们的吵闹声更加刺耳。

又是乐声又是吵架声，所以把俞华南吵醒了。他看了一阵子，说了一句话："办丧事，只要周围邻居不反对，办得卫生、不浪费，就该让人家办下去。现在和以前不同了,别搞得那么紧张。"

马上有人说:"我们邻居都不反对。看看热闹多好,轻松快乐,还有东西吃。"

居委会阿姨是一老一小,老阿姨看着俞华南满脸仇恨,小阿姨看着俞华南目光迷离,她看来一点也不严肃紧张。小汪说:"这位领导是北京来的。"

大家都认识小汪。他虽说是个看门人,但他见多识广,就是派出所所长也要给他面子。居委会的老阿姨哼了一声走了,小阿姨恋恋不舍地给俞华南递个眼色,看他没有反应,也走了。

小汪对俞华南说:"有些大领导都不如你,只知道保住自己的日子。碰到这种事,屁也不会放一个。你不错。世上多一点你这样的人就好了。"

俞华南说:"出来为别人做点事,感受实在太好了。不然就觉得自己是特别多余的人。"

俞华南吃了这家人给他的免费早餐,就去找孔燕妮。孔燕妮的表情平静安详。他想在孔燕妮的脸上看出点什么,但孔燕妮有点回避他的眼睛,她说的话也是在没话找话说:"今天早上我起来早读,看的是普希金作品。他在长诗《茨冈》里这么写吉卜赛人——一大群热闹的茨冈,沿着柏萨腊比游荡。他们今天过夜,就在那河边搭起破烂的篷帐。自由自在的,还有天空做他们的篷。好快乐的过夜,还有他们和平的梦……我幻想自己是个吉卜赛人,没有家,没有自己的城市、乡村,没有亲爱的祖国,一生四处流浪,无牵无挂。"

俞华南接着她的话说下去:"可他们总有爱人和亲人,这种牵挂更为深刻。你应该能理解这一点,你那么多情,总是在牵挂着爱人。"

"我昨天才明白,多情会有什么后果。"

"你昨天发生了什么事?"

"我去了一个地方。"

"你昨天晚上去了一个什么地方?你真的去看打拳了?"

"无可奉告。"

"以后夜里不要乱跑,乖乖地待在家里睡觉。夜里还是不安全。我昨天晚上和几个人掰过手腕就回招待所里了。八点多的时候,路上就没人了,只有一些来路不明的人在街上晃荡。有一个一直跟着我到了招待所。我看到他裤子口袋里有刀光一闪。我不知道这个人跟着我是什么目的,可能为财,可能只为了吓唬吓唬我,让我早点离开吴郭。我知道我在吴郭也惹恼了一批人。这些人不愿意听到我说的内容。"

"船只待在港口很安全,可那不是船只的意义。"

俞华南说:"你说得对。我为什么从北京跑出来调研?全国各地跑,很辛苦。就因为我不想在北京一天一天消耗掉生命。我要出来证明自己可以融入社会,证明我是个有能力、有追求的人。"

"我已经知道你有能力有追求了。我想看到你有幽默感,有快乐。还有,你的内心要暖起来。你今天去什么地方调研?"

"我今天不准备工作,今天想陪你玩一天。这是最有意义的事。"

"玩什么?"

"我们去打水漂吧。我发现你喜欢打水漂,有一次你看见有个小孩打水漂,眼睛都亮了。"

"我还喜欢滚铁环。我小时候有一个榨油饼的铁箍做的铁环,

395

那是所有铁环里最好的。孔朝山替我去搞来的。"

"你爸真有意思。哪有女孩子滚铁环的？你还会玩什么？"

"抽陀螺、踢毽子、跳房子、跳皮筋、爬树、爬房子……你会玩什么？"

"我的邻居老太太是位化学教授，她教会我怎样配香水。如果配香水也是一种游戏的话，我就只会玩这个。"

"啊？"

"我还有一位邻居，是个老中医。他教我各种草药的药性，怎么熬药汤，怎么做药丸。"

"我做过医生，学的是西医。懂一点中医的皮毛，让我做药丸是不敢的。"

俞华南说："我以后要配一瓶香味最复杂的香水,把它命名为孔燕妮'。"

孔燕妮看得出来,俞华南的情绪有点急迫,或许她也有点急迫。今天十六号了。

孔燕妮想了解俞华南的家庭，她说："俞华南，我爸我妈，我爷爷奶奶，我周围的亲朋好友，你全都了解。……你爸你妈是干什么的？"

"我妈是位放射科医生，我爸是位航天工程师。我还有一个妹妹。日子好过的时候，星期天早上，我们一家四口会到公园里划船、拍照，然后到东来顺饭庄吃涮羊肉。我妈会把底片带到医院放射科里冲洗出来。洗出来后，她不会马上拿出来给我们看，而是等到下一次去公园玩的时候，再拿出来让儿女和丈夫欣赏。我们住的地方，离天安门不远，从侧门向西走半个多小时就看到天安门。家里有很大的卧室、厨房，储藏室也有十几平方米，我和妹妹喜欢在储藏室里玩。还有一个小阁楼。饭厅里有壁炉。我妈喜欢用上海产的物品，上海的确良、上海真丝软缎被面。香皂、毛巾、麦乳精、收音机、缝纫机、手表，包括她穿的涤纶草绿府绸连衣裙都是上海产的。我们的大院子里，住着不少邻居，也都是很讲究生活的，他们中间有化学老师、歌唱家、电影演员、大学校长、饭店里的高级厨师。我妹妹死得早，一九六七年一月七号，在那场众所周知的广场踩踏事件中，她也跟着大家去了。三千多狂热的人群中，她是其中一员，走出家门，再也没能回来。她死之后，我就收了心，不再跟着别人在外省乱跑。我找了能找到的书，在家里自学。学了许多东西。只有在学习中，我才会感到平静。"

俞华南捂着脸，不再讲下去了。

孔燕妮想了解俞华南的生活，就了解到这些。她没想到他有这样可怕的经历。他的身上有她熟悉的痛苦。他吸引她，不仅仅是爱。

若有若无的药味又来了。

"我总是闻到你身上有中药味道。你是一直在服用中药吗？"她终于说出了自己的疑惑。

"是的，我正在服食一种抑制狂躁的药。是我自己配制的中成药。我用了大剂量的镇静草药，它能保证我在狂躁期里保持安静。后果是让我一进入抑郁期就忘了以前的事。"俞华南的眼睛坦诚地凝视她，向她示意某种真相。

孔燕妮站起来，朝后退了两步。她从小就跟在父亲孔朝山身后，在他的办公室里和病区跑来跑去。俞华南一说，她就明白了。她脑袋"嗡"地一响，像撞上了什么。声音未完，脑袋里又是"呜"的一声，像闷到了水里。她惊讶、难过，想流泪又流不出。

她不明白的是，为什么自己从来没有怀疑过俞华南患着病。他身上的药味，他有时候没有理由的不近人情，包括他几何一样严谨的个性，都指向一个非同寻常的事实。也许应验了古人所说的那句话：

不识庐山真面目，只缘身在此山中。

孔燕妮抖着手从口袋里拿出她写的诗，想念给俞华南听。手抖了一阵，想了一想，还是放回去了。她现在还无法安慰他。阳光很亮，像刚磨好的刀片一样亮，还带着水汽，像流过泪的脸。

外面，两位上菜场买了菜的妇女站在路上叽叽喳喳地说话寻开心。一个说："天暗下来了，太阳都没有。你怎么穿得这么少？给什么人看你白白嫩嫩的头颈呀？"另一位哈哈地笑着说："要下雪了，要结冰了。滚你妈的蛋吧，天要塌下来了。"

俞华南说："要下雪了？"

孔燕妮说："是的，而且天要塌下来了。"

"我听不懂。……我们还是去招待所打水漂吧。"

招待所里就有一个大池塘，杨柳垂到水里，风一吹，杨柳枝划过水面，带着绿色的浮萍在水面上漂来漂去。孔燕妮见过小汪和他的儿子打水漂。小汪捡了一堆可打水漂的瓦片、碎瓷片、扁石片，两个人你一下我一下，一会儿就把一堆东西打完了。小汪打出的水花长而疏朗，有时候瓦片从水面上掠过，直接跑到对面的岸上去了。小汪的儿子打出的水花密集而急迫，转眼就消失。

孔燕妮摇摇头。

俞华南说："你不想去。那我们就在这里冥想吧。还有两天，我真希望下一场雪。我和你到山上去看雪，踏雪寻梅。雪花飘上我们的头发,我们的头发白成一片,就像一对老夫妻,从黑发伴到白发苍苍。"

孔燕妮还是摇摇头:"下雪上山,那怎么下山呢?"

"我没有下山的路了。除非你给我路。"俞华南说。

孔燕妮不语。她后来开口说:"我怎么就信了你说的话?你肯定是开玩笑。你不会有病的。"

"我有病。我在北京的一所医院里治疗,我是偷偷跑出来的。我冒充了……"

孔燕妮大声说:"你说的我不信。你以后不要再提起。你听到没有?你走吧,我要休息休息。"

"到了十八号这天,我从狂躁转入抑郁。一进入抑郁期,我就会忘了前面二十五天的事,正是我见到你那天到十八号。我会连你也忘了,再也想不起来。"俞华南试探地走近一步。

"滚。滚远点。"孔燕妮喊。

孔燕妮重新回到了床上。她躺在床上,听到有人敲门:"孔燕妮是住在这里吗?"

开了门。一男一女两位中年人站在门口,手里都拎着黑色皮包,穿着列宁装。

两个人进屋坐下,沉默地看着孔燕妮。后来那中年女士从包里拿出一张纸说:"我们是工读学校校务科的,我俩是同事。今天受校领导委托,前来与你谈话。本来你是这个月十八号调到我们学校,我们听了也挺高兴。我们学校的老师待遇很高,但是一般老师不敢来。你是吴郭城里的名人,又当过医生。父亲是名医。我们非常欢迎你来。没想到我们学校全体教课老师联名写了一封信,反对把你调进来。这是反对信的复印件。你看一看。"

孔燕妮有点好奇,拿起信看了一遍。

敬爱的校党委、校长,各位校领导:

孔燕妮女士要调进我们学校的事,我们是一个半月前听说的。听说以后大家议论纷纷,群情激昂,但谁也不愿意到领导面前去捅破这一层窗户纸。谁知道她和领导好到什么地步?

现在,离孔燕妮女士踏进我们学校只有一个星期的时间了,我们大家商议了一下,觉得不能再沉默下去了。

孔燕妮女士在吴郭城几乎是家喻户晓的人物,她的出名伴着各种风流韵事。而且听说她不思悔改,乐在其中。这是一个道德败坏的女性,浑身浸满了西方资产阶级腐朽没落情调的女性,是一位没有好好改造世界观的女性。她境界低下、无法无天。她如果来任教,非但不会给失足青少年们带来健康向上的动力,反而会带坏风气,把失足青少年推向更黑暗的深渊。

我们还听说,她放了节育环。她还没结婚,放节育环干什么?

恳请校领导们重新考虑,此人如调入本校,那就是一场灾难。如果哪位领导与她有较好的私人关系,请协助她调到别的学校去。

下面是一堆签名,签名的字体多种多样。

孔燕妮说:"那么你们校领导是怎么考虑的?"
中年妇女说:"关于你的许多事,可能都是捕风捉影。譬如说节育环,我们调查过了,你没有放节育环。但问题不是你有多少事,而是大家有多少情绪。即使我们调查下来并没有那么多的事,大家也不会相信。大家相信自己的情绪,因为这些情绪是正义的。"

孔燕妮说:"正义的情绪就要置人于死地吗?"

这时,那中年男人说话了:"也不是要置你于死地。我们把你的档案退回教育局,变成工作待分配,相信他们不久就会给你安排工作。"

孔燕妮想起公交车上那位护短的男孩。俞华南说得对,我们总是以自己的意志强迫别人。她毫不退缩地说:"我想,我们应该以更科学的方式对待这件事。我会找个律师,把你们学校告上法庭。法律会保障我的利益。"

中年男人咧开干枯的嘴唇笑起来,可能嘴唇干裂的原因,他笑的时候只张了一点嘴,而且还有点歪。

"哎呀哎呀,这是道德败坏的案件,哪个法院会受理啊?哪个律师敢接啊?"他说。

孔燕妮坐得笔直,这是她处理重大问题时的姿势。她考虑了很长时间,才说:"请问,你们有没有调查一下,是什么原因导致这么多老师写信反对我?"

中年妇女一声不吭。

中年男人冒失地说:"我们不隐瞒你。是一位叫王来恩的同志写了一封信到我们学校,这封信不知怎么就传遍了学校。"他说完瞄了中年妇女一眼。显然他把冒失当成了勇敢,想在女士面前表现一下。

孔燕妮说:"王来恩同志写了我什么?"

"他揭发了你不少事呢。"中年男人说,"你放了节育环也是他说的。他还说你未婚夫坐了三年牢,你在外面起码谈了十几场恋爱。还有一首儿歌是这么唱的——孔燕妮……"

"不要念了。"孔燕妮说。

"对,不要念了。给点面子。"中年女士打了个圆场,"其实我一走进来,看见你这么朴素,桌子上一大堆书,就觉得你可能不是那么坏。而且你的脸晒得比我还黑,又瘦。身上没洒香水。你扔在椅子上的一堆衣服我也看见了,内衣内裤和我差不多。你还没烫头发,穿的是布鞋……你看我的头发,是刚烫的。"

她说完打圆场的话,和中年男人站起来,步调一致地走了出去。他俩只是当面来通知一下的,没必要长时间坐在这里。中年妇女临走时打的圆场,并不是她的额外福利,而是计划内的一项工作。王来恩,她也去调查过了。王来恩至今不是党员,每次打入党报告要求入党,都有不少人公开反对,反对的理由惊人一致,他是个不要脸的小人。

孔燕妮坐在那里啃手指甲,这是她非常焦虑时的一个动作,她很长时间没有啃手指甲了。最近几天她不停地碰到糟心的事,心里的力量止不住地朝外流走。就像别人天天去饭店吃饭,却要她付账一样。流失、流失、流失……付账、付账、付账……她啃了一阵手指甲,想,必须停止埋怨。再埋怨,心就要沦陷了。

还有对俞华南的态度,同是天涯沦落人,何必对俞华南想不开。即使他不是真的社科院调研员,凭他的水平,当个调研员那是绰绰有余的。

她一骨碌翻身爬起,转眼就到了马路上。那对男女在前面晃晃悠悠地走,一边说着话。男的对女的说:"人家内衣内裤和你一样么?你还好意思说?你也想当淫妇?"那中年妇女朝男的身上一靠，嘴里发出黏黏糊糊的音调婉转的一声"嗯"，手在男人的屁股上一摸。他们飞快地分开，朝两个不同的地方走开了。

孔燕妮看见了这一幕，叹一口气，哭笑不得。刚才看他们那么默契，就有点想到了什么。

她到烟纸店的公用电话给记者欧阳打电话。孔燕妮把刚才围绕她工作的事和那封信的内容都告诉他，问他能不能在报纸上为此展开讨论。欧阳说，报纸上讨论是不合适的，何不把话题丢给有线广播电台，让他们发动群众讨论这个问题。他认识台长，他可以帮忙写一篇短稿，让他们马上就播出去。说完这些话，他担心地问："你要有心理准备。我知道你有勇气，但是把自己的私生活公布在大众面前，一旦发生不可挽回的后果，你是不是承受得住？"

"承受不住的话，我就消失，跑到北京去生活。"孔燕妮开玩笑地说。

打好电话，回来的路上，孔燕妮看到一位老妇卖熟藕，藕上撒着糖桂花。她买了三段准备回去当午饭吃了。进屋开了灯。今天没出太阳，云层密密地压在头顶，屋里很暗。她在灯下看书吃藕。藕没切开，每吃一口，就拉出许多藕丝。藕丝特别长，灰白色，像撕下来的蜘蛛网，且越吃越多。不多时，藕丝就把她的嘴唇都粘住了。她噘起嘴慢慢地扯藕丝。

然后，慢慢地想俞华南。

潘小根过来敲门，说："借把刀给我切南瓜。我的刀生了锈，只切得动豆腐。"

孔燕妮说："刀放在走廊里。"

潘小根却不走,盯着孔燕妮的嘴巴看。

"你看什么?我吃了藕,嘴巴被藕丝挂住了。"

"不是。"潘小根说,"你怎么还有心思吃藕?"

"怎么了,天塌下来了?"孔燕妮问。

"很严重啊。"潘小根说,"前院那些人家都疯了,没上班的,吃过午饭后全聚在一起议论你。你干的好事,你把你的事放到广播电台里播出来了。"

"这么快。"孔燕妮说,"你不是要回家切南瓜?你怎么还不走?"

潘小根出去拿了刀,忽然把刀拍在桌上不要了,一跺脚走了。

他刚走,一个女人的脸出现在孔燕妮家门口,笑嘻嘻地说:"我是前院的,我能不能进来一下?"

孔燕妮平静地说:"不能。"

话音刚落,那女人就进来了,四十岁出头模样。薄薄的短发显得很干练。她自己找个板凳坐下,心平气和地问:"你是不是个爱好和平的人?"

"看要跟谁讲和平。"

"那么,你是个狠角色了。"

"不敢当。你看上去也是个狠角色。"

"我有点狠的,要不然大家不会让我来和你谈判。"

"你想谈什么?"

"我们大家一致同意请你离开我们这里。"

"我自己还没同意呢?"

"这个不需要你同意,我们同意就行了。"

"为什么呢?"

"你丢人啊。你扳扳手指头数数,才到我们这里几天,就闹了一出又一出。今天你还上了广播。这一播,我们大家都要受你连累,全抬不起头。"

"你们不用怕,一人做事一人当。有些问题就得大家一起讨论,真理越辩越明。"

"床上的事有啥好讨论的?你离开这里想怎样就怎样。"

孔燕妮不说话,慢悠悠地吃着糖藕。那女人也拿起一段吃起来,两只眼睛盯着孔燕妮,孔燕妮的大眼睛盯着书本。

她在读普希金的长诗《茨冈》,早上读了三分之一,下午争取把它读完。《茨冈》她早就读过,那时候她还小,看不懂诗里的自由和悲伤。

孔燕妮看了一阵,抬起头对那个女人说:"去年九月五号,你记得发生了什么事情?"

"去年九月五号有什么事?灶王生日?不对,中秋节?稻生日?好像也不对。哦,记起来了,八号强台风,那雨下得像天漏了一样。全市死了十二个人。"

"阿姐,你记性真好。"

"和你真费口舌。你到底搬不搬走?不搬的话,我们喊人给你搬家。"

"去年九月五号,是人类第一次向外太空发射行星探测器,探测地外生命。这个探测器叫旅行者号。"

"我要知道这个干什么?我又不是什么地外生命。"

"我的意思是叫你们多关心大事。像我这种人上不上床,和谁上床,都是小事,有什么好关注的?"

"谁要注意你?是你连累了我们,我们才来找你。你不走我们就动手。"

后窗那里响起一个声音:"是孔燕妮老师家吗?"

孔燕妮隔窗应着:"是的。你又是谁呢?"

"我是张风毅的朋友,刚从监狱里放出来一个小时还不到。张风毅让我告诉你,谁要是敢欺负你,他要他们死。"

后窗突然没有了声音,说话的那人走了。女人看看孔燕妮,说:"我服了,你家里比菜市场还热闹。"

她吐了吐舌头也走了。

这是张风毅要正式登场露面了?

不管怎样,今天是张风毅保护了孔燕妮,让她有了地方住。

她伏在书桌上哭起来。她正在走下坡路,一路下滑,就是张风毅出狱也没法阻止她。她真想结婚,成家,生孩子,岁月静好,再也不要想着灵魂、真理之类的事。

她的哭声有点大,引来了潘小根,他走过来从窗户里看了一眼说:"不要怕,还有我呢。"他每天都说要去上海了,但又每天都在家里。令人怀疑他与老婆的关系已经破裂。

"我们院子里只有我支持你。他们那帮人都说工读学校的老师不让你去教书,做得对。"他喋喋不休,没有走开的意思。

孔燕妮没好气地把桌上喝剩的茶朝窗外一倒,他一跳,跑走了。

孔燕妮关上窗户,继续读《茨冈》。读完,她写下日记:

一场一场的斗争,每场斗争的内容大同小异。对我来说是重复消耗,可对别人来说,那是全新的体验。我给人们提供了新的生活经验,也提供了茶余饭后的消遣。我多么希望,人们打破精神枷锁，关注人类的命运，关注生命的奥秘。而不是把时间浪费在无谓的恐惧上面。我不会威胁到他们的生活，他们为什么看不到这一点？

写完之后，她走到外面的大路上。
开始下雨。

第十五章

她在路上碰到黄阿兴,是他的汽车喇叭声把孔燕妮从恍惚中惊醒。

黄阿兴坐着吴郭市革委会的小汽车,来接孔燕妮,今天下午在市政府的大礼堂里给柳爷爷举行平反会和追思会仪式。

"下雨了,也不打伞。"他说。

孔燕妮坐上他的车。

他看到孔燕妮脸色凝重,就不停地给孔燕妮解释,说本来早就要做这个仪式,但一会儿主任没空,一会儿副主任没空。昨天晚上主任说他有空了,副主任也说他有空了。这才决定下来。所以没来得及通知她,请她不要生气。柳爷爷的直系亲属一个也没有,孔燕妮的爸爸是他干儿子。干儿子不来,那就让孔燕妮代表一下。仪式很短,一会儿就好。两点开到两点半。现在大家实在太忙了,这样的仪式也一切从简。

孔燕妮打断他的话:"俞华南对你的工作产生影响吗?"

黄阿兴不吭声。后来他说:"有影响。本来我要调去专区升一级的,这下可能泡汤了。也怪我自己,工作没有按程序做仔细,太粗心大意了。上海市政府的一位副秘书长给我打电话,说俞华南是社科院派下来的,水平很高,人品也好。他下一站是吴郭,让我好好安排。"

"俞华南是水平很高，人品很好。"

"是啊是啊，可惜了。"

"我替俞华南向你道歉。"

"你也不要道歉。你不受影响吗？"

孔燕妮问："还有两位女士呢？"

"她们没问题。罗影影是在火车上遇到俞华南的。"

"他真叫俞华南吗？"

"是的。他的父亲是一位著名的航天工程师，母亲是一所大医院放射科的医生。他的妹妹在一九六七年一月份那场广场踩踏事件中被踩踏死亡。妹妹死后，他的性格开始变化，不愿意和人打交道，每天都在家里自学东西，废寝忘食。什么书都看。政治的、经济的、医学的、哲学的、历史的、军事的、艺术的，五花八门。他几乎是任何领域里的专家。他还自学了英语和法语，会用这两种语言与外宾直接对话交流。可惜了。"

到了礼堂一看，连黄阿兴也傻了。来了那么多的人，各行各业，有作家、记者、厨师、园艺家、教师、手工业者……他们都是柳爷爷生前的朋友，或者受过他提携的、恩惠的，受到他欣赏的、关注的。礼堂里站不下，都站到了外面。主任、副主任都是从外面硬挤进来的。

吴郭市革委会主任在柳爷爷的黑白大幅照片前主持了仪式。排队站好、默哀、致辞、完毕。整个过程不到二十分钟。革委会主任说："我还有事，先走了。会务组备了茶水和点心，请大家在这里慢用，追思往昔，向往未来。我希望大家轻松愉快地享受短暂的相聚时光，这也是柳家骥同志一向提倡的生活态度。"

于是大家都不走了,互相打着招呼,礼堂里的声音嗡嗡的越来越嘈杂。认识孔燕妮的人都过来与她说话。他们都说,柳爷爷这样的人,绝无仅有。他死了之后,吴郭再也没有这样的妙人了。

有一位女律师走过来,递了一张名片给孔燕妮,说如果有事,按照名片上的电话打给她。孔燕妮看她的名片,上面写着:江红云。再看看她的脸,心里一动。就问她:"你认识江红旗吗?"

江红云说:"他是我堂兄。"

这世界真小,碰来碰去都会碰到熟悉的人。

"你怎么会来?我爷爷和你不认识。"

"我是市政协的法律顾问。今天正好在市政协办事,听说是柳爷爷的平反会,就过来了,想着会碰上你。我中午听了广播,我就想当你的律师。"

孔燕妮说:"我没有钱请律师。"

江红云说:"你没有钱,我怎么给你打官司?……你也不像没有钱的人啊。"

怎么会碰到这种人啊?运气真是太差了。孔燕妮想。

律师没有了,打官司的事也变得遥遥无期。

其实打官司也是一件复杂无比的事,何况孔燕妮又是这么引人遐想的女性。孔燕妮目前的生活好像一场喜剧。她的恋人张风毅还有两天吃完官司,她可好,要打官司了。

孔燕妮走出来,黄阿兴在门口等着她。他说:"我把你送回家吧。"

孔燕妮说:"你把我送到教育局吧。我还想去打听打听我工作的事。阿兴啊,工作上的事,你能不能帮我一下?"

黄阿兴说:"本来也可以帮你一下,但是我受到了俞华南的牵连……"他看了孔燕妮一眼,余下的话就不说了。

人生继续一路下滑。

那天中午,孔燕妮在家里和女邻居为了广播里讨论她而恶斗不休时,俞华南正在招待所里给两位北京女士讲他的故事。

他刚才也从广播里听到孔燕妮的事了。

吴郭有线广播电台讨论的是,孔燕妮到底做错了什么?电台请了几位妇女现场讨论。

一位妇女说,女人不能卖身求荣。为了求荣,别说卖身,就是卖一个笑容也不行。

另一位女人说,话不能这么说,你怎么知道她卖身求荣,也许她只是与男性交换了爱情,并不交换利益。

第三位妇女说,譬如大家扔垃圾,穷的人,会故意扔掉一些好东西,像还能用的桌布啊,刚有点臭味的鱼啊,旧的塑料花啊。为的是要别人看得起他,为的是表示他不是穷人。他这些垃圾一扔掉,就有更穷的人捡了去,当然塑料花没人要。但是富人扔垃圾和穷人不一样,那是很节约的,绝不会把好东西扔出来。扔出来的垃圾,任你翻找半天也找不到有用的。那就是富人的策略,他要装得和穷人一样,你就不会打他的主意了。有时候富人扔垃圾很麻烦的,好垃圾都不敢扔在家门周围,要藏着掖着,跑老远去扔掉。被邻居看到了还得撒谎,哟,风景太好啦,我是出来看看风花雪月。所以说,孔燕妮老把她的好东西给人,说明她是个精神上的穷人。也许她没办法得到真正的爱情。

第四位妇女说,看来你捡过富人的垃圾,没捡到好东西。

于是这些女人们笑的笑,吵的吵。

俞华南骂道:"放你们娘的祖宗十八代狗屁。"

他是个不会骂的人,不像孔燕妮那么会骂,敢骂。但刚才这么骂出来,他还是挺满意。这也是这些天跟着孔燕妮学到的本事。骂完了以后,他心情还是很不好,他发现他们俩都活得一样糟糕。他脑袋里蹦出"命运"二字。这可能是他午饭时给两位女士讲故事的起因,因为他讲的就是一个关于命运的故事。

当时他们三个人,一男二女,在市招待所的食堂里吃午饭,这是吴郭官方最好的招待所,午饭有米饭、肉包子、肉圆、红烧鱼、烧鸡块、青菜供应,两位女士吃着东西,听俞华南讲故事。

俞华南前些天去了玉石雕刻厂。厂长对他说,有一位老师傅,是全厂最好的雕刻师傅,他刻出的东西,就是与众不同。不同之处在于,经他手刻出来的物件,每件都像是"熟"的。而别人刻出来的,多少都带"生"。

简单地说,"熟"就是润泽、有烟火气,经过岁月的摩挲和时间的冲刷,物品显出成熟感。

换一句话说就是,这位师傅刻出来的东西是天然熟,就像养出来的孩子一落地就会走路。但这又是不可能的。会有一落地就会走路的孩子吗?

凡事都有例外。

而别的师傅刻出来的东西都带着刚出生的特征,是"生"的,不润不泽,线条带着生涩。这是正常的状态。

罗影影这时候插了一句话:"你说得好夸张。我们讲点科学吧,离神秘主义远点。"

中央财政金融学院的女教授赞同罗影影的观点:"我们习惯于夸张,但夸张并不能很好地说服人。如果有一天我们都被夸张的言辞征服,那么我们接受事物的某种边界可能被打破。"

她俩很认真,说了以上这些话后,她们一起站起来,说吴郭体育馆开了室内温水游泳池,她俩要去游一下,当然这也是调研内容。

"你们真扫兴。"俞华南说。

俞华南讲的故事其实刚开了一个头。

俞华南跑到传达室,把剩下的故事讲给小汪听。

那位传奇的师傅——我们称他为雕刻大师吧。雕刻大师没空找徒弟,或者说他没见到想收的徒弟。热心的亲朋好友们,替他在人海茫茫中找到两位资质一流的徒弟,一位是上海郊区来的,一位是北京那儿来的。师傅是个雕刻大师,同时也是一位人生高手。他一看这两位徒弟的穿着打扮,说话习惯,吃饭睡觉的样子,就知道他们将来的命运了。他判断北京来的小伙子是个苦修者,克己复礼。他就让他学雕刻时由丰入俭,一上手就把好玉给他刻。因为他爱惜好东西,不忍刻坏,所以花了加倍的努力。上海来的小伙子,是个败家子。师傅就让他由俭入丰。一开始尽让他刻些品相差的和边角料。这样过了多年,两位小伙子结婚成家,有了孩子。他们的个性也越来越显现出来。北京的小伙子日子过得红红火火,还是那么克己、惜物、爱人。师傅开始让他做普通的石料,如果他把普通的石料都做得用心而别致,那么他就是一代大师了。上海来的小伙子,吃喝嫖赌,人生过得痛快淋漓。有一天,师傅把一块上好的和田原石交给他,对他说,把这块石头做点东西出来。

做不好你就回老家去。上海小伙子并没有害怕，他把生活都当成游戏，岂在乎一块玉石。他吃了喝了，睡了一大觉，到第三天他开始动笔画样了。师傅知道，这徒弟刻了那么多年的边角料，早就把任何好石头看成边角料。但只要他不出差错,他就是雕刻大师了。命运正如师傅所料，一步步显现。上海小伙成了雕刻大师，北京小伙也成了雕刻大师。但他们是不一样的。正在这时，吴郭解放了，公私合营，大家吃一样的饭，穿一样的衣服，拿一样的工资，做一样的活。不同的命运消失了，只剩下同一种命。

"同一种命，也是命，是命运外的命。同一种命，让大家成为一家人。这么多人成为一家人，并不会相亲相爱，我太了解这一点了。那么多人在一起，就是互相倾轧嫌弃。人的本性底色就是一个'私'字，没有私，就没有天地。"

这些话是俞华南说给小汪听的。小汪似懂非懂，一个劲地点头。

小汪说，他也讲个故事吧。算是对俞华南的故事回赠。那是他小时候，村里流传的一个故事。说是国民党某军，抗战时退守到一个地方。在那个地方扰民，掠财，抓壮丁。村里的老百姓就沿途给这个军挖了路沟，沟的宽度等于他们卡车的轴宽。搞得这个军人仰马翻，寸步难行。后来日本人来到这个地方，残害一方。当地老百姓就在地上挖了许多洞，里面装了屎尿，上面盖草。日本人下乡时，最怕一脚踩到屎尿洞里。这是手无寸铁的老百姓的反抗。后来共产党坐了天下，当地的县委书记总是出台一些伤害民生的政策。老百姓就在他经常走的路上挖了一个坑，他是个死心塌地的酒鬼，有一天夜里他喝得酩酊大醉时，失足跌到坑里跌死了。

俞华南说："你讲的这个故事很好。我回去写工作报告，会把你这个故事也写上去的。当然我也知道，根本没有那么多屎尿拿去装到洞里。"

小汪的脸呆呆的。他看了一眼俞华南，又把脸转过去了。他说："你要回北京去了。你这些天住在这里，我俩相处得很好。刚才你讲的故事也不错，比我讲的好多了。"

俞华南说："你一面表扬我，一面把眼睛看着墙。"

"我不想看墙。但是我不看墙就得看你。我一看你，我的眼睛就瞒不住了。"

"你要瞒什么？"

"其实也没有什么好瞒的。刚才黄阿兴秘书长打电话来，让我告诉你，北京那边马上来人了。他们是来接你回医院的。你安心地等到后天，不想出去的话，就在招待所里吃。你想吃什么，我让厨房给你单做。你不过是心理上有点小毛病，你没有杀人放火偷东西。等你回了北京，一治疗，啥事都没有。"

俞华南说："那么你全知道了？"

小汪："客人有什么事，我们都是最先知道的。"

俞华南看着他的脸说："你这是要和我划清界限了？"

小汪说："第一次有客人这么在意我。唉。"

小汪还说："孔燕妮真是个不错的人。你赶紧去找她，多相处点时间。"

"我也觉得不错。我要写一首诗歌颂她。"

俞华南就在小汪的传达室，用小汪儿子的铅笔在纸上划拉了一首诗：

孔燕妮,

你的脸蛋真美丽,

你的身材好年轻。

你有一副好心情,

你是不老的小星星。

……

小汪看了一眼说:"这不是诗,这是儿歌吧?"

"对,我写的就是儿歌。麻烦你给巷子里的女孩们,让她们跳牛皮筋的时候唱。"

"小事一件。"小汪说,"夸奖人的歌儿多好。她们一放学,你就会听到她们唱这首儿歌。"

第十六章

这次教育局的局长亲自接待了她。他看到孔燕妮从市政府的车子里走下来。虽然并不说明多少东西,总得给自己留点退路,也让市政府的车子有点面子。

局长对她说,工读学校的全体老师写的信,他看了。没什么道理,可是也无法反驳。法不责众,他们人多,拿他们是没办法的。她的档案就放在教育局,在家待业。过了这一阵风头,肯定有学校接收她的。待业这段时间,她要认清形势,好好提高思想水平。

孔燕妮说:"我已经找了律师。"

"你就是打赢了官司也没用,最多给你换个学校。你要想一想,如果你换个学校还是受到大家抵制,那你怎么办?"

白白胖胖的局长喘着粗气瘫在椅子上,两只手上都是肉窝。照理说,他亲自接待孔燕妮,就是给她面子,可是他一点也不像给她面子的样子。后来他就咳起来,又咳又喘,两只手抓着椅子的后背。孔燕妮却不给他面子,趁他咳得上气不接下气的时候,从他面前扬长而去。

她猜得出结局。王来恩的揭发,给她引发了民愤。工读学校她是无论如何去不成的,重回军医学校教书,也是不可能的。连她住的房子都被王来恩替单位收回了,看来她只有参加高考一条路。

有多少人参加高考只因走投无路呢？

她想来想去，何不走另一条路呢？这条路张风毅已经给她指出来了。

孔燕妮本来对教育局就没多少指望，所以心里还是比较平静。她出了教育局，直奔一条小街。这条小街拐弯抹角、歪歪扭扭，地上铺的石子都掉了出来，不小心就会崴了脚，靠墙的角落里散发着尿味。她站在一户人家面前，看着眼熟。就走了进去，里面有一个男子在糊火柴盒。

"阿圆。"

这男的就是阿圆。他见了孔燕妮，高兴得直笑，说："你好久不来了。我有三年没见到你。我到林纳德老师家里帮忙，一次也没见到你。恭喜你，张哥哥要出来了。"

阿圆的老婆从里屋出来，见过孔燕妮。她是白鹭村的人，家里给她招了阿圆入赘。等到父亲一死，她就跟着阿圆进了吴郭城，孩子的姓就跟了阿圆。她平时在家里带孩子，从居委会接些手工活干干。阿圆小时候流浪时，落下了腿脚毛病，他从肉联厂病退后就在家里休养，有时候在林纳德家里帮忙做些事情。现在在家门口摆个摊子，卖卖针线、纽扣。碰到熟人过来，他也不怕难为情，上前若无其事地招呼人家。熟人本想躲掉，一看他主动招呼了，只好过来说话，顺便买一套针线和纽扣。要是看见打击投机倒把办公室的工作人员走过来，他就赶紧把摊子撤回家里藏起来，等工作人员走了再摆出去。

他的大女儿上初三，已经知道难为情了，听到父亲说小摊子的事，一脸不高兴，走过来走过去，踢凳子、甩门帘。阿圆的老婆走到她跟前,打了她一个巴掌,她默默地抽泣起来。阿圆笑起来,指着大女儿说:"这个东西会作怪,嫌我摆小摊子丢人。我儿子没这个想法,还说以后也要摆摊子。"

阿圆的小儿子长得和阿圆小时候一个样,身子骨瘦瘦的,脸却圆圆的。孔燕妮想起阿圆小时候捡垃圾的样子,穿个空棉袄,里面赤膊,什么都没有,春天四月份的时候嫌热,把棉袄打开透气,一跑,棉袄就像猪的两扇耳朵一样忽悠忽悠地扇动。

孔燕妮说:"阿圆,我还没吃午饭,我看见你家的饭橱里有蒸米糕,你拿出来给我垫饥。"

"哦。"

孔燕妮说:"阿圆。我想去白鹭中学了。你陪我一起去吧。"

阿圆一听,马上站起来就催促孔燕妮动身。那些年他一路要饭要到花码头镇,鬼使神差地碰到了孔燕妮。然后孔燕妮把他带到白鹭中学,让他在医务室打零工。自从他跟着孔燕妮离开白鹭中学,有七八年没有回去看看了。

阿圆在社会上混得烂熟,即刻找了一辆去白鹭村运碎石子的卡车,搭上这辆便车,两个小时就到了白鹭村。以前要摆渡才能进村子,现在河上修了大桥,来去很方便。

阿圆的丈母娘还在村子里,他带着老婆备下的东西先去看丈母娘。

孔燕妮老远看见白鹭中学,想起自己在这里教书和当校医的年月,心里激动起来。可是走进去一瞧,什么人都不认得。

那间医务室还在。医务室前面的小河填平了,和前面的教室融为一个整体。孔燕妮走进医务室,看见一个小姑娘在里面,她正在给一位学生的伤脚上涂紫药水。

小姑娘看见孔燕妮进来，抬起睫毛很深的细长眼睛，一个劲地打量孔燕妮。这小姑娘的眉毛又粗又黑，寻常人的脸上不多见到。孔燕妮问她："高校长和你什么称呼？"

小姑娘说："她是我奶奶。"

然后小姑娘也认出孔燕妮了。孔燕妮在的时候，她还小。

听说孔燕妮想找她奶奶，她站起来打开后窗，朝外面一指："看见了吗，那间红砖房子就是我奶奶住的。"

孔燕妮三脚并成两脚地朝红房子快步走去，她还记得高校长常常照顾她的事。快到门口，看见一个熟悉的身影在田里浇肥，她心里涌上急切的情绪。孔燕妮的妈妈刚去世，她把高校长当成母亲了。高校长也看见了她，手搭个凉篷朝她看，不知道来人是谁。后来认出来了。她扔下手里的粪勺，颠着浑身的肥肉，招着手，一路喊过来。

"我的佛菩萨。我的佛菩萨。"她喊，"今天是什么好日子，真不敢相信你来了。我把你想死了。"

她抱着孔燕妮呜呜地哭。也不知道为什么要哭。孔燕妮看她哭，心里也莫名地伤心，陪着掉了不少眼泪，也不知道为什么要掉眼泪。

终于平静下来，她把孔燕妮让到屋子里。屋子里，她的丈夫抽着烟袋，屏着气听广播里的戏曲节目。高校长对他说："去，到集市上买一条鱼，割一块肉回来。整天听广播，从五点钟一直要听到睡觉。"

高校长的丈夫对孔燕妮笑着说："我家的广播是我自己弄的。广播线从我家门口穿过，我就弄个喇叭，拉根线搭在广播线上。天天听，听懂了不少昆曲唱词。"

高校长说："知识与生活、忆苦思甜、部队生活、民兵生活、阶级教育专题、时事讲话、群众文艺、现代戏连播、周末晚会……一档档节目，他听不厌。……哎哟，你看我这张嘴。"

孔燕妮脸上讪讪的。

高校长的丈夫看在眼里，对孔燕妮说："你的事我在广播里听了，没啥，不要难为情。我和高校长还讨论了你的问题。你做得对，我们支持你。"

高校长已经退休，她的房子让给了儿子和儿媳，她和丈夫就住在这里，天天能听到学校的上下课铃声。她的孙女从医校毕业，她托了人，就安排在学校的医务室了。她说："医务室里的被子还是你用过的。"

孔燕妮刚才没注意到。

她还说："你走得匆忙，还落下几封信，我让我孙女给你放在医务室里不要扔掉。还有你用的《赤脚医生手册》也给你放着不动。"

孔燕妮心里感动，伸出手去握住了高校长的手。高校长说："你看，你的手又白又细，我的手又粗又黑。我们两个人的手，一看就是两个阶层的。"

孔燕妮说："真有阶层这回事吗？要真有的话，马上也都要打乱了重来。"

高校长说："我天天去学校里看报纸，我也领会到了这个意思。一切都要重新来了，多少人等着这一天。"

高校长一定要带着孔燕妮去村里看看，那里有许多村民，当年孔燕妮都给他们看过病，救过命。

她俩走进村里，如今村里有一条小小的水泥路了，村里干净了许多。高校长一路走一路招呼村民:"你看是谁来了? 是孔燕妮老师。你家小三子那年拉肚子,拉得人都昏过去,孔老师一枚银针灸下去,针到病除。"

或者说:"嘿,你,赵家的。这是孔燕妮老师,你一定没认出来。你怀着你家老大的时候,脚肿得不能走路,也是孔老师给你按摩好的。"

不管她怎么大呼小叫,拉拉扯扯,所有看见孔燕妮的人都低了头只当不认识。有的远远看见,赶紧关了门或者走掉。

走了一圈,见到了阿圆和卡车司机,他们还在装货。高校长关照他俩,装好碎石子就过来吃晚饭。

回去的路上,高校长骂道:"这一帮没良心的货,迟早被雷劈了,被天火烧了。"

孔燕妮说:"是不是都听说了什么,心里害怕不敢来打招呼。"

高校长说:"要他们胆大时,他们胆小。要他们胆小时,胆子瞎大。就你的事,广播里播一播,你又不犯法,没有杀人放火,他们吓个屁。"

"我猜想就是这件事。我本来想,拿出来大家讨论讨论,没想到社会效果这么差,把大家吓得够呛。"

"有关你的谣言很多。前些日子还传你得了精神病,送到你父亲身边去治病了。"

孔燕妮想,精神病其实就像感冒那么常见,因为人类最脆弱的就是灵魂。风吹雨打中,受伤最多的也是灵魂。灵魂看不见摸不着,却主宰人类的一切。在灵魂的默许下,精神病人放大自身的特点,暴躁的变成狂暴症,幻想的变成妄想症,不安的变多动症,喜欢权力的变成控制狂,内向的走向抑郁,悲观的成了厌世者,孤独的变成自闭，缺爱的变得滥交……

孔燕妮开玩笑地说："我好像有多重人格，我现在还不能确定到底要成为哪种精神病人。"

高校长"啊"了一声，她没听懂。对于听不懂的话她一般采取听之任之的态度。

高校长又说："我们这里到处传说，说你的妈妈是喝多了酒被人推下运河淹死的。"

这次轮到孔燕妮"啊"地惊叫一声。

"你最好要找找公安局，查一查这句话的源头，或许你妈真是给人害死的。"

孔燕妮心里五味杂陈。

回到家，高校长的丈夫有条不紊地忙着，一会儿向锅膛里添把柴，一会儿到锅里翻炒几下，趁空去桌上剁一剁猪肉，忙里偷闲还要抽几口烟袋。看见她们进来，说："你们到外面去看看晚霞，我一会儿就好。"高校长可不听他的，撸起袖子占了锅台，把他挤到边上去。

孔燕妮想，这家人是健康的。他们没多少特点，任何方面都是中庸的。中庸的人才是人类正常的样子。西方也有一句名言：真理总是在中间。

看晚霞的人只有孔燕妮。现在的晚霞和十年前的晚霞没有什么区别，无非是粉蓝的、粉红的、粉紫的。他们吃晚饭的时候，晚霞就消失了，西边的天空只留下一大片一大片暗紫的色块，这些色块是晚霞逃遁的痕迹，也是晚霞恶作剧的印记。

阿圆打发一位小男孩过来报信，说他们不过来吃了。他们装完车就在阿圆的丈人家里吃了。

灯光亮起来了。

门口来了三位男青年，穿着时尚的牛仔裤，其中一位戴着蛤蟆镜。高校长的丈夫走出去与他们打招呼，片刻工夫，他们吵了起来。孔燕妮和高校长赶快走到外面。高校长的丈夫对她们说："你们俩进屋去，不要出来。这是一群小流氓，——不是我们村的。"

蛤蟆镜委屈地说："我们只是向你打听一下，你家里这位姓孔的女人给不给人玩，要是给人玩的话，我们想付点钱一起玩一玩。"

高校长气得朝后一趔趄，差点倒下。

孔燕妮对蛤蟆镜说："你晚上怎么还戴着蛤蟆镜？"

蛤蟆镜说："我走路不戴。"

孔燕妮说："都回家吧。你们这么年轻，找一条好路走，谁见了都喜欢。"

三个家伙听了孔燕妮的话，开始起哄。他们嘴里"哦哦哦"地叫唤，还像猴子一样蹦跳。叫着跳着闹了一阵，他们才尽兴而归。高校长难过地对孔燕妮说："对不起啊，我们现在这里小流氓多。不仅小流氓，老流氓也多。以前你在的那会儿，四乡八村里没有流氓。老流氓小流氓，全是神经病。"

正说着，卡车开过来接孔燕妮。孔燕妮说她今天不回城，她要住在这里。司机说明天还有卡车过来运货，她要跟车的话，说他的名字就行。

孔燕妮想住到医务室，高校长拦她不住，只好送她过去。医务室里有电灯，靠墙的柜子上放着一盏油灯，那也是孔燕妮当年用过的。被子确实是孔燕妮留下的，这么多年过去，它也明显地瘦了，苍老了。

孔燕妮在抽屉里找到几封没拿走的信，都是十年前的信。其中一封是张风毅写给她的，告诉她，他去了浙江海宁，那里有一位诗人姓麻。他投奔麻诗人了。不过，到她生日那天，他会来找她。还有一封是秧花写给她的，她饶有兴味地又读了一遍。

敬爱的燕妮妹妹你好！

你到了白鹭农业中学教书育人，我还没来看过你。毛主席说过，我们都是为人民服务的，所以，我们一定要在生活上事业上互相帮助。革命是艰苦的，我们要有长期斗争的准备。听说吴郭市里两条路线的斗争很激烈，有人想复辟。贫下中农不信邪，坚持斗争，坚决拥护毛主席，谁敢动党的一根毫毛，坚决让他见阎王。党中央毛主席时刻都在关心着我们，共产主义正一步一步向我们走来。

又：我决定要结婚了，就是和那位军官——上次写信告诉你的那位。张风毅从城里撤退出来，就到了青云岛，后来又从青云岛到花码头镇来找我，在我家里住了一天，我们谈了不到一天的恋爱。这一天里，我知道他心里的人是你，不是我。所以我决定结婚了，把他还给你，你要好好珍惜他。我只能借着鸳鸯枕表达我对你的祝福。我绣了两对这种枕头，一对是我结婚时用的，一对送给你和他。

致以革命的敬礼！

高校长端来了匾篮，在灯下纳鞋底。孔燕妮坐到她身边，也拿起一只鞋底纳起来。她手大，捏住鞋底用得上劲，竟然比高校长穿线穿得快。高校长看着她微微笑，说："你这样漂亮好心软脾气的人,从古至今就是戏里受冤枉的那个。"

孔燕妮笑了一声:"为什么我这样的就该受冤枉?"

"因为有人想冤枉你。"

"像我这样的人,戏里受了冤枉,就该哭哭啼啼,悲伤得不得了,是不是这样?"

"不这样又能怎样?"

孔燕妮放下鞋底,想了想说:"我偏不这样。我这次来,就是想看看能不能带着咱们村里人找个发财的路子。"

高校长说:"能啊。你是城里人,地位高,认识的人多,掌握政策及时。不过我觉得你没有必要来,我们村里的人你也看见了,全是猪头三。"

"我就想着自己暂时没工作,要做点事。做什么好呢?还是一起来改善我们的生活吧。大家手上有了钱,就喜气洋洋的,看见谁都想打招呼。"

"我也是这么说说罢了。亲不亲,家乡人,你想帮我们,我求之不得呢。"

高校长也是一个雷厉风行的人物,一说到发财的事,她就带着孔燕妮去找队长。在路上,她向孔燕妮介绍了队长的情况。队长也姓高,叫高根盛,三十八岁,高小毕业。原先不是本村的,是别的村的,因为老婆家里没人了,留下几间屋子,就跟着老婆到这里来了。是个能干人,可惜窝在这个穷村子里,找不到出路。前不久,他主张买了一台石子破碎机,碎些石头卖出去。除此之外,他也没什么主张。六天前中央开了工作会议,登在报纸上,他整天捧着报纸研究会议精神,想看出点名堂……是个能干的。

高根盛为人殷勤有礼,看见孔燕妮和高校长,先让老婆泡姜茶,又拿了烟给高校长点上。稍稍看了几眼孔燕妮,掂量她应该会抽烟,又给孔燕妮点上一支烟。孔燕妮把自己的来意说了一遍。

"我知道你的大名。以前我在我的村子里,就听说过你。"他说,"中央开过工作会议了,马上就要开十一届三中全会。我们队里几位干部成天在一起琢磨中央会有什么样的政策,想破了脑袋也想不出来。"

孔燕妮说:"你这么谦虚我可不敢说了。"

高校长说:"孔老师快说吧。不然我们着急。"

孔燕妮说:"我也是听来的,接下来可能会恢复自留地和家庭副业,允许多种经营。"

高根盛说:"我的妈呀……这,这……"他的嘴唇抖起来,不知道是高兴还是害怕。他的老婆本来坐在那里快睡着了,此刻睁开眼睛看着他。

"我们不说这个了,我们谈谈现在能做些什么。"孔燕妮说。

谈的内容挺多,各种可行的经济行为都过了一遍,最后确定了几个项目,由孔燕妮去吴郭城内联系国营厂家联合办村办企业。如果以后需要,还可以去上海的大厂求助。上海那里人才多,渠道多,做事大气不拘泥。

孔燕妮说她需要介绍信。高根盛说这要去公社里提出申请。申请上不能直截了当汇报这些事,要迂回曲折地把意图说明。这样,即使队里干部犯了政策性错误,也连累不到公社干部。

孔燕妮想,秧花那里她还得去一趟,白鹭村里老老小小的女性几乎都会绣花,要是秧花办的刺绣合作社在这里办个点也好。

孔燕妮和高根盛一番谈下来,高根盛浑身来了精神,一定要带着孔燕妮去找副队长和队里的会计。孔燕妮跟着他连夜拜访了这些人，说得头昏脑涨，恍恍惚惚，走在田埂上产生了错觉，仿佛十年前到了此地，从来没有离开过，俞华南、江红旗……和她毫无瓜葛。

不用说，她躺到医务室的小床上时已经很晚了。外面刮起了一阵阵冷风。她一合眼，看到当年的张风毅，脸上带着明朗的笑容站在她面前，说："你做得对。人在走下坡路的时候，反而要奋起努力。"

"你看上去好年轻。你为什么来了？"

"我给你过生日来了。"

孔燕妮醒了。窗外一轮金黄明月。今天农历十六。她披衣而起，站在窗前看明月。空气里已弥散着冬的气息，天眼看着要寒冷了。

看了一阵，她悄悄回了床。

此时已是十一月十七日。明天，张风毅就出狱了。

第十七章

孔燕妮并没有搭乘运货卡车。大清早，高根盛开着拖拉机送鱼虾到花码头镇中学食堂，她就坐着拖拉机到了花码头镇。拖拉机的轰鸣震耳欲聋，一路上颠簸，孔燕妮的胃里，高校长做的山芋干粥也在不停地抖动。两个人都抽着香烟，没说话。到了中学门口，孔燕妮才跳下来，扔掉烟头说："我们白鹭村后面靠着蓝湖，村前还有大河，要是发展水产养殖业也是一条好路。"

高根盛说："不行，没有那么多的销售渠道，人家根本不让你插进去。给这家中学送鱼虾，还是我苦苦求了公社书记好长时间，书记才给我这么一条路子。说不定哪天，人家就不要我们送了。"

"我们走价廉物美的路子，不就吸引人家了？"

"那不行，我们没有资格价廉物美。国家政策没下来之前，一切都要按地方上的老规矩办，不能坏了规矩。如果坏了规矩，我们这个小队以后就别想站起来。"

一位中年男人骑着自行车过来，下车，冷着脸问："谁的拖拉机停在门口挡道？"

高根盛说："给食堂送鱼的。邓校长，您不认识我啦？我是白鹭大队白鹭小队的高根盛。"他递过去一根烟，邓校长没接，眼睛瞅紧孔燕妮："这是谁家闺女？面生得很。"

高根盛说："说起来你肯定认识她，她奶奶叫高大进，就是从花码头镇上出去闹革命的老前辈。"

邓校长身体朝后一仰,好像想起来了。"我认识高奶奶,见过两面。我那时候在部队里干,不常回家。没见过这位……"他说。

"我叫孔燕妮。我教书。"

"哦,那就不是外人。"邓校长说,"晚上我请你吃个晚饭。六点钟,红心饭店见。"他回头对高根盛说,"你们的鱼虾新鲜,以后多送点鱼虾来。我们学校用不完,你给镇里的小学校、幼儿园再送点过去。"他挥一挥手,骑上车进了学校。

孔燕妮说:"这是天上掉馅饼了。"

高根盛却苦着脸说:"天上哪会掉馅饼?要是会掉,这馅饼就是冲着你来的。晚上去不去吃饭,你自己说了算。别因为想赚几个钱把你搭进去了。"

"想赚钱总得搭点什么东西进去。"

"孔老师,我不大理解你,做好事不是非得这么牺牲自己。当然,为了我们的生活着想,你这么做,我求之不得。"

"不会有你想得那么可怕,你今晚吃了那顿晚饭就知道了。我知道的,最多他们劝我喝酒,我喝好了,自然有生意给我们做。不是说感情深一口闷吗?"

"我不会去的。他也不想邀请我。我还是主张你不要去,我们想发财,可是要正大光明。你一个女人家冲在前面为我们挡子弹,让人家怎么想?"

看到劝说无效,孔燕妮不为所动。高根盛只好说:"我不知道说什么好,但是我发现有了你,我才有了主心骨。"

孔燕妮说:"我就是为了听你这几句好话,才这么干的。"

高根盛说:"那你是开我玩笑了。你说你到底是为了啥?"

孔燕妮说:"我到底为了啥,以后我们相处久了,你自然会明白。"

孔燕妮找到秧花,把邓校长请客的事情说了,让秧花晚上一起作陪。秧花对她干的事也理解不了,她说一个女人家在外面吃吃喝喝要被人骂的。要是发生了风流韵事,大家一定会怪罪女人而不怪罪男人。男人在社会上天生就有某种豁免权,女人是没有的。

孔燕妮向她保证,不会发生任何事情。

"我不去。"秧花还是这么说。都说刺绣的女人洁身自好,一点不假。她只是洁身自好而已,并不薄情寡义。孔燕妮和她讲了白鹭村想要办个刺绣点,她就一口答应了。但她又说,周围这些村子里,白鹭村的女人们刺绣的手艺属于一般般的,只能绣一点字母和数字什么的,还有座位和沙发靠垫上的花,那种简单的也可以做一做。她可以和认识的外贸厂打打交道,让他们多放点货出来。她做这些是义务的,是看着孔燕妮一片真心为贫下中农,她也感动了。接下来的事,做得好不要感谢她,做得不好也不要连累她。

秧花有事要进城,她眼下正在和吴郭市刺绣研究所搞一个蓝湖民间刺绣研究兼培训项目,只等着她的房子造好,双方签订协议。秧花的乱针绣是吴郭一绝,无人能敌。

孔燕妮去了奶奶的坟上,坟上的草不多,今年夏天酷热,热得有些野草绝了种。在坟上拔了草,和奶奶说了一些家常话,才说了几句她就无话可讲了。她只好说:"大进奶奶呀,我和你越来越远了。我讲些什么给你听才好呢?没错,你是个老革命,你还是一个犯了生活错误的老革命。当然你在我心目中是一个完美的人。你是我爸爸的后妈,不是我的亲奶奶,但你塑造了我爸的灵魂。我的灵魂有一半也是你塑造的,另一半是柳爷爷塑造的。你们二位都是自杀的。"

她乱七八糟地说了一通话,看看手表,才八点。喘了口气,继续说下去:

"当年你把你夫家一帮吃喝嫖赌、好吃懒做的人统统赶去工厂做工,还把他们多余的房子发给穷人住。你自己呢,只住一小间柴房。你做这些事的时候,我是看见的。我打心眼里佩服。但用我现在的眼光看,你的方式方法粗暴简单了。可我不想批评你,我已经学会了宽容。你不是一位圣人,你是一位真正的好人。你身上的人性就是你对穷人的悲悯。……好了,不说了。今天没太阳,还刮着风,我穿得少,有点冷。是要下雪了吗?要是下雪的话,我想和俞华南一起看雪。"

说起俞华南,她不由自主地又多说了几句话:

"你不认识俞华南,不认识江红旗,更不认识丁何嘉……我生活上犯的错误比你多了不少,放在以前落后的地方,要被族长下令沉塘淹死。幸亏我生在一个不会判我死刑的年代,我就尽量地犯错误吧。不犯白不犯。虽说从城里到乡间,我都被一些人唾骂。那又如何呢?我是我自己的。奶奶,我比你走得更远了……有时候我又想,我没有比你走得更远,其实比你落后多了。唉,我语无伦次了。我矛盾得很呢。我没找到我的精神轮回,已经在走下坡路了。和你说精神轮回,你肯定不懂。我走了。"

她又回到镇里。看见老曾无所事事地在桃花渡口边乱走,她一把拦住他,让他解船去青云岛。老曾这次不愿意了,支支吾吾地说他还有事。

孔燕妮说:"你有啥事?你就是嫌我不给钱罢了。先欠着,下次来一并还你。你怎么这样不上路?和你多少年的老朋友,为了几个钱就想和我生分。"

老曾一边解船一边说:"你当然不在乎几个小钱,可是我在乎。我招的那个女婿,肚子就是一个移动食堂。我看见他这么能吃,吓得从家里出来了。"

他一路唠叨女婿的事。孔燕妮想起来,好长时间没听老曾唱民歌了。他现在这个心情,恐怕连歌词都忘了吧。孔燕妮就自己唱起来,这里的民歌她也会哼哼几句:

一把钥匙配一把锁
一把勺子配一只碗
……

她上了岛还在哼歌。几个在码头上洗衣服的妇女相视而笑。一位热心的妇女说:"你要是想听我们这里的民歌,我带你去一家人家,那家的老太太能唱一整天。就是要带十只鸡蛋给她,不然她没力气唱。"

曲小珍不在阿胡子家里,她在祠堂里给张风毅收拾房间。祠堂里有三十多间房间,阿胡子给张风毅安排的房间是最东南的一间,东南两面有窗。推开南窗是花园,推开东窗是大路。路那边是蓝湖。路上长着成排的参天白果树。

曲小珍把张风毅屋里的箱子打开,看见一堆女人用的东西。她把一只女人的胸罩拿起来看了又看,然后甩到地上。孔燕妮走进来说:"别扔,那不是别人的,那是我的东西。箱子也是我的。我早就让人把我的箱子放到这岛上了。"她把胸罩捡起来,拍去上面的灰尘,说:"这只胸罩我不用了。我是放着纪念的。纪念一位女性，她叫常宝。这只胸罩就叫常宝式胸罩。你不要看着我，我现在没有空给你讲故事。我们来收拾东西吧。"

她和曲小珍两人忙了两个小时，忙到中午，喊上老曾一起去阿胡子家里吃了午饭，又去整理东西。下午从一点忙到四点，忙了三个小时，把张风毅的屋子整理得焕然一新。阿胡子走过来视察，说："搞得像女人住的屋子，香喷喷的。啧，啧。"

孔燕妮和曲小珍采来了野菊花、香蒲草、香蒲棒、紫花香薷、野薄荷，装在被人遗弃不用的破损酒瓶、陶器、盛水罐里，把花安置在张风毅房间的每个角落里。

为张风毅做完这些事，她才放心地和老曾原路返回。老曾拴好船，自去家里。

五点钟，她找到红心酒家。刚一走进去，店主任就过来招呼她，小声地跟她耳语："你是孔燕妮老师吧？嗯，一看就是了。你小时候我见过你。邓校长在里面等着。不是在这里，你走过大厅，朝厨房里走，一直走到底，有一扇小门。你走出小门朝右边走廊过去，到底，左手拐弯，有一间屋子的后门。你开了后门进去，就到了。那是我店贵宾包厢。"

孔燕妮说："搞得这么复杂……"

店主任说："在我们这里，越是高级，就越是复杂。"

孔燕妮按着他指的路来到"高级"包厢，里面只有一个包厢，一张不大的圆桌子，空间并不宽敞，挤挤挨挨地坐满了人。邓校长胸有成竹地眯着眼睛看孔燕妮坐到那里，不出他所料，孔燕妮在他左手边落座，挨着他。他就一一替孔燕妮介绍了在座各位。有派出所副所长、区人武部部长、水厂厂长、镇长、民兵营长、镇卫生所所长、粮食收购站站长。除了这些长，还有一位年轻女性，低着头看人,是邓校长手下的财务主管。

桌上放着十几只小盘子,是乌梅饼、葱管糖、糖藕、八珍糕、杏仁酥、天香枣、卤汁豆腐干、爆鱼、酱鸭、糟鹅、笋豆。

店主任过来了,他给大家倒了一圈酒,酒是茅台酒。他一边倒一边说:"今天我们的大校长下了血本了,好久没看见你拿茅台酒出来喝了。"

区人武部部长瞄了孔燕妮一眼说:"当心血本无归。"

邓校长说:"来。第一杯先干为敬。"

第一杯都喝完,第一道菜上了,清炒河虾仁。然后大家喝了第二杯酒。第二杯酒后上了第二道菜响油鳝糊。这道菜上了以后,大家喝了第三杯酒。然后上了第三道菜,鲃肺汤。

坐在孔燕妮左手的是粮食收购站站长,他殷勤地给孔燕妮盛了满满一小碗鲃肺汤,看着她喝完,站起来提议客人孔燕妮女士干一杯。大家一起喝了第四杯酒。"好酒成双。"他说,"下面我们就是单独敬酒。孔燕妮老师,我们喝个一见如故。"他喝完了一杯,孔燕妮也喝完了。"再喝一个好事成双。"他看着孔燕妮先喝完,自己一饮而尽。孔燕妮正想坐下来,他用手轻轻地托了一下她的手肘,"孔老师,我和你还有一杯,这是我们这里的喝酒规矩,叫三生有幸。我见到孔老师,是三生有幸。"孔燕妮犹疑片刻,还是喝掉了。

鲃肺汤之后,上了黄焖河鳗,大家一时只顾吃菜,没人喝酒。再上来的是两道蔬菜,鸡油菜心、炒韭菜。坐在邓校长右手的是区人武部部长,他端起酒杯说:"韭菜上来了,我和你喝一个友谊天长地久。"他说的喝一个,也是三杯。原来这个地方喝酒的规矩,每个人要给尊贵的客人敬三杯酒。以前只是米酒敬客人,喝来喝去不会醉人。高度茅台酒又另当别论了。

店主任拿进来第二瓶茅台酒。

桌子上端上来一砂锅红烧羊肉，拿掉盖子，羊肉上面铺着一层奶白色的蒜瓣，还在吱吱作响。

人武部部长右边坐着镇长，镇长慢慢地站起来，好像不太情愿的样子，可是他说的话又是那么热情洋溢："孔老师是第一次赏光和我们一同吃简陋的菜肴，对此我深感荣幸。我对孔老师早有耳闻，我佩服得五体投地。"他喝了一杯，说，"我要和你喝的酒是，一无所求，矢志不二，三思而行。"他又喝了两杯。

邓校长喊起来："亲爱的镇长，你这是什么意思，不要拆我的台。"

民兵营长也站起来说："拆台的人，要自罚三杯。你喝。"

从这以后，酒风就直转而下。孔燕妮想，这个镇长也不是好人，说的话看上去是替我着想，其实是替邓校长把话挑明了讲。这邓校长到底想干什么？调戏？炫耀？征服？

酒桌上一片疯狂，孔燕妮也不客气了，下来的酒她一口也不喝。她说她从来没有喝过这么多的酒，已经过量了。民兵营长说："你没有三把刷子，怎么敢赴我们的宴？"

水厂厂长出来打圆场："算了，别为难人家。人家是城里人，没见过我们这种阵仗。"

卫生所所长说："酒是要练的。孔老师，你放开胆量喝，我有独家醒酒秘方。任你喝得如何醉，一吃我的秘方就好了。"

孔燕妮说："我不喝。我劝你们也不要喝了，喝多了白酒伤身体。"

邓校长有点醉意，晃晃悠悠地站起来说："我的三杯，你还没有和我喝。"他看着孔燕妮，眼里冒出凶光，"你给一句话，到底喝不喝？"

孔燕妮笑着对邓校长说："我喝了，你就让白鹭村增加水产送货量吗？"

派出所所长突然说话了："老邓，原来今天喝酒为的是这件事啊？你何不早说？吓得我，我以为又要看你牵扯风流债了。"

邓校长指着孔燕妮说："你很厉害。你太厉害了。"他装作很生气的样子，把酒杯扔到桌子上。大家一齐笑起来。他也笑起来。

派出所所长对孔燕妮说："邓校长答应你了。你还不快喝？"

孔燕妮一连倒了三杯酒喝下肚。这三杯酒喝下去，她就天昏地转了。要命的是，她的头朝一边转，身体又朝另一边转，这样搅着，把她肚子里的东西搅得一个劲地想朝外窜。邓校长还在那里闹着，要喝第三瓶酒。他说："孔老师，我对你没有任何恶意，请你相信我。我们需要建立人与人之间的信任。"

派出所所长悄悄地对孔燕妮说："孔老师，你赶快回去吧。你再信任他，就要喝醉了。"孔燕妮也想回去，但是脚下不听话，挪不动。她模模糊糊地想，要是张风毅知道她这样，会把邓校长揍得满地找牙。这么一想，她心里有点伤心。上回她听人说北岛、芒克在搞刊物，还有人在搞文学沙龙，他们谈人生，谈艺术，谈启蒙。她却在这里做着这些琐事。

秧花的丈夫来了，他是被秧花打发来找孔燕妮的。邓校长说："你敢来领人，有种！"

秧花的丈夫掏出香烟，挨个敬了一圈香烟，又端了酒杯，自己罚了几杯酒，然后陪着邓校长他们说说笑笑，这才把孔燕妮接走了。他带着自行车来的，就让孔燕妮两腿叉开坐在后座上，趴在车座上。歪歪扭扭，好不容易地把她运到家，秧花站在门口等了好久了，一看孔燕妮叉着腿的样子，不由得笑起来。孔燕妮说："你坏。"

秧花说："你活该。谁让你去的？"

孔燕妮说："叫你不用担心我，什么事都没有。你们就是会多想，把人家想得都像强奸犯。"

"听话听音。听你话里的意思，你还挺享受这种待遇。你是不是从心底里感到舒服？"

"我不舒服。"

"那我们以后不要再去这种场合了。"

"你不知道，该我走的千山万水，我都得——走过。"

孔燕妮睡在秧花婆婆的忠字床上，难受得直叫唤。秧花给她熬了红糖藕汤，给她喝了，看着她一倒就睡着了，就掩了门回到自己的屋里做绣品，她绣的是一幅佛陀像。

孔燕妮在梦里看见了那位老和尚，老和尚呆呆地，看着远处的山峰，说："我要死了。今天晚上是我最后一次到你的梦里。"

孔燕妮听了很难受，她眼泪汪汪地醒了过来。开了灯，把床头柜上放的藕汤喝了几口。秧花听到动静。过来看她。孔燕妮靠在床架上喘息，问秧花："几点了？"

"过了九点了。"

"你怎么还没睡？"

"明天是佛陀生日，我在绣佛陀像，快绣完了。绣完了明天一早让人送到念念寺去。"

"张风毅明天出狱，你告诉我，你想他吗？"

"说不想是假的。可是张风毅和我又有什么关系呢？我有我的生活，他张风毅未必就比得上我。"秧花停了一下又说，"你这次来，我发现你变多了。我想不到你会为了一个小村子，和一帮陌生男人喝得烂醉。你是怎么想的？你想要救这个村子？"

孔燕妮说："如果我在拯救自己的同时，能给我的村庄做点好事，何乐不为呢？"

"哼，八竿子打不着的，倒成了你的村庄了。"

孔燕妮说："我现在要回城里。我要去见一个重要的人。你去给我找一辆汽车。就那人武部的部长，我看他的司机过来接他，开着一辆吉普车。"

秧花的丈夫在门外说："部长的驾驶员就住在隔壁，他送了部长把车开回来了。我去拿车，我送你回城。"

第十八章

一九七八年十一月十七日,夜里十点钟不到,一辆吉普车把孔燕妮送到吴郭市政府招待所。

小汪开了门,对孔燕妮说:"他还在等你。"

孔燕妮知道小汪嘴里的"他"是谁。

罗影影和她的朋友从外面回来,两个女人都围着同样的红围巾,一路上不停地说着什么。她看到了孔燕妮,对她说:"我和你,都原谅自己吧。我们都是肉眼凡胎。"

孔燕妮明白她的话。

罗影影手上拿了一个小纸盒子,里面装着卤汁豆腐干。她用牙签挑着吃,吃得满嘴香甜。她看来早就原谅自己了,俞华南的事并没有影响她的心情。

"你们南方的冬夜很有趣呢,水水柔柔的风,扑在脸上挺有趣。我还想多待几天,你有空来招待所找我玩呀。"她说。

她们没有停留,说着话,就从孔燕妮身边过去了。

小汪说:"天阴沉沉的,好像要下雪似的。"

走过的一位路人也说:"要下雪了。今年下雪会很早的。"

吴郭人对于冬天的第一场雪,总是很在意。什么地方飘出了蜡梅花的花香,吴郭人也同样在意。"踏雪寻梅"是永恒不变的冬天境界。

小汪说:"你闻到蜡梅的花香吗?你陪着俞华南一起,去寻梅花香气吧。带上伞,说不定路上真会飘雪。"

孔燕妮觉得酒气上涌,她对小汪说:"你给我一个房间吧。我得躺下想一想,和他一起出去是不是值得。"

小汪就给了她一把钥匙。她过去一看,就在俞华南的隔壁。这是小汪故意的吧?俞华南的房间里也亮着灯,静悄悄的。她开了门走进房间,打开灯,和衣躺到床上,她的头一放到枕头上就睡着了。她根本不会想一想,她只是喝多了酒。

她睡得那么沉,像个婴儿一样。她的气息里散发出淡淡的酒香,和窗外的松香融合在一起。她这么甜睡着的时候,天开始下雪。下米珠一样的雪,后来米珠成了棉球,再后来地上积了雪。突然地,细小的雪花变成了一小团一小团的雪絮,然后一小团一小团的雪絮变成一大团一大团的雪球从天上砸下来。

她看见了张风毅。差不多三年里,也许是她不停地忙着恋爱,她从没有梦见过他。而在最近两天里,她梦见他两次,这是不寻常的。

她听她妈妈说,生下她的前一天,妈妈梦见了她。第二天生下她,和梦里一模一样。

梦有时候会说真话。梦很错乱,真话掺杂在里面。她是想张风毅了。真想。

张风毅在梦里没有和她说话,只是看着她,一动不动地看着他,胡子刮得干干净净。这么无声无息地看着她,把她看得心里慌乱。

他看着她的时候,孩子们纷纷从家里跑出来,在灯光底下打雪仗。有这么多孩子?一时让她觉得惊讶不已。

张风毅不见了。奇怪,她又也不再想他。

她看了看手表，时间是一九七八年十一月十八日上午十点。她心里在嘀咕，好像有什么重要的事等着她去做，但她想不起来了。她打开炉门想烧点什么，炉子里的蜂窝煤已经烧成了粉红的灰烬，没法起死回生了。

她穿上她的灰色薄棉袄，戴上她那条深蓝拉毛围巾，撑了伞走出去。潘小根带着前院的两个孩子在堆雪人。他对孔燕妮说：

"后院里的积雪总是比前院多，你知道为什么吗？"

孔燕妮说："我不知道。"

"因为后院的温度比前院低。你再想一想后院为什么温度比前院低呢？"

"不知道。"

"因为你住在后院里，你老是冷飕飕的。"

孔燕妮微笑起来，这是一个正常男子，他的脑子里只有吃喝玩乐，风花雪月。他抓住一切可抓住的机会与女人们调情。也许他的生活里有许多不为人知的痛苦，可是他用什么方法化解了痛苦，解救了自己。他是个有本事的人，并不是每个人都有机会和能力解救自己。

俞华南就是那个没机会没能力解救自己的人，而且她也无法解救他。

她心里隐隐作痛。

为了表示领受潘小根的善意，孔燕妮看着他把一个雪人做了起来。桂圆的核做了眼睛，灯泡做了鼻子，半截胡萝卜做了嘴，胸前插一把扫帚。

走到大街上，因为天太暗，路上开着路灯。黄黄的灯光底下，雪光旖旎，映照着人们微笑的脸。满大街游动着微笑的脸是不多见的。雪有神奇的魔力，能抚慰所有受过创伤的心灵，让受过伤害的心也能感到宁静。

路边有个烘山芋摊，她拿出仅有的两毛钱买了一只烘山芋，站在烘炉边，想连皮吃下。可是她张不开嘴。烘山芋的是一位老者，他看着孔燕妮微笑，又递给她一只小山芋头。

"不要那么紧张。"老者对她说，口气仿佛像孔朝山。

孔燕妮努力张开嘴吃了一只山芋，觉得整个人舒服多了。她记起昨天夜里喝醉了酒，但不记得为什么要喝酒。

这时她走进了电报局，下雪天，这里比较空，营业员们叽叽喳喳像一群小鸟一样活泼，看着外面的雪，议论明天的菜价。

原来她想打电话给孔朝山。

接通了孔朝山的电话，这次电话的声音非常清晰。

孔朝山说："你那边下雪了吗？"

"下了。"

"下雪的时候特别想我是不是？"

"是的。"

"我们这里也下雪了。我想起你妈妈。"

"我也想她。"

"你堆雪人了吗？"

"我没堆。"

"你果林阿姨带着小葫芦在堆雪人。张柔和在医院帮着护工拖地。要是明天还下雪的话，你等着张风毅出来给你堆个雪人。"

她记起刚看的日期。说："不好了。今天是十一月十八号。现在过了十点钟了。张风毅已经出狱。我说好去接他，但是忘了。"

"你在做什么呢？"

"我在吃山芋。"

"山芋好吃吗?"

"你怎么不提俞华南啊?"

"你爱过那么多人,可我只对张风毅有信心。他也许不那么博学,不那么深刻,不那么有趣,但他是唯一站在你面前能挺直身板的男人。"

"嗯,我明天去青云岛等着他。"

"张风毅不是今天出狱吗?今天十点钟。你刚才说过的,怎么又忘了?"

孔燕妮说:"哎呀,我又忘记了。我把时间搞得一团糟。"

孔朝山的声音变得十分可怕:"你是还想着俞华南吧?北京那边来人抓他了。"

"哎呀爸爸,你终于提到俞华南了。"

"不要叫我爸。"

孔燕妮的心掉到深渊。

人生还是在滑坡。

孔燕妮忽然惊醒。原来是南柯一梦。她的梦已经做到明天去了。她想她是害怕现实了吗?最近总是做梦。或者是现实的边界已经拓展到了梦境了?

现在是十七日夜里十点半钟。离明天还有一个半小时。

明天会有怎样的心情呢?一个出狱见面,一个离她远去。

她生命里重要的人纷纷离开,张柔和在省城看病,妈妈逝世,杜克被杀,林纳德去了淮安高庄考察战国墓,温德好本来跟着市政协出访美国,被中方从出访名单上剔除名字后,自费跟着中旅总社去了美国。俞华南明天回北京。可能……回的是北京安定医院。江红旗，不能再见他了。他说过，他快要结婚。冯春霖也不能见了，他的妈妈正等着把她再次打到河里。田菜花在她的小渔村里。

重要的人纷纷离开，一些对她不怎么重要的人，也在纷纷离开。老仲要和他的情人结婚，宋阿进信了基督教，他前两天就去了北京宣武门教堂，当年徐光启和利玛窦就在这里翻译了欧几米德的《几何学》，徐光启断言中国人的思维方式存在缺陷，他的焦虑穿过重重岁月，幽灵一般徘徊不去。

她猛地起身，冲出屋子，来到俞华南的房门前。她举起手，还没敲门，俞华南就把门打开了。他说："我一直在等着你。你的脚步在走廊里刚一响起，我就听到了。我是不会听错的。"

开了门，她想起第一次看见俞华南走进这屋子时的神情，拘谨、警惕。她也想起俞华南第一次凝神望着她的样子，那是羞涩和提防的。也许正是他的紧张才激发了她的爱和保护欲望。

事实证明，她根本保护不了他，可她还有对他的爱。

今天，是他们恋爱的最后一天。现在回想起来，她还是找不出他的漏洞，唯一令人怀疑的是，他曾经不止一次说过讨厌精神病医生。

他几乎是完美的。博学、勤奋、真诚、温暖、正直、幽默。虽说有点一本正经，可是无伤大雅。连他设的这个局，也是几乎完美的。

他俩抱在一起。

这时，招待所对面的那位女孩开始唱起来，下午，她听到跳牛皮筋的孩子们唱孔燕妮，她听了一遍就学会了。她的嗓子在夜里又脆又亮：

孔燕妮,
你的脸蛋真美丽。
你的身材真年轻,
你有一副好心情,
你是不老的小星星。
……

唱了几遍才停止。

俞华南说:"这是我写的,交给孩子们唱的。等我走后,大街小巷都会唱起这首儿歌。这是我送给你的礼物。"

孔燕妮把双手放到他的脸上,捧着他的脸。

"我的手舒服吗?"她问。

"舒服。你的双手真暖和,像我妈妈的手那么温暖。"

孔燕妮把手伸进俞华南的胸口,放在那儿。他的胸口是冷的。

"舒服吗?"

"舒服。我的心都暖起来了。心暖起来的感觉真好,我快忘了心暖和是什么滋味了。"

"这是我送给你的礼物。"

"我感谢你。其实我还要感谢你一件事,我刚开始向你坦白了我的病,你是不肯接受的,你说你不相信,让我以后不要再提,还叫我滚出去。我以为再也见不到你了,没想到你还是对我一如既往地好。"

"我见过天堂了,我想和你同赴天堂。"

俞华南摇摇头。

过了片刻,他还是摇摇头。

孔燕妮说："好吧。"

俞华南说："我们一起出去吧。你喝了酒了，一定想吃点什么。你想吃什么？"

孔燕妮说："我想吃街头卖的烘山芋。"

"拐弯角上就有的，一到夜里就出来。"

拐弯角上有一盏昏黄的路灯矗立，路灯杆子边靠着一只烘山芋炉。孔燕妮双手插在口袋里，安静地看俞华南和烘山芋的人说话。他背着包，包里放着相机，像出来采访的样子。她不想打扰他，他不是社科院派下来的，可他一样担负使命，他永远不会放过与人交谈的机会，他为自己调研生活。

她好像又回到初见俞华南的时候。俞华南还在她身边，她已在不断地回忆。这是爱情引发的错乱。

那天她第一次去招待所找他，看见他从旁边的巷子里走出来了，背着她熟悉的那只草绿色帆布包，包里塞得满满的，应该是书和他的照相机。他是那么俊逸，带着她喜欢的羞怯和迟缓，他看上去干净、与世无争。他朝她走过来，说："嘿。"

以后再也不会有人这么对她说"嘿"。

俞华南拿了两只烘好的山芋，慢慢地走到孔燕妮身边。

他向孔燕妮递过一只烘山芋，同时，他也递过了一片小小的雪花。是的，天上开始飘雪花了。

两个人沉默了一会儿，一齐朝马路对面走去。那里有一辆停着的三轮车，三轮车夫也在吃烘山芋。

"到哪里去？"三轮车夫问。

"送我们去运河边的监狱那里，我们看一眼就走。"俞华南说。

他还没来得及说下面的话，孔燕妮接着说："然后把我们送到花神庙后面。我们也看一眼就走。你再送我们回招待所。记住，一定要把我们在十二点之前送回来。"孔燕妮说。

车夫是位壮年男子，一身的力气。他答应一声，把车拉得飞快。

很快到了饮食店这边的运河，雪片不大，可是很密。运河边一地的雪，还有一地零乱的脚印和车辙。俞华南和孔燕妮下了车，雪地上突然旋起一阵小旋风，转眼刮到孔燕妮的脚下，俞华南想也没想，顺手就把孔燕妮拉到自己的身边。

"深夜的风里不知道有什么。"他说，"明天你和张风毅久别重逢，我希望你今夜平平安安的。当你站在他面前时，像天上的彩虹一样健美。"

孔燕妮说："高尚就像一片大海，我们总害怕无船可渡。当我们走近这片大海时才发现，我们自己就是渡船。"

俞华南说："这是我说的。是十一月十一号下午对你说的话。"

"你对我说的话，是不是都要预先打好草稿吗？"

"不是。"

"你要学会开玩笑。你就说，是的，我和你说的话都打草稿。"

"好的。我和你说的话都打草稿。"

运河边停着几辆自行车，站着十来个年轻人，在雪地上抽烟、说话、堆雪人。他们穿得很少，有的人只穿着衬衫和薄外套。有个女孩指着孔燕妮说："看，这是孔燕妮。彩虹仙女，看上去也这么老了。"

问他们为什么夜里来此。他们说，今晚齐聚在这里，只是向张风毅致敬。听说张风毅明天上午十点钟出来，并且要在这里发表演讲，他们提前来看看场子。没想到运河边这么冷。幸亏这么冷，巡防队员走过了也不来轰他们。

一个女孩说:"张风毅坐牢那年,我才十三岁。他长什么样儿我都不知道。光听你们说他长得好看。"

然后这群年轻人朝着监狱方向齐声喊:"张风毅,明天见!我们等着你!"

他们喊完就走了,各自回家,说明天上午十点再来。

俞华南和孔燕妮也坐上了三轮车。

孔燕妮说:"你要是不想去北京,我们就去南京找我爸。"

俞华南说:"小鸡有一个习惯,它从蛋壳里孵出来后,时不时地要回去找它的蛋壳看一眼,对它来说,蛋壳曾经是它的家,它决不会忘了它。我明天也要回去找我的蛋壳了。"

孔燕妮不说话。

俞华南从包里拿出照相机。"要分别了,给你这件东西留作纪念。因为我不知道今晚上什么时候回招待所,所以把它带了出来。"

照相机壳子里塞着一张纸,孔燕妮拿出一看,是江红旗写给她的那首诗,被俞华南谱上了曲子。俞华南轻轻哼了一遍,旋律动听。

"你是我见过的最聪明的人,你几乎无所不能。"孔燕妮由衷地说。

"照相机很有用,你把你正在做的事,都用照相机拍下来。"俞华南说,"现在,你还想问我什么,我都告诉你。"

"不用了。我什么都不想问。"孔燕妮脱下腕上的手表,放在他口袋里,算是与他交换一样纪念物,不管以后他是否记得。她到底没有给他《墨子》,手表是她戴过的,有她的味道。就让她的味道伴在俞华南身边吧。

俞华南拉住她的手问："你再也没有话要对我说吗？"

"没有。你搞得像生离死别似的，不要这样，我会到北京去看你。"

"……人生如戏，我就想好好演一场戏。可我和你在一起的时候，我没有演戏。你要相信我对你的真诚。"

"我相信你的真诚。你看前面那座寺庙顶上的雪多好，白亮亮的。我们下车，别说话，踏雪寻梅去。"

路边的这座小寺院，掩在高大的树丛中。

路是新的，寺院是旧的。寺里还亮着灯。

寺外的小路上，一个和尚吃力地扫着路。俞华南走下大路，走过去替他扫雪。和尚跟在他后面。

扫到大路边，那和尚看着孔燕妮微微地笑了，原来是不老和尚。孔燕妮昨天还梦见他说他要死了。

他说："明天是佛陀生日。佛陀看到路上这么多雪要不高兴的。明早还会有人来上头香，要是在路上滑了一跤怎么办？我想来想去睡不着，一看雪停了，就起来扫地。"

孔燕妮问："您住到了这里？"

不老和尚说："我生了一点小病，徒弟们非要把我送到这里来。这里靠着医院。我已经治好了病，明天回去。想着路上的雪，睡不着，就出来扫一扫，好歹扫掉一些。你们这么晚了为什么还在外面？"

俞华南说："我们出来踏雪寻梅。"

"寺里有一棵好大的老蜡梅，今天早上，一下子开满了。"

"我们没闻到蜡梅香。"

"蜡梅被雪盖住了。"

蜡梅真被雪盖住了，好似一个人头上顶着一床大棉被。走近了，轻轻拨去几块雪盖，释放出一股浓郁的香味。

不老和尚说："你们慢慢地赏花闻香。寺门没关，你们走的时候别忘了把它关上。"

孔燕妮看着老和尚慢慢走进寺内。她心里的那位高僧，就是这样从神奇回归平凡，从梦中的死亡转回现实的安逸。她的心境已经改变，对此她没有一丝迷惘。

孔燕妮问："现在几点了？"

俞华南说："十一点二十分。"

"走，我和你一起去花神庙。"

他俩跳上三轮车。路中间温度高，刚下的雪，落在马路中间就化了。三轮车在马路中间跑得稳稳的。

到了花神庙后面，两个人没有下车，就坐在车上，在巷子里转了一圈。俞华南说："有句歌词说，总是祖先在引领着我们前进。我们的祖先也像我们这样夜里到处逛吗？"

孔燕妮说："他们不仅会到处逛，还会从古代逛到现代，从北京逛到吴郭城。"

大家都在时间里不停地流动。张风毅要结束牢狱生活去青云岛。俞华南将回到他的"壳"里，孔燕妮要去白鹭树，她在那里看到了路。张风毅说的未来，也许要从那块土地上开始。

对时间本身来说，它没有开始，没有结束，它裹挟宇宙万物，用死亡创造新生。人类所做的一切，都是用来挽留时间。

俞华南说："过去、现在和未来的分野，只是一种幻象，尽管是很顽固的幻象……这是爱因斯坦说的，他想在粒子的世界里填平时间的鸿沟，他想要世界万物的平等。"

孔燕妮说："我和你之间永远没有鸿沟，我们是平等的。"

他俩赶在十一点五十五分回到了招待所。一跨进俞华南的屋子，孔燕妮就害怕起来。她站在门口，犹豫不决。

俞华南向她转过脸，说："你是谁？你为什么一只脚在里面，一只脚在外面？站在那里，既不进来，也不出去。"

这是二十五天前，俞华南对孔燕妮说的话。现在，两个人之间发生过的一切都归零了。

孔燕妮忍着痛苦说："你这句话说得很幽默。你终于学会开玩笑了。"

十二点过了，就是凌晨。是十八号的凌晨。新的一天，总是孕育着无限希望。

写于 2020 年夏至 2021 年 9 月 12 日星期日
修改于 2022 年 4 月至 6 月 8 日